Von Johanna Lindsey sind
als Heyne-Taschenbücher erschienen:

Zorn und Zärtlichkeit · Band 01/6641
Wild wie der Wind · Band 01/6750
Die gefangene Braut · Band 01/6831
Zärtlicher Sturm · Band 01/6883
Das Geheimnis ihrer Liebe · Band 01/6976
Wenn die Liebe erwacht · Band 01/7843
Herzen in Flammen · Band 01/7746
Stürmisches Herz · Band 01/7843
Auf den Wogen der Leidenschaft · Band 28/53
Geheime Leidenschaft · Band 01/7928
Lodernde Leidenschaft · Band 01/8081
Auf den Wogen der Leidenschaft/Paradies der Leidenschaft/
Wildes Liebesglück · Band 23/34
Liebe unter heißer Sonne/Die Sprache des Herzens/
Sündige Liebe · Band 23/43
Wildes Herz · Band 01/8165

JOHANNA LINDSEY

SKLAVIN DES HERZENS

Roman

WILHELM HEYNE VERLAG
MÜNCHEN

HEYNE ALLGEMEINE REIHE
Nr. 01/8289

Titel der Originalausgabe
SILVER ANGEL

Aus dem Amerikanischen übersetzt
von Ingeborg Salm-Beckgerd

3. Auflage

Printed in Germany 1992
Umschlagfoto: Elaine Duillo/Agentur Schlück
Umschlaggestaltung: Atelier Ingrid Schütz, München
Gesamtherstellung: Elsnerdruck, Berlin

ISBN 3-453-04901-2

In Erinnerung an meinen Vater
Edwin Dennis Howard

1

Barka, Barbarenküste, im Jahr 1796

In der Straße der Juweliere schloß der Perlenhändler Abdul ibn-Mesih seinen Laden, da er den Singsang des Muezzin erwartete, der die Gläubigen zum Gebet rufen würde. Abdul blieben noch mindestens zehn Minuten, doch er wurde allmählich alt, seine Knochen schmerzten und verlangsamten seinen Schritt, so daß er das Haus jeden Tag frühzeitig verlassen mußte. Solange er es noch schaffte, zog er es vor, zur nächstgelegenen Moschee zu gehen, anstatt es seinen weniger frommen Nachbarn gleichzutun und den Gebetsteppich zu benützen, den er im Hintergrund seines winzigen Ladens aufbewahrte. So befand er sich nun allein auf der Straße und war demnach auch der einzige Zeuge des Mordes.

Der junge Türke und der große, schwarzgekleidete Mann, der ihn verfolgte, rannten direkt an Abdul vorbei, ohne den Perlenhändler zu beachten. Wenn sie nur um die Ecke und aus dem Blickfeld des alten Mannes verschwunden wären, hätte er in dieser Nacht keine Alpträume haben müssen. Doch der Schwarzgekleidete holte sein Opfer am Ende der Straße ein und spaltete es mit seinem Krummsäbel in zwei Teile. Eine kurze Untersuchung der Leiche förderte irgendein Papier zutage, dann entfernte sich der Mörder, ohne sich noch einmal umzudrehen. Er ließ den Türken einfach liegen; Blut rann in Strömen über das Kopfsteinpflaster der abschüssigen Straße – eine Einladung an die Fliegen, sich gütlich zu tun.

Abdul ibn-Mesih beschloß, an diesem Nachmittag auf den Besuch der Moschee zu verzichten. Als die Muezzins von den Höhen der vielen Minaretts in der Stadt zur Andacht riefen, kniete der Perlenhändler auf seinem Gebetsteppich im Hintergrund seines Geschäfts und überlegte, daß er schon allzulange nicht mehr auf dem Land gewesen war, wo seine Tochter lebte. Ein Aufenthalt bei ihr war fällig – vielleicht ein recht ausgedehnter.

Später an diesem Nachmittag wurden noch zwei weitere geheime Kuriere Jamil Reshids getötet, ehe sie Barka verlassen konnten. Einer fiel in einem Kaffeehaus vergiftet vom Stuhl. Der andere wurde mit durchschnittener Kehle in einer Gasse gefunden. Die Schnur, mit der man ihn erdrosselt hatte, hing noch um seinen Hals.

In jener Nacht rasten vier Kamele westwärts auf Algerien zu. Der Mann an der Spitze war wiederum ein glückloser Palastkurier. Seine drei Häscher kamen ihm immer näher und rissen ihn schließlich von seinem Reittier. Er starb ebenso schnell wie die anderen.

Der eine, der ihn getötet hatte, war ein griechischer Moslem und an diese Art von Arbeit gewöhnt. Bei seinen beiden Komplizen handelte es sich um Araber, Brüder, die aus einer alten Familie stammten, deren Treue zu den Beis von Barka bekannt war. Natürlich verspürten die Brüder wegen ihrer Verwicklung in diese nächtliche Untat gewisse Schuldgefühle, zumal der ältere der beiden am Wochenbeginn bereits einen Mann ermordet hatte.

Sie waren genauso schuldig wie der Grieche und alle übrigen Killer und würden auf dem Richtblock enden, wenn man sie erwischte. Wegen eines Beutels voller Gold den eigenen Kopf und die Ehre der Familie zu riskieren, bedeutete vielleicht den Gipfel der Dummheit. Doch der Preis des Verbrechens war zu verlokkend gewesen – das Gewicht des Goldes wog zu schwer. Also nahmen sie das Wagnis auf sich. Die Schuldgefühle reichten nicht aus, auf den neugewonnenen Reichtum zu verzichten.

Lysander, der Grieche, bemächtigte sich der Botschaft, die der Ermordete bei sich getragen hatte, und entzifferte sie mit einiger Mühe im bleichen Licht des Mondes. Dann stieß er einen Zorneslaut aus und reichte sie dem älteren der Brüder. »Es ist wieder dasselbe«, sagte er.

»Hast du etwas anderes erwartet?« fragte der jüngere Araber.

»Ich habe es gehofft«, erwiderte Lysander knapp. »Derjenige, der die echte Nachricht aufspürt, bekommt einen zusätzlichen Beutel voll Gold. Ich möchte derjenige sein.«

»Wie wir alle«, bemerkte der ältere der Brüder und steckte den Brief sorgfältig in sein Gewand. »*Er* will jede Botschaft sehen, auch wenn es immer wieder dieselbe ist.«

Wer mit »er« gemeint war, mußte nicht extra erklärt werden. Sie wußten es, auch wenn sie seinen Namen nicht kannten und ihren Auftraggeber nie richtig zu Gesicht bekommen hatten. Sie ahnten nicht einmal, ob er es war, der Jamil Reshids Tod wünschte, oder ob er nur als Mittelsmann fungierte. Jedenfalls zahlte er gut und kassierte jeden Brief, den die Palastkuriere bei sich trugen.

Dennoch war die Angelegenheit entmutigend. Der Bei verfügte über unzählige treue Gefolgsleute, die er als Lockvögel aussenden konnte – alle mit dem gleichen Brief, eigentlich nur einer in Türkisch geschriebenen Notiz, drei kurzen Sätzen: *Ich schicke Dir Grüße. Brauche ich mehr zu sagen? Dich vergesse ich nicht.*

Es gab keine Adresse, keine Unterschrift. Die Sätze konnten von jedem im Palast stammen und an jeden in der Welt gerichtet sein. Möglicherweise waren sie als versteckte Drohung für die Attentäter gedacht, die sie lasen – als Hinweis auf des Beis langen Arm der Rache. Vielleicht auch existierte inmitten all der gleichlautenden Briefe überhaupt keine wahre Botschaft, die Barka verlassen sollte. Die Kuriere konnten einfach dem Zweck dienen, die Mörder zu verwirren und soweit zu bringen, daß sie weitere Anschläge auf das Leben des Palastherrschers aufschoben.

Der erste Kurier, der gefangengenommen worden war, hatte vor seinem Tod geschworen, er müsse das Schreiben an einen Engländer namens Derek Sinclair abliefern. Selbst wenn das stimmte, wenn der Bei tatsächlich einen Engländer dieses Namens kannte, was unwahrscheinlich war – was sollte der Sinn eines solchen Briefes sein? Warum wurde wegen der Übermittlung einer solchen Nachricht soviel Blut vergossen? Doch die Attentäter durften die Möglichkeit nicht außer acht lassen, daß es noch eine andere Botschaft gab, eine, die es zu entdecken galt – vielleicht an den Bei von Algerien oder Tunis oder sogar an den Sultan in Istanbul, jenseits des Meeres – eine Botschaft, die einen Hilferuf bedeutete. Was hätten jedoch jene Verbündeten tun können, nachdem niemand wußte, was hinter den Mordversuchen steckte?

Lysander stieg von seinem Kamel ab und warf einen Blick auf den Mann, den er gerade getötet hatte. »Er wird wohl den Aasgeiern zum Fraß dienen. Ich bin es nicht gewöhnt, Beweise zurückzulassen, schon gar nicht Leichen. Es gibt mehrere Wege, sich ihrer zu entledigen...«

»Was du gewöhnt bist, ist unwichtig. *Er* möchte, daß der Bei erfährt, wie seine Kuriere versagen. Wie soll er es anders erfahren, als wenn die Toten leicht gefunden werden?«

»Das alles ist doch Zeitverschwendung«, gab Lysander scharf zurück und versuchte nicht länger, seinen Widerwillen zu verbergen. »Ich glaube, ich werde versuchen, in den Palast einzudringen. Wer weiß? Vielleicht habe ich Glück und finde eine Gelegenheit, mir den größten Goldbeutel von allen zu verdienen, den für Jamil Reshids Kopf.«

Er lachte, während er davonritt, und die beiden Brüder tauschten einen Blick. Ihr Gedanke war derselbe: Sie bezweifelten, den Griechen je lebend wiederzusehen, falls es ihm gelang, sich in den Palast zu schleichen. Nach vier mißglückten Mordanschlägen wurde Jamil Reshid, der Bei von Barka, stärker bewacht als je zuvor. Wer als nächster versuchen würde, ihn zu töten, würde sein eigenes Leben verlieren. Und falls man diesen Unglücklichen vor der Exekution folterte, würde er Namen preisgeben – die Namen der Männer, die in dieser Nacht mit ihm geritten waren.

Lysander kehrte nie mehr nach Barka zurück. Der Grieche hatte recht gehabt: Es gab mehrere Wege, sich einer Leiche zu entledigen – seine eigene inbegriffen.

»Ist dir das Risiko bewußt?«

Ali ben-Khalil nickte als Antwort. Die Ehrfurcht vor dem Mann, der ihm gegenübersaß, verschlug ihm die Sprache. Als Ali in dem Basar dem Palasteunuchen den Zettel zugesteckt hatte, war er sicher gewesen, daß sich dieser Eunuche oder ein anderer Diener des Herrschers mit ihm treffen würde, nicht aber der Großwesir, Jamil Reshids höchster Minister. Allah bewahre ihn – worauf hatte er sich da eingelassen? Was war wohl an jener Botschaft so wichtig, die so vielen Männern den Tod gebracht hatte und die zu befördern er, Ali, sich angeboten hatte? Was war so bedeutsam an dieser Nachricht, daß Omar Hassan, der Großwesir persönlich, sich um Ali kümmerte?

Omar Hassan hatte sich verkleidet. Er trug einen Burnus, wie er bei den Berbern in der Wüste üblich war. Das hatte einen guten Grund, denn nur wenige Leute in der Stadt würden den zweitwichtigsten Mann von Barka nicht erkennen. Er hatte Ali intensiv darüber ausgefragt, warum er den Boten spielen wollte, was Ali sehr unangenehm gewesen war, denn wer mochte schon zugeben, daß er sein Leben für eine Frau riskieren wollte? Aber so war es nun einmal: Ali war arm und liebte eine Sklavin, deren Eigentümer bereit war, sie zu verkaufen, jedoch nur zu einem hohen Preis. Wie sollte Ali das Geld auftreiben, ohne es zu stehlen, wenn er nicht seine Dienste dem Herrscher antrug?

Natürlich hatte er nicht vor, in diesen Diensten zu sterben, sonst hätte er sich niemals freiwillig gemeldet. Er glaubte, die Aufgabe erfüllen zu können, bei der so viele versagt hatten. Schließlich war er weder ein Diener Jamil Reshids noch stand er in irgendeiner Beziehung zum Palast. Er war lediglich ein armer Limonadenverkäufer. Wer sollte ihn verdächtigen, als Kurier zu reisen?

Aus Erwägungen der Vorsicht hatte Ali nicht im Palast vorgesprochen, sondern auf einem Treffen in einem »Haus der Tanzmädchen« bestanden. Dort hatte er sich seit zwei Tagen versteckt und würde sich auch erst zwei Tage nach der Unterredung davonschleichen. Es war nämlich höchst wahrscheinlich, daß man Omar Hassan trotz seiner Verkleidung hierher gefolgt war, und jeder Mann, der in dieser Nacht das Haus verließ, würde zweifellos beschattet werden.

Der Großwesir war unentschlossen. Zwar gefiel ihm Alis Plan, doch der junge Mensch war so offensichtlich verängstigt, wenn er es auch mühsam zu verbergen suchte. Er war etwa zweiundzwanzig Jahre alt. Seine braunen Haare und Augen deuteten auf die berber-arabischen Ahnen hin, von denen abzustammen er angab. Ein paar hellhäutige Sklaven mochten an seinem Stammbaum mitgewirkt haben, daher die olivfarbene Haut und die feineren Züge. Die Tatsache, daß er keine Erfahrung als Kurier besaß, mochte positiv zu werten sein. Aber dennoch…

Noch vor einer Woche hätte Omar nicht gezögert, den Brief auszuhändigen, den er bei sich trug. Doch erst gestern hatte Jamil ihn mit der Frage in die Enge getrieben: »Wie viele haben wir jetzt schon ausgesendet?« Was konnte Omar darauf antworten? Die Wahrheit? Daß es zu viele waren, um ihre Anzahl ohne Scham zu bekennen? Jamil wäre explodiert. Anfangs hatte er sowieso überredet werden müssen, die Botschaft überhaupt auf den Weg zu bringen. Es war Omars Idee gewesen, und er, Omar, hatte sie für gut gehalten. Nun begann er zu zweifeln. So viele Tote, und wofür? Bis der Brief ein Ergebnis brachte, konnte die ganze Angelegenheit vorüber, derjenige, der hinter den Anschlägen steckte, längst entdeckt und bestraft sein.

Allah mochte sie alle beschützen – die Sache mußte bald ein Ende finden. Jamil war nicht der Mann, der Einschränkungen geduldig ertrug. Die ständige Wachsamkeit, die Frustration darüber, daß er seinen Feind nicht kannte, zehrten schon an seinen Nerven. Wenn er älter gewesen wäre, hätte er vielleicht mehr Geduld gehabt. Aber der Herrscher war erst neunundzwanzig. Vor sieben Jahren hatte er den Thron von Barka bestiegen – nach dem Tod seines älteren Halbbruders, der als »der Tyrann« bekannt gewesen war.

Jamils Regentschaft bedeutete einen Segen für Barka. Seine hervorragende politische Weisheit, sein Sinn für Ehre und Gerechtigkeit, die Sorge um das Wohl seiner Untertanen sicherten Jamil die Liebe jedes Barkaners und bescherten der Stadt eine Blütezeit. Omar würde alles in seiner Macht Stehende tun, um Jamils Leben zu schützen, auch wenn das beinhaltete, daß Hunderte treuer Männer geopfert werden mußten – den naiven jungen Menschen, der da vor ihm saß, mit eingeschlossen. Warum zögerte er also?

Omar Hassan warf einen Beutel auf den Tisch und lächelte leicht, als sich Alis Augen bei dem harten Aufprall weiteten. »Das ist für deine Auslagen«, erklärte er. »Es reicht, um ein Schiff mit kompletter Mannschaft zu kaufen. Doch so ein Aufwand wird nicht nötig sein. Ein kleines, schnelles Boot, das du ausschließlich für deinen eigenen Gebrauch mietest, müßte genügen.« Ein weiterer Beutel, ebenso schwer wie der erste, landete auf dem Tisch. »Das ist für deine Dienste. Du bekommst noch einmal dasselbe, wenn du Erfolg hast.« Beim Anblick von Alis runden Augen vertiefte sich Omars Lächeln für einen Moment, doch dann wurde der Großwesir wieder ernst. »Vergiß nicht – wenn deine Mission gelingen sollte, darfst du mindestens sechs Monate lang nicht nach Barka zurückkehren.«

Das war das einzige, was Ali an seinem Auftrag nicht verstehen konnte, doch er wagte nicht, nach dem Grund zu fragen. »Ja, mein Herr.«

»Gut. Und mach dir während deiner Abwesenheit keine Sorgen um die Frau, die du liebst. Ich werde mich persönlich darum kümmern, daß sie nicht anderweitig verkauft wird und daß man sie gut behandelt. Wenn du nicht wiederkommst, will ich auch in Zukunft auf ihr Wohlergehen achten.«

»Danke, mein Herr.«

Mehr gab es nicht zu sagen. Omar Hassan händigte den Brief aus.

2

Meine liebste Ellen,

ich möchte mich nicht beschweren, aber Du hast meinen letzten Brief nicht beantwortet. Ist etwas nicht in Ordnung? Bist Du krank? Du weißt, wie ich mich sorge, wenn ich nichts von Dir höre. Jetzt, nachdem die Trauerzeit Deiner Nichte beendet ist, mußt Du doch sicher Gesellschaften geben. Ich hatte einen sehr interessanten Brief mit vielen Neuigkeiten erwartet.

Chantelle lebt doch noch bei Dir, oder? Natürlich tut sie es, da sie nicht bei *denen* ist. Sicher hast Du keine Zeit zu schreiben, weil Du voll damit beschäftigt bist, Chantelle auf die Ballsaison vorzubereiten. Das kann ich verstehen. Sie ist so ein entzückendes Mädchen. Alle begehrenswerten Männer der Region müssen ihr ja nachlaufen. Gibt es begehrenswerte Männer bei Euch? Ach, es ist egal, meine Liebe. Jedenfalls haben wir hier in London eine genügende Auswahl für sie, wenn sie herkommt. Ich kann es kaum erwarten, Dich und die liebe Chantelle wiederzusehen.

Du kennst den Mann meiner Tochter…

Ellen Burke ließ den Brief auf ihren Schoß sinken und rieb sich die Augen. Es war so ermüdend, Marge Creaghs Episteln zu lesen. Ellen wußte nicht, wie die Frau es schaffte, jedesmal zehn bis zwölf Seiten reinen Unsinns zu schreiben. Dabei mußte man bedenken, daß ein vor fünfundzwanzig Jahren gemeinsam verbrachtes Schuljahr ausreichend Anlaß gab für diese Klatschbriefe, die alle paar Monate eintrafen. Dennoch mußte Ellen sie lesen. Man konnte nie ahnen, wann Marge vielleicht mit einer nützlichen Information aufwartete.

Ellen überflog die nächsten Zeilen, bis ihr Blick an dem unterstrichenen *sie* hängenblieb. Es ging ihr durch den Sinn, daß sie ihre amerikanischen Vettern nie als Emporkömmlinge hätte bezeichnen dürfen, jedenfalls nicht Marge Creagh gegenüber. Nun fühlte sich Marge berufen, die amerikanischen Burkes bei jeder Gelegenheit zu verspotten. Wenn Ellen auch jedes Wort bestätigen mußte, so stand es Marge doch nicht zu, sich so auszulassen:

Ich war nicht überrascht, als *sie* schon früh in die Stadt kamen. Ich habe gehört, daß Dein Vetter Charles sich in den Clubs unbeliebt gemacht hat, ebenso wie sein Sohn Aaron. Es war schlimm genug, daß sie das ältere Mädchen zur letzten Ballsaison einführten, als sie alle noch – wie Du und Chantelle – in Trauer hätten sein müssen. Dieses Jahr ist es ihnen gelungen, ihr einen Sponsor zu kaufen. Ich frage mich, von wessen Geld er bezahlt wurde, nachdem wohlbekannt ist, daß Charles nur den Adelstitel Deines Bruders, nicht aber seinen Reichtum geerbt hat. Weiß Chantelle, wie sie ihr Geld vergeuden? Wie konnte Dein Bruder nur so einen heimtükkischen Mann zu ihrem Vormund bestellen?

Wütend zerknüllte Ellen den Brief und warf ihn in den Papierkorb neben ihrem Stuhl. Also stimmte es, was sie schon lange geargwöhnt hatte. Charles Burke war nicht nur ein nachlässiger Vormund, er war auch noch ein Dieb. Kein Wunder, daß er ihre Briefe nicht beantwortet hatte. Er wagte es nicht.

Guter Gott, was sollten sie tun? Was konnten sie tun? Bis Chantelle heiratete oder volljährig war, gebot Vetter Charles über sie und ihr Erbe. Und da sie erst in zwei Jahren volljährig wurde und ohne Charles' Erlaubnis nicht heiraten konnte, lag die Vermutung nahe, daß von dem bescheidenen Vermögen, das Chantelles Vater ihr hinterlassen hatte, wenig oder gar nichts übrigbleiben würde. Selbst ihr Elternhaus hatte die Verwandtschaft mit Beschlag belegt. Anstatt auf dem kleinen Besitztum in Sackville zu bleiben, war Charles mit seiner großen Familie auf den eindrucksvolleren Burkeschen Herrensitz in Dover übergesiedelt.

Glücklicherweise hatte Chantelle noch nicht den Wunsch geäußert heimzugehen. Ellen bezweifelte, daß man das junge Mädchen dort willkommen heißen würde. Nach dem Tod ihres Vaters war Chantelle bei Ellen geblieben, bis ihr einziger männlicher Verwandter mit seiner amerikanischen Familie nach England gereist war. Dann hatten die Leute sie einmal besucht, als Chantelle noch so von ihrem Schmerz überwältigt war, daß sie kaum

Notiz von der Verwandtschaft nahm. Bei dem Besuch hatte Charles kein Wort erwähnt, das junge Mädchen möge nach Hause kommen.

Offenbar hielt er die gegenwärtige Regelung für ideal. Für ihn war sie das auch, denn er stellte nicht den allergeringsten Betrag für Chantelles Unterhalt zur Verfügung – absolut nichts von *ihrem eigenen Geld.* Vermutlich dachte er, daß Ellen gut genug situiert war, um für sie beide zu sorgen, oder es war ihm einfach egal. Sie hatte ihn in ihrem letzten Brief eines Besseren belehren müssen. Stolz war Stolz, aber er brachte kein Essen auf den Tisch. Ellens eigenes Erbe von ihrem Vater war schon vor langen Jahren zu einem sehr bescheidenen Einkommen zusammengeschmolzen, das gerade für eine Person reichte. Inzwischen waren mehrere Monate vergangen, und Charles hatte noch keinen Brief beantwortet. Nun war er wieder in London und gab Chantelles Geld für seine eigene Familie aus, während Ellen jeden Pfennig umdrehte und alte Erbstücke verkaufte, damit Chantelle nicht merken konnte, was für ein erschreckendes Vermächtnis ihr Vater ihr hinterlassen hatte.

Nein, dachte Ellen, um fair zu sein: Es war nicht die Schuld ihres Bruders. Als sein Erbe, ihr älterer Cousin, gestorben war, hatte Oliver keine Anstrengung gescheut, den Aufenthaltsort des jüngeren Vetters, des neuen Titelerben, zu entdecken. Daß auch Oliver starb, ehe Charles gefunden wurde, war nicht vorauszusehen. Zudem hatte Oliver nicht wissen können, was für ein Taugenichts Charles war, sonst hätte er für Chantelle entsprechende Vereinbarungen getroffen. Das Fehlen dieser Vereinbarungen machte Charles, Chantelles einzigen männlichen Verwandten, zu ihrem gesetzlichen Vormund.

Wenigstens hatte Chantelle ihre Tante Ellen. Bei einem Altersunterschied von zwanzig Jahren bestand zwischen den beiden ein Mutter-Tochter-Verhältnis, obwohl Ellen bei der Erziehung ihrer Nichte nicht mitgeholfen hatte. Sie war viel auf Reisen und sehr unabhängig gewesen. Vor zehn Jahren hatte sie dieses Haus in Norfolk gekauft und sich da niedergelassen – allein, wie sie es mochte. Dennoch hatte sie nichts dagegen gehabt, als Chantelle nach dem Tod ihres Vaters zu ihr gekommen war. Sie liebte das junge Mädchen von Herzen.

Ellen besaß keine eigenen Kinder; vielleicht fühlte sie sich deshalb der einzigen Tochter ihres Bruders so eng verbunden. Es war ihre eigene Entscheidung, daß sie nie geheiratet hatte. Sie war eine unscheinbar aussehende Frau von neununddreißig Jahren mit hellbraunem Haar und blauen Augen, die ihr attraktivstes Merkmal ausmachten. Sie hatte Heiratsanträge bekommen und sogar einige Liebesaffären gehabt, an die sie sich gern erinnerte – es war also nicht so, daß sie Männer ablehnte, sie mochte nur mit keinem leben. Dafür liebte sie ihre Unabhängigkeit zu sehr.

Vielleicht war es nicht klug gewesen, Chantelle die letzten eineinhalb Jahre bei sich zu behalten. In dieser Zeit war die junge Frau ebenfalls unabhängig geworden. Das war gut für ein Mädchen, das nicht heiraten wollte, aber Chantelle würde heiraten.

Anders als Ellen, die den unauffälligen Burkes nachschlug, war Chantelle wie eine einsame Blume zwischen Unkraut, die ihre französische Herkunft mütterlicherseits nicht verleugnen konnte. Oliver hatte immer behauptet, sie sei das Ebenbild ihrer Großmutter, von der es hieß, sie habe Königen als Mätresse gedient – eine seltene Schönheit am französischen Hof. Chantelle trug sogar den Namen dieser Frau. Und es stimmte: Mit ihrem platinblonden Haar und den verblüffenden Augen von veilchenblauer Farbe ähnelte sie den Burkes überhaupt nicht. Sie war zwar nicht klein und zerbrechlich, aber mit einem Meter achtundsechzig auch nicht zu groß. Ihre außergewöhnliche Schönheit konnte von Männern nicht übersehen werden. Sie würde sich die attraktiven Freier aussuchen und einen wohlhabenden heiraten können – falls Charles Burke als ihr Vormund ihr die Chance dazu ließe.

Ellen seufzte. Wenn dieser Mensch ihre Briefe nicht bald beantwortete, mußte sie ernsthaft in Erwägung ziehen, Chantelle selbst nach London zu bringen. Die junge Frau verdiente es, in einem ihren Mitteln und ihrem Stand angemessenen Stil in die Saison eingeführt zu werden. Sollte Charles ihr das verwehren wollen – was man nach seinem Stillschweigen wohl annehmen konnte –, würde sie, Ellen, das nicht kampflos akzeptieren. Sie besaß noch genügend Freunde und Einfluß in London, um ihrem Vetter Unannehmlichkeiten zu bereiten, falls er seinen Verpflichtungen nicht nachkam.

»Tante Ellen, ich bin wieder da!« rief Chantelle plötzlich von der Küche her und betrat einen Moment später das Wohnzimmer. »Ich habe ein schönes Stück Rindfleisch zum Essen und ein paar Nieren fürs Frühstück mitgebracht. Oh, und von Frau Smith soll ich dir ausrichten...« Sie verdrehte die Augen, »daß sie bald ruiniert sein wird, wenn du mich weiterhin zum Markt schickst.«

»Ist das der Grund deines Lächelns?«

Chantelle machte ein spitzbübisches Gesicht. »Letzte Woche habe ich ihr Kopfschmerzen verursacht, diese Woche ruiniere ich sie. Für was werde ich nächste Woche verantwortlich sein?«

»Für Schlaflosigkeit! Das hat sie mir auch schon mal vorgeworfen.«

Chantelle lachte. »Sie ist wunderbar. Ich habe noch nie jemanden erlebt, der soviel Spaß am Feilschen hat.«

»Außer dir selbst, vielleicht?«

»Nun, es ist wirklich ein Vergnügen«, meinte Chantelle abwehrend und verschwieg die Tatsache, daß ihr Hals ziemlich rauh war, weil sie eine Stunde damit zugebracht hatte, den Preis für ein einziges Stück Fleisch herunterzuhandeln. Chantelle betrachtete es als eine Art Herausforderung, auf dem Markt die günstigsten Preise zu erzielen, günstiger noch als die Stammkunden, die das Feilschen als eine schöne Kunst betrieben. »Und übrigens – schau, wieviel ich heute gespart habe.«

Ellen schloß kurz die Augen. Also hatte Chantelle gemerkt, daß Ellen knapp bei Kasse war. Dieser verdammte Charles Burke!

»Es tut mir so leid, Liebes...«

»Sei nicht töricht, Tante Ellen. Sobald Charles das Geld schickt, das ich gefordert habe, gebe ich dir alles zurück.«

»Du hast ihm geschrieben?«

»Natürlich! Das hätte ich schon früher gemacht, wenn ich geahnt hätte... Jedenfalls werde ich bald für Ordnung sorgen. Ist heute nicht vielleicht ein Brief gekommen?«

»Nein«, erwiderte Ellen und spürte ein gewisses Unbehagen wegen Chantelles Entschlossenheit. Wie würde Charles auf ihrer beider Forderungen reagieren?

»Dann wird aber bald einer eintreffen«, erklärte Chantelle mit fröhlicher Zuversicht. »Der liebe Charles kann mich doch nicht einfach ignorieren, oder?«

Konnte er das nicht? Bisher war es ihm auf alle Fälle hervorragend gelungen. Und beide Frauen sollten es noch bedauern, daß er sie nicht weiterhin ignorierte.

3

Sie hatten Chantelle in ihrem Zimmer eingesperrt, aber das bekümmerte die junge Frau nicht – noch nicht. Es wäre nicht das erstemal, daß sie durch ein Fenster steigen würde, obwohl viele Jahre vergangen waren, seit sie das Haus auf diesem Weg verlassen hatte. Jedenfalls blieb ihr diese Wahl; sie mußte nur noch warten, bis es im Haus still wurde, dann ein paar Sachen zusammenpacken und einen Plan aushecken, doch vor allem mußte sie sich beruhigen, denn im Moment war sie so wütend, daß sie Charles Burke hätte umbringen können.

Sie war erst an diesem Nachmittag daheim eingetroffen, doch ihr Zorn hatte schon die ganze Woche gebrodelt, seit Charles' Brief angekommen war. Statt des Geldes, das sie erwartete, hatte sie den Befehl erhalten, sofort nach Dover zurückzukehren, und dieser anmaßende Idiot Charles hatte nicht einmal die Zahlungsmittel für die Reise geschickt. Ellen hatte ein weiteres Schmuckstück verkaufen müssen – und das schlug dem Faß den Boden aus.

Chantelle war so verärgert, daß sie ihrer Tante nicht die Zeit ließ, das Haus zu verschließen und ihre Nichte zu begleiten. Trotz Ellens Protest fuhr die junge Frau am nächsten Tag ab. Sie wollte Charles zeigen, daß sie nicht irgendein Schaf war, das man so behandeln konnte. Es gab eine Menge Fragen, die er beantworten mußte, besonders die, wieso er Chantelle finanziell von ihrer Tante abhängig machte, wenn Ellen sich keine zusätzlichen Auslagen leisten konnte. Die junge Frau hatte vorgehabt, die Angelegenheit mit Charles ins reine zu bringen, doch es war anders gekommen.

Man hatte Chantelle in den Salon geführt, als sei sie ein Gast in ihrem eigenen Haus. Der Butler war neu, ebenso wie die Teppiche und die Möbel. Chantelle fühlte sich tatsächlich wie ein Gast. Und der ganze Clan war anwesend.

Chantelle erinnerte sich an alle Familienmitglieder – von deren Besuch in Norfolk, kurz nach ihrer Ankunft in England. Der Unterschied zwischen damals und jetzt machte sich nicht sofort bemerkbar. In Norfolk waren sie die armen Verwandten aus Amerika gewesen, die ihr Beileid aussprechen wollten und sich bewußt waren, eine Dame von adliger Herkunft vor sich zu haben, was aus ihrem Kreis nicht einmal Charles von sich behaupten konnte – bis jetzt.

Charles war der zweite Sohn des Onkels von Chantelles Vater, und Charles' eigener Vater hatte nur eine Schreinerlehre absolviert. Den Adelstitel hatte Chantelles Großvater von einem dankbaren Monarchen verliehen bekommen, doch er war auch vorher schon begütert gewesen, und seinen Reichtum hatte Chantelle geerbt. Charles war vor knapp dreißig Jahren aus England geflohen, um dem Gefängnis zu entgehen, das ihm wegen seiner Schulden drohte.

Wenn man ihn heute ansah, mochte man das nicht glauben. Er war groß, blaß und wirkte älter als ein neunundvierzigjähriger Mann mit seinen typischen Merkmalen der Burkes: braunem Haar und blauen Augen. Er trug – genau wie seine Familie – die feinste Mode, und alle strahlten das Selbstbewußtsein und die Herablassung der Neureichen aus.

Da war Charles' rothaarige Frau Alice, die, nach dem Bericht des säumigen Rechtsanwalts, von einem Kneipenwirt in Virginia abstammte, in dessen Lokal Charles ein einfacher Angestellter gewesen war. Zwei Töchter der beiden waren anwesend: die vierzehnjährige Marsha und die neunzehnjährige Jane, hausbackene Mädchen, deren reizloses Aussehen nicht einmal das rote Haar und die haselnußbraunen Augen ihrer Mutter verbessern konnten.

Es gab noch eine ältere, zum zweitenmal verheiratete Tochter, die in Amerika geblieben war, laut Angaben des Rechtsanwalts. Charles' Sohn Aaron hatte seine Frau Rebecca und seine beiden Kinder nach England mitgebracht.

Eine weitere Person hielt sich in Chantelles Elternhaus auf, ein Mensch, den Charles als zukünftigen Gatten für Chantelle ausgewählt hatte: Cyrus Wolrige, der so alt war, daß er der Großvater der jungen Frau hätte sein können.

Der Wüstling starrte Chantelle während der ganzen Unterredung mit lüsternen Blicken an. Sie kannte ihn. Er wohnte keine Viertelmeile entfernt, und sie hatte ihn oft in der Kirche gesehen, wo er während der Predigt schnarchte und später auf dem Kirchhof mit den jungen Frauen liebäugelte. Emmy, ihr Dienstmädchen, hatte ihn immer einen schmutzigen alten Kerl genannt.

Und jetzt waren Charles' erste Worte ihr gegenüber gewesen: »Ah, Chantelle, meine Liebe – ich stelle dir deinen Verlobten, Mr. Wolrige, vor. Morgen früh wirst du heiraten.«

Chantelle lachte über die Absurdität dieser Bemerkung, doch Cyrus Wolrige war nicht beleidigt. Er saß lächelnd da, völlig überzeugt, daß Chantelle morgen seine Braut sein würde. Sein Blick ließ sie frösteln, und sie wurde sofort ernst.

Chantelle wandte sich ihrem Onkel zu, und ihre violetten Augen sprühten Blitze. »Sie belieben zu scherzen, Sir, und auf eine üble Weise.«

»Ich versichere dir, daß der heilige Ehestand keinen Anlaß zum Scherzen gibt«, erklärte er.

Sie hatte ihre gute Erziehung wie einen Mantel um sich gehüllt, um nicht zornig zu schreien. »Dann versichere ich Ihnen, daß ich Mr. Wolriges Antrag ablehne.«

»Das kannst du nicht, meine Liebe«, sagte Charles mit einem gezwungenen Lächeln und einem entschuldigenden Nicken zu Mr. Wolrige hin. »Ich habe schon in deinem Namen akzeptiert.«

Er fügte hinzu, ihr Einverständnis sei nicht vonnöten. Sie sei noch minderjährig und dem Willen ihres Vormunds absolut unterworfen.

Das war zuviel. Sie alle saßen da und betrachteten Chantelle mit hämischem Vergnügen, nur Aaron machte einen betretenen Eindruck – den Grund hierfür erfuhr Chantelle später von Emmy.

Emmy war am Anfang mit nach Norfolk gekommen, hatte sich aber bald nach Dover zurückbegeben, weil ihre Mutter erkrankt war. Da Ellens Häuschen jedoch für drei Leute wirklich zu klein war, hatte sie anschließend den Dienst in Chantelles Heim wiederaufgenommen und betreute nun die neuen Herrschaften.

An diesem Abend brachte sie Chantelle ein Tablett mit Essen aufs Zimmer und erklärte, die Burkes hätten wirklich vor, die junge Frau zu verheiraten. In der Familie hatte es einen heftigen Streit gegeben, weil Aaron schon verehelicht war. Nach Charles'

Ansicht wäre es ideal gewesen, wenn sein Sohn Chantelle zur Frau genommen hätte. Es war sogar von Aarons möglicher Scheidung die Rede gewesen, und seitdem hing der Haussegen zwischen Aaron und Rebecca schief.

Das alles interessierte Chantelle nicht. Es änderte auch nichts an den Plänen, die bezüglich ihrer Heirat gefaßt worden waren. Die junge Frau war wütend und machte kein Hehl daraus, aber es nützte ihr nichts. Sie war in ihrem Zimmer eingesperrt und sollte am Morgen diesem Wolrige geopfert werden. Jedenfalls glaubte das die saubere Gesellschaft. Aber am Morgen würde Chantelle nicht mehr da sein.

Es wurde Mitternacht, bis sie sich soweit beruhigt hatte, daß ihr Entschluß feststand. Dann dauerte es noch ein paar Stunden, bis sie fertig war zu gehen. Hauptsache, es gelang ihr, das Haus unbemerkt zu verlassen und sich irgendwo zu verstecken. Sie wußte auch schon einen perfekten Platz – die Höhlen. Einige Dinge, die sie als Kind dort verstaut hatte, waren vielleicht noch da: Decken, Zündmaterial, Geschirr, ihre Muschelsammlung. Decken wären wichtig, denn sie wollte den Rest der Nacht und den ganzen morgigen Tag dort verbringen, während die Burkes vergebens nach ihr suchen würden.

Morgen nacht wollte sie Dover mit unbestimmtem Ziel verlassen. Vermutlich würde sie nach London gehen und sich mit Tante Ellen in Verbindung setzen. Deren Freunde würden ihr sicher einen Job verschaffen.

Chantelle lächelte zum erstenmal seit langen Stunden. Die Zeit mit ihrer Tante hatte sie einiges gelehrt, für das sie nun dankbar sein konnte. Noch vor einem Jahr hätte sie möglicherweise das Schicksal, das Charles für sie ausersehen hatte, akzeptiert – nicht aber jetzt.

Natürlich war die Situation erschreckend. Die von ihrem Vater verwöhnte und angebetete junge Frau hatte nie Härte kennengelernt und nie Entscheidungen getroffen. Zwar hatte sie bei ihrer Tante auf den gewohnten Luxus verzichten müssen, doch das hatte sie nicht als Manko empfunden. Keine Bediensteten zur Verfügung zu haben, kochen zu lernen, zu putzen, auf den Markt zu gehen und das Essen einzukaufen, war ein Abenteuer gewesen, aber nur, weil Chantelle diese Erfahrungen mit ihrer Tante hatte teilen können. In jedem anderen Fall hätte sie sich gewiß betrogen gefühlt. Ellen war eben etwas Besonderes, und Chantelle liebte sie innig. Ihre Tante hatte die Welt bereist; sie war unabhängig; sie war keine Frau, die nur den geraden und schmalen Weg ging, sondern die alle Möglichkeiten in Betracht zog, die guten wie die schlechten.

Oh, wenn Chantelle nur auf Ellen gehört und deren Begleitung nach Dover angenommen hätte. Vielleicht wäre der älteren Frau eine Lösung eingefallen. Nein, das stimmte nicht. Niemand konnte etwas dagegen tun, wenn Charles als Vormund unerbittlich Chantelles Ehe mit dem alten Wolrige verlangte. Da gab es kein Entrinnen. Chantelle mußte für zwei Jahre verschwinden, bis sie volljährig war, und hoffen, daß Wolrige einer Heirat mit einer abwesenden Braut nicht zustimmte.

Falls bis dahin von ihrem Erbe, das die Burkes so großzügig verzehrten, nichts mehr übrig sein würde, mußte sie sich damit abfinden. Eine Ehe mit Cyrus Wolrige war das größere Übel, eines, das um jeden Preis verhindert werden mußte. Aber, bei Gott, wenn tatsächlich alles Geld verbraucht war, wenn sie wiederauftauchen konnte, würden die Burkes dafür bezahlen. Sie würden irgendwie bezahlen! Zum erstenmal in ihrem Leben empfand Chantelle Haß. Das war nicht angenehm. Es widerstrebte ihrer natürlichen Veranlagung. Für alles, was diese Menschen ihr hatten antun wollen, für alles, wozu sie Chantelle zwingen wollten, würde sie mit ihnen abrechnen.

Sie packte ein paar Kleider zum Wechseln, ein paar persönliche Dinge und den Rest des Geldes, das ihre Tante ihr gegeben hatte, zu einem Bündel zusammen und warf es aus dem Fenster, dann stieg sie selbst auf das Fensterbrett. Sie hatte Glück, daß der Frühling sich bereits in den Sommer verwandelte und sie deshalb ein dünnes, über den Hüften anliegendes Baumwollkleid tragen konnte und ihr der Abstieg dadurch leichter fiel. Sie hatte zusätzlich Glück, daß der Halbmond nur schwach leuchtete und ihr helfen würde, ungesehen den Boden zu erreichen. Es war schön, in dieser Situation irgendwelche, wenn auch noch so geringe Vorteile zu entdecken.

Doch beinahe sofort zeigte sich das erste Hindernis. Chantelle hatte nicht mit dem Fortschreiten der Zeit und dem Wachstum von Bäumen gerechnet. Ihr Baum, der immer in Reichweite gewesen war, stand noch da, aber er war kaum mehr wiederzuerkennen. Der Ast, der das Haus berührt hatte und so leicht zu erklimmen gewesen war, hing nun hoch über ihrem Kopf. Nicht einmal auf Zehenspitzen konnte sie ihn ergreifen. Ein niedrigerer Zweig würde erst in mehreren Jahren zum Fenster hinaufwachsen – er befand sich einen Meter unterhalb des Fenstersimses. Wenn Chantelle an diesem Baum herabklettern wollte, würde sie auf ihn springen müssen.

Vor zehn Jahren hätte sie nicht gezögert, denn Kinder bedenken selten die Folgen ihrer Abenteuer. Jetzt stellte Chantelle sich vor, daß sie sich das Genick oder zumindest einige Knochen brechen könnte, falls sie beim Springen den Ast verfehlte. Sie zauderte jedoch nur ein paar Sekunden, dann sprang sie. Als ihre Finger den Ast erfaßten, brach er krachend unter ihrer Last, und sie spürte, wie sie dem breiten Stamm entgegenflog.

Sofort ließ sie den Ast los und fiel zweieinhalb Meter tief auf die Erde. Dort blieb sie reglos liegen und betete, daß sie sich bei dem schmerzhaften Sturz keine ernsthafte Verletzung zugezogen hatte. Schließlich erhob sie sich mit einem Seufzer der Erleichterung. Nichts war gebrochen – sie war mit ein paar Schürfwunden an der Hüfte und am Knie davongekommen.

Sie hatte etwas gewagt, sie war frei, und sie verschwendete keinen Augenblick, packte ihr Bündel und entfernte sich leise vom Haus. Sie ging auf die Klippen zu. Das war vertrautes Gelände. Selbst in einer pechschwarzen Nacht hätte sie den steilen Weg gefunden, der zum Strand und zu den Höhlen führte.

In fünf Minuten hatte sie die Klippen erreicht und rannte den Pfad hinunter. Sie roch das Salz in der Luft, hörte, wie sich die Wellen unten am Ufer brachen. Das war ihr Spielplatz gewesen – hier würde sie keiner suchen. Plötzlich fühlte sie sich, als sei sie endlich heimgekommen, denn die Villa, aus der sie eben geflohen war, hatte ihre Eigenschaft als Zufluchtsstätte eingebüßt.

Als sie den schmalen Streifen Strand erreichte, stellte sie bekümmert fest, daß auch diese »Heimat« von Eindringlingen besetzt war. In einer Entfernung von ungefähr zwanzig Metern zogen drei Männer ein kleines Boot an Land. Schmuggler? Vielleicht. Da sie kein Licht mit sich führten, bezweifelte Chantelle, daß es sich um Fischer handelte. Doch ganz gleich, wer sie waren – die junge Frau wollte nicht gesehen werden und zog sich auf den Klippenpfad zurück, der genug Gestrüpp und Büsche als vorübergehendes Versteck bot, bis die Männer verschwunden waren.

Dieser Plan hätte hervorragend geklappt, wären es nur drei

Männer gewesen – aber leider waren es fünf. Die beiden anderen waren in entgegengesetzte Richtungen den Strand entlanggeschickt worden, um ihrerseits zu prüfen, ob die Luft rein war. Dem einen von ihnen lief Chantelle direkt in die Arme.

Ehe sie einen Schrei ausstoßen konnte, legte sich eine nach Fisch stinkende Hand über ihren Mund. Chantelle wehrte sich nicht allzusehr, als der Mann sie mit sich fortzog – sie nahm sich vor, vernünftig mit den Typen zu reden, um dann in Ruhe gelassen zu werden.

Es schien ein böses Omen zu sein, daß der Mond hinter Wolken verschwand, als Chantelle mit ihrem Häscher die drei Männer erreichte. In nahezu völliger Finsternis konnte sie nicht erkennen, ob einer von ihnen aus dem nahe gelegenen Dorf stammte. Zudem lockerte sich die Hand nicht, die ihren Mund bedeckte; also war Chantelle nicht fähig zu sprechen, und ihre Zuversicht wich allmählich einer ungewissen Angst, die sich noch verstärkte, als die Kerle ein Kauderwelsch von sich gaben, das völlig unverständlich war. Das Gelächter, das schließlich erscholl, war jedoch unmißverständlich, und Chantelle lief ein kalter Schauder den Rücken hinunter.

Sie begann sich zu wehren, doch es war zu spät. Zu fünft – der letzte Mann war noch hinzugekommen – bedeutete es kein Problem, die junge Frau in das Boot zu zerren. Ein verschwitztes Tuch wurde ihr in den Mund gestopft und ein Seil um den Körper geschlungen, so daß sie ihre Arme nicht mehr bewegen konnte. Ein Mann preßte seinen Fuß in ihren Magen, damit sie sich vom Boden des Bootes nicht erheben konnte. Ihre Entführer redeten wieder wirr durcheinander, und sie verstand noch immer kein Wort. Sie versuchte nachzudenken und ihre Furcht zu bezwingen. Es mußte eine logische Begründung dafür geben, warum die Männer sie mitnahmen und ihr nicht gestatteten zu erklären, was sie mitten in der Nacht am Strand gesucht hatte. Sie mußte es ihnen klarmachen – aber was war, wenn keiner Englisch verstand, oder Französisch, das sie fließend beherrschte? Guter Gott, wenn sie sich gegenseitig nicht verständigen konnten, wie sollte sie herausfinden, was man mit ihr vorhatte?

Wenigstens dauerte es nicht lange, bis sie herausfand, wohin man sie brachte. Sie wurde wie ein Paket auf ein Schiff gehievt, das im Küstengewässer ankerte, und in eine stockfinstere Kabine geworfen.

Glücklicherweise war das Seil, das sie umschlang, nicht fest verknotet. Sie konnte es nach einiger Anstrengung lösen. Doch gerade, als sie sich befreit hatte, öffnete sich die Tür. Kerzenlicht blendete Chantelle, dann sah sie voller Schrecken den seltsamen fremdartigen Mann, der hereingekommen war.

Er besaß eine dunkle Hautfarbe, eine scharfe Adlernase und schwarze, normalerweise geschlitzte Augen, die sich momentan jedoch bei Chantelles Anblick vor Erstaunen rundeten. Er war klein, kleiner als die junge Frau, und dünn, hatte ein weißes Tuch um den Kopf gebunden und trug weite Hosen, sonst nichts, nicht einmal Schuhe.

Die nackte Brust des Mannes beleidigte Chantelle, ebenso wie sein Starren, und die größte Beleidigung bestand darin, daß Chantelle sich überhaupt hier befand. Während sie den seltsamen Fremden betrachtete, stieg höchster Widerwille in ihr hoch, und sie vergaß ihre Angst. Der Knebel in ihrem Mund fiel ihr ein, und sie zog ihn mit einem Ruck heraus. Flüchtig stellte sie fest, daß er dem Tuch glich, das der Bursche um den Kopf trug.

»Sprechen Sie Englisch?« fragte Chantelle gebieterisch. »Wenn nicht, rate ich Ihnen, schnellstens einen Dolmetscher herbeizuschaffen. Ich verlange ...«

»Ich spreche Englisch.«

Chantelles Kampfgeist wich einer großen Erleichterung. »Gott sei Dank! Ich fürchtete schon, kein Mensch hier würde mich verstehen. Hören Sie, Sir, ein Irrtum ist passiert. Ich muß sofort den Burschen sprechen, der das Kommando über dieses Schiff führt.«

»Alles zu seiner Zeit, *Lalla.*« Er grinste und enthüllte eine Reihe überraschend weißer Zähne. »Sie können sicher sein, daß er Sie auch sprechen will. Beim Atem Allahs, er wird entzückt sein, daß ihm so ein Geschenk in den Schoß gefallen ist.«

Chantelle erstarrte deutlich merkbar. »Ein Geschenk? Was für ein Geschenk? Falls Sie mich meinen ...«

»Natürlich Sie.« Sein Grinsen wurde noch breiter. »Sie werden uns ein Vermögen einbringen ...«

»Reden Sie keinen Blödsinn«, unterbrach Chantelle ihn scharf. »Sie wissen nicht, wer ich bin. Sie können nicht ahnen, ob meine finanziellen Verhältnisse ein Lösegeld gestatten.«

»Lösegeld?« Er lachte in sich hinein, und es klang ehrlich amüsiert. »Nein, *Lalla,* Frauen werden selten wegen eines Lösegeldes gefangengehalten, schon gar nicht eine, die so schön ist wie Sie.«

Chantelle trat einen Schritt zurück, als hätten seine Worte ihr einen Hieb versetzt. Sie verstand nicht, was der Bursche meinte – das heißt, sie fürchtete, daß sie es sehr wohl verstand.

»Dieses Schiff – warum ist es hier? Warum hat man mich an Bord gebracht?«

»Kein Grund zur Angst«, versicherte er. »Ihnen wird nichts geschehen.«

Sie war nicht beruhigt. Panik ergriff sie. »Wer sind Sie?«

Sie wich zurück, als er einen Schritt auf sie zukam, und er blieb stehen. Ihre Furcht irritierte ihn. Hakeem Bektash war noch nie beauftragt worden, sich um eine Gefangene zu kümmern, und dies war keine gewöhnliche Gefangene. Beim ersten Blick auf ihre aristokratischen Züge hatte er das gewußt, und ihr gebieterisches Auftreten hatte es bestätigt. Sie war eine Dame. Doch wer sie war, zählte nicht, nicht einmal ihr Name, denn sie würde von ihrem Herrn einen neuen bekommen. Hakeem besaß keine Erfahrung im Umgang mit Damen, deshalb hatte er sich hinreißen lassen, sie »Lalla« zu nennen, was der Titel für eine Frau von vornehmer Herkunft war, obwohl sie eine Sklavin sein würde.

Er wußte einfach nicht, wie er sie behandeln sollte. Rais Mehmed, sein Kapitän, bestand darauf, daß die Enthüllung der Wahrheit nicht auf die lange Bank geschoben werden sollte. Er meinte, Gefangenen gebühre die höchstmögliche Zeit, sich an ihre neuen Lebensumstände zu gewöhnen. Allah mochte ihm, Hakeem, helfen, warum war er auch der einzige an Bord, der Englisch sprach?

Ehe er etwas sagen konnte, bewegte sich das Schiff, da der Anker gelichtet wurde. »Was war das?« rief Chantelle und lehnte sich haltsuchend gegen die Wand hinter ihr.

»Wir laufen aus.«

»Nein!« schrie sie, dann fragte sie: »Wohin? Verdammt, reden Sie: Was geht hier vor?«

»Wie sind Seeräuber, *Lalla.*«

Das Wort war so wohlbekannt und gefürchtet, daß es keiner weiteren Erklärung bedurfte. Doch Chantelle schien es nicht zu begreifen. Ihr Gehirn war für einige Augenblicke blockiert, bis es den Sinn des eben Gehörten erfaßte. In diesem Moment wich der letzte Rest von Farbe aus Chantelles Gesicht. »Piraten? Türkische Piraten?«

Er zuckte die Schultern. »Piraten, Händler – das macht keinen Unterschied an der Barbarenküste.«

»Zum Teufel mit dem Unterschied! Seeräuber sind weiße Sklavenhändler!«

»Gelegentlich.«

»Dann sind Sie… Nein, bei Gott, das nicht auch noch!«

Er war so fasziniert von dem flammenden Rot, das nun in ihre Wangen stieg, daß er ihre Bemerkung nicht beachtete. Er war auch nicht darauf vorbereitet, daß sie plötzlich nach vorn springen könnte. Er wurde mit Wucht zur Seite gestoßen, verlor das Gleichgewicht und landete auf dem Boden. Die Kerze flog ihm aus der Hand und erlosch. Er sah gerade noch, wie Chantelle durch die Tür floh. Zutiefst erschrocken raffte er sich auf und folgte ihr. Falls sie vom Schiff sprang, würde Rais Mehmed ihn gewiß hinterherschicken.

Er kam zu spät. An Deck beobachtete er gerade noch, wie ein Mann Chantelle packen wollte und mit dumpfem Krach und leeren Händen auf die Planken polterte; er sah, wie die junge Frau mit kühnem Sprung über die Reling sprang, ohne sie erst zu erklimmen.

Als er nun selbst an die Reling stürzte, erhaschte er noch einen Blick auf den silberhellen Kopf, der die Oberfläche des Wassers durchbrach, und – Wunder über Wunder – die junge Person konnte schwimmen. Nur wenige Männer an Bord vermochten das von sich zu behaupten, er selbst inbegriffen, sonst wäre er sofort nachgesprungen.

Seine Kumpel neben ihm riefen durcheinander, sie waren ebenso erstaunt wie er, daß das englische Mädchen nicht ertrank, sondern auf die Küste zuschwamm. Dann befaßte sich Rais Mehmed mit Hakeem.

»Du idiotisches Stück Dreck! Ich stelle dir die einfachste Aufgabe der Welt, und du verpfuschst sie.« Die Faust des Kapitäns begleitete diese Rede, und Hakeem schlitterte über das Deck. Rais Mehmed stellte sich vor ihm auf, und in seinen dunklen Augen spiegelten sich Mordgelüste. »Ich sollte…«

»Ich sollte ihr folgen«, meinte Hakeem mutig.

»Du bist wohl verrückt?« schrie Mehmed ungläubig. »Ein wertloses Weib wieder einfangen? Die Haie können sie haben«, schloß er angewidert.

Hakeem rollte zur Seite, um Mehmeds Tritt zu entgehen, und

hob eine Hand. »Sie hatte silbernes Haar und Augen wie Amethyste. Eine Göttin würde sie um ihre Schönheit beneiden.«

Mehmed blieb stehen, und sein Zorn ergoß sich erneut über Hakeem. »Idiot! Warum hast du das nicht gleich gesagt?«

Hakeem seufzte, als das Kaperschiff gewendet und das kleine Boot zum Herablassen klargemacht wurde. Er hatte sich vor weiteren Mißhandlungen gerettet, doch was war mit dem Mädchen? Beinahe wünschte er, sie würden es nicht finden – warum, wußte er selbst nicht.

4

»Ein Bursche wartet im Haus auf Sie, mein Lord. Fünf Minuten, nachdem Sie ausgeritten waren, kam er zu Fuß an. Er hat Sie knapp verfehlt.«

Der Graf von Mulbury stieg vom Pferd. Er händigte seinem Stallmeister die Zügel des preisgekrönten Vollblutes aus. Die schwarzen Brauen über den smaragdgrünen Augen des Grafen zogen sich zusammen, als er den schmalen Pfad entlang zum Haus blickte. Er erwartete niemanden, und seine Freunde waren Harry alle bekannt. Also war momentan sein Interesse geweckt.

»Sind Sie sicher, daß er mich und nicht den Marquis sprechen will?«

»Er hat Ihren Namen genannt und Ihren Großvater nicht erwähnt, überhaupt hat er sonst nichts von sich gegeben, und ich würde sagen, daß er nicht Englisch spricht. Er hat so ein gewisses Aussehen... wenn Sie wissen, was ich meine.«

Der Graf nickte und unterdrückte ein Lächeln. Harry traute keinem Ausländer, seit seine Tochter vor vielen Jahren mit einem Franzosen davongelaufen war. Was Harry betraf, war jeder verdächtig, der auch nur den leichtesten Akzent besaß. Der Freund des Grafen, Marshall Fielding, hatte sich immer über Harry beschwert, weil der Stallmeister die Kuriere, die hier Depeschen abgaben, oft schlecht behandelte. Doch der Bursche, der im Haus wartete, konnte keiner von Marshalls Agenten sein, denn der Graf hatte, auf Wunsch des Marquis, nichts mehr mit dem Britischen Nachrichtendienst zu tun. Eigentlich hatte er auch nie ernsthaft damit zu tun gehabt.

Es war müßig, nun solche Überlegungen anzustellen. Der Graf benützte den Pfad, der vom Stall zur rechten Seite des Herrenhauses führte, des Familienbesitzes des Marquis von Huntstable, seines Großvaters. Der Graf besaß ein eigenes Anwesen in York, das er jedoch nur einmal im Jahr besuchte, um zu sehen, ob der alte Bau noch stand und die Pächter sich unter der Fuchtel seines Verwalters wohl fühlten. In der übrigen Zeit lebte er hier in Kent bei seinem Großvater. Das geschah auf gegenseitigen Wunsch. Abgesehen von der Tatsache, daß der Graf der einzige Erbe des Marquis war und der alte Herr ihn deshalb gern sicher und unbeschadet in seiner Nähe wußte, hingen die beiden mit großer Liebe und Zuneigung aneinander.

»Euer Lordschaft, es wartet...«

»Ja, ich weiß, Mr. Walmsley.« Der Graf schnitt dem Butler das Wort ab und reichte ihm seine Reitermütze und die Handschuhe. »Wohin haben Sie ihn geführt?«

»Ich hätte ihn hier in der Halle gelassen, Mylord, aber er starrte die Mädchen so an, daß sie nervös wurden, also habe ich ihn in den kleinen Salon gebracht.«

»War er unverschämt?«

»Man hätte meinen können, er hätte noch nie eine Frau gesehen«, erwiderte Mr. Walmsley.

Der Graf verzog leicht die Lippen. »Hat er eine Karte abgegeben?«

»Er nannte nicht einmal seinen Namen«, stellte der Butler mit deutlichem Abscheu fest. »Wenn Sie mich fragen...«

»Schon gut. Ich gehe gleich zu ihm. Schicken Sie mir mein Tablett, wie gewöhnlich, Mr. Walmsley, aber für zwei Personen.«

Der kleine Salon lag rechts von der riesigen Halle am Ende eines kurzen Korridors auf der Rückseite des Hauses, die der Morgensonne zugewendet war. An hellen, wolkenlosen Tagen wirkte der Raum heiter, jedenfalls zu dieser Jahreszeit. An jenem Morgen hatte die Sonne sich jedoch noch nicht hervorgewagt. Trotzdem spendeten die beiden deckenhohen Fenster genügend Licht, und der einsame Besucher war gut zu sehen. Er stand mit dem Gesicht zur linken Wand und betrachtete fasziniert die antiken Uhren auf einem Bord.

Der schmächtige Bursche hörte den Grafen nicht eintreten, was dieser als vorteilhaft empfand, denn er schätzte es nicht, wenn man ihm seine Überraschung anmerkte – und überrascht war er in diesem Augenblick. Selbst von der Seite erkannte er die Nationalität seines Besuchers, und ein Dutzend Fragen schoß ihm durch den Kopf, gemischt mit Schrecken, denn für die Gegenwart eines

Arabers konnte er sich nur einen Grund denken, und das war kein angenehmer.

Mit einiger Mühe setzte der Graf ein höflich-kühles Lächeln auf und fragte in perfektem Arabisch: »Sie wollten mich sprechen?«

Beim Klang heimatlicher Laute in diesem fremden Land fuhr Ali ben-Khalil jäh herum. Seine Muttersprache zu hören, hatte er nicht zu hoffen gewagt, doch allmählich glaubte Ali, daß Allah persönlich ihn auf dieser Reise begleitet hatte – was bedeutete dann noch ein zusätzlicher Segen? War er, Ali, nicht heil aus Barka herausgekommen? Hatte das Wetter nicht mitgemacht und den kleinen Dreimaster in weniger als einem Monat über das Meer getragen? Selbst die Mannschaft war so vom Glück begünstigt gewesen, daß ihr an der Küste ein unerwarteter Gefangener in die Hände gefallen war, der den Profit aus dieser Reise noch erhöhen würde. Dann war da noch der Matrose gewesen, der Englisch sprach und Ali die Worte gelehrt hatte, die er brauchte, um schnell hierher zu finden. Und zudem hatten noch Kleidungsstücke in einem Hinterhof gehangen, die Ali leicht hatte stehlen können, um sein Äußeres diesem Land anzupassen. Alles hatte so gut geklappt – zu gut in der Tat, so daß er schon fürchtete, etwas müsse schiefgehen, nur damit die Waagschalen des Schicksals ausgeglichen würden. Aber nein, er war hier angelangt! Der große Mann, der Arabisch sprach, war offensichtlich der Gesuchte. Ali hatte seine Mission erfolgreich beendet. Stolz und Jubel ließen seine Brust gleichermaßen anschwellen.

»Derek Sinclair?«

Auf ein Nicken hin händigte Ali schnell den Brief aus, ehe er zurücktrat und wartete. Vielleicht gab es noch Fragen, vielleicht auch konnte der Engländer ihm einen Rat geben, wo er die nächsten sechs Monate bleiben konnte. Er verstand noch immer nicht, warum er so lange nicht nach Barka zurückkehren durfte, doch er konnte sich nicht beklagen. Er war nun ein reicher Mann. Neben seinem eigenen gefüllten Beutel war noch eine große Summe des Geldes übrig, mit dem er das Piratenschiff angeheuert hatte.

Er beobachtete, wie der Engländer zu einem kleinen Pult in der Ecke des Raumes ging, einen Brieföffner zur Hand nahm und sich dann hinsetzte. Der Brief war in wenigen Sekunden gelesen, und der Hausherr richtete den Blick auf Ali. Es waren jene durchdringenden grünen Augen, die Alis Glücksstimmung zerrissen und ihm einen kalten Schauder über den Rücken jagten. Die Augen, die Größe, die adlerähnlichen Züge! Es war zwar kein Bart vorhanden, aber...

Ali stöhnte und warf sich auf den Boden. »Töten Sie mich nicht, gnädiger Herr! Bitte, Sie müssen mich verstecken. Ich tue alles, was Sie wollen, das schwöre ich.«

»Warum?«

Die Frage klang so sanft, daß Ali den Kopf leicht zu heben wagte. »Weil... weil ich Sie gesehen habe.«

»Das hast du. Nun gut, wie lange soll ich dich hierbehalten?«

»Sechs Monate«, erwiderte Ali schnell, dem ein Licht aufgegangen war. »Man hat mir gesagt, ich müsse sechs Monate fortbleiben.«

Der Graf fluchte leise. Sechs Monate? In ein paar Wochen sollte seine Hochzeit stattfinden. Caroline würde so einen langen Aufschub nicht schätzen, ebensowenig wie sein Großvater. Doch wenn der Kurier für diese Zeitspanne untertauchen sollte, konnte Derek damit rechnen, selbst ebenso lange unterwegs zu sein.

»Steh auf und erzähle mir alles, was du über diesen Brief weißt.«

»Ich habe ihn nicht gelesen.« Ali erhob sich langsam und beobachtete seinen Gastgeber argwöhnisch.

»Es wäre unwichtig, wenn du ihn gelesen hättest. Was kannst du mir darüber sagen?«

Ali berichtete kurz von den vielen Kurieren, die alle mit dem gleichen Brief ausgesendet und von Meuchelmördern umgebracht worden waren, und davon, wie er sich angeboten und die Mission erfüllt hatte. Dann wurde er über den türkischen Herrscher befragt.

»Ich weiß nur, daß Anschläge auf sein Leben passiert sind und daß er jetzt kaum mehr den Palast verläßt.«

»Wissen seine Vertrauten, wer ihm nach dem Leben trachtet?«

Ali zuckte die Schultern. »Ich komme nicht aus dem Palast. Das ist auch der Grund, warum ich glaubte, den Häschern entgehen zu können. Ich weiß nicht, was im Palast geschieht.«

Derek lächelte. »Du hast deine Sache gut gemacht, mein Freund. Was soll ich jetzt sechs Monate lang mit dir anfangen?«

»Sperren Sie mich ein.«

»Ich bezweifle, daß das notwendig ist, aber du kannst hier auf dem Landsitz bleiben. Wir werden schon etwas finden, um dich zu beschäftigen. Welche Arbeit verrichtest du sonst?«

»Ich bin Limonadenverkäufer.«

Derek lachte vor sich hin. »Einem Limonadenverkäufer gelingt, was kampferprobte Soldaten nicht schafften. Alle Achtung! Wenn du nur ein wenig Englisch sprechen würdest.«

»Ein wenig kann ich.« Ali vermochte nun zu lächeln, seine Erleichterung war überwältigend. Allah wachte noch über ihn!

»Ausgezeichnet«, stellte der Graf fest und erhob sich. In diesem Moment klopfte es, und ein Mädchen kam herein, das ein Tablett trug. Das Mädchen war hübsch, und Ali dachte, daß er sich daran gewöhnen müsse, die Frauen in diesem fremden Land unverschleiert zu sehen. Offenbar machte es den Männern hier nichts aus, wenn andere ihre Frauen angafften. Das Mädchen gehörte gewiß Derek Sinclair, denn der sinnliche Blick, den es ihm schenkte, war ausgesprochen intim.

»Kaffee?« fragte der Graf.

Ali nickte, und als das Mädchen gegangen war, fragte er zögernd: »Stammt sie aus Ihrem Harem?«

Derek lächelte und nahm einen Schluck des heißen Getränks, das er seit Jugendtagen liebte. »Leider haben wir hier keine Harems, doch wenn wir welche hätten, könnte man wohl sagen, daß die junge Frau dazugehörte. Sie steht jedoch nicht nur mir allein zur Verfügung, wenn du verstehst, was ich meine.«

»Sie haben seltsame Sitten hier.«

»Für dich sind sie seltsam, ja, aber du wirst dich daran gewöhnen. Nach einer Weile gewöhnt man sich an alles.«

Der Graf blieb in dem kleinen Salon, während Mr. Walmsley Ali hinausbrachte, und setzte sich wieder hinter den Schreibtisch. Gedankenverloren blickte er auf den Brief, der offen vor ihm lag: Drei kurze Sätze in einer kühnen türkischen Schrift, leicht zu lesen, da er Türkisch ebensogut wie Arabisch und Französisch sprach. Englisch hatte er eigentlich erst zuletzt gelernt, doch er beherrschte es wie seine Muttersprache.

Seine erste Reaktion auf den Brief war Erleichterung gewesen. Niemand war gestorben. Doch nach Alis Bericht mußte er zugeben: Noch nicht!

Drei kurze Sätze:

Ich schicke Dir Grüße. Brauche ich mehr zu sagen? Dich vergesse ich nicht.

Es war die Chiffre von Kindern, denen es Spaß machte, ihre Lehrer und Diener zu verwirren. Der Graf erinnerte sich mit Wärme an die Zeit, als er einen Aufsatz laut vorgelesen und niemand verstanden hatte, warum Jamil ihn so lustig fand. Aber Jamil hatte den Code herausgehört: Ich möchte jetzt lieber Granatäpfel essen und den Sultan belauschen. Und du?

Dieser Brief hier war viel kürzer: drei Sätze, drei Wörter, die ersten drei Wörter von jedem Satz – *Ich brauche Dich.* Natürlich konnte Derek solch eine Botschaft nicht ignorieren. Im Lauf der Jahre waren wohl Briefe angekommen, aber immer auf normalem Weg. Dieser hier hatte Leben gekostet. Er war etwas Besonderes. *Ich brauche Dich.* Derek würde kommen.

Er hatte schon vor zwei Monaten reisen sollen, als Marshall ihn darum gebeten hatte, doch damals war ihm der Grund nicht wichtig genug gewesen, um seine Hochzeit zu verschieben oder sein dem Großvater gegebenes Wort zu brechen. Irgendein englisches Mädchen zu suchen und freizukaufen, das in Barka festgehalten wurde, reizte ihn nicht. Die Engländerin war schon seit drei Monaten in Gefangenschaft gewesen und aller Wahrscheinlichkeit nach keine Jungfrau mehr, also drängte es ihn nicht, sich einzuschalten.

Es war die Aufgabe des englischen Konsuls, sich um das Loskaufen von Sklavinnen zu kümmern. Der Konsul würde nur etwas mehr Zeit benötigen, das Mädchen zu befreien, falls es überhaupt befreit werden konnte. Oft war dies nicht möglich, vor allem bei hübschen Frauen nicht, und Marshall hatte versichert, die Engländerin sei hübsch. Zudem war sie mit irgendeinem mächtigen Edelmann verwandt, weshalb Marshall sich überhaupt mit der Angelegenheit befaßt hatte. Doch Derek interessierte sich nicht für den Fall. Allerdings nun, da er sowieso nach Barka reisen mußte, war er bereit, das Mädchen zu retten. Dies gab ihm auch die Möglichkeit, Marshall ein wenig über Barka auszufragen, ohne seine wahren Gründe enthüllen zu müssen.

Kismet. So sollte es geschehen, zu dieser Zeit, auf diese Art. Es war die moslemische Philosophie, auf deren Basis er großgezogen worden war. Nach fast neunzehn Jahren in England hatte das Schicksal für ihn vorgesehen, nach Hause zu kommen. Warum, würde er erst wissen, wenn das Abenteuer vorbei war.

5

Chantelle lag zitternd unter der Wolldecke. Sie konnte das Beben ihres Körpers nicht unterdrücken, und es hörte nicht auf. Ihr Haar war schon seit Stunden trocken. In der Kajüte war es warm. Das Zittern kam von der Furcht, die Chantelle empfand, und ihr Magen revoltierte.

Lieber Gott, sie war so nahe daran gewesen, den Piraten zu entkommen! Ihre Füße hatten schon den Grund berührt, als das Boot sie überfahren und unter Wasser gedrückt hatte. Als sie auftauchte, um Luft zu holen, hatten Hände sie gepackt und in den Kahn gezerrt. In diesem Moment wußte sie, daß sie keine Chance zur Flucht mehr bekommen würde.

Sie wurde auf das Schiff und in die Kabine zurückgebracht. Zwei Männer hatten sie bis auf die nackte Haut entkleidet. Sie war zu erschöpft gewesen, um sich zu wehren, und die Typen hatten sie auch nicht unsittlich berührt. Sie hatten sie in der dunklen Kajüte zurückgelassen und ihre nassen Kleider mitgenommen. Sie hatte die Kissen und den Fellteppich ertastet, an die sie sich von vorher erinnerte, und sich unter der Decke zusammengerollt. Das Zittern hatte angefangen, als sie sich fragte, was als nächstes mit ihr passieren würde.

Sie hielt sich wach, um nicht im Schlaf überrascht zu werden. Der Morgen dämmerte, und mit ihm kam etwas Licht von einem winzigen Fenster her. Noch immer war sie allein. Lieber hätte sie das Schreckliche erduldet, das ihr blühte, als hier zu liegen und es sich vorzustellen. Sie war überzeugt, daß die Mannschaft sie vergewaltigen würde und daß sie, falls sie das überlebte, als Sklavin verkauft werden würde. Beide Aussichten waren so unfaßbar, daß sie den Gedanken daran nicht ertragen konnte, also blieb nur die dumpfe Furcht vor Schmerz und Mißbrauch.

Ab und zu fragte sie sich, was aus dem kleinen Mann geworden war, der am Anfang mit ihr gesprochen hatte. Warum kam er nicht wieder? Jedes Gespräch wäre eine Erleichterung gewesen. Aber vielleicht bedeutete es eine Taktik, die Gefangenen mit Ungewißheit zu quälen, um sie zu zermürben. Angst entzog die Kräfte. Doch der Mann hatte ihr versichert, ihr würde kein Leid geschehen. Da blieb nur die Frage, was ein Pirat unter »Leid« verstand.

Gott, wenn sie nur nicht gewußt hätte, was für Menschen das waren, wenn ihre Studien die Geschichte der Welt nicht mit umfaßt hätten! Doch sie wußte Bescheid über die Osmanen, die seit Jahrhunderten in das christliche Europa eingefallen waren, ebenso wie über die Staaten der Barbaren, dem türkischen Imperium zugehörig, und die barbarischen Seeräuber, die Piraten des Mittelmeers. Sie stürmten fremde Küsten, überfielen fremde Schiffe. Sie ermordeten christliche Gefangene oder verkauften sie als Sklaven – ohne Ausnahme. Was würden solche Menschen als Leid ansehen, das einer Frau angetan wurde? Sicher nicht dasselbe, was sie dafür hielt.

Als die Tür sich später an diesem Morgen schließlich öffnete, erschien nicht der Matrose, mit dem Chantelle geredet hatte. Vier Männer kamen herein, zwei mit nackter Brust, ein großer Dünner mit einem langen weißen Gewand und ein beeindruckender Bursche in einer schimmernden Seidenjacke über weiten türkischen Hosen.

Alle trugen Turbane und besaßen scharfe Gesichtszüge, jedoch eine helle Haut. Mit Ausnahme des Weißgewandeten hatten sie lange, krumme Säbel an ihren Gürteln befestigt.

Chantelle richtete sich sofort auf, doch sie erhob sich nicht, da sie nur in die Decke eingewickelt war, die sie bis zum Kinn hochgezogen hatte. Gefangen in dem kleinen Raum, mit riesigen angstvollen Augen und durchsichtiger farbloser Haut, merkte sie nicht, wie sie die Kerle verblüffte, besonders den Kapitän, der sie zum erstenmal deutlich sah. Augen, wie Chantelle sie besaß, kannten diese Menschen nicht. Und das silberblonde Haar, dessen eine Locke über die Wolldecke fiel und die prächtige, bis zu den Hüften reichende Länge verriet, wurde im Osten gerühmt. Die Matrosen hatten noch nie so helles Haar gesehen. Das Gesicht der jungen Frau war äußerst fein und ebenmäßig. Falls ihr Körper diesem Gesicht entsprach, würde sie ein Vermögen wert sein. Sollte sie auch noch Jungfrau sein, konnte sich ihr Preis verzehnfachen.

Genau hierüber wollte Rais Mehmed sich Gewißheit verschaffen, denn der Komfort, den Chantelle während dieser Reise genießen würde, hing von ihrem Wert ab. Außerdem – falls sie keine Jungfrau mehr war, gab es für ihn, Rais Mehmed, keinen Grund, sich oder seiner Mannschaft auf der langen Heimfahrt die Benutzung ihres Körpers zu verwehren. Die meisten seiner Männer trieben Unzucht mit Tieren, aber nur notgedrungen. Eine Frau an Bord bedeutete einen Segen – wenn sie keine Jungfrau mehr war. Mehmed begann zu hoffen, daß sie keine war.

»Sie hat panische Angst, Rais«, stellte der weiße Eunuche an seiner Seite fest. »Sollten Sie nicht Hakeem herholen, damit er ihr erklärt, daß es sich nur um eine einfache Prozedur handelt?«

Mehmed schüttelte den Kopf, ohne den Blick vom Gesicht des Mädchens zu nehmen. »Er muß ihr Freund werden, wenn er ihr helfen soll, sich in ihr Schicksal zu fügen. Je mehr er ihr über ihr neues Leben beibringen kann, desto anpassungsfähiger und demnach auch wertvoller wird sie sein. Wenn er jetzt hier wäre, würde sie ihm später nie vertrauen und auch nichts von ihm lernen wollen.«

»Dann bringen Sie es hinter sich, ehe sie ohnmächtig wird.«

Chantelle wurde nicht ohnmächtig. Sie schrie gellend, bis ihr ein Tuch in den Mund gestopft wurde, und sie wehrte sich wild, doch ohne Erfolg. Ihre Arme wurden unter der Decke festgehalten, ihr Rücken gegen den Boden gedrückt, wobei der Mann in der Seidenjacke sich auf ihren Oberkörper legte. Sie trat um sich, obwohl das die Decke von ihren Beinen rutschen ließ. In Sekundenschnelle wurde jeder ihrer Füße von einem Mann gepackt, die Knie weit auseinandergerissen und auf die Erde gepreßt.

Ihre Augen waren groß vor Entsetzen, und sie erwartete das Schlimmste. Sie konnte nicht über die breite Brust des Seidenjakkenmannes schauen, dessen Hände ihre Schultern hielten und dessen Gewicht auf ihrem Magen lastete. Sie wußte nicht, daß die Matrosen, die ihre Beine auf den Boden drückten, den Befehl erhalten hatten, sie nicht anzusehen, und daß der Weißgewandete ein Eunuche war, der sie nicht vergewaltigen konnte, selbst wenn er es gewollt hätte. Sie wußte auch nicht, daß er diese Untersuchung allen weiblichen Gefangenen antat. Sie spürte nur, was geschah – den Schock, daß etwas zwischen ihre Beine geschoben und in ihren Körper eingeführt wurde, das schmerzhaft sondierte und sich dann zurückzog. Sie glaubte, sie sei vergewaltigt worden, und ahnte nicht, daß sie gerade den Test bestanden hatte, der sie vor der Vergewaltigung rettete, jedenfalls, solange sie sich auf dem Schiff befand.

Die Decke wurde über ihre Beine gezogen, und Chantelle dachte, daß wohl nur *ein* Mann ihr Gewalt antun durfte. Man ließ ihre Knie los, und die Kerle sprachen miteinander. Sie versuchte nicht, sich zu rühren. Eine tiefe Depression ergriff von ihr Besitz. Sie hatte das Schlimmste befürchtet, und das Schlimmste war eingetroffen. Nichts anderes zählte im Moment.

Die beiden Männer mit der nackten Brust verließen den Raum, ehe der Mann in der Seidenjacke sie von seinem Gewicht erlöste. Es war ihr egal, daß er sie mit sich hochzog. Doch sie versuchte ihn zu beißen, als er ihr die Decke wegriß. Sie griff danach, doch dann bedeckte sie ihre Brüste mit den Händen.

Es war die letzte Demütigung, auf solche Art aller Würde beraubt zu werden. Diese Menschen waren Tiere, und die junge Frau sagte es ihnen, wenn sie auch kein Wort verstanden. Chantelles Verachtung und Wut brauchte nicht übersetzt zu werden.

»Beim Barte des Propheten, sie ist großartig«, stieß Rais Mehmed hervor, und er wirkte plötzlich atemlos. Nie in seinem Leben war ihm so eine Frau begegnet.

»Sie hat Geist«, meinte der Eunuche.

»Solche Kurven…«

»Sie könnte dicker sein.«

»Ich würde nicht das geringste an ihr ändern.«

»Sie haben einen ausgefallenen Geschmack«, erklärte der Eunuche. »Außerdem ist sie nicht für Sie bestimmt. Aber Hamid Sharif wird sich freuen.«

Mehmed grunzte, denn Hamid Sharif, der Besitzer des Schiffes, hatte schon vier Frauen, die ihn mit ihrer Nörgelei fast in den Wahnsinn trieben. »Er sollte sie lieber verkaufen, dann bekämen wir mehr Geld. Vielleicht könnte er mit dieser einen sogar den Herrscher reizen, obwohl der schon lange keine neuen Frauen mehr für seinen Harem erworben hat.«

»Es ist nicht unser Problem, wer sie schließlich kauft, Rais, aber Sie müssen dafür sorgen, daß sie in gutem Zustand bei Hamid Sharif abgeliefert wird.«

Mit diesen Worten händigte er Chantelle die Decke aus und bedachte die junge Frau mit einem entschuldigenden Lächeln. Mehmed lachte laut, als er sah, wie sie die Decke nahm, sich darin einhüllte und vor die Füße des Eunuchen spuckte.

6

Caroline Douglas zügelte ihre flink trabende Stute und wartete darauf, daß Derek sie einholen würde. Sie hatte nicht erwartet, daß er sie diesen Nachmittag anrufen und einen gemeinsamen Ausritt vorschlagen würde, nachdem er wußte, daß ihr Vater Gäste hatte. Doch nun hatte sie die Gelegenheit beim Schopf gepackt und ihren neuen Reitanzug aus dunkelblauem Wollstoff mit hellblauer, taillierter Satinjacke angezogen, der wie ein Männeranzug geschnitten war. Der maskuline Stil der Kombination, die von einem Herrenschneider kreiert worden war, galt als neueste Mode, und Caroline wußte, daß ihr diese Farben zu ihrem roten Haar besonders bezaubernd standen.

Unter dem Rand ihres großen Hutes beobachtete sie, wie Derek sich näherte. Sie bewunderte seinen Umgang mit dem halbgezähmten Hengst, den er ritt. Vollblutpferde zu züchten, betrachtete er nur als Hobby, doch sein Stall brachte einige der edelsten Exemplare Englands hervor, und viele von ihnen wurden berühmte Rennpferde. Ihre eigene Stute war ein Geschenk Dereks, das er ihr überreicht hatte, als er um ihre Hand angehalten hatte. Sie liebte das Tier. Sie liebte Derek. Mit einem leisen Seufzer überlegte sie zum hundertsten Male, ob es nicht ein Fehler war, ihren besten Freund zu heiraten.

Nein, sie durfte nicht grübeln. Sie hatte schon zwei Männern den Laufpaß gegeben – zu ihres Vaters profundem Mißfallen. Sie konnte das nicht schon wieder tun, schon gar nicht bei Derek Sinclair, dem Grafen von Mulbury. Sie wollte ihn ja heiraten – wirklich.

Eine perfektere Verbindung konnte sie sich nicht vorstellen. Auf benachbarten Gütern waren sie zusammen aufgewachsen. Sie kannten einander so gut. Ihr Vater schätzte ihn wie einen

Sohn. Hinzu kamen noch Dereks Charme, sein blendendes Aussehen, seine sanfte Natur. Natürlich war er ein sinnlicher Mensch, aber das konnte sie ihm nicht als Fehler anrechnen, vor allem nicht, wenn seine Küsse ihr das Gefühl gaben, die begehrteste und am meisten geliebte Frau der Welt zu sein. Das Problem hierbei war, daß sie fürchtete, er würde in jeder Frau dieses Gefühl erwecken – und er hatte so viele Frauen gehabt, so viele gleichzeitig!

Er hatte ihr über jede Eroberung berichtet, wie sie ihm von ihrer ersten Verliebtheit und allen folgenden erzählt hatte. Was das betraf, hatten sie keine Geheimnisse voreinander. Er hatte geschworen, sie glücklich zu machen. Sie glaubte, daß er das konnte. Sie wußte, daß er seine Liebschaften aufgegeben hatte, als er ihr einen Heiratsantrag gemacht hatte. Die Liebschaften ... sie betrafen die Hälfte aller Mädchen im Haus seines Großvaters. Es war nicht so, daß sie nicht glaubte, er könnte ihr treu sein. Was war es also, das sie immer wieder zweifeln ließ?

Gewiß nur die Nervosität einer Braut! Sie hatte diesen Nervenkitzel schon zweimal erlebt, als das Hochzeitsdatum nähergerückt war, und das hatte seine Gründe. Entscheidungen fielen ihr schwer, da sie kaum welche treffen mußte. Sie besaß nicht das Selbstvertrauen, ihrer eigenen Wahl sicher zu sein. Das war schon immer so gewesen. Eine von Dereks Eigenschaften, die ihr so anziehend erschien, war die, daß er von sich selbst etwas abgab, von seinem Selbstvertrauen, seiner Kraft. Wenn er mit jemandem Freundschaft schloß, war es für ein ganzes Leben, als ob diese Person ihm gehöre. Vielleicht lag hier der Fehler. Caroline spürte, daß sie ihm immer schon gehört hatte. Sie konnte sich ein Leben ohne ihn nicht vorstellen. Hatte sie deshalb ja gesagt – um seine Freundschaft niemals verlieren zu müssen?

Nein, sie liebte ihn, hatte ihn immer geliebt. Halt – nicht immer. Sie hatte sich erst an ihn gewöhnen müssen, als er nach England gekommen war. Sie war erst sechs Jahre alt gewesen, er beinahe elf. Er sprach Französisch und benahm sich seltsam. Sie hatte noch kein Französisch gelernt, deshalb war die Verständigung zwischen ihnen beiden begrenzt, doch nur für eine kurze Zeit, denn er beherrschte das Englische erstaunlich schnell. Er war in irgendeinem Land des Nahen Ostens aufgewachsen, wo sein Vater den Posten eines Botschafters bekleidet hatte. Die Tochter des alten Marquis, Melanie, hatte den Diplomaten im Ausland geheiratet und war in all den Jahren nie mehr nach England zurückgekehrt. Als Derek zehn Jahre alt war, starben seine Eltern, und er kam zu seinem Großvater, der dem Enkel als dem einzigen männlichen Erben sofort den Namen Sinclair übertragen hatte.

Caroline erinnerte sich an Dereks gönnerhaftes Wesen in diesem Jahr nach seiner Ankunft, an seine Überheblichkeit. Er hatte sich aufgeführt, als sei er ein König, und jeder habe sich seinen Wünschen zu fügen. Gott, wie hatte sie ihn am Anfang gehaßt! Doch er hatte nicht lange gebraucht, um sich neu zu orientieren und ihr Herz zu gewinnen. Er besaß eine Art, mit weiblichen Wesen umzugehen, die unwiderstehlich war. Bald betete sie ihn an, und es machte ihr nichts aus, daß ihr bester Freund männlich anstatt weiblich war. Nun, nach beinahe neunzehn Jahren, hatte sich an diesem Zustand nichts geändert, obwohl sie wußte, daß er auch noch andere Freunde hatte, Männer, die ihm ebenso nahestanden.

Lord Fielding war einer von ihnen, dieser Halunke, der Derek zum Zeitvertreib in die Spionageszene eingeführt hatte. Für Derek war es tatsächlich nur ein Zeitvertreib, ein Spaß oder kleines Abenteuer. Er dachte nie an die Gefahr, während der Marquis und sie selbst jedesmal, wenn Derek nach Frankreich reiste, vor Angst vergingen und befürchteten, er würde gefangengenommen und hingerichtet werden. Schließlich hatte der Marquis seinen Enkel überredet, sein Leben nicht weiterhin zu riskieren. Der arme alte Herr hegte zu Recht die Furcht, daß Derek nicht lange genug leben würde, um den Titel weiterzugeben. Deshalb drängte er auf eine Heirat, und Dereks Wahl war ganz natürlich auf sie, Caroline, gefallen. Sie fühlte sich unbeschreiblich geschmeichelt. Er kannte so viele Frauen, und er hatte sie ausgesucht, um mit ihr eine Familie zu gründen.

»Träumst du vor dich hin, Caro?«

Er war abgestiegen und streckte die Arme nach ihr aus. Sie blickte lächelnd auf ihn herab, legte die Hände auf seine Schultern und spürte seinen festen Griff um ihre Taille, die Wärme seiner Finger. Er ließ Caroline nicht sofort los, als ihre Füße den Boden berührten. Wie selten ein Mann besaß er die Gabe, seine Zuneigung auf sinnlichem Wege zu übermitteln. Das war eine betörende Eigenschaft, denn sie war ihm nicht bewußt – die Berührung einer Schulter, der Taille, eines Armes, das sanfte Gleiten der Finger über Haut.

Er ahnte nicht, was diese unschuldigen Kontakte bei einer Frau bewirken konnten. Oder vielleicht wußte er es doch. Es war ein Teil seiner zwingenden Sinnlichkeit.

Sie lachte statt einer Antwort, denn er sollte nicht erfahren, wie sehr er ihre Gedanken beherrschte. Dann meinte sie leichthin: »Ich dachte an meinen Garten, an das Versetzen der Rosenbüsche...«

Er zog sie näher zu sich heran. »Du kleine Lügnerin.«

Sie lächelte zu ihm auf, und das Lächeln hatte einen weiten Weg zurückzulegen, denn sie war eine sehr zierliche Frau, und er überragte sie um mehr als eine Kopfeslänge. »Also gut, ich dachte, daß du sehr feminine Augenwimpern hast.«

»Guter Gott, meine Liebe, wenn das ein Kompliment sein sollte, hast du dich vertan.«

»Aber sie machen dich äußerst hübsch, Derek«, erklärte sie, und der Schalk blitzte in ihren grauen Augen.

»Wenn du nur Unsinn versprühen kannst, weiß ich etwas Besseres anzufangen...«

»Oh, nein!« Sie entwand sich schnell seinem Griff, denn wenn er begann, sie zu küssen, konnte sie keinen klaren Gedanken mehr fassen. »Du hast mich aus einem bestimmten Grund herbestellt, also laß hören, was du vor meinem Vater nicht sagen konntest.«

»Ich habe vor, dich zu verführen, mein Kleines.«

Sie schnaubte. »Wohl kaum! Wenn du das vor der Hochzeit im Sinn gehabt hättest, wäre es sicher schon vor Monaten passiert. Also heraus mit der Sprache!«

Er nahm ihre Hand und ging langsam mit Caroline über die Wiese, die voller wilder Blumen leuchtete. »Wieviel Aufregung wird es geben, wenn wir unsere Hochzeit verschieben?«

Sie blieb vor ihm stehen, so daß er sie ansehen mußte. »Was ist geschehen?«

»Ich muß England für eine Weile verlassen.«

»Dieser Schurke, dieser Schuft!« rief sie aus. »Er ist wieder schuld, nicht wahr?«

»Wer?« fragte Derek mit Unschuldsmiene.

»Du weißt genau, wer! Lord Fielding! Und du hast deinem Großvater versprochen, du würdest dich nicht mehr auf diese abscheulichen Abenteuer einlassen!«

»Marsh hat nicht... also...« Er hielt inne und lächelte. »Schurke, Caro? Schuft? Ich dachte, du magst Marshall?«

»Ich habe ihn gemocht«, erwiderte sie grimmig. »Ehe er dich zum Spionieren veranlaßte.«

Derek zog sie sanft mit sich und legte den Arm um ihre Taille. »Marshall hat mich nie zu etwas überredet. Ich habe nur getan, was mir Spaß machte. Und diesmal hat er nichts mit der Sache zu tun. Es ist etwas, das nur ich selbst erledigen kann. Ich begebe mich nicht in Gefahr. Es handelt sich eher um eine diplomatische Mission.«

»Du hast vermutlich geschworen, sie geheimzuhalten?«

»Natürlich.«

Sie war hin- und hergerissen zwischen der Erleichterung über die Verschiebung, die ihr Zeit geben würde, ihre Zweifel zu besiegen, und dem Kummer darüber, daß er sie bezüglich der Gefahrlosigkeit belog. »Wie lange wirst du weg sein?«

»Das kann ich nicht sagen – möglicherweise sechs Monate.«

»So lange?«

Er zuckte die Schultern. »Diplomatie ist zeitraubender als Spionage.«

»Vater wird nicht begeistert sein.«

»Der Herzog und mein Großvater werden der gleichen Meinung sein.«

»Was sagt dein Großvater zu der Angelegenheit?«

»Ich habe ihm noch nichts davon erzählt. Ich möchte ihn erst direkt vor meiner Abreise informieren.«

»Wann ist das?«

»Höchstwahrscheinlich schon morgen«, bekannte er. »Ich werde von Dover aus ein Schiff nehmen.«

»Oh, Derek!« Sie blieb plötzlich stehen und schlang die Arme um seinen Hals.

»Was soll das, Caro? Wirst du mich vermissen?«

»Überhaupt nicht«, flüsterte sie in seine Jacke.

»An mich denken?«

»Keine Sekunde!«

Er lachte leise und drückte sie zärtlich an die Brust. »Das ist mein Mädchen.«

7

Derek verschob das Gespräch mit seinem Großvater nicht auf den nächsten Tag. Nach seiner Rückkehr in das Herrenhaus traf er den Marquis in der Bibliothek und legte ihm die Situation offen dar.

Robert Sinclairs Antwort war die einzig mögliche. »Du mußt gehen.«

»Das habe ich auch beschlossen«, erklärte Derek. »Ich habe nach Marshall geschickt. Er müßte morgen nachmittag hier sein.«

»Willst du ihm von deiner verwandtschaftlichen Beziehung erzählen?«

»Fändest du das vernünftig, ihn nach all den Jahren einzuweihen?«

»Nein«, gab der Marquis zu.

»Na, also! Außerdem kann ich noch nichts Verbindliches sagen. Warum ich gebraucht werde, erfahre ich erst, wenn ich dort bin. Marshall wird denken, ich kümmere mich um das englische Mädchen. Das genügt.«

»Wirst du dich kümmern?«

Derek zuckte die Schultern. »Ich kann mich dort einmal nach der Person umsehen. Dabei ist es zweifelhaft, ob man sie zurückholen kann, selbst wenn ich sie finde. Sobald eine Frau einem Harem angehört, ist sie für die Außenwelt verloren.«

Robert furchte die Stirn. »Du sagst das ohne das geringste Bedauern.«

Derek lächelte seinem Großvater liebevoll zu. Roberts Bitterkeit war verständlich.

»Was möchtest du von mir hören? Sie ist eine unter Tausenden. Hier bei uns gilt die Sklaverei als anrüchig. Im Osten ist sie ein akzeptabler Brauch.«

»Deshalb brauchst du sie nicht zu billigen.«

»Ich sagte nicht, daß ich sie billige, aber ich bin im Orient aufgewachsen. Ich nehme sie als das, was sie ist – eine Art zu leben.«

»Ich weiß, ich weiß.« Der Marquis seufzte, denn dies war nichts anderes als das Wiederkäuen einer alten Streitfrage. »Es ist nur... glaubst du, daß du sie sehen wirst?«

Derek wußte, daß sein Großvater nicht mehr von der Engländerin sprach. »Ich weiß es nicht.«

»Falls du sie siehst, sag ihr, daß ich ihr von Herzen danke.«

Derek nickte und umarmte den alten Herrn. Eine tiefe Bewegung schnürte ihm den Hals zu. Die Botschaft war eindeutig und galt auch ihm selbst. Sie zeugte von der Anerkennung, der Liebe und dem Stolz seines Großvaters, der seine Gefühle nicht leicht offenbarte. Die beiden Männer mochten in vielen Punkten gegenteiliger Ansicht sein, und Robert mochte Dereks lustbetontes Leben mißbilligen, doch im Lauf der Jahre hatte sich zwischen Großvater und Enkel eine starke Bindung entwickelt, die unzerstörbar war.

Eine Stunde später hielt sich Derek noch allein in der Bibliothek auf, als ihm Lord Marshall Fielding angekündigt wurde. Der Besucher hatte Mr. Walmsley seinen Hut und Mantel übergeben und strich sich die widerspenstigen braunen Locken glatt, als er den Raum betrat.

Derek erhob sich zur Begrüßung, und es gelang ihm, seine Überraschung zu verbergen. Daß Marshall heute statt morgen gekommen war, bedeutete, daß er Dereks Nachricht nicht erhalten hatte und aus eigenem Antrieb erschien.

»Was führt dich von London hierher, Marsh?«

Dichte Brauen über hellgrünen Augen gaben Marshall einen ständig ernsten Ausdruck, der sich nicht einmal beim Lächeln wesentlich änderte. »Es ist schon beinahe einen Monat her, daß ich zuletzt hier war. Ich dachte, ich müßte mal schauen, wie es deinem Gewissen geht.«

Derek brach in Gelächter aus. Marshall gab doch niemals auf, vor allem nicht, wenn er Derek zu etwas überreden wollte, das seiner Meinung nach von keinem anderen bewerkstelligt werden konnte. Sicher war er gekommen, um die zuletzt geführte Diskussion zu erneuern – doch es bestand wenig Hoffnung, Derek umzustimmen.

Marshall war ein Organisator, die Ausführung überließ er anderen. Er und Derek waren ein ungleiches Paar. Sie hatten nichts gemeinsam, außer ihrem Alter und der Liebe zu Pferden – da war es erstaunlich, daß sie während der Schulzeit eine enge Freundschaft geschlossen hatten. Sie bestanden aus Gegensätzen: ernst, zurückhaltend und konservativ der eine, kühn, abenteuerlustig und ein wenig arrogant der andere. Während der eine antrieb, bremste der andere – so ergänzten sie sich perfekt.

»Setz dich, Marshall.« Derek wies auf die bequemen Sessel. »Du bist gerade rechtzeitig zum Tee gekommen.«

Marshall ging nicht auf das Angebot ein. »Ich merke, daß dich dein Gewissen nicht plagt.«

»Ich habe keines.«

»Derek...«

»Oh, Marsh, reg dich ab! Du könntest nie ein Gesandter im Osten werden. Du mußt die Dinge sanft angehen und zuerst ein paar Höflichkeiten austauschen. Also – was macht das Spionagegeschäft?«

»Du weißt, daß wir dieses Wort nicht mögen. Auswärtiger Nachrichtendienst...«

»Ein Spion ist ein Spion, ganz gleich, wie du ihn nennst.«

»Das gebe ich zu«, sagte Marshall gutmütig. »Nun, reichen dir die ausgetauschten Höflichkeiten, oder sollen wir noch über das Wetter reden?«

»Das Klima ist ziemlich mild für...«

»Derek, du könntest mit Leichtigkeit einen Heiligen zur Verzweiflung bringen. Du sitzt hier und verbreitest Unsinn, während Miß Charity Woods Scheußlichkeiten erdulden muß...«

»Hör auf, Marsh«, unterbrach Derek den Freund schroff. »Du weißt nicht, ob das Mädchen irgend etwas erduldet. Es ist mir zufällig bekannt, daß es Frauen gibt, die sich als Sklavinnen verkaufen, um dahin zu kommen, wo deine Miß Woods vermutlich gelandet ist. Haremsfrauen werden verwöhnt und mit Luxus überschüttet. Sie werden selten mißbraucht.«

Marshall lehnte den Kopf zurück und schloß die Augen mit einem Seufzer. Er hätte wissen müssen, daß es Zeitverschwendung war, Derek umstimmen zu wollen. Falls die Gründe für Dereks Weigerung nicht gerechtfertigt erschienen, blieb doch die Tatsache bestehen, daß sie beide verschiedener Auffassung waren, was die Lage von Frauen betraf, die in moslemische Staaten verkauft wurden. Wo hatte Derek gelebt, daß die Frauen so eine gute Behandlung erfahren hatten? Das war nicht überall so. Wußte er das nicht?

Doch es hatte keinen Sinn, Derek Sinclair über sein Leben vor seiner Ankunft in England zu befragen. Er gab nie Einzelheiten preis – nur Ansichten, und die waren bei weitem zu östlich gefärbt.

Während der letzten Diskussion hatte Derek keine Meinungen verkündet. Er hatte sich nur einfach geweigert, England zu verlassen. Der Grund hierfür war vernünftig. »Ich heirate in wenigen Monaten.«

»Erinnere mich nicht daran. Du nimmst mir das einzige Mädchen weg, das ich je lieben kann, und du streust Salz in meine Wunde, indem du mich zur Hochzeit einlädst«, hatte Marshall mit einem scherzhaften Grinsen bemerkt, das, traurigerweise, überhaupt nicht nach Scherz aussah. »Du könntest die Hochzeit verschieben.«

»Das kann ich nicht. Außerdem hat mich der alte Herr gebeten, in der Nähe zu bleiben. Du weißt, er ist kränklich.«

»Kränklich gilt nicht«, widersprach Marshall.

»Letzte Woche lag er im Bett.«

»Zufällig weiß ich, daß er nur eine schlimme Erkältung hatte.«

»Du kennst sein Alter, Marsh«, gab Derek zu bedenken. »Er möchte Kinder noch erleben, ehe er das Zeitliche segnet.«

Dagegen konnte Marshall natürlich nichts einwenden. Der Marquis näherte sich den Siebzigern, und seine Gesundheit war in den letzten Jahren etwas angegriffen. Der Gedanke an Kinder, an Carolines und Dereks Kinder, bedrückte Marshall genügend, um das Thema »Nachwuchs« zu verdrängen. Doch wegen der geraubten Engländerin war so viel Druck auf ihn ausgeübt worden, daß er sich gezwungen sah, Derek noch einmal zu fragen. Außerdem hoffte er in der Tiefe seines Herzens noch, die bevorstehende Hochzeit würde verschoben – was immer ihm das auch Gutes bringen würde...

»Du hast nicht erwähnt, welchen Fortschritt der englische Konsul gemacht hat.«

Marshall brummte. »Keinen. Seit kurzem kann er nicht einmal eine Audienz beim Herrscher erlangen. Das erinnert mich an etwas. Miß Woods ist nicht mehr der einzige Grund, warum wir möchten, daß du nach Barka reist – offiziell bleibt sie natürlich der

Anlaß, zumal ihr Verwandter verlangt, daß wir die Flotte einsetzen, falls er das Mädchen nicht bald zurückbekommt.«

»Würde die Kriegsmarine da eingreifen?«

»Nicht wegen dieser Affäre, und nicht, nachdem Barka die einzige Flotte besitzt, deren Größe nicht geschätzt werden kann. Wir wissen nicht, auf was wir uns da einlassen, und glaube mir, wir sind nicht erpicht darauf, es zu erfahren.«

»Es handelt sich nur um einen kleinen Hafen, Marsh. Ich gebe zu, daß der alte Herrscher eine Menge Schiffe zur Verfügung hat, aber eure Leute sind dort im Einsatz und können jedes Schiff überwachen, das in den Hafen einläuft. Wieso wißt ihr also nicht Bescheid über die Anzahl?«

»Ja, wieso – wenn dein Freund Jamil Zwillinge als Kapitäne benützt.«

»Zwillinge? Gütiger Gott, das ist glänzend!«

»Heißt das, daß du das nicht wußtest?«

»Hör mal, Marsh – nur weil Jamil und ich ab und zu Briefe austauschen, bin ich doch nicht in seine Verteidigungsmaßnahmen eingeweiht.«

Marshall traute seinen Ohren nicht. Es war das erste Mal, daß Derek den moslemischen Herrscher beim Namen genannt hatte. »Es könnte hilfreich sein, wirklich hilfreich, wenn ich wüßte, wie du zu dem Herrscher standest, als du in Barka lebtest.«

Derek lächelte und fragte ablenkend: »Bleibst du zum Essen, Marsh?«

»Um Himmels willen, Derek! Was soll die Geheimnistuerei? Hast du sein Leben gerettet? Schuldet er dir etwas?« Bei Dereks unergründlichem Gesichtsausdruck sagte Marshall mit Widerwillen: »Oh, es ist ja egal. Ich hätte mir das Fragen sparen können. Aber wenigstens könntest du mich aufklären, ob ich auf dem Holzweg bin: Ist er ein Freund oder nicht?«

»Er war einer.«

»Nun, das ist schon etwas.« Marshall seufzte, denn er hatte mehr erfahren als je zuvor. »Übrigens, die Strategie dieses Herrschers ist wirklich brillant. Keiner weiß, wie viele Schiffe er tatsächlich besitzt, weder seine Feinde noch seine Verbündeten. Das ist auch unmöglich festzustellen, wenn es einen Kapitän doppelt gibt und die Schiffsnamen gleich sind. Es befinden sich auch niemals alle Schiffe im Hafen, also können wir ihn in alle Ewigkeit kontrollieren und doch keine korrekte Anzahl feststellen. Aber entscheidend ist...« – »Entscheidend ist, daß England Barka nicht den Krieg erklären will.«

»Genau«, gab Marshall zu. »Unser Staatsvertrag ist gut, er ist sogar ausgezeichnet, und Jamil Reshid ein Wunder – ein Osmane, der sein Wort hält.«

»Dann fühlt sich England mit dem gegenwärtigen Herrscher von Barka glücklich«, stellte Derek fest. »Was für einen weiteren Grund für meine Reise in den Orient wolltest du erwähnen?«

»Wie ich schon sagte: Der englische Konsul, Sir John Blake, konnte keinen Gesprächstermin mit Jamil Reshid bekommen. Wir haben erst kürzlich herausgefunden, warum nicht. Offenbar hat es in der letzten Zeit mehrere Attentate auf das Leben des Herrschers gegeben. Natürlich haben sich die Sicherheitsvorkehrungen im Palast verdreifacht, und alle Geschäftsverhandlungen – die wichtigsten ausgenommen – wurden eingestellt.«

»Und ich vermute, daß der Raub einer Sklavin von den Beamten des Palastes nicht als wichtig eingestuft wird?«

»Du sagst es. Aber ich bemerke, daß du kein Wort über die Mordversuche an deinem ›Freund‹ verlierst. Könnte es sein, daß du schon davon wußtest?«

»Du lieferst Jamils Briefe an mich persönlich bei mir ab, Marsh, und seit einem Jahr...«

»Schon gut, schon gut, also hast du kein Sterbenswörtchen darüber vernommen. Aber warum bist du nicht überrascht, nicht einmal betroffen?«

»Gütiger Himmel, was bist du heute so argwöhnisch.« Derek lachte leise. »Ich bin nicht überrascht, weil Mordanschläge im türkischen Reich zum Alltäglichen gehören. Du weißt das auch. Warum, glaubst du wohl, ist es völlig legal, daß ein neuer Sultan alle seine Brüder tötet, wenn er an die Macht kommt?«

»Jamil Reshid hat jüngere Brüder.«

»Ja, aber Jamil Reshid ist kein Sultan, und die Herrscher von Barka betreiben keinen Brudermord. Sie umgeben sich jedoch mit Leibwächtern, die eine Annäherung beinahe unmöglich machen.«

»Beinahe?«

»Richtig, also besteht Grund zur Vorsicht. Gibt es Vermutungen, wer dahintersteckt?«

»Sir John behauptet, alles deute auf Selim hin, den nächsten in der Erblinie, weil er seit über sechs Monaten verschwunden und unauffindbar ist. Natürlich ist Sir John nicht in alles eingeweiht, was in Barka vor sich geht. Er besitzt seine Spione, aber keinen im Palast. Jamils Söhne sind noch nicht alt genug, um zu herrschen. Falls Jamil jetzt stirbt, würde Selim der neue Herrscher sein, und das wollen wir um jeden Preis verhindern.«

»Warum?«

»Weil man ihm – im Gegensatz zu Jamil – nicht trauen kann. Wir sind über den Burschen informiert, das darfst du mir glauben. In nichts gleicht er Jamil. Nein, wir brauchen den jetzigen Herrscher – nicht nur, weil er England wohl gesinnt und den Christen gegenüber tolerant ist und den Handel mit uns eröffnet hat, sondern weil wir die Alternative zu ihm für unakzeptabel halten. Sollte Selim an die Macht kommen, könnte das zum Krieg führen.«

»Ich denke, es gibt einen Grund, warum du mir das alles erzählst.«

Marshall lächelte endlich. »Wenn du in Betracht ziehen könntest, dich um den Verbleib von Miß Woods zu kümmern, würden wir es dir nicht übelnehmen, wenn du gleichzeitig nach dem Urheber der Mordanschläge Ausschau hieltest und das Problem während deines Aufenthaltes in Barka aus der Welt schaffen würdest.«

Derek erstickte fast vor Lachen. »Mann, du verlangst nicht gerade viel, oder?«

»England wäre dir dankbar – natürlich inoffiziell.«

»Natürlich.« Derek kämpfte seine Belustigung nieder. »In Ordnung, Marsh, es ist dir gelungen, mich zu überzeugen.«

Marshall richtete sich auf. Seine Gesichtszüge drückten Ungläubigkeit aus. »Du scherzt wohl! Willst du wirklich die Reise machen, deine Hochzeit verschieben und das Wort, das du deinem Großvater gegeben hast, brechen?«

»Nun, wenn du mich an all das erinnerst...«

»Nein, nein, ich denke nicht daran.«

»Dann reise ich morgen ab.«

An diesem Abend zog sich der Graf sehr zufrieden zurück. Er hatte Marshall alle Informationen entlockt, ohne die eigenen preiszugeben, er war mit seinem Großvater einig, was die Reise betraf, und er hatte sich von Caroline verabschiedet, ohne Tränen oder Vorwürfe erleben zu müssen. Nun konnte er ohne Bedauern auf große Fahrt gehen. Natürlich würde er England und alles, was ihm dort lieb war, vermissen, aber allzulange blieb er ja nicht weg. Nach seiner Rückkehr würde die Hochzeit stattfinden, er würde eine Familie gründen und somit den Herzenswunsch seines Großvaters erfüllen.

Doch im Moment hatte er die letzte Nacht an Land vor sich, dann erwarteten ihn Wochen auf See und nur in männlicher Begleitung. Auf dem obersten Treppenabsatz drehte er sich um und winkte mit dem Finger ein Hausmädchen herbei, das unten vorüberging. Es war unwichtig, um welches Mädchen es sich handelte. Er kannte sie alle intim.

Er lächelte, als er sie kichern hörte, und wartete, während sie die Stufen hinaufeilte. Es war Claire, eine hübsche kleine Brünette mit einem unstillbaren Appetit – eine gute Wahl.

»Wir haben gehört, daß Sie verreisen, Mylord«, meinte sie, als er den Arm um sie legte. »Margie und ich hatten geplant, Sie später in der Nacht zu besuchen und Ihnen auf Wiedersehen zu sagen.«

»Tatsächlich?« entgegnete er langsam, und seine Finger streiften wie zufällig ihre Brust. »Dann können wir uns jetzt verabschieden, und ich sehe Margie später – wenn du mich nicht bis zur Erschöpfung strapazierst.«

Sie kicherte erneut, während er sie zu seinem Zimmer führte. Es war ein Laut, der ihn nicht störte, denn er war damit aufgewachsen – in einem Harem. Daß er die Frauen liebte, war ganz natürlich nach so einer Kindheit. Er hatte befürchtet, daß er bei seiner Umsiedlung nach England eines bedauern würde: daß er nie seinen eigenen Harem haben könnte. Dieses Bedauern empfand er nicht, da er eine Schar Mädchen zur Verfügung hatte, Dienerinnen, die daran gewöhnt waren, ihrem Herrn zu gefallen. Doch er vermißte die Sinnlichkeit des Orients, wo ein Mann selten nur einer Frau seine Zärtlichkeit schenkte. Hier forderten die feinen Damen ewige Hingabe und absolute Treue. Das war undenkbar, und doch akzeptierte er dieses westliche Charakteristikum.

Er erwartete es bei Caroline. Er wußte, daß sie jetzt an seine Treue glaubte. Daß er nicht treu war, verursachte ihm jedoch keine Schuldgefühle. Es war nicht so, daß er Caroline nicht angebetet hätte – wenn sie im Orient gewesen wären, hätte man in ihr seine *Ikbal,* seine Lieblingsfrau, gesehen. Aber sie war mehr als das. Sie war auch seine liebste Freundin, etwas, das im Orient nicht möglich gewesen wäre, denn dort betrachtete man Frauen nicht als Kameradinnen. So beabsichtigte er ernsthaft, ihr, nach englischen Maßstäben, ein guter Ehemann zu sein und ihr keinen Kummer zu bereiten. Er mußte sich eben diskret verhalten.

Doch das galt für später. Er hatte die eine und einzige noch nicht zur Frau genommen. Im Moment lag die lange Reise nach Barka vor ihm – und eine lange Zeit, ehe er wieder so ein anpassungsfähiges Wesen fand wie Claire.

8

»Kommen Sie, *Lalla,* Sie müssen etwas essen.«

»Warum?«

Hakeem schaute bekümmert auf die junge Frau, die zusammengerollt auf dem niedrigen Bett lag. Ihre Augen waren vom Mangel an Schlaf bläulich umrandet. Ihr Haar bildete ein wirres Durcheinander silberner Strähnen, da sie es nicht kämmte und Hakeem nicht erlaubte, es zu berühren. Sie trug das gleiche Gewand, das sie vor vier Tagen angezogen hatte, als man ihr ihre Kleider zurückgegeben hatte – eine lilafarbene Robe, die ihre Blässe betonte. Sie wechselte das Kleid nicht, und sie schlief darin. Das einzige an ihr, das seinen Glanz nicht eingebüßt hatte, war ihre Stimme, die gelegentlich verdrossen, aber meistens kalt und feindselig klang.

Sie anerkannte die Änderungen nicht, die Hakeem in der kleinen Kajüte vorgenommen hatte. Streifen leuchtender Seide hingen von den Wänden, und weiche Fellteppiche bedeckten nun den ganzen Boden. Eine dicke Matratze, in Seide gehüllt und mit großen Kissen geschmückt, diente als Bett. Eine kupferne, hüfthohe Badewanne thronte in einer Ecke hinter einer Gitterwand. Eine kleine Truhe mit süß duftenden Seifen und Ölen stand daneben. Chantelle rührte nichts an. Das Wasser, das Hakeem jeden Tag für sie erhitzte, wurde unbenützt wieder kalt.

Und sie aß nichts, seit ihrer Gefangennahme hatte sie keinen Bissen zu sich genommen. Der Kapitän hatte ihr sogar seinen persönlichen Vorrat an Delikatessen angeboten – ohne Erfolg. Hakeem war am Ende seiner Weisheit angelangt. Er hatte Chantelle versichert, daß sie nichts zu befürchten habe, daß ein Leben in Reichtum und voller wunderbarer Vergnügungen auf sie warte, daß sie vermutlich von einem hohen Staatsmann gekauft würde, der eine Frau wünschte, daß Ehefrauen mehr Freiheit genossen als Konkubinen. Er hatte sie beschworen, sie würde glücklicher sein, als sie es sich in ihren kühnsten Träumen vorstellen könnte. Das schien ihr gleichgültig zu sein, oder sie glaubte ihm einfach nicht. Er wußte nicht, was er noch zu ihr sagen sollte.

»Sie siechen dahin, *Lalla* – für gar nichts. Wenn Sie sterben, welchen Zweck könnte das erfüllen?«

»Einen guten«, gab sie zurück. »Ich bewahre eine Burke davor, zur Sklavin zu werden.«

Hakeem seufzte. »Für Männer ist Sklaventum nicht wünschenswert, aber bei Frauen gelten andere Regeln. Wie ich Ihnen schon sagte...«

»Das zählt nicht«, unterbrach sie ihn hitzig. »Ich wäre trotzdem eine Sklavin.«

Hakeem blickte auf das unberührte Essen auf dem Silbertablett und bestärkte sich selbst in seinem Entschluß. Er mußte hart sein und das Mädchen zum Essen zwingen.

»Ihre Kräfte schwinden, *Lalla.* Bald wird es zu spät sein, Sie zu retten.«

»So?«

»Wenn Rais Mehmed feststellt, daß Sie sterben werden, ehe wir Barka erreichen, haben Sie keinen Wert mehr für ihn. Er wird Sie seiner Mannschaft zur Benützung überlassen, bis Sie tot sind.«

Sie unterdrückte ein Stöhnen bei der Vorstellung solcher Barbarei und betrachtete den kleinen Türken voller Wut. »Ich bin auf diesem Schiff schon einmal vergewaltigt worden! Ein paarmal mehr macht keinen Unterschied.«

»Vergewaltigt? Sind Sie verrückt, Mädchen? Ihre Jungfräulichkeit verdoppelt Ihren Wert. Rais Mehmed würde den Kerl bei lebendigem Leibe häuten, der...«

»Ihr verfluchter Kapitän half dabei, mich auf den Boden zu drücken!«

Für einen Augenblick war Hakeem sprachlos, dann mußte er sich beherrschen, nicht zu lachen. Konnte sie tatsächlich so unschuldig sein? Doch, natürlich, sonst hätte sie nicht glauben können, man hätte sie entjungfert.

»*Lalla,* Sie sind noch Jungfrau«, versicherte er sanft.

»Ich bin doch nicht blöd«, rief sie zornig.

»Nein, nein, natürlich nicht. Aber Sie sind jung, und... und es ist leicht mißzuverstehen, was man mit Ihnen gemacht hat. Der eine, der... der Sie berührte, ist nicht fähig, ah... er ist ein Eunuche. Wissen Sie, was das bedeutet?«

Chantelles Wangen färbten sich rot. »Ja.«

»Er untersuchte, ob Sie noch das gepriesene Hymen besitzen – und Sie besitzen es. Diese Überprüfung war notwendig, *Lalla,* um Ihren Wert zu bestimmen. Alle weiblichen Gefangenen müssen das über sich ergehen lassen.«

Sie hörte nicht mehr zu. Sie fühlte sich wie ein Schaf, weil sie falsche Schlüsse gezogen hatte, aber sie war auch überrascht, welch überwältigende Erleichterung ihr der Gedanke verschaffte, noch Jungfrau zu sein. Doch die Demütigung des Vorgangs würde sie nie vergessen, und an der Wirklichkeit hatte sich nichts geändert. Sie würde immer noch in die Sklaverei verkauft werden.

»Es ist nicht wichtig, Hakeem.«

Soviel Starrköpfigkeit ärgerte ihn. »Dann macht es Ihnen also nichts aus, wenn ein Dutzend Männer sich an Ihnen vergeht?«

Sie wich zurück, doch sie schüttelte den Kopf. Wo lag der Unterschied: Ein Dutzend Männer jetzt, oder später *ein* Mann immer wieder? In jedem Fall würde man sie vergewaltigen. Hier würde sie es wenigstens bald hinter sich haben. So schwach, wie sie nun war, würde sie sowieso nicht mehr lange leben.

»Es ist Ihnen auch egal, wenn Sie vorher ein wenig Schmerzen erdulden müssen?« fragte Hakeem.

Chantelle verengte die Augen. »Was meinen Sie damit?«

»Glauben Sie wirklich, daß Rais Mehmed keinen Finger rührt, um Sie umzustimmen? Es bleibt Ihnen Zeit bis zum Ende des heutigen Tages, *Lalla,* dann wird er Ihnen die Bastonade geben lassen. Und wenn Sie nicht begreifen, daß das eine Form der Folter ist, die Ihre Haut nicht beschädigt und demnach Ihren Wert nicht verringert, dann will ich es Ihnen erklären. Man wird die Sohlen Ihrer Füße mit einem Stock schlagen. Wenn Ihre Füße empfindlich sind, ist das eine äußerst schmerzhafte Erfahrung. Wenn nicht, bleibt die Züchtigung dennoch eine sehr unangenehme Sache. Wollen Sie für Ihren Tod auch noch Qualen auf sich nehmen?«

Sie richtete sich vor dem Tablett in eine sitzende Position auf, doch ihre Augen maßen den Türken mit giftigen Blicken. »Sie sind ein Bastard, Hakeem Bektash. Warum – zum Teufel – haben Sie mir nicht früher von Ihrer Bastonade erzählt?«

»Ich hatte gehofft, Sie wären nicht so störrisch, *Lalla.* Das ist kein guter Zug bei einer Frau. Wenn Sie von selbst nachgegeben hätten, wäre es für mich leichter gewesen, Ihnen zu helfen.«

»Es gibt nur eine Möglichkeit für Sie, mir zu helfen: das heißt, mich von diesem Schiff wegzubringen, ehe es zu spät ist.«

Er schüttelte langsam den Kopf, und sein Gesicht nahm einen traurigen Ausdruck an. »Das kann ich nicht. Aber es gibt vieles, das ich Sie lehren kann – die Gebräuche des Orients, die Sprache. Ich kann Sie auf Ihr neues Leben vorbereiten, wenn Sie es mir erlauben. Und ist es nicht besser, vorbereitet zu sein, sich mit Verständnis zu wappnen, als blindlings in dieses neue Dasein hineinzustolpern?«

Lange Sekunden sah Chantelle ihn nur an. Dann griff sie nach dem Brot auf dem Tablett, und ihr Nicken war kaum wahrnehmbar. Doch es war ein Nicken. Mochte sie auch starrköpfig sein – eine Närrin war sie nicht.

9

Die Tage vergingen Chantelle mit erschreckender Geschwindigkeit. Hakeem wurde ihr ständiger Begleiter, und fast jeder wache Augenblick war mit Lernen angefüllt: die Sitten der Moslems, Barkas Geschichte, die Rolle der Frauen im Nahen Osten, aber vor allem Arabisch, die Sprache, die in Barka üblich und mit der Hakeem groß geworden war. Er lehrte Chantelle aber auch das wenige Türkisch, das er konnte, da es in den höheren Ämtern bevorzugt wurde. Die junge Frau nahm alles in sich auf, was sie zu fassen vermochte. Nachdem sie zu der Überzeugung gekommen war, daß Hakeem recht hatte – daß Wissen Wappnung bedeutete –, wollte sie nicht nur lernen, sondern sie bestand sogar darauf.

Doch es war nicht leicht, sich alles zu merken. Eine neue Sprache zu lernen, fiel ihr besonders schwer, da die Hälfte ihres Gehirns vor Angst blockiert war. Und sie konnte der Furcht nicht entrinnen.

Sie gab sich Mühe. Sie suchte und fand etwas Positives an ihrem Unglück. Sie hatte für eine Weile spurlos verschwinden müssen, und mit dem Verlassen von England war das gewiß gewährleistet. Es gelang ihr sogar, ein wenig Hoffnung zu nähren, daß nicht alles verloren sei. Falls sie in einen ziemlich großen Harem eintreten konnte, lag es nahe, daß sie vielleicht niemals gerufen werden würde, um die Nacht mit dem Meister zu verbringen. Hakeem hatte ihr erzählt, daß in einem Haushalt, in dem der Mann mehr als zwanzig Frauen zur Verfügung hatte, nicht jede seine Aufmerksamkeit erlangte. Natürlich betonte Hakeem, bei ihr bestünde keine Gefahr, daß sie nicht bemerkt werden würde. Dabei legte sie doch keinen Wert darauf, ins Blickfeld eines Gebieters zu rücken. Bald würde sie irgendwie entkommen, den Weg zum englischen Konsul finden, und dieser würde sie aus Barka und nach Hause schmuggeln.

An den Gedanken, schließlich nach England zurückzukehren, klammerte sie sich. Es war alles, was sie hatte. Doch die Angst blieb, denn Chantelle mußte die Zeremonie ihres Verkaufs durchstehen, und darüber mochte ihr Hakeem nicht viel sagen. Bis das vorbei war, waren Zweifel angebracht, denn es bestand immerhin die Möglichkeit, daß sie von einem Mann gekauft wurde, der keine Frauen besaß – keine Schar von weiblichen Wesen, in der sie untertauchen konnte –, von einem Mann, der sie vergewaltigte, wenn auch eventuell heiratete und Kinder von ihr bekam, was Gott verhüten mochte! Wo würde sie dann sein? Verloren – für immer. Oh, wie entsetzlich, wie grauenvoll!

Und Hakeem, der sich manchmal wie ein Idiot benahm, glaubte sie aufzuheitern, wenn er ihr erzählte, daß der Mann, der sie kaufen würde, sie bestimmt zur Frau haben wollte. »Er wird extrem reich sein, andernfalls könnte er Sie nicht bezahlen. Und Sie werden seine Lieblingsfrau, seine *Ikbal,* sein. Sie werden ihm prächtige Söhne gebären, und er wird Sie ehren, indem er Sie zu seiner ersten Frau macht.«

Die erste Frau. Jedesmal, wenn sie das hörte, duckte sie sich wie unter einem Peitschenhieb. Es war schlimm genug, daß in dem Land, in das sie gebracht wurde, ein Mann vier Frauen haben durfte, wenn er das wollte – noch schlimmer, daß er so viele Konkubinen sein eigen nennen konnte, wie er sich finanziell zu leisten vermochte. Möglicherweise also Hunderte von Frauen für einen Mann. Ihrem europäischen Geist war so etwas unbegreiflich. Sie verstand nicht, wie die Frauen das ertrugen. Doch dann mußte sie sich vor Augen halten, daß sie keine Wahl hatten, denn Konkubinen waren Sklavinnen, im Krieg, bei Überfällen oder durch Piraterie gefangengenommen. Ihr Schicksal bestand darin, in der Sklaverei zu versinken.

»War Ihr Leben soviel besser?« fragte Hakeem eines Tages, als Chantelle sich besonders gegen das Zukunftsbild sträubte, das er ihr ausmalte. »Braz behauptet, er habe Sie aufgestöbert, als Sie mit Ihrem kleinen Bündel auf der Flucht waren.«

Das ließ sie nicht auf sich sitzen. »Wenigstens hatte ich die Wahl, Hakeem. Ich mußte nicht ausharren und mich zwingen lassen, einen für mich unakzeptablen Mann zu heiraten. Aber welche Wahl habe ich jetzt?«

»Sie können Ihr neues Leben akzeptieren oder nicht. Sie können es weit bringen, *Lalla,* wenn Sie nur wollen. Reichtümer und eine gewisse Art von Freiheit werden Ihnen gehören. Sie müssen nur danach streben, sich den Platz als Lieblingsfrau zu erobern.«

»Ich werde mich nicht prostituieren. Eher will ich als Dienstmagd arbeiten.«

Hakeem rang vor Abscheu die Hände und ließ Chantelle allein. Sie weinte – weil es stimmte. Sie wollte lieber die niedrigsten Dienste verrichten, als das Bett eines Fremden zu wärmen – doch eigentlich wollte sie keines von beiden. O Gott, welche Schuld hatte Charles Burke auf sich geladen! Denn ihm hatte sie zu verdanken, daß sie hier war, daß sie sich so ängstigte und in einer hilflosen Lage befand, daß ein für sie verabscheuungswürdiges Leben vor ihr lag.

Daheim würden sie ahnen, daß sie davongelaufen war. Tante Ellen hatte sicher die Verwandtschaft aufgesucht und gehört, was für Chantelle geplant gewesen war. Danach würde auch sie an eine Flucht glauben. Aber sie würde mit Chantelles baldmöglichster Kontaktaufnahme rechnen, würde umsonst warten und sich im Laufe der Zeit Sorgen machen, wenn sie keine Nachricht bekam. Kein Mensch würde je erfahren, was wirklich mit Chantelle geschehen war. Ohne eine Spur zu hinterlassen, war sie aus England verschwunden.

Es hatte nur einen starken Sturm gegeben, der die Fahrt des Schiffes mehrere Tage lang aufgehalten hatte. Chantelle hoffte auf weitere Stürme, aber das Wetter blieb schön. In der kleinen Kajüte stieg die Hitze an, nachdem das Schiff die enge Straße von Gibraltar passiert hatte und in den Mittelmeerraum vorgedrungen war.

Dreizehn Tage später rückte das Ziel der Reise in greifbare Nähe. Als Chantelle durch das schmale Bullauge ihrer Kabine blickte, sah sie Barka als glänzendes Kleinod an der nordafrikanischen Küste liegen, an der Barbarenküste, wie der lange Streifen genannt wurde, der sich von Marokko nach Ägypten erstreckte. Die Stadt erschien wie ein weißer Edelstein, der in der heißen Mittagssonne schimmerte. Weißgetünchte Häuser mit flachen Dächern schmiegten sich auf steilen Hügeln dicht aneinander, umgeben vom üppigen Grün saftiger Weiden und Felder, darunter das klare blaue Wasser des Hafens und darüber der wolkenlose azurfarbene Himmel. Von der Ferne gesehen, hob sich der orientalische Charakter stark hervor durch die grün gedeckten Kuppeln riesiger Moscheen, die über die Häuser hinausragten und deren jeweils vier Minarette wie Nadeln in den Himmel stachen. Auch Wachtürme mit kegelförmigen Dächern waren vorhanden. Auf der Spitze des höchsten Hügels erstreckte sich ein großes, von dicken Mauern abgeschirmtes Gebäude, das nur der Palast des Herrschers sein konnte.

Näher beim Hafen konnte man oberhalb der hohen Wälle, die Barka umgaben, andere große Bauten sehen: Lagerhäuser für die Fracht der Handelsschiffe vieler Nationen, Baracken für die Soldaten, die die Stadtwälle sicherten, während zwanzig Batterien mit mehr als tausend Kanonen die Bucht beschützten, und Kerker, die das riesige Heer der Arbeitssklaven beherbergten.

Auch der Turm einer christlichen Kirche ragte aus dem Häusermeer, doch unglücklicherweise bemerkte Chantelle ihn nicht. Andernfalls hätte sie vielleicht ein wenig von der Angst abgelegt, die nun ihre veilchenblauen Augen füllte – denn Hakeem hatte es nicht für nötig befunden, ihr zu erzählen, daß der Herrscher von Barka Christen tolerierte, daß viele hier lebten, die keine Sklaven waren, und daß es eine europäische Gemeinde in der Stadt gab. Eine christliche Kirche bedeutete eine heilige Stätte, einen Zufluchtsort, der leicht zu finden war, wenn man fliehen wollte, während das Englische Konsulat nicht so leicht zu lokalisieren sein würde. Aber Chantelle sah die Kirche nicht, und sie sah auch von der Stadt nicht mehr viel, da das Schiff mit dem Landemanöver begann.

Bald danach wurden irgendwelche männlichen Gefangenen an Deck gebracht. Ihr Stöhnen und das Klirren von Ketten veranlaßten Chantelle, sich in ihr Bett zu verkriechen, die Ohren zu bedekken und ihr angstvolles Schluchzen in den Kissen zu ersticken. Wie lange würde es dauern, bis auch sie aus diesem vorübergehenden Refugium geführt werden würde? Ja, das Schiff war inzwischen zu einer Art Heimat geworden, verglichen mit dem Ungewissen, das sie an Land erwartete.

Doch die Zeit verging, und niemand kam, um sie zu holen. Ihre Tränen trockneten. Ihre Furcht wich seelischer Erschöpfung. Sie war beinahe bereit, alles zu akzeptieren, um nur die ständige Angst loszuwerden.

Als Hakeem schließlich erschien, dämmerte der Abend bereits.

Der kleine Türke brachte ein Tablett mit Essen und trug Kleider über dem Arm.

Chantelle warf einen Blick auf das Essen, und es würgte sie fast, so sehr war ihr Magen in Aufruhr. »Nehmen Sie das weg.«

»Sie werden das Schiff erst spät heute nacht verlassen, wenn die Stadt ruhig ist. In der Zwischenzeit müssen Sie essen, *Lalla.«*

»Es wäre mir peinlich, Ihnen zu sagen, was Sie mit der Speise machen können, Hakeem.«

Er lächelte über ihren mürrischen Ton, aber es war ein trauriges Lächeln. Ihre umschatteten Augen verrieten ihre Verzweiflung. Gefangene sollten nicht bedauert werden. Sie waren Handelsware, sonst nichts, doch diese hier war viel wertvoller als die meisten. Und dennoch bemitleidete er sie. Sie war so widersprüchlich mit ihren Augen, die ihn verhöhnten, während ihr Mund vor rührender Verletzlichkeit zitterte.

Unglücklicherweise hatte sich Hakeem ein wenig in Chantelle verliebt, obwohl er das nicht wußte. Er konnte nichts tun gegen die seltsamen Gefühle, die sie in ihm erweckte. Er konnte auch nichts für die junge Frau tun. Er würde nicht einmal derjenige sein, der sie an Land brachte, und wenn sie das Schiff einmal verlassen hatte, würde er sie nie wiedersehen.

Was sie brauchte, war Mut, damit ihre scharfe Zunge sie nicht in Schwierigkeiten brachte, denn diese scharfe Zunge schien eine natürliche Reaktion auf Angst zu sein, und das war eine gefährliche Reaktion. Ein Moslem bewunderte Mut, aber keine Beleidigungen; Geist, aber nicht Frechheit. Und Hamid Sharif, zu dem man sie heute nacht bringen würde, war nicht bekannt wegen seines Verständnisses oder seiner Geduld.

»Haben Sie mir nicht erzählt, Sie stammten aus einer vornehmen Familie?« fragte Hakeem und stellte das Tablett auf einen kleinen Schemel, der sich als niedriger Tisch verwenden ließ. »Sie seien die Erbin eines Titels, die Tochter eines englischen Adligen?«

»Bravo«, entgegnete Chantelle. »Auf Ihr Gedächtnis können Sie stolz sein.«

»Dasselbe kann ich nicht von Ihrer Zanksucht behaupten, *Lalla.«* Er hörte ihren gekränkten tiefen Atemzug, doch er fuhr schonungslos fort: »Wenn Sie mir das alles nicht selbst erzählt hätten, würde ich Sie für ein Bauernmädchen halten. Bauern haben nicht mehr Verstand, als daß sie die Hand beißen, die ihr Leben hält. Ein Adliger ist klüger, er weiß, wann er den Kampf aufgeben muß, ohne seinen Stolz zu verlieren.«

»Wagen Sie es nicht, mir mein Verhalten vorzuschreiben, wenn Sie keine Ahnung haben, wie ich mich fühle.«

»Das kann ich natürlich nicht wissen«, gab er zu. »Ich kann Ihnen nur versichern, daß Sie wertvoll sind und daß man Sie demnach gut und sorgsam behandeln wird. Doch wenn ein Sklave seinen Wert verliert, wird er ohne Bedauern geschlagen, verkauft oder getötet. So etwas wird Ihnen nie passieren, weil Ihr Wert nicht in einem starken Rücken oder einer besonderen Fähigkeit liegt, sondern in Ihrer Schönheit. Doch unerwünschte Eigenschaften wird man nicht dulden, und es gibt viele Strafen, die man anwenden kann, ohne Ihren Wert zu vermindern.«

»Warum sagen Sie mir das?« fragte sie aufgebracht.

»Damit Sie nicht den Fehler begehen, weniger zu erscheinen, als Sie sind, und so Ihren Wert herabsetzen. Sie sind eine Dame, eine Dame voller Stolz und Intelligenz. Es ist Ihr Recht zu erwarten, daß man Sie als solche behandelt – und das wird man auch tun, wenn Sie sich entsprechend verhalten. Ein gewisses Maß an Furcht ist ganz natürlich. Aber wie Sie mit dieser Furcht umgehen – das ist die Frage. Zeigen Sie sie, indem Sie sich durch Spott und Beschimpfungen stark machen, oder verbergen Sie sie hinter einem Benehmen, das Ihrer Herkunft entspricht?«

»Ich sehe nicht ein...«

»Denken Sie nach, Mädchen«, rief er ungeduldig. »Wie man Sie beurteilt, so wird man Sie behandeln. Von einer Bauernmagd – mag sie auch noch so hübsch sein – weiß man, daß sie an ein rauhes Leben gewöhnt ist und nicht besonders sorgsam behandelt werden muß. Warum sollten Sie sich unnötig dieser Gefahr aussetzen?«

»Ja, warum sollte ich? Ich bin genau das, was ich zu sein behaupte.«

»Jede kann sagen, sie sei eine Dame, und ihr Benehmen straft sie Lügen. Ich weiß, daß Sie mir nicht weh tun wollen, wenn Sie mich beleidigen, sondern daß Sie dadurch Ihre Angst bemänteln. Ich kenne Sie lange genug, um diese Wahrheit entdeckt zu haben. Hamid Sharif wird Sie nicht lange genug kennen, um entsprechende Schlüsse zu ziehen. Verstehen Sie mich jetzt, *Lalla?*«

Chantelle nickte einsichtig. Sie schenkte Hakeem sogar ein kleines Lächeln, weil er so besorgt war, sie, wenn auch überflüssig, zu warnen. Sie hatte sich an den schmächtigen Türken gewöhnt und scheute sich nicht, ihm ihre Ängste zu offenbaren, denn sie wußte, daß er ihr Vertrauen nicht mißbrauchte.

»Wie soll ich es schaffen, keine Angst zu haben, Hakeem?« fragte sie beinahe flüsternd.

Er hätte ihr das nächstliegende geantwortet, nämlich, daß derjenige, der sie kaufte, bestrebt sein würde, ihr zu gefallen, so daß sie ihrerseits sich ebenfalls bemühen würde, doch er kannte sie gut genug, um zu wissen, daß er ihr das nicht sagen konnte. Er wußte, daß eine ihrer Hauptängste darin bestand, einem Herrn gefallen zu müssen. Er konnte nur hoffen, daß sie zu gegebener Zeit anders darüber dachte. Aber was konnte er ihr erzählen, was er ihr noch nicht klargemacht hatte?

»Niemand erwartet, daß Sie furchtlos sind, *Lalla.* Doch wenn Sie daran denken, daß man Sie nicht verletzen wird, daß Sie wertvoll sind – können Sie daraus nicht Mut schöpfen? Und Sie sind vorbereitet, Sie wissen, was Sie erwartet. Sie verstehen nun auch ein wenig die Sprache und werden sie immer besser zu beherrschen lernen. Nur wenige Gefangene können das von sich behaupten, denn die meisten Kapitäne kümmern sich nicht darum, ob die Eingewöhnung für die Sklaven leicht sein wird; noch weniger, ob sie sich im gleichen Zustand befinden wie bei ihrer Gefangennahme. Rais Mehmed hielt es für weise, Sie unserem Arbeitgeber ohne Tränen oder Widerstand zuzuführen – und mit Wissen über unsere Sitten ausgestattet, was für alle Beteiligten nur von Vorteil sein kann. Hamid Sharif wird erfreut sein, und davon werden der Kapitän und Sie profitieren. Sie haben wirklich keinen Grund, sich vor Ihrer Ankunft hier zu fürchten, *Lalla.* Alles wird gut werden.«

»Bis ich verkauft bin«, fügte sie hinzu, ohne die Worte zurückhalten zu können.

Hakeem betrachtete sie mit gefurchter Stirn, doch es gab nichts mehr, was er zu diesem Thema hätte sagen mögen. »Hier sind die Kleider, die der Kapitän für Sie bestimmt hat, die Sie beim Verlassen des Schiffes tragen sollen. Bitte seien Sie drei Stunden nach Sonnenuntergang bereit.«

Er hielt jedes Stück zu ihrer Begutachtung hoch. Alle waren von fader, unbestimmbarer Farbe und aus strapazierfähiger Baumwolle, außer dem Yashmak, dem Schleier, den die Frauen in der Öffentlichkeit trugen. Dieser bestand aus dunklem Mull. Es gab Pantalons, die wie lange Unterhosen aussahen, eine langärmelige Tunika, von der Chantelle nicht ahnen konnte, daß Hakeem sie wegen Chantelles Schamhaftigkeit ausgesucht hatte, ein kurzes, boleroartiges Westchen, das mit einem Knopf über der Brust zu schließen war, einen breiten Schärpengürtel und einen voluminösen Kaftan, das lange, mantelähnliche Gewand, das im Nahen Osten von Männern wie Frauen getragen wird. Dieser hier war weit genug, um die junge Frau von den Schultern bis zu den Füßen völlig zu verhüllen. Schuhe waren nicht vorhanden, denn ihre eigenen taten die Dienste noch, obwohl sie nach Chantelles kurzem Ausflug in die Freiheit durchnäßt worden waren.

Die junge Frau war überhaupt nicht begeistert von den Pantalons, die nach ihrer Meinung nicht besser als schmucklose Unterwäsche wirkten. »Könnte ich nicht den Mantel und Schleier über meine eigenen Sachen anziehen?«

Hakeem schüttelte den Kopf, doch er lächelte leicht über ihr Mißfallen. Was all seine Worte nicht erreicht hatten, hatte die Kleidung bewerkstelligt – Chantelle von ihrer Angst abzulenken.

»Ihr Kleid ist zu fremdländisch gemustert. Der weite Rock würde trotz der Länge des Kaftans hervorschimmern. Wir möchten, daß Sie beim Verlassen des Schiffes wie eine Moslime aussehen, die vielleicht mit uns gereist ist, und daß Sie kein Aufsehen erregen. Hamid Sharif wird Ihre Gegenwart geheimhalten, bis er bereit ist, Ihre Versteigerung anzukündigen – und diese wird privat sein, nur für diejenigen, die den hohen Preis bezahlen können, den er für Sie ansetzt. Und außerdem...«, er zögerte, »...dürfen Sie in Zukunft Ihre eigenen Kleider nicht mehr tragen. In Barka werden Sie gekleidet sein, wie es Ihr neuer...«

»Neuer Status erfordert«, ergänzte Chantelle bitter.

Hakeem errötete, doch er meinte: »Haben Sie etwas anderes erwartet, nach allem, was ich Ihnen erzählt habe?«

Sie senkte den Blick. »Nein, aber kann ich nicht mein persönliches Eigentum behalten, meine Haarbürste, mein...«

»Nichts, *Lalla.* Eine Sklavin geht ohne alles zu ihrem neuen Herrn, damit sie für das dankbar ist, was er ihr zu schenken geruht.«

Sie hob den Kopf. Da ihr der Verlust ihrer einzigen Erinnerungsstücke an die Heimat bevorstand, kehrte ihr früherer Zorn mit voller Wucht zurück.

»Eine Tradition, die dazu dient, das Selbstvertrauen und die

Selbstachtung, ganz zu schweigen von dem Selbstwertgefühl, zu unterminieren«, stieß sie voller Verachtung hervor. »Werde ich auch um mein Essen oder das Wechseln meiner Kleidung bitten müssen? Das werde ich nicht tun, das wissen Sie. Auf keinen Fall werde ich betteln!«

»Was Sie brauchen, bekommen Sie, ohne danach zu fragen«, entgegnete er geduldig. »Warum bestehen Sie darauf, alles außer acht zu lassen, was ich Ihnen erzählt habe?«

»Weil ich es hasse! Ihre Traditionen sind dazu geschaffen, mich zu vernichten.«

»Es wird Ihnen leichter gelingen, Ihr früheres Leben zu vergessen, wenn Sie nichts mehr besitzen, was Sie daran erinnert. Sie werden akzeptieren...«

»Niemals!«

»Doch, *Lalla.*« Hakeem seufzte. »Es ist unvermeidlich.«

10

Rahmet Zadeh hörte die Engländerin. Er war zum Hafen geschickt worden, um den englischen Händler, der morgens mit seinem Schiff angekommen war, über seine Passagiere zu befragen. Es war nicht das erstemal, daß er nach Einbruch der Dunkelheit erschien, um diese Erkundigungen einzuziehen. Seit drei Wochen gehörte es nun zu seinen Aufgaben, bei jedem fremden Schiff, das in den Hafen eingelaufen war, die gleichen Fragen zu stellen – und immer nachts, wenn die Passagiere reichlich Gelegenheit gehabt hatten, an Land zu gehen, falls sie das wollten. Erst wenn der eine, auf den Omar Hassan wartete, nicht im Palast auftauchte, wurde Rahmet zum Hafen geschickt.

Es war eine Aufgabe unter seiner Würde, fand Rahmet. Er war der Kommandeur der Palastwache. Jeder von Omars Günstlingen hätte diese sinnlosen Fragen stellen können, aber Omar hatte ihn ausgewählt. Er fühlte sich nicht geehrt. Vielleicht wäre es anders gewesen, wenn man ihm gesagt hätte, warum die Befragung nötig war, aber man hatte ihm nichts gesagt. Der Großwesir erklärte selten etwas.

Rahmet hatte das Gefühl, Omar Hassan wolle ihn mit dieser Aufgabe bestrafen, obwohl es nichts zu bestrafen gab, und das verstimmte ihn. Er war also nicht in bester Laune, als die erhobene ärgerliche Stimme ihn in seinem Schritt zurück zum Palast innehalten ließ.

Daß er die Sprache der Frau als Englisch identifizierte, war reiner Zufall, denn er kannte die Laute nur vom Hören. Und der Dolmetscher, den er mitgebracht hatte, um die Auskunft des Händlers zu übersetzen, war in Anbetracht von Rahmets schlechter Laune bereits schleunigst durch das Marinetor verschwunden.

Was Rahmet verblüffte, war die Tatsache, daß die Stimme der Engländerin vom falschen Schiff erscholl, nämlich von einem der Piratenschiffe Hamid Sharifs, das an diesem Morgen mit einer Ladung Sklaven eingelaufen war. Es gab keinen vernünftigen Grund für eine Engländerin, an Bord dieses Schiffes zu sein – keinen Grund überhaupt für irgend jemanden, zu dieser Nachtzeit an Bord zu sein, nachdem Barka, der Heimathafen, erreicht und die Fracht längst verladen war. Dennoch brannte Licht an Deck, und mehrere beleuchtete Kabinen warfen glitzernde Streifen über das dunkle Wasser.

Rahmets Neugierde war geweckt. Es geschah nicht oft, daß Engländerinnen als Gefangene in diese Stadt gebracht wurden, doch die Frau auf diesem besonderen Schiff konnte wohl kaum etwas anderes sein. Warum hatte man sie dann nicht zusammen mit den übrigen Sklaven an Land gebracht?

Es gehörte zu Rahmets Aufgaben, Omar Hassan alles Ungewöhnliche zu melden, ganz gleich, wie unwichtig es erschien – vor allem in diesen Wochen, da die Anschläge auf den Herrscher noch nicht aufgeklärt waren. Und diese Angelegenheit hier war ungewöhnlich.

Rahmet schlug sich plötzlich mit der flachen Hand auf die Stirn. Was für ein blinder Narr war er doch! Diese Frau konnte der Grund sein, warum der Großwesir ihn, Rahmet, so oft zum Hafen geschickt hatte. Sicher hatte Omar auf eine Nachricht von der Engländerin gewartet und nicht gewollt, daß Rahmet das wußte. Es war auch nicht nötig gewesen, ihm den Anlaß mitzuteilen. Omar Hassan war überzeugt, daß Rahmet von der Anwesenheit einer Britin berichten würde.

Nachdem Rahmet diese Schlüsse gezogen hatte, die ihm viel besser gefielen als der Gedanke an eine Bestrafung, näherte er sich dem Marinetor. Er blieb bei den Wächtern stehen, behielt Hamid Sharifs Schiff im Blickfeld und versuchte von den Wachtposten etwas Neues zu erfahren. Sie wußten nicht viel, denn sie hatten ihren Dienst erst kurz nach dem Ruf zum Abendgebet angetreten.

Rahmet mußte nicht lange warten, bis er selbst Zeuge gewisser Aktivitäten auf dem Schiff wurde. Die Frau erschien an Bord und ging, flankiert von zwei Männern, an Land. Doch es war kein Klirren von Ketten zu hören. Sie wurde in keiner Weise behindert. Von der Erscheinung her wirkte sie wie eine Moslime in ihrer Straßenkleidung. Obwohl Rahmet nicht weit von ihr entfernt stand, während ihre Begleiter den Wächtern etwas erklärten, konnte er nichts Fremdartiges an ihr erkennen, nicht einmal die Farbe ihrer Augen, denn sie hielt den Blick gesenkt, wie es sich gehörte.

Rahmet war enttäuscht, doch er hatte eigentlich nichts anderes erwarten dürfen. Es war der Fluch aller Männer, daß die Frauen auf der Straße sich zum Verwechseln glichen. Eine Prinzessin konnte unbemerkt den Basar besuchen. Eine Frau konnte mit ihrem Liebhaber spazierengehen, und wenn ihr Mann ihr begegnete, würde er sie nicht erkennen. Und eine Sklavin konnte völlig diskret durch die Straßen geführt werden, da man ihr den Status nicht ansah.

Die beiden Männer gaben der Frau irgendeinen üblichen Namen und behaupteten, sie wohne in Algerien und sei mit dem Kapitän befreundet. Er habe eingewilligt, sie auf seinem Schiff mitzunehmen, weil sie eine Cousine hier in Barka besuchen wolle.

Die Wächter akzeptierten diese Auskunft, ohne zu fragen. Rahmet glaubte kein Wort von der Geschichte, doch er mischte sich nicht ein. Wenn er Näheres erfahren wollte, mußte er den dreien unbemerkt folgen. Es interessierte ihn brennend, wieso man sich wegen der Engländerin soviel Mühe gab. Er konnte sich nur einen Grund dafür denken: daß die Frau zu kostbar war, als daß man sie nachmittags durch die gaffende Menge hatte geleiten mögen, als die übrigen Sklaven ausgeladen wurden. Falls er recht hatte, würde man sie zu Hamid Sharif bringen – falls nicht, würde er weiter nachforschen müssen.

Wäre Hamid Sharif dem Herrscher nicht treu ergeben und zusätzlich noch ein Sklavenhändler, hätte Rahmet bei dieser Heimlichtuerei auch noch andere Möglichkeiten in Erwägung ziehen müssen, wie zum Beispiel die Verwicklung in das Komplott gegen den Herrscher. Frauen waren nicht über jeden Verdacht erhaben. Allerdings sprach dagegen, daß sie Engländerin war. Bekanntermaßen schätzten die Briten Jamil Reshids Regierung und würden nichts tun, um sie zu gefährden. Zudem wäre es nicht das erstemal, daß eine hübsche Sklavin für eine private Versteigerung in die Stadt geschmuggelt wurde, ein Mädchen, das der Sklavenhändler von der Öffentlichkeit fernhalten wollte. Im allgemeinen wurden solche Frauen zuerst dem Herrscher angeboten, demnach würde man über diese eine im Palast bald Bescheid wissen, und somit würden Rahmets Berichte über den heutigen Abend auf die eine oder andere Weise eine Bestätigung finden.

Er folgte den dreien, und die Frau wurde tatsächlich bei Hamid Sharif abgeliefert. Rahmet kehrte zum Palast zurück und überließ es Omar Hassan, was er mit dieser Information anfangen wollte, in der Hoffnung, daß der Großwesir darauf gewartet hatte und ihn nun nicht mehr zum Hafen schicken würde. Aus Omar Hassans Reaktion konnte er allerdings nichts schließen, und in den nächsten fünf Tagen legten keine fremden Schiffe mehr im Hafen an. Dann lief ein englisches Kriegsschiff ein, um Proviant aufzunehmen, und Rahmets Vermutungen wurden bekräftigt. Er wurde nicht in den Hafen beordert.

11

Am nächsten Morgen traf Omar Hassan den Herrscher in der Halle vor dem Audienzraum, in dem sich schon eine Menge versammelt hatte, um die täglichen Geschäfte abzuwickeln. Diese Halle, zu der Jamils Wohnbereich führte, war leer, abgesehen von zwei nubischen Leibwächtern, die nie weit von Jamils Seite wichen.

»Einen Moment, Jamil.« Omar genoß das Privileg, den Herrscher immer beim Vornamen nennen zu dürfen, doch er tat es nur privat. Er kannte Jamil seit dessen Geburt, hatte sich von Anfang an für seine Erziehung interessiert und stimmte völlig mit dem Divan, der Gruppe von Jamils Beratern, überein, daß Barka nie zuvor eine solche Blütezeit erlebt hatte wie unter Jamils Herrschaft. Sein Vater, Mustafa, war ein guter Regent gewesen, aber es hatte ihm an Jamils Diplomatie und Schläue im Umgang mit Barkas fremden Elementen und den Konsuln der ausländischen Regierungen gemangelt. Unter Jamil genoß Barka Frieden, nicht aber unter der Herrschaft seines Vaters oder seines älteren Bruders.

Von Mustafas vielen Kindern waren Jamil und sein Bruder Kasim Omars Lieblinge gewesen, da sie schon früh mit hoher Intelligenz geglänzt hatten, doch wichtiger noch war es dem Großwesir erschienen, daß sie ein Gefühl für Ehre und Gerechtigkeit entwikkelt hatten. Sie waren auch die Lieblinge ihres Vaters gewesen – möglicherweise, weil sein Erstgeborener, Mahmud, den er gewiß nicht vernachlässigt hatte, ein habgieriger und rachsüchtiger Charakter gewesen war, der sich während seiner kurzen Regentschaft den Titel »Tyrann« eingehandelt hatte. Doch nach Allahs Willen war Mahmud ohne Nachkommen gestorben, und zu Barkas Segen war Jamil der nächste in der Erbfolge gewesen.

Er gab einen prächtigen Herrscher ab, sowohl von seinem Wesen als auch von seinem Erscheinungsbild her, und keine seiner Konkubinen fand etwas an ihm auszusetzen. Von seinem Vater hatte er die außergewöhnliche Größe und das kohlschwarze Haar geerbt, das, gerade unter einem weißen Turban versteckt, doch in einem üppigen Vollbart sichtbar war – dem Stolz der meisten Moslems. Von seiner Mutter besaß er die hohen Backenknochen und Brauen, vom Vater das starke Kinn und die Adlernase. Doch die Augen waren fraglos die von *Lalla* Rahine – und nicht die eines Türken oder Arabers, Augen, die Jamil das Aussehen eines Europäers gaben und fremde Diplomaten beruhigten.

Erst seit kurzem hatte Jamil aufgehört, Diplomaten zu empfangen, und die dringenden Geschäfte wurden jetzt nur einmal in der Woche erledigt – alles andere besorgte Omar. Es zeigte Jamils tiefe Weisheit, daß er momentan seine Macht willig delegierte, denn die Frustration über die Einschränkungen, die er zu seinem eigenen Schutz auf sich nehmen mußte, ließ seinen Geduldsfaden von Tag zu Tag dünner werden. Er selbst war der erste, der merkte, daß sein gleichmäßiges Temperament sich negativ verändert hatte, was seine Urteilskraft beeinträchtigte und ihn leicht zu falschen Entscheidungen verleidete – oder dazu, jemanden zu verletzen, den er nicht verletzen sollte.

»Schleichen Sie jetzt schon in den Hallen herum, Omar?« fragte Jamil, als er sich dem Großwesir näherte.

Der ältere Mann lachte vor sich hin. »Es scheint so.«

»Was wünschen Sie?«

»Nichts Wichtiges«, erwiderte Omar. »Ich dachte nur, Sie sollten vielleicht noch eine Sklavin für den Harem kaufen.«

Jamil furchte die Stirn. »Ich darf wohl meinen Ohren nicht trauen, oder? Sie meinen doch nicht...«

»Hören Sie mich bis zum Ende an, mein Herr.« Omar trat zurück, damit er sich den Hals nicht verrenken mußte, um zu Jamil aufzusehen. Das war der einzige Grund seiner Distanz, denn er liebte Jamil wie seine eigenen Söhne und glaubte, das Gefühl beruhe auf Gegenseitigkeit. Jamils finsterer Gesichtsausdruck schüchterte ihn keineswegs ein. »Ich weiß, daß Sie der Meinung sind, bereits zu viele Frauen zu besitzen, aber ich dachte bei der einen auch nicht, daß sie für Sie sein sollte.«

Ein Grinsen erhellte Jamils strenge Züge. »Sie wollen, daß ich Ihnen eine Frau kaufe und sie in meinem Harem verstecke? Bereiten Ihre Frauen Ihnen wieder Ärger, alter Freund?«

Omar lachte geradeheraus. »Nein, mein Herr, nicht für mich. Ich dachte an jemand anderen, der sie vielleicht gern hätte. Sie soll Engländerin sein, deshalb kam mir die Idee. Sie wurde gestern nacht heimlich bei Hamid Sharif abgeliefert. Daß er sie so versteckt, kann nur bedeuten, daß sie entweder so häßlich ist, daß er sich schämt, oder sie ist so schön, daß sie einen Volksauflauf verursachen würde, wie wir es schon erlebt haben. Der Grund, warum ich die Frau erwähne, ist, daß er sie Ihnen diesmal eventuell nicht anbietet, weil Sie ihm in den vergangenen Monaten so viele Absagen erteilt haben. Falls Sie sie kaufen wollen, muß ich mich wahrscheinlich mit ihm in Verbindung setzen, und das bald, ehe er sie anderweitig veräußert.«

Jamil dachte einen Augenblick nach, dann schüttelte er langsam den Kopf. »Nein, ich glaube nicht, Omar. Es war nett von Ihnen, daß Sie daran gedacht haben, aber ich möchte in diesem Fall nichts vorbereiten. Unser ›jemand anderer‹ ist noch nicht angekommen und kommt vielleicht nie an. Und ich möchte meine Frauen um keinen Preis mit einer Neuerwerbung irritieren, nachdem sie schon ärgerlich auf mich sind.«

Omar hielt sich zurück, hierüber einen Kommentar abzugeben. Er nickte nur zum Einverständnis und grüßte, was bedeutete, daß er den Regenten nicht länger aufhalten wollte. Was hätte er auch sagen können, das Jamil nicht an seine eigenen Unzulänglichkeiten erinnert hätte? Wenigstens gab der Herrscher nicht vor, von der verheerenden Wirkung nichts zu merken, die seine üble Stimmung im Palast erzeugte. Er nahm durchaus wahr, daß seine Sklaven sich vor ihm fürchteten, daß seine Wächter auslosten, wer nicht jeden Tag zum Dienst erscheinen mußte, und daß seine Konkubinen sich über Vernachlässigung oder sogar manchmal über seine Gunst beschwerten.

Omar wußte, daß Jamil sich um Disziplin bemühte und daß er nur noch zorniger wurde, wenn ihm die Selbstbeherrschung nicht gelang. Die Situation dauerte schon allzu lange. Jamil war mit seiner Geduld am Ende. Er explodierte nun beim geringsten Anlaß, und obgleich er die Strafen, die er anordnete, bald bereute und sie abbrechen ließ, wenn seine Vernunft wiederkehrte, bediente er sich häufig irgendwelcher Züchtigungen.

Omar seufzte und folgte dem Regenten in den Audienzraum. Dort wartete ein Diener Hamid Sharifs, den Omar kannte. Sicher war der Mann hier, um Jamil die Skavin anzubieten, von der

Omar gerade gesprochen hatte. Zweimal mit dem gleichen Thema belästigt zu werden, würde Jamil gewiß zu einem Zornausbruch reizen.

Schnell winkte der Großwesir dem Diener und führte ihn in ein Vorzimmer. »Der Herrscher wünscht keine neuen Sklavinnen für seinen Haushalt oder seinen Harem.«

»Aber, mein Herr...«

»Ja?«

Omars Ton war so scharf, daß der Mann demütig den Blick senkte. Man durfte sich mit dem höchsten Minister des Palastes nicht anlegen.

»Vergeben Sie mir, mein Herr. Verstehen Sie: mein Meister wollte Ihren Herrn nicht beleidigen, indem er ihm das schönste Juwel, das je in seinen Besitz kam, nicht angeboten hätte.«

»Je?« Omar war amüsiert.

»Es ist wirklich so, mein Lord. Ich habe das Mädchen selbst gesehen.«

»Dann ist mein Bedauern ebenso groß wie Ihres. Es handelt sich um eine Engländerin?«

Die Augen des Mannes weiteten sich vor Staunen, und er nickte. Natürlich hätte er wissen müssen, daß die Spione des Palastes sich schon informiert hatten, wahrscheinlich von dem Moment an, als die Frau angekommen war. Waren es nicht die Palastspione gewesen, dann die der ausländischen Konsuln, die stets auf dem laufenden sein wollten. In Barka konnten nur wenige Geheimnisse wirklich geheim bleiben, und deshalb verstand auch niemand, warum das Haupt des Mannes, der die Attentate auf den Herrscher angezettelt hatte, nicht längst vom Palasttor baumelte.

»Sagen Sie Ihrem Meister, wir wissen es zu schätzen, daß er sein Juwel zuerst dem Herrscher angeboten hat«, fuhr Omar fort. »Wir werden seine Aufmerksamkeit nicht vergessen. Und obwohl der Herrscher seit einiger Zeit keine Sklavinnen mehr erworben hat, heißt das nicht, daß er in Zukunft auch keine mehr braucht. Aber das nächstemal kommen Sie erst zu mir. Der Herr darf mit solchen Kleinigkeiten nicht behelligt werden.«

Welche Schande, dachte Omar später, daß Jamil das Prestigedenken verachtet, das mit der Anzahl von Frauen verknüpft ist. Die meisten Türken, die es sich leisten konnten, füllten ihren Harem bis zum Überfließen. Drei- oder vierhundert Konkubinen waren nicht ungewöhnlich für einen Mann, der so reich war wie Jamil, doch er besaß weniger als fünfzig Frauen. Die Hälfte von ihnen war ein Geschenk gewesen oder von *Lalla* Rahine gekauft worden, in dem Bestreben, ihren Sohn mit Vielfältigkeit zu erfreuen, nachdem er sich selbst nicht mehr darum kümmerte. Er war nicht begeistert davon und hatte ihr schließlich weitere Erwerbungen verboten.

Es war nicht so, daß Jamil die Abwechslung nicht geschätzt oder Frauen nicht geliebt hätte. Aber es störte ihn, wenn ein Frauendasein verschwendet wurde, und das geschah mit der Mehrheit der weiblichen Wesen in einem großen Harem. Es konnte nur eine gewisse Anzahl Favoritinnen geben, und die übrigen, die vielleicht gelegentlich das Auge ihres Meisters auf sich zogen, verbrachten ihre Tage in gelangweilter Untätigkeit ohne Zukunftsaussichten – und die Nächte allein.

Daß das für Jamil von Belang war, konnte überraschen, aber es entsprach den Tatsachen. Schon ehe die Gerüchte aufgekommen waren, er liebe seine erste Frau, Sheelah, hatte er so empfunden. Als Angehöriger seines Kulturkreises stand er allein da mit der Ansicht, jede Frau in seinem Harem müsse sich von ihrem Gebieter geschätzt fühlen. Und er erschöpfte sich in dem Bemühen, keine seiner Frauen auf längere Sicht zu ignorieren, weshalb ihn auch der Gedanke erschreckte, nur eine einzige zusätzliche Konkubine aufnehmen zu müssen.

Dennoch war es eine Schande, denn ein neues Mädchen hätte Jamil gerade jetzt von seinen Problemen ablenken und seine Aggressionen dämpfen können, die sich zu schlimmen Zornausbrüchen entwickelten. Aber das konnte man Jamil nicht sagen.

Er hätte einen unbeschwerten Tag außerhalb des Palastes nötig gehabt, denn in diesen Mauern festgehalten zu sein, frustrierte ihn am meisten. Doch der Divan würde nie zustimmen. Es war einfach zu gefährlich, den Palast zu verlassen, denn darauf warteten die Meuchelmörder zweifellos. Allmählich wurde es Zeit, daß die vielen Botschaften, die ausgesendet worden waren, Früchte trugen.

12

Vier Tage später, am frühen Nachmittag, als der Großwesir immer noch Bewerber empfing, die eine Audienz beim Herrn des Palastes erbaten, wurde ihm ein Wüstenscheich gemeldet, der als Tribut zwei Vollblutpferde mitgebracht hatte. Omar war nicht beeindruckt und hätte den Scheich auf den nächsten Morgen vertrösten lassen, wenn dessen Diener nicht darauf bestanden hätte, daß der Großwesir persönlich die beiden Rassepferde begutachten müsse – sie stünden im äußeren Hof und würden von allen Seiten bewundert. Omar war verärgert, daß der Diener bis zu ihm vordringen konnte und die Palastwachen ihn nicht gleich abgewiesen hatten. Andererseits verstand er, daß seine Männer sich in einem Dilemma befunden hatten. Die meisten Wüstenstämme, die dem Herrscher, ihren Verträgen entsprechend, Tribut bezahlten, schickten nicht ihr Oberhaupt in die Stadt, um das zu erledigen. Daß dieser Scheich persönlich mit seinen Geschenken gekommen war, konnte nur bedeuten, daß er etwas vom Herrscher wollte.

Es gehörte zu Jamils Politik, die Wüstenstämme höflich zu behandeln, denn das garantierte den Frieden. Der Wüstenscheich wußte vielleicht gar nichts von der prekären Lage in Barka und davon, daß es momentan nicht angebracht war, bei Jamil persönlich vorzusprechen.

Ungeduldig eilte Omar in den angrenzenden Raum und trat an ein mit Gitterwerk verziertes Fenster, das den Blick auf den äußeren Hof freigab. Von hier aus konnte er die Pferde gut sehen, denn sie hielten Abstand von den Angestellten und Dienern des Palastes, die sich um sie versammelt hatten. Zwei junge Araber, offenbar Pferdepfleger, hatten Mühe, die temperamentvollen Tiere in Zaum zu halten.

Nun war Omar doch beeindruckt. Es handelte sich um herrliche, rein weiße Vollblüter, wie man sie in Barka noch nie erblickt hatte – obendrein noch um einen Hengst und eine Stute. Beim Barte des Propheten! Dieses Paar würde sich hervorragend zur Zucht eignen.

Omar befahl dem Diener, den Scheich hereinzubitten. War es möglich, daß dieser Mann den Wert eines solchen Geschenkes nicht kannte, eines Tributes, der des Sultans persönlich würdig gewesen wäre? Diese Vollblutpferde stammten auf keinen Fall aus der arabischen Wüste. Wo mochten sie wohl hergekommen sein?

Dann seufzte Omar tief, als ihm dämmerte, wie dieses Geschenk auf Jamil wirken würde, der ein vorzüglicher Reiter war, seinen täglichen Ausritt jedoch hatte aufgeben müssen, als die Probleme begannen. Er würde über das Vollblutpaar entzückt, ja hingerissen sein, bis ihm einfiele – wie eben Omar –, daß er es nicht reiten durfte, und zwar für eine längere Zeitspanne. Das würde seine gegenwärtige Stimmung noch stärker beeinträchtigen.

Verständlicherweise machte Omar ein finsteres Gesicht, als der große Wüstenhäuptling zu ihm geleitet wurde. Sein Name war als Ahmad Khalifeh angegeben worden, ein Name, an den Omar sich nicht erinnerte und den er auch bei einem raschen Blick auf seine Unterlagen nicht finden konnte. Vielleicht hätte er den Mann erkannt, doch ein umfangreicher Burnus, das mit einer Kapuze versehene Gewand der Wüste, hüllte ihn von Kopf bis Fuß ein, und die Tatsache, daß der Fremde das Kinn gesenkt hielt, so daß die Kapuze ihm tief über die Stirn fiel, machte die Vermummung komplett.

In seiner Verwirrung verzichtete Omar auf die üblichen Empfangszeremonien und kam direkt zur Sache. »Ihr Name ist mir nicht geläufig. Von welchem Stamm kommen Sie?«

Die Antwort bestand aus einer Gegenfrage. »Sind Sie das, Omar?«

Der Großwesir erstarrte. Diese Stimme erkannte er nur zu gut. »Jamil? Was für ein Spiel treiben Sie mit mir?«

Ein volles und tiefes Lachen erscholl. Wie lange war es her, daß Jamil so herzlich gelacht hatte? Omar furchte befremdet die Stirn, denn der Mann hatte den Kopf gehoben, und ein glattrasiertes Kinn wurde unter der Kapuze sichtbar.

»Wer sind Sie?« fragte Omar mit einem drohenden Unterton.

»Kommen Sie, alter Knabe, Sie können mich doch nicht vergessen haben – nach nur neunzehn Jahren.«

Omars Mund öffnete sich in äußerster Verblüffung. Niemand sprach so respektlos mit ihm. Niemand! Er erhob sich, um die Wächter zu rufen, damit sie den arroganten Hund entfernten, doch dann hielt er inne. Die Kapuze wurde zurückgeschlagen, und ein Paar lachender grüner Augen trafen seinen Blick ohne Furcht oder Reue. Omar setzte sich wieder, das heißt, er sank in die Kissen zurück, und seine erneut geöffneten Lippen drückten Sprachlosigkeit aus.

»Kasim? Sind Sie es wirklich?« brachte er schließlich hervor.

»Kein anderer«, erklang die kecke Antwort.

Omar sprang auf und umrundete den langen, niedrigen Tisch, der von offiziellen Dokumenten und Bittgesuchen bedeckt war. »Sie sind gekommen! Allah sei gepriesen, Sie sind wirklich gekommen!« – »Dachten Sie, ich käme nicht?«

Derek wurde begeistert umarmt. Für einen kleinen Mann, der doppelt so alt war wie Derek, besaß Omar beachtliche Kräfte. Der Neuankömmling stöhnte unter dem eisernen Griff.

»Wir wußten es nicht«, erklärte Omar und trat zurück, um die vielen Veränderungen in sich aufzunehmen, die neunzehn Jahre bewirkt hatten. »Wir konnten es nicht wissen. Es wurden so viele Boten ausgesendet, und so viele fanden den Tod.«

»Das hörte ich von Ali ben-Khalil.«

»Dann war er der eine, der Sie erreicht hat? Der Limonadenverkäufer?«

Derek nickte lächelnd. »Er bestand darauf, daß ich ihn einsperren sollte, nachdem er mich gefunden hatte.«

»Ein kluger Bursche. Und Sie waren so weise, sich zu verkleiden. Ich fürchtete, Sie würden das nicht tun, aber ich konnte Sie in unserer Nachricht nicht warnen, sonst wäre der einfache Code offenbar geworden.«

»Wie geht es Jamil?«

»Er ist unverletzt, obwohl letzten Monat ein weiterer Anschlag auf sein Leben verübt wurde.«

»Wissen Sie, wer dahintersteckt?«

Omar hob mit Abscheu die Hände. »Wir haben nichts erfahren, absolut nichts! Wer auch immer die Attentäter anheuert – er gibt sich ihnen nicht zu erkennen.«

»Ist es Selim?«

»Wir können uns keinen anderen vorstellen, aber niemand ist über jeden Verdacht erhaben.«

»Wo hält er sich auf?«

Omar seufzte. »Zuletzt wurde er am Hof des Sultans in Istanbul gesehen. Wir haben nun eine wahre Armee losgeschickt, aber er versteckt sich gut.«

»Haben Sie an die Möglichkeit gedacht, daß er vielleicht schon beseitigt wurde?« meinte Derek. »Wie alt ist Mustafas jüngster Sohn jetzt?«

»Er ist erst elf Jahre alt – und ja, wir haben daran gedacht, wie wir auch alle von Jamils Feinden in Betracht gezogen haben.«

»Und seine Frauen?«

Omar lachte in sich hinein. »Sie denken immer noch wie ein Moslem, Kasim.«

»Ich kann mich erinnern, wie meine Mutter von der fanatischen Rivalität erzählte, die zwischen Mustafas Frauen herrschte, und daß Mahmud zweimal beinahe an Gift gestorben wäre.«

»Und hat Jamil Ihnen später geschrieben, daß Mustafas vierte Frau dafür verantwortlich war und daß sie die Dummheit besaß, einen Anschlag auf ihn zu versuchen, was ihr ein Grab auf dem Grunde des Meeres bescherte?«

Derek brummte. Nein, das hatte er nicht erfahren, aber es wunderte ihn nicht. Lebendig in einen mit Steinen beschwerten Sack geschnürt und ins Meer geworfen zu werden, war des Sultans bevorzugte Methode, sich mißliebig gewordener Frauen seines Harems zu entledigen. Warum sollte Mustafa anders gewesen sein? Selten wurde eine Frau auf andere Art hingerichtet.

Omar fuhr fort: »Aber Jamils Frauen? Natürlich sind die Sicherheitsvorkehrungen im Harem verstärkt worden, aber Jamil will kein Wort gegen seine Frauen hören, und auch ich neige dazu, sie zuallererst als Verdächtige einzustufen. Erstens schwärmt jede für Jamil, und was noch entscheidender ist – keiner ihrer Söhne würde profitieren, wenn nicht außer Jamil auch noch Selim und Murad sterben würden. Obwohl Selim verschwunden ist, lebt Murad hier in Barka, und auf sein Leben sind noch keine Anschläge verübt worden.«

»Aber wenn jeder von Mustafas Söhnen sterben würde?«

»Dann müßte der Divan entscheiden, ob Jamils Erstgeborener an die Macht käme.«

»Man hat schon davon gehört«, meinte Derek, »daß eine erste Frau, eine *Kadine,* durch ihren Sohn regiert.«

»Aber er ist erst sechs Jahre alt, Kasim. Wenn er älter wäre ... Es wäre wahrscheinlicher, daß der Divan einen neuen Herrscher wählen würde, und Mustafas Linie wäre ausgeschieden.«

»Aber Ihre Stimme könnte den Divan beeinflussen?«

Omar lachte. »Bei Allah, Sie fügen dem Problem neue Aspekte hinzu, die nicht einmal ich erwogen habe. Ja, es stimmt, ich könnte den Divan lenken. Nach fünfunddreißig Jahren in der Eigenschaft als Großwesir rangiert meine Ansicht gleich hinter der des Herrschers. Aber die Tatsache besteht, daß keiner wissen kann, wie ich entscheiden würde – am wenigsten Jamils Frauen, wenn ich selbst noch nicht einmal an diese Möglichkeit gedacht habe. Aber nehmen Sie jetzt Platz, Kasim, setzen Sie sich! Wir haben noch genügend Zeit, darüber zu diskutieren, wer für all das Schlimme verantwortlich ist. Erzählen Sie mir: Wie sind Sie hergekommen? In den letzten Tagen sind keine neuen Schiffe eingelaufen, und die vorher habe ich überprüfen lassen.«

»Ein Freund hat mir die Überfahrt auf einem der königlichen Kriegsschiffe vermittelt. Ich wäre gestern schon angekommen, aber wir hatten ein kleines Problem mit algerischen Piraten und wurden von unserer Begleitflotte getrennt. Ich denke, daß die Schiffe heute abend oder morgen eintreffen, wenn sie sich wieder vereinigt haben. Mich hat man letzte Nacht an der Küste abgesetzt, und diesen Morgen bin ich in die Stadt geritten. Ich brauchte einen guten Grund, in den Palast zu gelangen. Als Ahmad Khalifeh aus der Wüste aufzutreten, der dem Herrscher Tribut zollt – das erschien mir der beste Weg.«

»Ah, die Pferde«, sagte Omar. »Wo haben Sie solche herrlichen Tiere gefunden?«

»Gefunden?« Dereks Augen drückten einen Hauch von Stolz aus. »Ich züchte sie. Und Jamil sollte lange genug leben, um in Barka eine neue Linie aufzuziehen.«

»Inshallah«, entgegnete Omar ernst.

»Ja.« Derek nickte, jetzt ebenso ernst. »Wenn Gott will.«

13

Derek Sinclair, Graf von Mulbury und zukünftiger Marquis von Hunstable, fühlte sich unglaublich guter Stimmung, seit er an diesem Morgen die Stadt betreten hatte. Die Bilder, die Geräusche und Gerüche, die ihn begrüßten, ließen ihn erkennen, wie sehr er diesen Teil der Welt vermißt hatte und wie leicht es war, wieder in die Haut eines türkischen Moslem zu schlüpfen.

Es war nichts Englisches an den Basaren, die er durchquert hatte, wo Sandelholz- und Kautschukdüfte aus den Gewürzbuden die Luft schwängerten, Kamele vorbeitrotteten und Glöckchen im Wind bimmelten, die den Stand des Seidenhändlers in eine wehende, leuchtende Farbenorgie verwandelte. Ein Meer von Turbanen und kohleäugigen Frauen, geheimnisvoll verhüllt, wogte umher. Das Getöse der Händler, die um Preise feilschten, der süße Gesang der Nachtigallen in Bambuskäfigen, das Plätschern von Springbrunnen an jeder Ecke – das alles war Barka, von dem Derek gedacht hatte, er würde es nicht wiedererkennen.

Und der Palast, der sich auf dem höchsten Hügel der Stadt über mehr als achtzig Quadratkilometer erstreckte, brachte einen Reichtum an längst vergessenen Erinnerungen zurück. Derek folgte Omar nun durch das Labyrinth. Bei seiner Ankunft war er nur bis zum äußeren Hof vorgedrungen, der von hohen Mauern umschlossen wurde, die das Waffenlager, die Münzanstalt, die Bäckerei, die Baracken der Wächter und andere Dienstgebäude schützten. Omar hatte ihn von seinem Büro aus durch mehrere Räume geleitet, die direkt in den inneren Palast führten. Somit hatte er den zweiten Hof umgangen, den nur Beamte oder Botschafter je betraten.

Anders als der äußere Hof, der dem Volk üblicherweise leicht zugänglich war, bot sich der zweite Hof als abgeschiedener Garten dar, mit breiten Wegen zwischen den Rasenflächen, die in Tore oder flache Gebäude mündeten. Gazellen und Pfauen bewegten sich unter hohen Zypressen, verschwenderisch ausgestattete Pavillons standen für jede zeremonielle Gelegenheit bereit, und Sklaven plagten sich unter der heißen Sonne mit der Pflege der Blumenbeete ab.

Der zweite Hof beherbergte die Büros der Palastbeamten und die Sitzungsräume, in denen sich der Divan mehrere Male in der Woche zusammenfand. Hier wurden fremde Diplomaten unterhalten, die Söhne des Herrschers beschnitten oder seine Töchter verheiratet und alle Festlichkeiten gefeiert. An diesen Hof grenzte der eisenbestückte Zaun an, der zum Harem führte.

Auf der anderen Seite gab es ebenfalls ein Gitter, das einen dritten Hof einfriedete, mit dem Derek sehr vertraut war. Es handelte sich um einen intimeren Garten mit Kastanienbäumen und Mispelsträuchern und efeuumschlungenen Zypressen. Dort waren die Schatzkammer, der Thronraum und die Palastschule untergebracht. Hier gelangte man durch eine Pforte in die reich gekachelten Korridore, an die sich die Appartements des Herrschers anschlossen, die wiederum mit dem Harem verbunden waren.

Omar führte Derek durch das Kernstück des Palastes, durch verschiedene Gänge und Zimmer, die sich an überwölbten Küchen, den Bädern, dem Harem, den Höfen entlangzogen und schließlich in dem Korridor mündeten, den die Konkubinen benützten, um die Räume ihres Gebieters zu erreichen.

Endlich blieben sie vor einer großen Zedernholztür stehen, die von zwei stocksteifen Nubiern flankiert wurde. Nur weil Derek sich in der Begleitung des Großwesirs persönlich befand, war er nicht mindestens zwanzigmal von einer Armee von Wächtern aufgehalten worden, zumal Derek mit der heruntergezogenen Kapuze und dem gesenkten Kopf einen höchst verdächtigen Eindruck erweckte.

»Ich hoffe, Sie haben irgendein Geheimwort ausgemacht, um diese Burschen zu mobilisieren, wenn etwas nicht stimmt«, meinte Derek nachdenklich.

»Sie sind doch nach Waffen durchsucht worden, ehe Sie den Palast betreten haben, oder?«

»Ja, aber was ist, wenn jemand eine Ihrer Frauen oder eines Ihrer Kinder kidnappt und Sie dadurch zwingt, ihn hier hereinzubringen?«

Omar lachte leise. »Es gibt tatsächlich ein Signal, das bei Ihnen oder einem anderen eine sofortige Enthauptung zur Folge hätte. Ich bin froh, daß Sie sich so für unsere Sicherheitsmaßnahmen interessieren. Sie müssen so frei sein, alles vorzubringen, was Sie beschäftigt.«

Derek nickte. »Ist Ihre Familie geschützt? Wenn Sie denjenigen töten, der sagt, man habe Ihre Familie entführt, rettet das keinen Ihrer Angehörigen.«

»Meine Söhne, Enkel und Urenkel befinden sich in Sicherheit, soweit das überhaupt möglich ist. Meine Frauen?« Omar zuckte fatalistisch die Schultern, obwohl seine grauen Augen zwinkerten. »Es wäre kein großer Verlust, wenn ihnen etwas zustieße.«

Derek unterdrückte ein Grinsen und blickte zur Tür. »Ich vermute, Sie müssen mich anmelden?«

»Es wäre klug, falls Sie nicht wollen, daß sich seine persönlichen Wächter sofort auf Sie stürzen.«

»Darauf kann ich verzichten«, meinte Derek trocken.

»Ja, es lohnt sich nicht, Jamil überraschen zu wollen, obwohl er jedenfalls überrascht sein wird. Nachdem so viele Boten mit dem Leben bezahlen mußten, hat er die Hoffnung aufgegeben, daß ein Brief Sie doch noch erreichen würde, Kasim.« Bei der Erwähnung dieses Namens schaute Derek die Wächter an, doch Omar schüttelte den Kopf. »Jamils Türsteher sind stumm, ebenso wie seine Leibwächter.«

Nun klopfte Omar an, wartete volle zehn Sekunden und trat dann ein. Derek folgte ihm auf den Fersen. Sie befanden sich in einem typisch orientalischen Raum, groß und nicht überladen. Schön geformte Onyxsäulen stützten eine mit Blumenmotiven bemalte Decke. Stucktäfelungen mit Blütenbildern oder geometrischen Mustern und Streifen mit Kalligraphie wechselten sich an den Wänden ab. Geschnitzte Gitter bedeckten die Fenster, ließen jedoch genügend Licht herein, das den Marmorboden überflutete, in dessen Mitte ein wunderbares Mosaik, eine Jagdszene, eingelassen war. Die wenigen Möbelstücke, ein paar niedrige Tische und ein einziger großer Schrank vor einer Wand, zeigten Einlegearbeiten aus Perlmutt. Es gab keine Stühle oder Sofas, auf die man sich hätte setzen können, nur ein flaches Podium mit verstreuten Kissen, auf dem sich der Herrscher entspannt ausgestreckt hatte. Im übrigen war der Raum nicht menschenleer. Ein Kaffeekoch war anwesend, Jamils Pfeifenträger und ein halbes Dutzend anderer Diener, alles persönliche Sklaven. Eine von Jamils Konkubinen, die in den zehn Sekunden nach Omars Anklopfen genügend Zeit gehabt hatte, sich zu verschleiern, saß mit demütig gesenktem Kopf neben Jamil.

»Hatten wir eine Verabredung, Omar, die ich vergessen habe?« fragte Jamil in das Schweigen hinein, das mit dem Eintreten des Fremdlings entstanden war.

»Durchaus nicht, mein Herr. Doch wir bitten um ein privates Wort, falls es Ihnen nicht lästig ist. Ich denke, daß sogar Ihre Wächter hinausgehen sollten.«

Jamil hob die Brauen bei diesem Anliegen, doch er stellte keine Fragen. Er nickte nur, und die Diener verließen den Raum rückwärts sich verneigend, wie es in der Gegenwart des Herrschers üblich war. Die Frau verhielt sich ebenso, wobei sie ihre Enttäuschung darüber verbarg, daß der Großwesir ihre Stunde mit dem Gebieter unterbrochen hatte. Jamil achtete nicht mehr auf sie. Er betrachtete Omars geheimnisvoll verhüllten Begleiter, der seinerseits den Herrscher nicht aus den Augen ließ.

Als der Raum leer war, fragte Jamil: »Nun? Taucht hier endlich jemand auf, der mir über die gemeinen Anschläge Informationen bringt? Was wußte er Ihnen zu berichten, Omar?«

»Daß er eine angenehme Reise hatte, wenn man mehr als einen Monat auf See ohne Frauen an Bord, die einen Mann verwöhnen, als angenehm bezeichnen kann.«

Jamil sah seinen Großwesir zürnend an. »Soll das ein Scherz sein, alter Freund?«

Omar konnte sich nicht zurückhalten; er lachte entzückt, prustete noch ein wenig und riß sich dann zu einem Grinsen zusammen, als Jamils Gesichtsausdruck immer finsterer wurde. »Offenbaren Sie sich, ehe er mich für verrückt hält«, sagte er mit vor Lachen feuchten Augen.

Derek hob die Hand und schob die Kapuze zurück, dabei ging er auf Jamil zu. Dieser richtete sich auf, ehe er sich erhob. Mit einem Schritt kam er von dem Podium herab und blieb dann stehen. Derek hatte ihn erreicht. Sie maßen sich mit den Blicken – ein grünes Augenpaar ungläubig, das andere identische Paar voller Rührung.

»Jamil«, sagte Derek einfach, doch eine Welt von Bedeutung lag in diesem Wort.

Jamil lächelte langsam, dann stieß er einen Schrei aus und drückte Derek in einer Bärenumarmung, die einen schwächeren Mann zerquetscht hätte, an sich. Derek erwiderte die Umarmung nicht weniger heftig.

»Allah ist gnädig, Kasim! Ich habe nicht geglaubt, dich je wiederzusehen.«

»Und ich habe dasselbe von dir angenommen.«

Sie brachen in Gelächter aus, denn einer mußte nur in den Spiegel blicken, um den anderen zu sehen – so ähnlich waren sie sich.

»Neunzehn Jahre«, fuhr Derek fort und musterte den Zwillingsbruder. »Gott, habe ich dich vermißt.«

»Nicht mehr, als ich dich vermißt habe. Ich glaube, ich konnte unserer Mutter nie verzeihen, daß sie uns trennte.«

»Es machte einen alten Mann sehr glücklich«, gab Derek mit gedämpfter Stimme zu bedenken.

»Was bedeutet mir das, wenn mich der Kummer beinahe umgebracht hat?« stieß Jamil mit einer Verbitterung hervor, die er nie ganz hatte überwinden können. »Wußtest du, daß sie auch mich, wie jeden anderen, zu überzeugen versuchten, du seist tot? Jawohl, mich! Als hätte ich die Wahrheit nicht gespürt! Ich dachte, ich würde wahnsinnig, als sogar Rahine darauf bestand, du seist gestorben. Dabei wußte ich – ich wußte es hier...«, er schlug sich auf die Brust, »...daß das nicht wahr sein konnte. Schließlich mußte sie zugeben, was sie getan hatte.« An diesem Tag hatte er aufgehört, sie Mutter zu nennen.

»Das hättest du mir sagen sollen.«

Jamil machte eine wegwerfende Handbewegung. »Ich war fünfzehn, als sie mir endlich verriet, wie ich Kontakt mit dir aufnehmen konnte. Ich wollte Gefühle nicht wieder wecken, die fünf Jahre begraben gewesen waren, Gefühle, die jeder hätte lesen können, ehe meine Briefe dich erreicht hätten.«

»Und ich wagte es nicht, zu fragen, warum du meine Briefe nie beantwortet hast, obwohl ich sofort zu schreiben begann.«

»Ich habe sie nie bekommen! Dafür hat unser Vater gesorgt, wieder auf Rahines Wunsch hin.«

»Warum?« fragte Derek, und sein eigener Groll stieg nach Jahren an die Oberfläche.

»Sie wollte keine Erinnerungen. Uns gab es doppelt, also

konnte man leicht einen opfern. Und sie wollte nicht daran erinnert werden.«

Derek blickte zur Seite, ehe er sagte: »Ich habe ihre Worte noch im Kopf, als sie mich zu dem Schiff brachte. ›Ich kann nicht nach England zurück‹, erklärte sie. ›Und selbst wenn ich könnte... ich vermag keine Kinder mehr zu bekommen. Du bist der einzige, der unseren Namen weiterträgt, und das bedeutet in England genausoviel wie hier. Jamil kam zuerst auf die Welt. Dein Vater würde ihn niemals gehen lassen. Aber du bist alles, was ich *meinem* Vater geben kann, und ich liebe ihn, Kasim. Ich kann den Gedanken nicht ertragen, daß er allein und ohne Hoffnung für die Zukunft sterben müßte. Du bist alles, was ihm von mir bleibt. Du wirst sein Erbe sein, seine Freude, sein Grund zu leben. Bitte hasse mich nicht, weil ich dich zu ihm schicke.«

»Sie hatte kein Recht.«

»Nein«, stimmte Derek sanft zu. »Aber ich erinnere mich auch an ihre Tränen, als das Schiff ablegte.«

Sie sahen sich lange stumm an, dann gestand Jamil: »Ich weiß. Ich hörte sie oft weinen, wenn sie glaubte, allein zu sein, aber ich war damals jung und unversöhnlich. Ich verschloß mein Herz vor der Tatsache, daß sie dich ebenso wie ich vermißte. Ich weigerte mich zu glauben, daß sie dich trotz ihrer Handlung lieben könnte. Und ich haßte Mustafa eine lange Zeit, weil er ihr nachgegeben hatte.«

»Er besaß damals viele Söhne, wenn wir auch seine Lieblinge waren.«

»Suche keine Entschuldigungen für ihn, Kasim. Es geschah ihm recht, daß er später litt, als die Hälfte dieser Söhne starb, ehe sie den Harem verließ.«

Diese haßerfüllte Feststellung ließ beide Brüder plötzlich lächeln. »Das meinst du nicht ernst«, erklärte Derek.

»Nein«, entgegnete Jamil. »Aber zum Schluß beklagte er den Zustand, daß er nur mehr fünf Söhne besaß, und einen davon freiwillig hergegeben hatte. Natürlich konnte er über Omar fluchen, der als einziger von der Geschichte gewußt und ihn nicht abgehalten hatte, seiner *Kadine* den Willen zu tun.«

Als sie sich beide umdrehten, um Omars Kommentar zu diesem Thema zu hören, bemerkten sie, daß der Großwesir den Raum verlassen hatte. Sie lächelten über das Taktgefühl des alten Mannes und ließen sich auf den Kissen nieder. Jamil bot seinem

Bruder eine lange türkische Pfeife mit Bernsteinmundstück an, doch Derek schlug sie aus. Er lehnte sich in einer sehr englischen Pose zurück, indem er sich auf einen Ellenbogen stützte und die andere Hand auf das gebeugte Knie legte. Unter seinem nun offenen Burnus zeigte sich ein weißes Leinenhemd mit offenem Kragen, das in büffellederfarbenen Hosen steckte. An den Füßen trug Derek kniehohe Stiefel.

Jamils türkische Hosen waren weit und locker. Sie endeten am Knie, womit sie sich der orientalischen Sitte anpaßten, mit gekreuzten Beinen zu sitzen, was Jamil auch tat. Seine Füße waren nackt, seine kragenlose Tunika aus grüner Seide geschneidert und am Hals mit gelben Edelsteinen bestickt, die auch in mehreren Lagen die manschettenlosen Ärmel schmückten. In der Mitte des Turbans prangte ein Smaragd von der Größe einer Walnuß. Nun, da die Brüder allein waren, nahm Jamil den Turban ab und schüttelte sein kohlschwarzes Haar, das ungefähr acht Zentimeter länger war als das von Derek.

Als sich ihre Blicke wieder trafen, fragte Jamil ernst: »Hast du ihr verziehen?«

»Ich glaube, als ich Robert Sinclair kennenlernte, verstand ich ihre Motive besser. Ich lernte ihn zu lieben, Jamil, wie sie ihn liebt.«

»Und wie habe ich ihn gehaßt, weil er der Grund war, daß man dich mir fortgenommen hat.« Er sagte das ruhig, ohne die vorher zur Schau gestellte Hitzigkeit.

»Anfangs ging es mir genauso. Ich haßte alles Englische. Doch dann hat mich ein kleines Mädchen von nur sechs Jahren in die Schranken gewiesen. Sie fragte mich: ›Wie kannst du nur so hochmütig und herablassend und gräßlich arrogant sein? Du bist nur ein Junge, und ein Waisenkind obendrein.‹«

»Ein Waisenkind?«

»Die Story hat unser Großvater verbreitet, um zu erklären, warum ich allein auf seiner Türschwelle auftauchte. Mein Vater sei ein ausländischer Diplomat gewesen, den meine Mutter in der Fremde geheiratet hatte. Beide Eltern seien gestorben, also müsse mich der Marquis großziehen. Die Geschichte war einfach und bewirkte Wohlwollen. Ah, das Wohlwollen...« Derek lachte. »Als ich gerade zwölf Jahre alt war, gab es ein bildhübsches Küchenmädchen, eine kleine Hure, die darauf bestand, mir zu zeigen, wie entgegenkommend sie sein konnte.«

»Zwölf?« Jamil schnaubte. »Und unser Vater ließ mich warten, bis ich dreizehn war. Erst dann durften Sklavinnen mir zu Diensten sein.«

Sie grinsten und dachten an ihre ersten Liebesversuche und daran, wie unsicher und schüchtern sie in diesen jungen Jahren gewesen waren. Dann fragte Jamil. »Und das kleine Mädchen, das dich beleidigt hat?«

Derek lachte. »Das wurde meine engste Freundin.«

Jamils ungläubiger Blick erheiterte ihn noch mehr. »Es ist wahr. Durch sie erkannte ich, wie unmöglich ich mich benommen hatte, indem ich jeden in meiner Umgebung meine Einsamkeit und Verbitterung büßen ließ. Ich war da, und ich mußte dableiben, also begann ich das Beste daraus zu machen.«

»Aber ein weiblicher Freund, Kasim? Ich weiß, daß die Europäer Frauen anders betrachten, aber du bist nur ein halber Engländer.«

»Ich hatte gerade erst den Harem verlassen, Jamil. Es kam mir demnach natürlicher vor, mich der Kleinen anzuschließen als den Männern im Haushalt des Marquis. Und, wie du sagst, Europäer haben da eine andere Einstellung. Auch als wir älter wurden, blieben Caroline und ich die besten Freunde. Und jetzt«, fügte er vergnügt hinzu, »werde ich die Dame heiraten, wenn ich zurückkehre.«

Jamil schüttelte den Kopf. »Du hast mit der Heirat lange gewartet.«

»Man muß ein bißchen mehr darüber nachdenken, wenn man seine erste Wahl behalten muß.«

»Ja, nur eine Frau.« Erneut schüttelte Jamil den Kopf. »Kannst du mit einer einzigen zufrieden sein?«

»Hör mal, Jamil! Du weißt genau, daß Europäer die Abwechslung genauso lieben wie ihr. Wir müssen dabei nur diskret sein. Tatsächlich würde ich auch jetzt noch nicht heiraten, wenn der Marquis nicht darauf bestanden hätte. Er möchte noch Kinder erleben, ehe er stirbt.«

»Du hast noch keine?«

»Keine, von denen ich etwas wüßte. Und du? Wie viele hast du bisher?«

»Sechzehn, aber nur vier sind Söhne.«

»Dann sind, seit ich das letzte Mal von dir hörte, drei Töchter hinzugekommen. Gratuliere!«

Jamil zuckte die Schultern, denn Töchter wurden nicht für wichtig gehalten, ausgenommen in der Zeit, wenn man sie verheiratete. Doch er liebte seine kleinen Mädchen abgöttisch, die alle noch keine sechs Jahre alt waren.

Er lächelte stolz. »Meine erste Frau hat mir meinen ältesten Sohn und dann zwei Töchter geboren. Sie sind Engel, Kasim, die jüngste ist erst drei Monate alt.«

»Ich hoffe, daß ich sie sehe, schließlich bin ich ihr Onkel.«

»Natürlich«, sagte Jamil einigermaßen erstaunt, denn wenn Kasim mit Omars Idee einverstanden war, würde er nicht nur die Kinder, sondern auch alle Frauen des Harems sehen. »Hat Omar dir nicht erzählt...« Bei seines Bruders fragendem Blick hielt er inne, um gleich darauf zu explodieren. »Dieser Abkömmling von Kamelskot! Er hat dir nicht erzählt, warum du hier bist! Er überläßt das mir!«

Derek lachte. »Das Thema kam nicht auf! Wir sprachen zuletzt von Pferdezucht.«

»Pferdezucht?«

»Ja, wegen der beiden Vollblüter, die ich dir mitgebracht habe.«

Jamils Züge zeigten nun jungenhafte Begeisterung. »Mir?«

Derek nickte. »Ja. Aber nachdem du es jetzt erwähnt hast: Warum bin ich hier?«

Jamil wand sich. »Es war Omars Idee. Zuerst sträubte ich mich, sie auch nur in Betracht zu ziehen, doch er ließ nicht locker und hatte mich am Schluß soweit, daß wir dich wenigstens fragen sollten. Wenn ich nicht sicher wäre, daß Selim hinter den Mordplänen steckt, hätte ich dich niemals in die Sache mit hineingezogen. Er haßt mich, Kasim, er hat mich immer gehaßt. Daran mußt auch du dich erinnern. In seiner Gehässigkeit und Grausamkeit war er noch schlimmer als Mahmud. Falls es ihm gelingt, mich auszulöschen und an die Macht zu kommen, wird er meine Frauen und Kinder umbringen lassen.«

Derek erinnerte sich an Selim. »Ja, daran zweifle ich nicht. Was ist also Omars Idee?«

»Daß du meinen Platz einnimmst.«

Derek war nicht überrascht. Er hatte sich schon gedacht, daß das der einzige Grund sein könnte, warum man ihn brauchte. Doch er würde nicht der nächste Herrscher von Barka sein wollen, obwohl die Erbfolge ihn dazu bestimmte. Diese Art von

Macht und die Kopfschmerzen, die damit einhergingen, wünschte er sich einfach nicht. Er hatte zu lange als Engländer gelebt. Natürlich hatte er auch das Abenteuer gesucht, das er bei der Spionagearbeit für Marshall gefunden hatte. Doch es war eine andere Sache, sich ein wenig Risiko und Aufregung zu verschaffen und zu wissen, daß man nur den Kanal zu überqueren brauchte, um die ganze Geschichte hinter sich zu lassen. Hier würde das Abenteuer niemals enden.

»Ich will deine Nachfolge nicht antreten, Jamil, das sage ich dir sofort offen. Soweit es die Leute hier betrifft, bin ich tot und vergessen, und das soll so bleiben. Aber wenn Selim Erfolg haben sollte, würde ich selbstverständlich die wenigen Tage hierbleiben, die nötig wären, um deine Familie in Sicherheit zu bringen, und deine Rolle spielen. Darum müßtest du mich gar nicht erst bitten. Aber eigentlich sollten wir während meines Aufenthaltes hier dafür sorgen, daß dir nichts passiert.«

Jamil zeigte nicht die Erleichterung, die Derek erwartet hatte. »Ich denke, du hast mich mißverstanden, Kasim. Omars Idee ist nicht, daß du mich verkörpern sollst, wenn ich sterbe, sondern *ehe* es dazu kommt.«

Derek schwieg fünf Sekunden, dann stieß er hervor: »Jesus Christus! Weißt du, was du da von mir verlangst?«

Der Schmerz in Jamils Augen verriet, daß er es wußte, doch nun mißverstand *er* Dereks Reaktion. »Du hast recht. Es ist zuviel, was ich da fordere – dein Leben zu riskieren...«

»Zur Hölle mit dem...«

»Nein, nein, ich hätte dich niemals herbitten dürfen. Für mich hätte ich es auch nicht getan. Es geht um die, die ich liebe... aber du hast recht. Die Gefahr bleibt bestehen, ob es sich um dich oder um mich handelt. Omar war ein Narr, daß er sich so etwas ausdachte.«

»Jamil...«

»Er sorgt sich immer nur um Barka, nicht um die Menschenleben, die er gefährdet...«

»Jamil, sei still!« rief Derek nun, um sich endlich Gehör zu verschaffen.

Jamil schwieg tatsächlich. Daß es keine einzige Person in ganz Barka gab, nicht Omar, nicht ihre Mutter, Rahine, nicht einmal Jamils geliebte Sheelah, die es gewagt hätte, so mit ihm zu reden, war belanglos.

Jamil hatte es kaum gemerkt, und Derek wäre es egal gewesen, wenn er es gemerkt hätte.

»Das Risiko stört mich nicht«, fuhr Derek ungeduldig fort. »Ich bin es gewöhnt, mein Leben zu riskieren – und für weniger als diese Angelegenheit. Also erwähne das nicht wieder, Jamil, wenn du nicht willst, daß ich zornig werde. Aber du sprichst von Wochen, vielleicht Monaten, in denen ich vorgeben soll, du zu sein. Wie soll ich das bewerkstelligen, wenn ich dich neunzehn Jahre nicht gesehen habe?«

Jamils Zähne blitzten weiß, als er erleichtert lächelte. »Das ist der einfachere Teil des Unternehmens. Eine Woche lang, oder vielleicht ein bißchen länger, mußt du mich beobachten, meine Angewohnheiten studieren und sehen, wie ich meine Umgebung behandele. Omar wird dich instruieren und dafür sorgen, daß du keine Fehler machst.«

»Und wenn er nicht immer da ist? Wenn mich jemand etwas fragt, und ich habe nicht die leiseste Ahnung, was ich antworten soll, was dann?«

»Also, Kasim – du hast die Vorrechte des Herrschers doch nicht vergessen! Du kannst jederzeit jeden wegschicken, und keiner wird es wagen, den Grund wissen zu wollen. In den vergangenen Monaten habe ich das oft genug getan, so daß es völlig natürlich wirken würde, wenn du alle aus dem Raum schickst – bis auf meine stummen Diener, und selbst die hatten in der letzten Zeit unter meinen Launen zu leiden.«

Derek lachte. »Der Hausarrest geht dir wohl auf die Nerven, oder?«

»Schon seit drei Monaten«, erwiderte Jamil voller Abscheu.

»In Ordnung, dann weiß ich jetzt, wie ich kritische Situationen vermeiden kann, aber wie soll ich dein kleines Weltreich regieren?«

»Omar kann alle Entscheidungen treffen. Das gehört zu seinen Aufgaben, wenn ich unerreichbar bin.«

»Dann hast du nicht die Absicht, im Palast zu bleiben?«

»Nein. Ich möchte Selim finden und dabei die Hilfe seines Namensvetters, Sultan Selims, in Anspruch nehmen. Unser Halbbruder wurde zuletzt am Hof des Sultans gesehen. Die Leute, die ich ausgesendet habe, haben nicht den Rang, beim Sultan vorgelassen zu werden, und Briefe beantwortet er kaum. Also will ich zuerst nach Istanbul reisen und von dort aus, hoffentlich, dahin, wo Selim sich versteckt. Falls der Sultan nicht weiß, wohin er gegangen ist, wird er es feststellen lassen. Mein Spionagegeflecht ist nichts gegen seines.«

»Ich wundere mich, daß du nicht schon längst nach Istanbul gereist bist.«

»Das wollte ich ja, aber Omar sträubte sich dagegen, und meine Berater stimmten ihm zu. Bei Allahs Gnade, sie sind wie ein Haufen alter Weiber, sie ängstigen sich sogar um mich, wenn ich den äußeren Hof betrete, ganz zu schweigen von dem Areal außerhalb der Palastmauern. Das Problem besteht darin: Bei mehr als tausend Sklaven in diesem Gebäude ist es leicht, Dutzende meiner eigenen Leute zu bestechen, so daß sie mich belauern und jeden meiner Schritte nach draußen berichten. Ich kann den Palast nicht verlassen, nicht einmal in Verkleidung, ohne daß die Attentäter es erfahren – und auf diese Gelegenheit warten sie ja nur.«

»Stimmt, man kann den Palast zu leicht beobachten, weil er nur ein Haupttor besitzt.«

Jamil nickte. »Zeitweise werden sie ungeduldig und schicken ein oder zwei ihrer Halunken herein, um mich zu schnappen. Erst letzten Monat gelangte einer bis zu meinem Schlafzimmer, tötete die beiden Türsteher und versuchte, über den Boden kriechend, mein Bett zu erreichen. Glücklicherweise waren meine Leibwächter flinker als die anderen, und einer entdeckte den Hund, ehe er mich umbringen konnte.«

»Und alle die anderen Wächter?«

»Die meisten wurden betäubt, wir haben nur noch nicht feststellen können, wie. Einige wurden getötet. Offenbar kletterten die Täter über die Mauern des dritten Hofes, nachdem sie meine Löwen vergiftet hatten, die nachts frei herumlaufen.«

Derek schüttelte den Kopf und seufzte. »Das alles ist ein schmutziges Geschäft, Jamil. Ich würde gern eine etwas aktivere Rolle darin übernehmen, um es zu beenden, aber wenn du denkst, es sei besser, daß ich für eine Weile in deine Identität schlüpfe, dann will ich es versuchen.«

»Das willst du wirklich tun?«

»Habe ich es nicht gerade gesagt? Außerdem hat mich meine Regierung – natürlich inoffiziell – gebeten, alles in meiner Macht Stehende zu unternehmen, um die dir drohende Gefahr abzuwenden. Mit dem Risiko, dir bei allen zukünftigen Verhandlungen mit England die Oberhand zu geben, bekenne ich, daß meine

Regierung dich allen möglichen nachfolgenden Herrschern vorzieht. Und ich vermute, daß ich durch unseren Tausch, der die Bedrohung ja von dir nimmt, genau das tue, was man von mir erwartet.«

»Es ist ärgerlich, daß diese fremden Konsuln so gut Bescheid wissen, was hier alles passiert, und es ihren Regierungen melden.«

»Sie wissen nicht einmal halb soviel, wie sie gern möchten, Jamil«, meinte Derek. »Aber sag, muß ich mir so ein Prachtstück wachsen lassen, oder wirst du deines abrasieren?« Er berührte Jamils üppigen Bart.

Jamil stöhnte. »Vermutlich ging meine Hoffnung, du wärst ebenfalls Bartträger, zu weit. Du wirst nicht genügend Zeit haben, dir einen in meiner Länge wachsen zu lassen. Allah möge mir beistehen, das Opfer ist fast zu groß ...«

Derek brach über Jamils Miene in Gelächter aus. »Komm, Bruderherz, du siehst doch selbst, wie du ohne aussiehst.« Er rieb sein glattrasiertes Kinn. »Ich bekomme keine Beschwerden von den Damen.«

»Ja, du wirkst jünger als ich«, stellte Jamil nachdenklich fest.

»Und ich kann mich der Verehrerinnen kaum erwehren.«

»Aufschneider.« Jamil grinste. »Du kannst nicht dieselben Probleme haben wie ich mit meinen siebenundvierzig Konkubinen.«

»Sind das alle?« meinte Derek scherzhaft. »Mustafa muß vor seinem Tod wenigstens zweihundert gehabt haben.«

»Mustafa war es egal, wie viele unbeachtet dahinsiechten.«

Derek hob neugierig die Brauen. »Du erstaunst mich, Jamil. Das wäre vermutlich meine Sorge, nach neunzehn Jahren Aufenthalt in England – aber du?«

»Vielleicht sind wir gar nicht so verschieden, nicht einmal nach so einer langen Trennung.«

»Vielleicht«, stimmte Derek zu. »Weil wir gerade von deinen Frauen reden – was werden sie denken, wenn du sie so lange nicht rufen läßt?«

Jamil senkte den Blick, und seine Stimme klang gedämpft. »Sie werden gerufen werden – von dir. Du mußt alles tun, was ich tun würde.«

Derek war nicht so unsensibel, daß er den Scherz nicht herausgehört hätte, der in diesen Worten lag. »Sei nicht absurd!«

Das klang so heftig, daß Jamil seinen Bruder erstaunt ansah. Er hatte hier keine Einwendung erwartet. Er selbst war es, der etwas dagegen einzuwenden hatte – mit jeder Fiber seines Wesens, denn er war ein äußerst besitzergreifender Mensch. Er mochte es beklagen, daß er mehr Frauen hatte, als er benötigte oder sich wünschte, aber es waren *seine* Frauen. Nichts würde ihm je in seinem Leben schwerer fallen, als seinen Harem einem anderen Mann zu öffnen. Eigentlich forderte sein Stolz von ihm, daß es keine Ausnahme geben durfte. Doch hier handelte es sich um Kasim und sein anderes Ich. Niemandem fühlte er sich enger verbunden, trotz der neunzehnjährigen Trennung.

»Es ist die einzige Möglichkeit«, sagte Jamil nun mit einer Entschlossenheit, die er nicht empfand. »Omar machte mir das klar, und ich sehe es ein. Wir können die Haremseunuchen nicht einsperren. Sie kommen und gehen, wie sie wollen, und du weißt ebenso wie ich, daß manche von ihnen noch mehr schwätzen als Frauen. Tatsächlich habe ich meine Konkubinen nie länger als zwei oder drei Tage vernachlässigt. Selbst wenn ich verreise, nehme ich meine Favoritinnen mit. Wenn es nun bekannt würde, daß ich mich plötzlich nicht mehr um meinen Harem kümmerte, würde man sich wundern. In der Folge würde ich intensiver beobachtet. Der kleinste Fehler meinerseits – deinerseits – würde eine neue Bedeutung gewinnen. Jemand könnte sich erinnern, daß ich einen Zwillingsbruder hatte, der unter seltsamen Umständen starb und dessen Leiche keiner zu Gesicht bekam. Verstehst du nun, warum du alle meine Angewohnheiten übernehmen mußt, als seien sie deine eigenen? Du mußt sogar meine Frustration zur Schau stellen. Ehrlich gesagt, war ich in der letzten Zeit sehr schwierig – deshalb wird Ärger in jeder problematischen Situation deine einfachste Verteidigung sein, denn meine Wutausbrüche erscheinen inzwischen alltäglich, nicht ungewöhnlich.«

»Vermutlich habe ich keine Wahl«, meinte Derek mit düsterer Miene, »wenn ich deine Bewegungsfreiheit nicht aufs Spiel setzen will.«

»Genau. Keiner von uns beiden hat die Wahl, falls du noch gewillt bist, den Plan durchzuführen.«

»Möchtest du es denn wirklich, Jamil?«

»Ich sehe keinen anderen Weg.«

»*Ich* könnte Selim suchen.«

»Ja, aber du kennst ihn nicht so gut wie ich, Kasim. Du würdest doppelt so lange benötigen, ihn zu finden, und in der Zeit könnte ich tot sein. Außerdem«, fügte Jamil mit einem flüchtigen Lächeln hinzu, »werde ich verrückt, wenn ich hier nicht herauskomme, nun, da deine Gegenwart mir die Chance bietet. Es kommt mir vor, als könnte ich die wenigen Tage nicht mehr ertragen, die du brauchst, um dich mit meinen Gewohnheiten vertraut zu machen.«

»Du mußt dich bemühen, mein teurer Bruder«, erklärte Derek. »Ich will ja nicht blind in diese Sache hineinstolpern.«

Jamil nickte. Dereks englische Gelassenheit imponierte ihm. Er selbst würde sich tatsächlich bemühen müssen.

14

An diesem Nachmittag konnte Chantelle nicht schlafen, wie es die anderen Frauen taten. Heute fand die vierte Versteigerung statt, die sie seit ihrer Ankunft beobachtet hatte, und sie konnte die Zeremonie nicht aus ihrem Gedächtnis verbannen.

Sie hatte versucht, Freundschaften zu schließen, als sie in diesen Raum gebracht worden war. Sie hatte mit vielen Frauen gesprochen, mit denen sie die gleichen Ängste teilte. Für eine Weile schien es leichter zu wissen, daß sie mit ihren Gefühlen nicht allein war.

Doch dann hatte sie mit angesehen, wie fast alle dieser Frauen, mit denen sie geredet hatte, abgeführt und im Hof verkauft worden waren. Danach hatte sie aufgehört, sich mit Neuankömmlingen zu unterhalten.

Ihr schauderte vor ihrer eigenen Veräußerung. So oft hatte sie versucht, das Ganze als ein Abenteuer zu betrachten, doch es wollte ihr nicht gelingen. Es scheiterte an ihrem Wissen, daß sie von einem Fremden defloriert werden würde, und das Entsetzen darüber ließ sie nicht los.

Jeanne Mauriac, eine junge Französin, die schon im Harem eines inzwischen verstorbenen Paschas gelebt hatte, beruhigte sie wenigstens in einem Punkt. Seit Chantelle den ersten Sklavinnenverkauf im Hof beobachtet hatte, fürchtete sie, ebenfalls nackt ausgezogen und solch grenzenloser Demütigung unterworfen zu werden. Eine Frau war sogar mit Drogen betäubt worden, was als noch schlimmeres Verbrechen erschien, da sie ihre letzte Abwehrmöglichkeit verloren hatte und nicht wußte, was ihr angetan wurde. Laut Jeannes Aussage würde das mit Chantelle nicht passieren.

Als die Zeit ihrer Versteigerung näherrückte, revoltierte Chantelles Magen so stark, daß ihr jedesmal übel wurde, wenn sie essen sollte.

Jeanne hatte ihren Strohsack neben den von Chantelle gelegt und schlief an ihrer Seite, und Chantelle beneidete die Französin um die Kunst, sich munter mit ihrem Schicksal abzufinden. Chantelle konnte sich nicht einmal genug entspannen, um sich die Zeit mit Schlafen zu vertreiben.

Nur mehr zwei Tage! Gott, sie wäre lieber hiergeblieben, selbst wenn sie diesem Gefängnis niemals würde entfliehen können. Wenigstens wurde sie gut behandelt und wußte, was sie von jedem Tag zu erwarten hatte. Nach ihrer Ankunft hatte sie gleich das Grauen gepackt, als sie von Hamid Sharif einer persönlichen Kontrolle unterzogen worden war. Er hatte sich überzeugen wollen, ob sich an ihrem jungfräulichen Zustand nichts geändert hatte.

Seitdem hatte sie keiner mehr berührt. Die Eunuchen, die sich um die Frauen kümmerten, waren nicht grob, wenn man ihnen gehorchte, und Chantelle hatte nicht die Nerven, sich mit diesen großen, furchterregenden Männern anzulegen. Sie ließen sich sogar herab, ihr jede Frage zu beantworten.

Chantelle konnte täglich baden. Das Essen war gut, wenn sie auch ihren Appetit verloren hatte. Ja, sie würde entschieden lieber hierbleiben.

An diesem Abend brütete sie über ihrem Essen, während Jeanne fröhlich plauderte und sich in Lobeshymnen über das exzellente Mahl erging. Riesige Teller standen auf kleinen Hockern, die als niedrige Tische dienten und um die sich die Frauen versammeln konnten. Die einzige Ausnahme bildete ein schwarzes Mädchen, das gestern angekommen und an die Mauer gekettet war. Nicht einmal zum Essen wurde sie befreit. Ein Eunuche versuchte sie zu füttern. Chantelle hatte sie noch nichts zu sich nehmen gesehen. Entweder spuckte sie die Bissen aus, oder sie weigerte sich, den Mund zu öffnen.

»Was hat sie für eine Geschichte?« fragte Jeanne in die Tafelrunde hinein und beobachtete die Afrikanerin, wie sie den Eunuchen zum Zorn reizte.

Niemand antwortete, ob die Frauen nun Jeannes Französisch verstanden oder nicht. Auch Chantelle hätte geschwiegen, doch nun blickte die Französin sie direkt an.

»Sie ist eine Prinzessin aus einem Stamm weit südlich von hier.

Sie sträubt sich gegen die Sklaverei – das sagten jedenfalls die Wächter, deren Gespräch ich zufällig hörte.«

Jeanne schnaubte verächtlich. »Sie wird sich schließlich anpassen – wie wir alle.«

Chantelle hatte diese Reaktion von Jeanne erwartet, deshalb war sie nicht erpicht darauf gewesen, über die junge Schwarze zu reden. Sie wußte genau, wie sich das Mädchen fühlte. Auch sie, Chantelle, konnte die Sklaverei nicht akzeptieren. Nur im Moment war sie zu eingeschüchtert, um sich entsprechend zu äußern. Das war die Folge von Hakeems Warnungen – ihren Ärger und Widerwillen im Griff zu behalten. Sie verspürte keine Lust, wie die Schwarze angekettet zu werden, was ihr sicher geblüht hätte, wenn sie während der zweiten intimen Examination ihres Körpers aufsässig geworden wäre.

Sie wechselte das Thema und regte Jeanne an, ein paar amüsante Geschichten über ihr Leben im Harem zu erzählen, während sie die Mahlzeit beendeten. Es verblüffte Chantelle immer wieder, welche Haltung die Französin einnahm. Sie war nicht viel älter als Chantelle, vielleicht fünfundzwanzig oder sechsundzwanzig, und dennoch hatten sie ganz entgegengesetzte Ansichten. Waren die neun Jahre, die Jeanette ihren Berichten nach bei den Moslems verbracht hatte, schuld daran, oder sah sie wirklich nichts Negatives in einem Sklavinnendasein?

Bald nachdem das Geschirr abgeräumt war, kamen Besucher.

»Was bedeutet das?« fragte Jeanne und richtete sich gerade auf, als Hamid Sharif persönlich den Raum betrat.

Dem Sklavenhändler folgte ein großer, schlanker Mann, dessen Gesichtsfarbe an starken Kaffee erinnerte. Er war so dunkel wie die Eunuchen aus dem Sudan, die die Frauen bewachten, aber viel älter. Chantelle hielt ihn jedoch nicht für einen Eunuchen oder Sklaven, denn er trug eine prächtige, mit Pelz besetzte Robe aus blauer Seide, die vor Saphiren glitzerte. Schnüre aus den gleichen Edelsteinen hingen von seinem hohen Turban herab.

Chantelle seufzte und zog den kleinen Schleier, der an ihrem einfachen Kopfputz befestigt war, über die untere Hälfte ihres Gesichts. »Das ist schon öfters vorgekommen«, sagte sie. »Sharif bringt Käufer herein, die nicht auf die Auktion warten wollen oder sie versäumt haben. Letztes Mal war es ein Mann, dessen Köchin gerade gestorben war, und er hoffte, sofort einen Ersatz zu finden.«

Sie fügte nicht hinzu, daß diese Käufer nach ihrem Gutdünken die Frauen berühren und prüfen durften, ihnen den Mund öffneten, um die Zähne zu sehen, oder auch die kleinen Hemdchen, die alle Frauen zum Anziehen bekommen hatten. Auch Chantelle besaß nur mehr dieses kleine Hemd. Sie hatte Hakeems verhüllende Tunika verloren, als sie zum ersten Mal zu den Bädern geführt worden war und man ihre Kleidung zum Waschen mitgenommen hatte. Sie erhielt einen Satz sauberer Sachen zum Anziehen, die den ihren glichen, doch Hakeems Tunika wurde ihr nie zurückgegeben.

»Aber warum verschleierst du dich?« fragte die Französin.

»Man hat es mir befohlen, wenn Käufer hereingelassen werden. Sharif will nicht, daß mich jemand sieht, bevor ich verkauft werde.«

Jeanne rümpfte die Nase. »Man hätte mir auch einen Schleier geben müssen! Ich glaube nicht, daß ich es mag, wenn mich irgend jemand betrachtet.«

Chantelle lächelte beinahe über den hochmütigen Ton, bis sie merkte, daß Sharifs Kunde direkt zu ihr hinsah. Dann stockte ihr der Atem, als beide auf sie zugingen.

»Ist sie das?« fragte der Fremde, und der Blick seiner schokoladenbraunen Augen glitt sachlich und gelassen über Chantelle.

Hamid Sharif, ein kurzbeiniger, gedrungener Mann in mittleren Jahren, schien neben dem eindrucksvollen Burschen noch mehr zusammenzuschrumpfen. Für einen erfolggewohnten Händler, der immerhin hier der Herr im Hause war, machte er an diesem Abend einen höchst verängstigten Eindruck.

»Aber das ist regelwidrig, mein Lord«, entgegnete Sharif, der die Frage nicht unmittelbar beantwortete. »Ich habe wegen ihr eine Nachricht versandt. Ich habe Käufer, die aus Algerien kommen und...«

Der Fremde machte eine elegante Handbewegung, um Hamid Sharifs Klagen zu unterbrechen. »Wieviel?«

»Aber, Haji Agha, mein Lord, bitte, was soll ich den Käufern sagen?«

»Die Wahrheit – oder geben Sie ihnen eine andere, zum Beispiel die!«

Haji Agha deutete auf Jeanne Mauriac, und Sharifs Miene entspannte sich etwas. Die Französin mit ihrem honiggoldenen Haar war hübsch. Der Händler hatte schon vorgehabt, sie der privaten Versteigerung als Bonus zuzufügen, um die Bewerber zu besänftigen, die bei der Engländerin verloren. Die Französin war zwar älter und keine Jungfrau mehr, aber sie hatte auch blondes Haar.

»Wieviel?« wiederholte Haji Agha.

»Ich habe mir mindestens fünftausend Piaster vorgestellt.«

Der Schwarze zuckte nicht mit der Wimper. »Ich gebe dir drei.«

»Unmöglich! Mit weniger als viertausendfünfhundert bin ich nicht einverstanden.«

»Dreitausendfünfhundert und den Dank meines Herrn.«

»Wenn Sie es so ausdrücken, kann ich mich natürlich nicht weigern«, sagte Hamid Sharif mit einer Verbeugung, und als er den Kopf hob, lächelte er.

»Gut, das hat nicht lange gedauert«, meinte Jeanne, als die beiden Männer zu der angeketteten Prinzessin hinübergingen.

Chantelle sprach nicht sofort. Sie verspürte einen leichten Schock. Gerade war sie von einem Mann gekauft worden, der alt genug war, um ihr Großvater zu sein, einem Mann, der eine schwarze Hautfarbe besaß, etwas, das sie vor ihrer Ankunft an der Barbarenküste nie gesehen hatte.

»Ich... ich konnte nicht jedes Wort verstehen«, sagte sie, und ihre veilchenblauen Augen richteten sich auf Jeanne. »Hat der Mann wirklich mich gekauft?«

»Ja«, erwiderte Jeanne, die ihr Entzücken nicht verbergen konnte. »Und ich glaube, daß ich bei der Versteigerung deinen Platz einnehmen werde. Oh, das ist viel besser, als ich es erwartet habe. Und du, Kleine, brauchst dich nicht länger wegen der Demütigungen des Verkaufs zu grämen. Es ist vorbei. Du hast jetzt einen Herrn und Meister.«

Vorbei? Ja, das war es wohl. Sie brauchte nicht mehr Angst zu haben, daß man sie vor den Augen Dutzender von Männern nackt auszog – denn diese Angst war ihr trotz Jeannes gegenteiliger Versicherung geblieben. Vorbei. Verkauft. Und an einen alten Mann. Verkauft! Aber er war alt – vielleicht wünschte er sich nur das Privileg, ihr Besitzer zu sein. Würde so ein alter Mann überhaupt noch Frauen zu sich ins Bett holen?

»Ich frage mich, wer er ist, daß Hamid Sharif seinetwegen den Zorn seiner Kunden riskiert«, meinte Jeanne nachdenklich. »Er muß ein wichtiger Mann sein.«

Chantelle beobachtete die Männer, die offenbar noch einen Handel abgeschlossen hatten, diesmal den Kauf der Afrikanerin. »Was macht das schon aus?«

Die wenigen Türken und Araber, die sie seit ihrer Ankunft gesehen hatte, waren dunkelhäutige und dunkeläugige Männer, klein und drahtig oder klein und fett, mit scharfen, adlerähnlichen Zügen. Es hatte nur eine Ausnahme gegeben: den Türken, der eine Köchin gesucht hatte. Der freundlichere der beiden Wächter, die vor der Tür saßen, hatte Chantelle auf ihre diesbezügliche Frage hin zu erklären versucht, woher hellere Hautschattierungen rührten.

Früher waren die Türken eine Mischung aus rein orientalischem Blut gewesen: aus dem von Tataren, Mongolen, Tscherkessen, Georgiern, Persern, Arabern und Türken. Doch nach 1350, als sie ihre Grenzen auf das westliche Europa auszudehnen begannen, kam das Blut von Griechen, Serben und Bulgaren hinzu und damit eine Kultur, die so weltoffen war wie die der Griechen, Römer und Byzantiner. Hakeem hatte davon ebenfalls etwas erwähnt, da es sich auch auf die Barbarenküste hier bezog. In den vergangenen Jahrhunderten wurde immer mehr neues Blut hinzugefügt, von so weit entfernten Regionen wie England, den Niederlanden und kürzlich sogar Amerika. Doch das alles bewirkten die Sklavinnen, die in Harems landeten und ihren Gebietern Kinder gebaren.

Nun hatten die reichen und mächtigen Männer, deren Väter und Vorväter einen Harem voller hellhäutiger Konkubinen besessen hatten, nur mehr wenig orientalisches Blut in den Adern. Es war keine Seltenheit, daß der Sultan selbst durch rotes Haar oder blaue Augen auffiel. Ohne Turban auf dem Kopf konnte ein frommer Moslem leicht für einen Christen gehalten werden. Doch in den von Menschen wimmelnden Städten der Barbarenküste kam so etwas nicht sehr häufig vor. Hier überwog der neue Zustrom der Araber und Berber, die frisch aus der Wüste eintrafen und manchmal so dunkelhäutig wie ein nubischer Eunuch waren.

Bei der Menge, die den Hof gefüllt hatte, um Sklavinnen zu kaufen, war Chantelle natürlich nicht zum Bewußtsein gekommen. Doch sie war froh, daß der Mann, der sie gekauft hatte, so fremdartig wirkte. Sie hätte es gehaßt, in den Besitz eines europäisch aussehenden Burschen überzugehen, der ihr bei einer Begegnung auf einer englischen Straße wie ein Engländer erschienen wäre. Sie wollte zu diesem ihrem Besitzer absolut keinen Bezug haben.

Jeanne war so interessiert an den Vorkommnissen, daß sie Chantelles Frage überhörte. Chantelle war das nur recht. Sie wünschte sich gar keine Antwort, keine Belehrung darüber, warum Rang und Namen ihres Käufers wichtig sein mußten, da ihr diese Äußerlichkeiten in Wirklichkeit egal waren. Ob sie nun von einem Schafhirten oder dem Sultan persönlich erworben wurde – sie wurde als Ware behandelt, in Besitz genommen – als eine Sklavin. Niemand hatte sie gefragt, ob sie diese Rolle akzeptieren könne. Ihre Gefühle waren gleichgültig.

»Ah, du solltest aufstehen, *petite.* Ich denke, das ist für dich.«

Einer der Wächter kam auf sie zu. Er reichte ihr ein weites Gewand zum Anziehen. Sie zeigte sich gefügig. Ihren Kampfgeist wollte sie sich für entscheidendere Situationen aufheben, wie zum Beispiel die: wenn man versuchen würde, sie in das Bett dieses alten Mannes zu zwingen.

Jeanne erhob sich und umarmte sie zum Abschied, obwohl sie sich nur wenige Stunden gekannt hatten. »Viel Glück, meine Freundin.«

»Wenn du mir Glück wünscht, Jeanne, dann bete, daß ich fliehen kann.«

»Ah, *petite,* du mußt solche Gedanken aufgeben.«

Chantelle wandte sich ab. »Nur, wenn ich tot und begraben bin«, flüsterte sie vor sich hin und folgte dem Wächter, der sie aus Hamid Sharifs Haus führte.

15

Das versteckte Zimmer war durchaus keine einmalige Erfindung. Eines oder zwei gab es in fast jedem größeren Haushalt im Nahen Osten, und mehrere in einer königlichen Residenz. Im Palast des Herrschers befanden sich einige, von denen aus man den Audienz-, den Thron-, den Schul-, den Konferenzraum, in dem der Divan tagte, und sogar Jamils Schlafzimmer überblicken konnte.

Als Kinder hatten Derek und Jamil oft gespürt, wie sie durch eine mit Holzgitterwerk getarnte Öffnung hoch oben in der Wand des Schulzimmers beobachtet wurden. Sie hatten gewußt, daß ihre Eltern ihre Studien überwachten, ohne die strenge Disziplin der Klasse zu stören. Mustafa hatte häufig gewisse Frauen seines Harems bestraft, indem er sie zwang, hinter dem geheimen Fenster seines Schlafzimmers zu sitzen und zuzusehen, wie er sich mit einer oder zwei anderen seiner Konkubinen vergnügte. Es hatte zum bevorzugten Zeitvertreib manchen Sultans gehört, einer Sitzung des Divans heimlich beizuwohnen, ohne daß die versammelten Mitglieder es merkten.

Derek stand leicht angelehnt vor der vergitterten Öffnung, die den Blick in den großen Raum freigab, in dem Jamil seine Mußestunden verbrachte. Das verborgene Zimmer war klein und dunkel, schmucklos und extrem heiß am Nachmittag. Große Sitzkissen lagen auf dem Boden verteilt, doch Derek benützte sie selten.

Jeden Morgen wurde er zu einem ähnlichen versteckten Zimmer geleitet, von dem aus er den Thronraum überblicken konnte. Hier beobachtete er mehrere Stunden lang seinen Bruder, wie er die täglichen Geschäfte abwickelte, die den Palast, Streitigkeiten zwischen seinen Beamten, Gehorsam und Ordnung bei den Dienern und Schiedssprüche betrafen. Selbst Jamils Konkubinen konnten hier eventuelle Beschwerden vortragen.

Einen Morgen hatte Derek in einem anderen gleichen Raum, der oberhalb des Audienzzimmers lag, zugebracht, während Jamil fremde Würdenträger empfing und Angelegenheiten der Stadt besprach. Gewöhnlich geschah dies an vier oder fünf Tagen in der Woche, doch seit kurzem beschränkte sich Jamil hier auf einen Tag und behandelte nur die wichtigsten Themen – und jetzt war nicht die Zeit, diesen neueren Brauch zu ändern.

An den Nachmittagen litt Derek unter der Hitze in dieser winzigen Kammer, doch er mußte lernen, wie Jamil mit seinem persönlichen Gefolge umging, was ihn amüsierte und was ihn ärgerte. Auch an den frühen Abenden wurde der Schauplatz nicht gewechselt, und Jamil ersparte sich nichts, wie er auch nichts verbarg – im Gegenteil, er übertrieb seine Reaktionen eher, um Derek die spätere Nachahmung zu erleichtern. Omar, der fast immer an Dereks Seite blieb, gab flüsternd Erklärungen ab und betonte mehr als einmal, daß die Härte und gelegentliche Grausamkeit, die Jamil an den Tag legte, nicht seinem wahren Wesen entsprachen.

»Seine Geduld ist üblicherweise unbegrenzt, seine Freundlichkeit berühmt. Er kann mitleidlos sein, wenn die Sache es erfordert, aber ebenso barmherzig. Selbst wie Sie ihn jetzt sehen, ist er nicht der Tyrann, der Mahmud war. Was sich Ihnen momentan darbietet, ist das Ergebnis seiner selbstauferlegten Gefangenschaft. Er ist ein Mann, der sich im Freien wohl fühlt. Er konnte jeden Tag stundenlang reiten. Als er das aufgeben mußte, war es nur natürlich, daß er reizbar wurde. Die angespannte Situation dauert einfach schon zu lange. Seit Sie hier sind, hat er sich beruhigt, aber das dürfen nur Sie und ich wissen. Nicht einmal seine Frauen sollen merken, daß seine Frustrationen so gut wie verschwunden sind.«

Derek konnte das verstehen. Er vermutete, daß er unter den gleichen Umständen genauso reagieren würde. Nachdem ihm dieselbe Lage bevorstand, konnte er nur hoffen, daß sie schneller zu Ende ging, als Jamil sie zu ertragen hatte.

Um sich für diese Zeit vorzubereiten, war Derek Tag und Nacht Zeuge von Jamils Leben, sogar im Schlafzimmer.

Derek scheute zuerst davor zurück. Als Kinder waren er und Jamil in das verborgene Zimmer geschlichen, um ihren Vater mit seinen Konkubinen zu beobachten, doch das war ein Spaß gewesen, aufregend und gefährlich. Jetzt, als Mann, spielte er nicht gern den Voyeur. Doch Omar bestand darauf, daß er wissen müsse, wie Jamil sich seinen Frauen gegenüber benahm, da diese einen sehr aktiven Teil in seinem Leben darstellten.

Bisher hatte er Jamils Liebesakt mit drei seiner Favoritinnen und einer seiner Frauen zugesehen. Jedesmal verhielt sich Jamil anders, um Derek die Vielfalt seiner Natur zu zeigen – zärtlich, ungestüm, schroff, sogar gewalttätig. Die Gewalttätigkeit hatte Derek abgestoßen und verärgert, doch Omar hatte erklärt, daß diese bestimmte Frau sonst keinen Genuß empfinden könnte, und deshalb wurde sie gerufen, wenn Jamil seine Frustrationen abreagieren mußte. Das war der Grund, warum sie in der letzten Zeit zur Favoritin aufgestiegen war. Sie war zuerst ausgepeitscht worden, nicht von Jamil, sondern von einem seiner stummen Diener, und dann hatte Jamil sie brutal genommen. Zu Dereks weiterem Mißfallen hatte sie daran anscheinend Vergnügen gefunden.

In der Nacht, als Jamils erste Frau, Sheelah, zu ihrem Gebieter geholt wurde, schlug Omar als einzigesmal vor, Derek solle sich entfernen, ehe die beiden sich tatsächlich liebten. Es tat ihm fast leid zu gehen, denn Sheelah war eine seltene Schönheit mit sanften saphirblauen Augen und rotem Haar, das ihn an Caroline erinnerte. Und er bemerkte den Unterschied in der Art, wie Jamil diese *Kadine* Nummer eins behandelte. Es brauchte ihm niemand zu erklären, daß diese Frau seinem Bruder besonders viel bedeutete.

»Er liebt sie, nicht wahr?« fragte Derek, als er und Omar zu dem Zimmer gingen, das ihm als Schlafraum diente und in das jede Nacht bei totaler Dunkelheit eine Sklavin geschickt wurde, um ihn für die lange Abstinenz auf See zu entschädigen.

»Er liebt sie alle, Kasim, aber ja, an Lady Sheelah hängt er besonders.«

»Dann war es seine Idee, daß ich nicht zuschauen sollte?«

»Nein.« Omar lachte leise. »Haben Sie heute seine verstärkte Gereiztheit nicht bemerkt? Er wußte, daß er Sheelah nachts zu sich rufen würde und daß Sie sie sehen würden. Er wollte Ihre Instruktionen nicht abbrechen, aber es behagte ihm nicht, daß Sie diese Frau zu Gesicht bekämen.«

»Und ich soll sie dann später in mein Bett holen?« fragte Derek ungläubig. »Wie könnte ich das, nachdem ich weiß, was er für sie empfindet.«

»Jedenfalls müssen Sie sie rufen, Kasim. Er schickt sehr oft nach ihr, meistens sogar dann, wenn er mit einer anderen Frau geschlafen hat. Die Konkubinen kehren nachts in den Harem zurück. Das ist normal, denn eigentlich darf nur Sheelah die ganze Nacht bei ihm bleiben. Seit Sie hier sind, hat er ihr das aber nicht mehr erlaubt. Ich weiß nicht, welche Entschuldigung er ihr gegenüber gebraucht hat, aber die Wahrheit war es auf keinen Fall. Denn selbst sie darf nicht wissen, daß Sie seinen Platz einnehmen werden.«

»Wenn er sie also auf eine gewisse Änderung in ihrer Routine vorbereitet hat, muß ich wohl nicht mit ihr schlafen?«

»Nein, bestimmt nicht. Aber Sie müssen sie zu sich rufen, wie ich Ihnen schon sagte. Natürlich bleibt es Ihnen überlassen, was Sie mit ihr machen, wenn Sie allein sind.«

Derek lachte. »Sie schlauer alter Fuchs! Die vorübergehend verletzten Gefühle Sheelahs sind zweitrangig, wenn es um Jamils Seelenfrieden geht, korrekt? Dann sagen Sie ihm morgen, daß ich die Frau während seiner Abwesenheit nicht anrühren werde.«

»Nein.«

»Dann sage ich es ihm.«

Omar schüttelte den Kopf. »Hier steht sein Stolz auf dem Spiel. Er hofft, daß Sie ein Mann sind wie er, für den die Frau eines anderen nicht in Frage kommt, was auch geschieht. Doch nach dem, was er von Ihnen verlangt, kann er Ihnen nichts verweigern, nicht einmal sie. Ihnen die Entscheidung zu überlassen, ist das Risiko, das er zu tragen hat, wenn er Sie an seiner Stelle hierläßt. Er muß das Gefühl haben, daß er etwas riskiert, wie Sie auch. Das dürfen Sie ihm nicht nehmen. Außerdem...«, Omar grinste, »...ist das der Ansporn, den er benötigt, um schnell wiederzukommen.«

Doch welche Qualen würde er in der Zwischenzeit leiden? fragte sich Derek.

An diesem Abend waren ein halbes Dutzend *Ikbals* und alle drei Frauen von Jamil eingeladen, mit ihm zu speisen. Für einige war es das erstemal, daß sie sein frisch rasiertes Gesicht sahen, was für Aufregung sorgte, wie es das schon vorher im Palast getan hatte. Die einen waren überrascht, die anderen entzückt. Letzteres verstimmte Jamil – zu Dereks Vergnügen. Doch Jamil konnte nicht lange Unmut zeigen, nachdem er von der Elite all seiner Frauen umgeben war.

Unter den *Ikbals* herrschte ein heißer Konkurrenzkampf: Wer konnte Jamils Aufmerksamkeit am längsten erregen, wer das schönste Stück Fleisch für ihn aussuchen, ihn zum Lachen animieren. Wie es schien, waren auch die Frauen aufeinander eifersüchtig, nur Lady Sheelah hatte das nicht nötig. Sie saß neben ihm, und Jamil schob ihr Leckerbissen in den Mund.

Eine der Konkubinen erhob sich und tanzte zur Musik, die zwei blinde Musiker spielten. Es war ein Bild, das die Sinne berauschen mußte. Diese Frauen waren die schönsten des Harems, Jamils Favoritinnen. Hier, nur in der Gegenwart von Jamils persönlicher Dienerschaft, trugen sie keine Schleier. Alle waren spärlich bekleidet, bis auf eine, die sich wegen ihrer fortgeschrittenen Schwangerschaft in ein weites Gewand gehüllt hatte. Die anderen schmückten sich mit leuchtenden Seidenstoffen in verschiedenen Farben und durchsichtigem Flor. Juwelen glitzerten und klirrten am Hals, den Hand- und Fußgelenken und bei einigen sogar an der Taille, die nackt zwischen dem kurzen Oberteil und der Hose schimmerte.

»Gefällt Ihnen eine?« fragte Omar, der neben Derek stand.

»Alle gefallen mir«, erwiderte Derek ein wenig zögernd.

Es stimmte. Was die Schönheit ihrer Züge, ihre reine Sinnlichkeit betraf, waren sie unvergleichlich. Daß sie etwas mehr Rundungen und Kurven besaßen, als er es gewöhnt war, machte nichts aus. Er hatte den Harem, in dem er groß geworden war, nicht vergessen, in dem die Hälfte der Frauen wegen ihres faulen Lebens Fett angesetzt hatten, und die andere Hälfte zu gegebener Zeit ebenfalls. Dieser Zustand herrschte in Harems vor, und zweifellos war das der Grund dafür, daß die Moslems eine Vorliebe für dicke Frauen entwickelt hatten.

Derek mochte dazu erzogen worden sein, die Schönheit im selben Licht zu sehen, doch seine Männlichkeit war im Anblick der zarten, schmalen Körper überarbeiteter englischer Mädchen erwacht, und sein Geschmack punkto Frauen maß sich nun eindeutig am englischen Vorbild. Nicht, daß keine von Jamils Konkubinen seine Begierde hätte wecken können – gewiß würde das vielen in den kommenden Wochen gelingen, vor allem den Favoritinnen. Es war nur so, daß sein Idealbild sich von dem seines Bruders unterschied, und er bezweifelte, in Jamils Harem seine Traumfrau zu finden.

Was ja auch in Ordnung war – es handelte sich hier schließlich um die Frauen seines Bruders. Er würde kein gutes Gefühl dabei haben, wenn er eine von ihnen in sein Bett mitnahm, ganz gleich, wie sehr Omar und Jamil selbst die Notwendigkeit solcher Aktionen betonten.

»Morgen werden Sie alle Frauen sehen«, erklärte Omar, der sich wünschte, in Kasims Gesichtszügen lesen zu können, um zu wissen, was dieser tatsächlich fühlte. Aus dem Ton seiner Stimme konnte er kaum etwas heraushören, zumal die beiden Männer sich nur flüsternd unterhalten konnten. »Sie sind eingeladen worden, den Nachmittag bei Spielen und Unterhaltung im Garten zu verbringen. Es wird für Sie eine Gelegenheit sein, sich Ihre Lieblingskonkubine auszusuchen.«

Derek brummte nur als Entgegnung. Ja, er würde ihre Namen lernen müssen, wenn er sie in sein Bett rief, und es würde nicht Omar sein, der diese Angelegenheit regelte, sondern der schwarze Chefeunuche, der Mann, der alle befehligte, die im Harem Dienst taten.

»Was geschieht nach Jamils Rückkehr mit den Frauen, die ich mir auswähle?« wollte Derek plötzlich wissen.

Omar antwortete nicht gleich und dann überhaupt nicht mehr, als ein Diener in den großen Saal trat und Jamil etwas zuflüsterte. Nach einem knappen Befehlswort verließen alle Frauen schnell den Raum. Wenige Sekunden später kam der schwarze Chefeunuche herein. Ihm folgten drei seiner Häscher, von denen jeder eine Frau vorwärts zerrte, die sofort gezwungen wurden, in der traditionellen Ehrfurchtsbezeigung vor dem Herrscher auf die Knie zu sinken. Eine weigerte sich, bis ihr Wächter ihr sein Knie in den Rücken stieß, so daß sie gehorchen mußte.

Der Chefeunuche sprach leise auf Jamil ein und entlockte diesem ein vergnügtes Lachen. »Dann hatte mein Großwesir einmal nicht recht.«

Das war eine Feststellung, keine Frage, und Derek merkte, wie Omar sich neben ihm bewegte. »Womit hatten Sie nicht recht, Omar – und was ist daran so lustig?« Omar brummte irgend etwas Unverständliches, und Derek amüsierte sich köstlich, als er sich das verlegene Erröten des alten Mannes vorstellte. »Oh, ein bißchen lauter bitte, ich kann Sie nicht hören.«

»Ich sagte«, zischte Omar, »daß Jamil entzückt ist, weil ich mich in dieser Sache geirrt habe.«

»In welcher Sache?«

»Vor Ihrer Ankunft wurde ihm eine bestimmte Sklavin angeboten. Wie gewöhnlich lehnte er ab. Ich nahm an, sie sei gleich verkauft worden, deshalb sah ich keinen Grund, Haji Agha rasch zum Sklavenmarkt zu schicken, als Jamil ein paar neue Konkubinen verlangte, zumal die nächste Gefangenenladung aus dem Süden erst gestern zu erwarten war.«

»*Er* verlangte neue Konkubinen? Ich dachte, er hätte das Gefühl, schon zu viele zu besitzen.«

»Stimmt. Diese Frauen sind für Sie.«

Nun lachte Derek leise und verständnisvoll. »Vermutlich soll der Harem neue Favoritinnen bekommen, damit ich mir *seine* nicht vorknöpfe.«

»Es kann als sicher angenommen werden, daß er dies hofft, obwohl er es nie zugeben wird. Und offenbar war die spezielle Frau, die er kürzlich ablehnte, noch zu haben. Ich hatte also mit meiner Prognose unrecht. Glücklicherweise wurde die Sklavin inzwischen nicht verkauft, sonst wäre Jamil gewiß nicht so gut gelaunt.«

Welche der Personen die besonderen Attribute besaß, konnte man nur raten, denn alle drei waren in weite Gewänder gehüllt und dicht verschleiert. Doch Derek knüpfte keine Hoffnungen an diese weiblichen Wesen und konnte sich nicht das geringste Interesse für sie abringen, nachdem er Jamils Schönheiten gesehen hatte. Die moslemische Vorstellung von etwas Besonderem hieß wahrscheinlich »entzückend mollig« und mit hellen Farben ausgestattet, was man hier so sehr schätzte. Alles andere wäre als gewöhnlich betrachtet worden.

16

Chantelle hatte sich geirrt, doch das merkte sie erst, als sie sich hinknien mußte, um dem großen Türken, oder was er sonst war, die Ehre zu erweisen, und hörte, wie Haji Agha ihn »mein gnädiger Herr« nannte. Es war unfaßbar, daß der Mann, der sie so offenkundig für sich selbst gekauft hatte, sich nun vor seinem Herrn mit ihr brüstete. Oder mußte sie Angst haben, für diesen anderen Burschen gekauft worden zu sein, vor dem sie sich momentan zu verneigen hatte?

Das ging ihr gegen den Strich, und beinahe hätte sie den Kniefall verweigert, wenn die Afrikanerin neben ihr nicht so brutal zu Boden gestoßen worden wäre. Wie unfair, daß Gewalt so leicht gewann! Was brachte ihr jede Art von Gegenwehr, wenn sie am Ende doch verlor und ihr Stolz noch mehr litt? Sie hatte kürzlich schon so viele Demütigungen erduldet, daß eine weitere ihr inkonsequent erschien.

Dennoch wäre es nett gewesen, wenn man sie über die Vorgänge aufgeklärt hätte, anstatt sie ihren eigenen Schlüssen zu überlassen. Vor dem Haus des Sklavenhändlers hatte sie in eine von vier wartenden Sänften steigen müssen. Das brachte die erste Enttäuschung mit sich. Chantelle hatte gehofft, zu Fuß durch die Stadt gehen zu dürfen und dabei eine Gelegenheit zu finden, sich davonzustehlen. Aber in Gegenwart der Sänftenträger und berittenen Begleitpersonen mußte sie diese Hoffnung begraben.

Sie versuchte den Vorhang in der Sänfte beiseite zu schieben, wurde aber sofort von einem Wächter angeschrien und gab es auf zu sehen, wohin der Weg sie führte. Offenbar ging es bergauf. Dann wurde der Pfad wieder eben, und ein Tor nach dem anderen öffnete und schloß sich, bis die Sänfte niedergesetzt wurde.

Nach dem Aussteigen sah Chantelle die beiden anderen Mädchen und erhaschte einen Blick auf einen Hof und dahinterliegende Gärten. Gleich darauf wurde sie in ein großes Gebäude geschoben und durch lange Gänge geführt, vorbei an zahllosen Wächtern und breiten Türen, bis sie in diesen riesigen Saal gelangte, in dem sich ein halbes Dutzend Leute befand. Sie sah die Menschen nur verschwommen, da sie den Kopf sofort senken mußte, während sie auf die Knie gezwungen wurde. Nicht einmal den »gnädigen Herrn« hatte sie anschauen können, doch sie hörte ihn lachen und etwas über seinen Großwesir sagen.

Wer war er, daß er einen Minister mit so einem Titel hatte? Der Herrscher von Barka konnte er nicht sein, denn dieses hohe Tier hatte sich geweigert, sie, Chantelle, zu kaufen. Irgendein Pascha vielleicht? Oder ein höherer Beamter am Hof des Regenten? Würde man ihr das je verraten? Es streute Salz in die Wunden, daß diese arroganten Moslems Frauen so geringschätzten, daß sie ihnen nichts erklären mochten.

Chantelle stockte der Atem, als sie plötzlich hochgerissen wurde und gerade noch die herrische Handbewegung des Paschas sah, sie sollten aufstehen. Was für eine Unverschämtheit, sich ohne ein höfliches Wort an die Damen zu wenden!

Ihr Zorn kochte, während ihr Blick von der juwelengeschmückten Hand des »gnädigen Herrn« zu seinem Gesicht wanderte – und so schnell, wie ihre Wut entstanden war, verschwand sie auch. Lieber Gott, Chantelles schlimmste Befürchtungen wurden Wirklichkeit. Er sah wie ein Europäer aus. Schlimmer noch: mit diesen hohen Augenbrauen, den ausgeprägten Wangenknochen, dem aggressiven Kinn und der scharfen Nase wirkte er wie ein verdammter englischer Aristokrat. Das einzig Türkische an ihm war sein Gewand – weite Hosen, eine langärmelige rotweiß gestreifte Seidenbluse, die bis zu seinen Hüften fiel und in der Taille von einer Schärpe mit einer großen goldenen Spange eng zusammengehalten wurde. Die Schärpe war breit und weiß wie der Turban, in dessen Mitte ein enormer Rubin prangte. Die schmalen Brauen deuteten auf schwarzes Haar hin, doch nichts davon war sichtbar, nicht einmal ein Bart. Dabei hatte Chantelle bei allen Moslems einen langen wallenden Bart erwartet – zumindest einen herabhängenden Schnurrbart. Dieser Mann zeigte den straffen Hals unbedeckt, ebenso wie die vollen sinnlichen Lippen. Seine Augen waren grün, dunkelgrün, und von dichten Wimpern umrahmt. Er war weder klein noch fett, sondern genau das Gegenteil, wie sie feststellte, als er sich geschmeidig erhob und von dem Podest, auf dem er gesessen hatte, herunterkam.

Er machte erneut eine Handbewegung, und mit einemmal wurden ihre dichten Schleier und der Mantel entfernt. Dasselbe geschah mit den beiden anderen Mädchen. Vor den vielen Leuten fühlte sie sich befangen. Neben Haji Agha und den drei Eunuchenwächtern, die hinter jeder Sklavin standen, waren noch drei andere Männer anwesend, und eine alte Frau kniete neben dem Podest. Zwei afrikanische Riesen, die nur Hosen und kurze Hemden trugen und von deren Hüften häßliche Dolche baumelten, bewegten sich mit jedem Schritt ihres Herrn und blieben rechts und links dicht an dessen Seite.

Chantelle kreuzte nervös die Arme über der Brust. Die weiße Baumwolle ihrer Hose war dick und weit genug, um zu verhüllen, aber die Pantalons saßen ungebührlich tief auf den Hüften, so daß zwischen ihrem oberen und dem unteren Rand der kurzen, mit Fransen besetzten Weste ein breites Stück Haut zu sehen war. Chantelle begann sich erst zu entspannen, als sie merkte, daß keiner zu ihr hinschaute. Die Aufmerksamkeit aller war auf die Afrikanerin gerichtet, vor die der »gnädige Herr« hingetreten war.

Haji Agha kam näher, um seinen Meister zu informieren: »Sie behauptet, eine Prinzessin aus dem Dschungel des tiefen Südens zu sein, doch sie weigert sich, den Namen ihres Stammes zu nennen. Als einzige von den dreien ist sie keine Jungfrau, und sie wehrt sich immer noch gegen die Gefangenschaft. Hamid Sharif mußte sie anketten.«

Jamils Blick glitt langsam über das Mädchen, ohne Gefühle zu verraten, obwohl der Herrscher die Schwarze prachtvoll fand. Sie war fast einen Meter fünfundachtzig groß, besaß dicke, nach oben gerichtete Brüste, eine starke muskulöse Taille und – seiner Vorstellung nach – kräftige Beine, die daran gewöhnt waren, durch den Busch zu rennen. Ihre Augen waren von einem hellen Braun und funkelten vor Haß.

»Ich vertraue darauf, daß du sie zähmen kannst.«

»Gewiß«, versicherte Haji Agha.

Jamil nickte und wandte sich der silberhaarigen Blondine zu. »Ich vermute, das ist die Engländerin?«

»Ja. Sie hat sich als gefügig erwiesen, aber sie ist auch sehr intelligent, wahrscheinlich stammt sie aus englischem Adel. Sie hat die Sprache schon gut genug gelernt, um das meiste zu verstehen, was wir sagen.«

Der Pascha hob die Augenbrauen. »So schnell? Wo wurde sie gefangengenommen?«

»An der englischen Küste, mein Lord. Einer von Hamid Sharifs Seeräubern wurde vor einigen Monaten angeheuert, einen Passagier dorthin zu bringen. Die Piraten hatten nicht vor, in diesen Gewässern anzugreifen, doch das Mädchen fiel ihnen anscheinend in der kurzen Zeit in die Hände, als der Passagier an Land ging.«

Jamil sah seinen schwarzen Chefeunuchen scharf an und lachte plötzlich auf. »Bei Allah, welche Ironie!«

Es stand Haji Agha nicht zu, seinen Herrn zu fragen, was er so komisch fand. »Hamid Sharif hatte sie in weiter Entfernung angepriesen«, fuhr er fort. »Deshalb war sie noch zu haben. In zwei Tagen hätte sie privat verkauft werden sollen, also zögerte er natürlich, sie herzugeben.«

»Sie kam uns teuer, oder?«

»Extrem!«

Jamil seufzte. Neben der Afrikanerin erschien sie nicht groß, obwohl sie größer war als die meisten Frauen in seinem Harem. Und sie wirkte so knochig, als sei sie am Verhungern. Ihre Brüste füllten die Weste nicht aus, ihr Magen wölbte sich nach innen, die Hüften stachen spitz hervor. Als sei das nicht schon schlimm genug, besaß sie auch noch blondes Haar, und er persönlich schwärmte nicht dafür, weil seine Mutter eine Blondine war. Allerdings hätte man das Haar der Engländerin beinahe für weiß halten können, so hell war es. Natürlich erkannte er, warum man diese Frau als etwas Besonderes ansah. Ihre Gesichtszüge waren so außergewöhnlich fein, wie er sie nie zuvor gesehen hatte. Nicht einmal die dunklen Ringe unter den Augen konnten diese atemberaubende Schönheit beeinträchtigen.

Dennoch fühlte er sich von ihr nicht angezogen. Aber er hatte sie ja auch nicht für sich gekauft. Ob er sie behielt oder dem Sklavenhändler für die private Auktion zurückgab, hing nun von Kasim ab.

»Und die dritte? Heute abend hat Hamid Sharif wohl ein Vermögen an mir verdient?«

Haji Agha wagte nicht zu grinsen, obwohl er ahnte, daß Jamil sich nicht über die Auslagen ärgerte, die er leicht aufbringen konnte. »Nein, mein Lord. Einer Ihrer eigenen Kapitäne brachte sie Anfang der Woche mit, demnach brauchen Sie nichts für sie zu bezahlen. Sie ist Portugiesin aus bäuerlichen Verhältnissen und empfindet die Gefangenschaft als Verbesserung ihrer Lage.«

Jamil nickte und gab seine Gedanken nicht preis. Das letzte Mädchen war nicht hübsch, doch von einer üppigen Sinnlichkeit, die man kaum übersehen konnte. Zweifellos hatte Haji sie deshalb ausgesucht. Sie besaß auch noch kastanienfarbenes Haar, von dem der Chefeunuche wußte, daß es Jamil gefiel. Natürlich wußte er nicht, daß diese Frauen nicht für den Herrscher bestimmt waren.

Drei zur Auswahl war mehr, als Jamil nach so kurzer Zeit hatte erhoffen können. Er freute sich. Ob sich sein Bruder freuen würde, mußte sich erst herausstellen. Jamil beabsichtigte nicht, seinem Harem drei weitere Frauen hinzuzufügen, wenn Kasim sie nicht benützen würde. Nach diesen Überlegungen wandte er sich wieder der afrikanischen Schönheit zu.

Chantelle betrachtete ihn nur, wenn sie sicher war, daß er sie nicht ansah. Sie hätte es als zu demütigend empfunden, wenn sie seinem Blick direkt begegnet wäre. Daß man über sie sprach, als sei sie gar nicht da, als verstünde sie nichts, obwohl Haji das Gegenteil erklärt hatte, bewies erneut, wie gefühllos diese Männer waren. Und die Stimme des »Lords« klang so gleichgültig, als sei es ihm völlig egal, drei weitere Sklavinnen erworben zu haben. Dabei hatte er sie gekauft, wie seine letzte Bemerkung dem schwarzen Eunuchen gegenüber zeigte. Aber warum kaufte er Frauen ungesehen – wie die Katze im Sack? Oder konnte er sie bei Nichtgefallen einfach zurückgeben?

Gott, laß es so sein! Laß ihn den Entschluß fassen, sie zu Hamid Sharif zurückzubringen! Chantelle konnte es nicht ertragen, in den Besitz eines Mannes überzugehen, der wie einer ihrer Landsleute aussah. Und er war hübsch. Gott mochte ihr helfen, sie wollte es leugnen, aber sie konnte nicht. Sie fand ihn außerordentlich attraktiv – sein Gesicht wie seine Figur. Es war unmöglich! Sie sah sich schon, wie sie nachgab, ihre Sklaverei akzeptierte, nur wegen einer ungeahnten Anziehungskraft, die sie keinesfalls verspüren durfte. Nein! Sie mußte etwas tun, um ihn zu veranlassen, daß er sie zurückschickte, ehe sie in seinem Harem landete und es zu spät war. Aber was?

Sie beobachtete ihn jetzt und betete, daß ihr schnell eine Idee kommen möge. Dann erkannte sie, daß die Prüfung noch nicht vorbei war. Er stand vor der afrikanischen Prinzessin und studierte leidenschaftslos ihr Gesicht, während sie ihn wuterfüllt anstarrte. Sie fürchtete sich nicht, ihm ihren Haß zu bekunden. Als er die Hand hob und wie beiläufig den einzigen Verschluß an der Weste der Schwarzen öffnete, stieg heißes Rot in Chantelles Wangen, doch die Prinzessin rührte sich nicht. Sie versuchte nicht einmal, den knappen Stoff am Auseinanderfallen zu hindern.

Lange sah er die großen Brüste an. Chantelle stöhnte innerlich. Wie erleichtert war sie gewesen, daß man sie ohne Nacktbeschau gekauft hatte, und hier fand nun diese Beschau statt, in einem Raum, der mit Leuten angefüllt war. Und die eine Person, von der sie sicher geglaubt hatte, sie würde sich wehren, ließ sich diese Erniedrigung gefallen. Die Prinzessin hatte sich nicht bewegt. Sie stand stolz aufgerichtet, anscheinend weder verlegen noch beleidigt.

Als der Pascha ihr schließlich in die Augen blickte, reagierte sie. Sie spuckte ihm voll ins Gesicht.

Chantelle stockte der Atem vor Überraschung. Im Raum erklangen Schreckens- und Zornesrufe. Die Afrikanerin wurde sofort gepackt – nicht von ihrem Wächter, sondern von den beiden nubischen Riesen. Sie zwangen sie mit Leichtigkeit in die Knie, dann zog ihr Wächter eine kurze Peitsche aus dem Gürtel und begann ihren Rücken damit zu schlagen.

Chantelle sah das mit grenzenlosem Entsetzen. Der »Herr« hatte den Befehl zur Auspeitschung nicht gegeben, aber er gebot ihr auch keinen Einhalt. Er stand völlig ungerührt da, nicht ärgerlich und nicht schadenfroh. Einer seiner Diener eilte mit einem Tuch herbei, um die Spucke wegzuwischen, aber er ignorierte ihn. Statt dessen benützte er seinen Ärmel und rieb sich langsam über das Gesicht, während er die arme Prinzessin beobachtete, die sich auf dem Boden wand. Erst als ihr Stolz gebrochen war und sie schrie, bewegte er die Hand, um die Züchtigung zu beenden.

»Es ist ein Jammer«, sagte er, doch Chantelle konnte kein echtes Bedauern in seiner Stimme feststellen. »Gebt sie meiner Palastwache. Falls sie eine Nacht mit den Burschen überlebt, kann Hamid Sharif sie morgen zurückhaben.« Und er wandte sich Chantelle zu.

Ihr wurde kalt. Das Blut wich aus ihrem Gesicht, bis ihre Wangen weiß schimmerten. Einfach so… hatte dieser Mensch das Mädchen einer Massenvergewaltigung anheimgegeben und es dann vergessen. Sobald seine Worte ausgesprochen waren, wurde die Afrikanerin aus dem Raum gezerrt. Aber dennoch sah Chantelle vor ihrem geistigen Auge die roten Striemen auf dem nackten schwarzen Rücken.

Schließlich hob sie den Blick und wußte in diesem Moment abgrundtiefer Angst, daß sie den Mann verachtete. Die Anziehungskraft war in ihr gestorben, als sie Zeugin seiner Grausamkeit wurde. Er war ein kalter, gefühlloser Mensch und zweifellos unaussprechlicher Brutalität fähig.

»Sie sind verachtenswert.«

Der Satz kam über ihre Lippen, ehe sie ihn zurückhalten konnte, aber der Pascha schien nichts zu hören, oder er verstand kein Englisch, oder es war ihm gleichgültig, was sie sagte. Sie kannte das Wort »verachtenswert« nicht in seiner Sprache und einige andere Wörter leider auch nicht, die ihr als passend für dieses Monster einfielen.

Er sah ihr immer noch schweigend in die Augen, und endlich trat ein Ausdruck in seinen Blick. Es war Erstaunen. Jamil hatte nie zuvor diese violette Farbe gesehen – er wußte gar nicht, daß es solche Augen gab. Er war fasziniert. Sie wirkten wie glitzernde Amethyste, umsäumt von langen goldenen Wimpern, die zu den sanft geschwungenen Augenbrauen paßten. Diese Brauen waren eine Schattierung dunkler als das platinblonde Haar.

Was für eine ungewöhnliche Kombination! Kein Wunder, daß diese Frau so einen hohen Preis erzielt hatte. Wenn reichliche Nahrung ihre Kurven ausfüllte, steckte die Möglichkeit in ihr, sogar mit Sheelah zu rivalisieren. Und ihr Haar konnte gefärbt werden...

Jamil mußte sich zur Ordnung rufen. Die Platinblonde war nicht für ihn. Aber falls Kasim sie nicht wollte, war er versucht, seine eigenen Regeln zu brechen und das Mädchen für sich zu behalten. Nur der Gedanke an Sheelah bewog ihn, dagegen zu entscheiden. Dieses Mädchen mochte eine seltene Entdeckung sein, aber er liebte seine erste *Kadine.* Und seit er diese Liebe erkannt hatte, hatte er seinem Harem keine neue Frau mehr zugeführt. Falls Kasim die beiden Sklavinnen haben wollte, würde Sheelah das nicht verstehen, zumindest nicht, bis er zurückkehrte. Doch das konnte man nicht ändern. Außer Omar durfte niemand über Kasim Bescheid wissen.

»Shahar«, sagte er plötzlich. Der Mond. Der Name war angemessen, wenn jemand Haare besaß, die den Mondstrahlen glichen. Er wandte sich an seinen schwarzen Chefeunuchen. »Sie wird den Namen Shahar tragen, Haji.«

»Nein«, widersprach Chantelle und lenkte damit seine Aufmerksamkeit wieder auf sich.

»Nein?«

»Benennen Sie mich nicht. Behalten Sie mich nicht. Schicken Sie mich zu Hamid Sharif zurück.«

Er war amüsiert. Merkte sie nicht, daß die Entscheidung nicht bei ihr lag? »Warum sollte ich das tun?«

»Weil ich nicht will, daß Sie mich besitzen.«

Seine Augen verengten sich, und sie erbleichte. Gütiger Gott, hatte sie sich jetzt die Peitsche eingehandelt? Konnte sie hier nicht etwas klarstellen, was den Tatsachen entsprach?

Doch Jamil ärgerte sich über sich selbst, nicht über sie. Er erkannte, daß es ein Fehler gewesen war, die Auspeitschung der Negerin zu gestatten, ob sie nun verdient war oder nicht. Die Züchtigung hatte den beiden anderen Frauen als Lektion dienen sollen, und vor allem Kasim, der einmal Zeuge einer solchen Situation werden mußte, um zu sehen, wie Jamils Gefolgschaft reagierte.

Bis zu diesem Punkt war die Engländerin gefügig gewesen, nun war sie es nicht mehr. Er sah, daß sie vor ihm Angst hatte, doch selbst in ihrer Furcht konnte sie die Verachtung in ihren Augen nicht verbergen. Kasim würde die Tatsache nicht schätzen, daß sein Bruder durch einen einfachen Akt der Bestrafung Haßgefühle in der jungen Frau geweckt hatte. Und Jamil war beinahe überzeugt, daß Kasim dieses Mädchen begehren würde.

Sein Blick blieb auf ihr Gesicht geheftet, während er den Chefeunuchen fragte: »Weiß sie, wer ich bin, Haji?«

Chantelle antwortete zuerst: »Es ist mir egal, auch wenn Sie der Herrscher über diese ganze verdammte Stadt sind.«

»Ihr Engländer geht kurios mit den Worten um, ihr benutzt immer mehr, als nötig sind.« Sein Mund verzog sich leicht spöttisch, als er hinzufügte: »Wenn es Ihnen egal ist, Shahar, dann wird es Sie auch nicht überraschen, daß ich tatsächlich Jamil Reshid bin, der Herrscher über diese ›ganze verdammte Stadt‹.«

Es war eine Überraschung, aber nur aus einem Grund. »Sie weigerten sich, mich nach meiner Ankunft zu kaufen. Warum bin ich dann hier?«

Einen Moment lang schwieg er. Es war gar nicht so einfach, ihre Aussprache zu verstehen, obwohl er zugeben mußte, daß die junge Frau das Arabische weit besser gelernt hatte, als man es hätte erwarten können. Aber sein Zögern rührte von der Art her, wie ihre Augen und ihr Mund sich besänftigt hatten. In Chantelles vorübergehender Verwirrung waren ihre Angst und Ablehnung verschwunden.

Er überraschte sie zusätzlich, indem er ihr in perfektem Französisch antwortete, von dem er annahm, daß es ihr, als Angehöriger einer Adelsfamilie, angenehm vertraut war. »Es ist mein Privileg, meine Meinung zu ändern.«

»Würden Sie dann Ihre Meinung auch über das arme ausgepeitschte Mädchen ändern?«

»Interessant, daß Sie mich statt dessen nicht noch einmal darum bitten, in bezug auf Sie meine Meinung zu ändern.«

»Darauf wäre ich schon noch zurückgekommen.«

Er lachte beinahe. Es war erfrischend, mit solcher Kühnheit von einer Frau angeredet zu werden. Seine Frauen disputierten nicht mit ihm, ganz gleich, wie gern sie es vielleicht getan hätten. Mochte er sie noch so sehr verwöhnen und verhätscheln, sie vergaßen doch nie seine Macht und seine totale Kontrolle über ihr Leben.

»Wenn ich Ihnen einen Wunsch gewähre, Engländerin, um was werden Sie mich bitten?«

Ihre Augen weiteten sich. Meinte er das ernst, oder war es nur eine rhetorische Frage? Jedenfalls hatte sie keine Wahl, keine, die ihr Gewissen zugelassen hätte. Das Schicksal der Afrikanerin war bereits besiegelt, ihr eigenes noch nicht. Und wenn er der Regent war, mußte er hier den größten Harem von Barka unterhalten. Er mochte sie zwar gekauft haben, aber immerhin bestand die Möglichkeit, daß er sie vergaß, wenn sie in der Menge seiner Sklavinnen untertauchte. Nein, ihr Schicksal war nicht besiegelt – noch nicht.

»Die Afrikanerin«, sagte sie.

»Sie möchten, daß ich sie behalte, anstatt sie zurückzuschicken?«

»Nein. Machen Sie die weitere Bestrafung, die Sie befohlen haben, rückgängig.«

Er drehte sich um und tat es. Chantelle beobachtete verblüfft, wie der Befehl an die Wärter draußen vor der Tür weitergegeben wurde. Dann sah sie Jamil wieder an. Sie wußte nicht, was sie von dieser Versöhnungsgeste halten sollte.

»Wo ist Ihre Dankbarkeit, Engländerin?«

Nun wußte sie Bescheid, und die Erkenntnis war nicht erfreulich. »Danke«, sagte sie, doch ihr Ton war schneidend.

»Was? Habe ich mich in Ihren Augen nicht rehabilitiert?«

»Die Unbotmäßigkeit der schwarzen Prinzessin war zu geringfügig, um Schläge zu rechtfertigen«, erwiderte sie.

»Das glauben Sie«, stellte er fest. »Aber sie hat meine Person beleidigt, und das ist nicht erlaubt. Möchten Sie erfahren, was nicht erlaubt ist?« Das war eine Warnung, und Chantelle verengte die Augen. »Ah, ich sehe, Sie erinnern sich, daß Sie mich nicht liebenswert finden. Doch Sie werden Ihre Meinung ändern, Shahar, falls ich beschließe, Sie zu behalten. Sollen wir das jetzt entscheiden? Wollen Sie Ihre Weste öffnen, oder mache ich das?«

Ihr ganzer Körper erstarrte, und ihr Gesichtsausdruck zeigte wieder diese Mischung aus Furcht und ohnmächtiger Wut. War sie genügend eingeschüchtert, um seine Warnung zu beherzigen?

»Werden Sie mich auch bespucken?« fragte er, und nun klang seine Stimme schroff.

Sie würde es nicht tun. Sie hatte wissen wollen, was sie tun könnte, um zu Hamid Sharif zurückgeschickt zu werden, und nun wußte sie es, doch was vorher passieren würde, war zu unerträglich.

Sie schüttelte den Kopf und senkte die Augen. Und nach ihrem vorangegangenen Groll wunderte er sich, sie flehen zu hören: »Bitte, müssen Sie das vor so vielen Leuten machen?«

»Es sind nur Sklaven, Engländerin, genau wie Sie«, erklärte er. Doch seine Handlung *war* ungewöhnlich und fand nur zugunsten von Kasim statt. »Also gut«, lenkte er ein. »Wenn Sie hier herüberkommen wollen, schaue nur ich Sie an.«

Er winkte seinen Leibwächter zurück und trat zur Seite des Raumes. Chantelle hielt es für das beste, ihm zu folgen, obwohl sich alles in ihr sträubte. Nun stand sie zwar mit dem Rücken zum Publikum, doch die Leute waren noch anwesend, und sie empfand Empörung darüber, daß sie sich das gefallen lassen mußte. Der Mensch hatte kein Recht! Er glaubte, er könne sich alles erlauben. Gott, wie sie das haßte!

Sie stand mit gesenktem Kopf und geballten Fäusten da. Das

gestattete der Pascha nicht, deshalb griff er unter ihr Kinn und zwang sie, ihm in die Augen zu blicken.

»Erneut mache ich, was Sie wollen, Engländerin. Ich warte.«

»Ich kann nicht«, flüsterte sie kläglich.

»In Ordnung.«

Das bedeutete keine Begnadigung. Es drängte Chantelle, seine Hand wegzuschlagen, als seine Finger nach ihrer Weste griffen. Doch wenn man wegen Anspuckens ausgepeitscht und zu noch schlimmerer Bestrafung verurteilt wurde – was würde geschehen, wenn man den Gottähnlichen schlug? Würde ein Dolch statt einer Peitsche benützt werden?

Sie stöhnte, als sie spürte, wie der dünne Stoff von ihren Brüsten zur Seite rutschte. Ihre Augen richteten sich, ohne etwas zu sehen, auf das Gitter an der gegenüberliegenden Wand. Sie empfand nur die Peinlichkeit der Situation, die ihr eine glühende Röte in den Hals und in die Wangen trieb.

Er trat neben sie und sagte sanft: »Sie können sich wieder bedecken, Shahar. Dann nimmt Haji Agha Sie mit. Er braucht Ihre Angaben für seine Unterlagen.«

Sie sah ihn an und fragte unglücklich: »Dann schicken Sie mich nicht zurück?«

Er antwortete nicht. Sein Interesse an ihr war bereits erloschen, und er wandte seine Aufmerksamkeit der Portugiesin zu.

17

»Nun?« fragte Omar, als das letzte Mädchen weggeführt wurde und Jamil sich zurückzog.

»Die Blonde«, entgegnete Derek, ohne zu zögern.

»Und die anderen beiden?«

»Ich dachte, die Schwarze sei schon entlassen?«

»Nicht, wenn Sie sie haben wollen.«

»Um mich mit ihrer Feindseligkeit herumzuschlagen? Nein, danke. Die Blonde genügt mir, und ich will sie selbst bezahlen.«

»Davon wird Jamil nichts hören wollen.«

»Und was geschieht mit ihr, wenn unsere Aktion vorbei ist? Und mit den anderen Frauen, die ich zu mir rufe? Sie haben mir diese Frage noch nicht beantwortet.«

»Sie bekommen eine schöne Abfindung und werden an gute Ehemänner vermittelt.«

»Christus!« fluchte Derek leise. »Warum hat man mir das nicht eher erzählt?«

»Weil es keinen Unterschied macht. Glauben Sie mir, es wird Jamil egal sein, wenn Sie seinen halben Harem benutzen. Wahrscheinlich dankt er es Ihnen, weil er dann eine Entschuldigung hat, die Anzahl der Frauen auf ein Maß zu reduzieren, das ihn nicht mehr so strapaziert. Haben Sie wirklich gedacht, er würde die Konkubinen behalten, die Sie sich aussuchen?«

»Meine Überlegungen waren noch nicht soweit gediehen. Doch ich bin sicher, daß er es mir *nicht* danken würde, wollte ich mir alle seine Favoritinnen nehmen.«

Omar lachte. »Was glauben Sie wohl, warum er Ihnen eine eigene besorgt hat?«

Derek brummte. »Und seine Frauen? Würde er sie auch fortschicken?«

»Sie sind immer noch die Mütter seiner Söhne. Sie würden im Harem bleiben.«

»Aber er würde sie nie wieder anrühren?« meinte Derek.

»Das braucht Sie nicht zu kümmern...«

»Um Gottes willen, Omar, fassen Sie mich nicht mit Glacéhandschuhen an. Ich bleibe bei unserer Vereinbarung, aber ich will die Wahrheit wissen.«

Omar sah ihn nicht an. »Also, nein, er würde sie nie wieder in sein Bett holen.«

Derek atmete langsam aus. »Ich hatte vergessen, wie grausam besitzergreifend ein Moslem sein kann, wenn es um seine Frauen geht.«

»Sind Sie nicht so?« fragte Omar mit einiger Skepsis.

Derek überlegte einen Augenblick, dann sagte er: »Nein, das könnte ich nicht behaupten.«

»Auch nicht bei Ihrer Verlobten?«

Derek lächelte über den Wink, daß er eine Verlobte hatte, denn seit Tagen hatte er nicht mehr an Caroline gedacht. »Ich liebe sie innig, aber da ich nicht beabsichtige, der treueste Ehemann zu sein, kann ich mich nicht beschweren, wenn sie sich irgendwann einen oder zwei Liebhaber zulegen sollte. Das würde an meinen Gefühlen für sie nichts ändern.«

»Sie sind mehr Engländer geworden, als ich dachte.«

»Ich war zehn Jahre hier und neunzehn dort, Omar. Glaubten Sie wirklich, ich sei genau wie Jamil?«

»Nein, aber Sie gleichen ihm mehr, als Sie ahnen«, stellte Omar fest.

Das wunderte Derek nach der Auspeitschung, deren Zeuge er geworden war. Es hatte ihn entsetzt, daß Jamil die Züchtigung nicht sofort beendet hatte.

Omar war ungerührt geblieben. »Es ist gut, daß Sie die Gelegenheit bekamen zu sehen, wie schnell seine Nubier auf jede Bedrohung reagieren.«

»Was die Schwarze tat, würde ich nicht als Bedrohung bezeichnen«, hatte er empört hervorgestoßen. »Wie konnte er nur so streng sein...«

»Ich vermute, Ihre Kritik bezieht sich darauf, daß er die Sklavin seinen Wächtern gibt?« meinte Omar, der die wenigen Peitschenhiebe nicht erwähnenswert fand. »Aber das ist kein Grund zur Beunruhigung. Bestenfalls hat eine Handvoll Männer dienstfrei, um die Afrikanerin zu empfangen. Man wird sich um ihre Wunden kümmern.«

Er hielt es nicht für nötig hinzuzufügen, daß sie als bereits entjungferte Sklavin, die ihres Meisters nicht mehr würdig war, als reines Lustobjekt diente und von jedem benutzt werden konnte. »Außerdem war es eine Lektion für die anderen beiden.«

Eine Lektion, gegen die sich die Blondine aufgelehnt hatte. Nun schätzte sie Jamil gering, und nicht einmal die Zugeständnisse, die er ihr gemacht hatte, konnten daran etwas ändern.

Derek mußte sich zwingen, nicht mehr darüber zu grübeln. »Was die morgige Vorführung des ganzen Harems betrifft«, sagte er, »so ist das nicht nötig. Geben Sie mir nur die Namen der Frauen, an denen Jamil nichts liegt.«

»Es wird Jamil nicht gefallen, wenn er zurückkommt und feststellt, daß er kein Opfer bringen mußte, während Sie...«

»Machen Sie sich keine Sorgen, Omar«, unterbrach Derek ihn. »Bestimmt werde ich wenigstens eine seiner Favoritinnen zu mir rufen. Das sollte ihn beschwichtigen.« Und er wußte genau, welche, denn er war sicher, daß es sich bei der einen der Frauen, die er heute am frühen Abend gesehen hatte, um die vermißte Charity Woods handelte.

»Danke«, sagte Omar zu Dereks Überraschung.

»Für was?«

»Dafür, daß Sie Ihren Bruder lieben.«

Später, als sich Derek in sein Zimmer zurückgezogen hatte, konnte er nicht schlafen, weil er immer noch an die Blonde dachte. Wer war sie? Würde er ihren Namen kennen, wenn er ihn erfuhr?

Nicht, daß das wichtig gewesen wäre. Prinzessinnen, Damen der Gesellschaft, Bauernmädchen – hier waren sie alle gleich, wenn sie das Unglück gehabt hatten, gefangengenommen zu werden: Sklavinnen, die benutzt, mißbraucht, verkauft und wiederverkauft, sogar getötet werden konnten – nur durch die Laune ihres Besitzers. Und nachdem Derek Haji Aghas Erklärung gehört hatte, wie die Silberblonde in die Hände der Seeräuber gefallen war, wußte er, daß er indirekt für ihr Hiersein verantwortlich war. Was er dabei empfand, konnte er kaum definieren. »Ironie des Schicksals«, wie Jamil es sah, war milde ausgedrückt, besonders nun, da diese junge Frau sozusagen ihm gehörte.

Was würde er mit ihr machen? Er wußte, was er gern täte. Himmel, von dem Moment an, als ihre Schleier gelüftet wurden, konnte er kein Auge mehr von ihr lassen. Zugegeben, selbst für seinen Geschmack war sie zu dünn. Er mochte wenigstens ein *bißchen* Fleisch an seinen Frauen. Doch das war nicht mehr wichtig, als sie mit Jamil so dicht vor dem Gitterfenster stand – und er verspürte eine unglaubliche Erregung, als er wußte, was sein Bruder tun würde. Ungeduldig wartete er, bis Jamil beiseite trat. Als er dann ihre kleinen, perfekten Brüste sah, reagierte sein Körper sofort. Seine Männlichkeit füllte sich, schwoll an und sehnte sich danach, von ihr berührt zu werden.

Aber würde er tatsächlich seinen Gefühlen freien Lauf lassen? Sie war eine Jungfrau. Sie war gegen ihren Willen hier. Sie war Engländerin, um Himmels willen! Und – was noch schwerer wog – sie verabscheute Jamil, nach dem, was er heute nacht getan hatte, und er, Derek, würde Jamils Platz einnehmen. Wie konnte er mit gutem Gewissen die Situation für sich ausnützen, da er all das wußte?

18

Chantelle saß mit untergeschlagenen Beinen auf einem unförmigen tiefblauen Seidenkissen. Sie hielt die Hände wie zum Gebet verschlungen in ihrem Schoß. Die weiß hervortretenden Fingerknöchel verrieten die innere Anspannung der jungen Frau. Das Kissen diente ihr als Stuhl, denn es gab keine gewöhnlichen Stühle in dem Raum, keine Stühle in ganz Barka, soweit sie das beurteilen konnte.

Auf der gegenüberliegenden Seite eines niedrigen Tisches trank Haji Agha in kleinen Schlucken seine zweite Tasse des dikken schaumbedeckten Gebräus, das sich türkischer Kaffee nannte. Chantelles erste Tasse war inzwischen kalt, unberührt. Schräg vor der Wand saß ein Protokollführer, ebenfalls auf einem Kissen. Seine Hand ruhte auf einem Schreibtablett und wartete darauf, daß das Verhör weitergehen sollte. Sonst befand sich niemand in dem Zimmer.

Und es war ein Verhör, eine Schnüffelei in Chantelles Leben vom Tag ihrer Geburt bis zu der Nacht ihrer Gefangennahme unter den Kliffen von Dover.

Ihr Name, Familie, Zuhause, Position, sogar ihr Geburtsdatum wurden verlangt. Ihre Erziehung und Bildung kamen als Nebensache zur Sprache – ihre kultivierten Fähigkeiten, die Klavierspiel, feines Sticken, exzellentes Reiten, Segeln und eine passable Singstimme einschlossen. Nur das Segeln hatte bei dem schwarzen Chefeunuchen einen Hauch von Interesse erweckt. Dieser Schwarze stellte die Fragen, während der Schreiber sorgfältig die Antworten notierte.

Hätte sich Chantelle nach der Zerreißprobe in der Gegenwart des Herrschers nicht in einem Zustand seelischer Erschöpfung befunden, wäre sie niemals so willig gewesen, alle Fragen beinahe abwesend zu beantworten. Doch ihre Gedanken kreisten noch um den anderen Raum, und ihr schauderte bei der Erinnerung.

Als ihr Verstand schließlich wieder klar genug arbeitete, um auf die Gründe für dieses Verhör neugierig zu sein, gab es nicht mehr viel, was man über Chantelle noch hätte erfahren können. Eine spezielle Frage an ihren Wächter brachte den alten Groll zurück, der sie aus ihrer Lethargie riß.

»Was ist der Sinn dieser Vernehmung? Ich dachte, man solle die Vergangenheit vergessen, wenn man in diese Hölle eintritt!«

Der alte Mann lächelte über die Wahl ihrer Worte. Die Kühnheit und Widerspenstigkeit, die diese neuen Sklavinnen bei ihrer Ankunft besaßen, ehe sie lernten, ihn zu fürchten, amüsierten ihn immer wieder. Er würde dieser Blondine eine Woche geben, um einen respektvollen Ton und ein unterwürfiges Verhalten zu lernen. Dann würde sie nicht mehr wagen, ihm Fragen zu stellen.

»Sie haben recht«, ließ er sich herab zu antworten. »Doch bevor Ihre Vergangenheit vergessen ist, muß sie zu unserer Information aufgezeichnet werden, falls je Nachforschungen über Ihren Verbleib angestellt werden sollten.«

»Wegen eines Lösegeldes, meinen Sie – damit Sie wissen, wieviel Sie verlangen können?«

Er nickte, fügte jedoch absichtlich hinzu. »In Ihrem Fall ist das unwahrscheinlich.«

»Warum?« fragte sie. »Ich glaube, ich sagte Ihnen, daß ich eine Erbin bin.«

»Aber wer könnte je vermuten, daß Sie hier gelandet sind?«

Das hatte sie selbst schon erkannt, es jedoch als einfache Feststellung von diesem Schwarzen zu hören, wirkte äußerst demoralisierend. Beinahe hätte sie darauf hingewiesen, daß ihre Freilassung sofort gefordert werden würde, wenn Barkas englischer Konsul von ihr wüßte – doch sie wollte ihre heimliche Hoffnung, sich mit dem Konsul in Verbindung zu setzen, nicht preisgeben. Im Moment erhielt diese Hoffnung wenig Nahrung. Tatsächlich bestand augenblicklich ihre einzige Hoffnung in der Möglichkeit, daß Jamil Reshid sie nicht behalten würde.

»Ist dieses Verhör nicht ein bißchen voreilig?« fragte sie gereizt. »Es steht ja noch gar nicht fest, ob...«

Chantelle brach ab, als ein Wächter hereinkam und Haji Agha etwas zuflüsterte.

Der alte Mann nickte überhaupt nicht erstaunt und erhob sich.

»Kommen Sie, Shahar.«

Er wies mit einer Armbewegung zur Tür.

Chantelle rührte sich nicht, ihre Glieder waren plötzlich wie Blei.

»Nennen Sie mich nicht so!«

»Von nun an wird man Sie nur unter diesem Namen kennen. Chantelle Burke ist tot.«

»Das heißt, daß ...«

Sie konnte den Satz nicht beenden. Sie brauchte es auch nicht. Der alte Eunuche nickte wieder. Er konnte ihre Gedanken lesen.

»Haben Sie wirklich etwas anderes erwartet, nachdem er sich Ihnen gegenüber so großzügig verhalten hat?«

»Großzügig!« stieß sie hervor, was ihr sofort einen finsteren Blick von ihm eintrug.

»Genug«, sagte er leise, doch mit der strengen Autorität, für die er bekannt war. »Sie werden mir folgen, oder man wird Sie hinter mir herzerren. Ich denke, Ihr Stolz wird es vorziehen, daß Sie gehen.«

Er hatte recht. Schließlich war sie eine Burke, keine wimmernde Memme, und sie war dankbar für den Hinweis. Sie empfand es als schlimm genug, daß sie den gräßlichen Herrscher angefleht hatte – worum? Daß er ein wenig Rücksicht auf ihr Schamgefühl nahm? Schlimmeres würde auf sie warten, dessen war sie sicher. Aber, bei Gott, sie würde nicht mehr bitten, um nichts mehr!

Sie folgte dem Schwarzen und zuckte nicht einmal mit der Wimper, als seine persönlichen Leibwächter sich ihr vor der Tür anschlossen. Sie wurde aus dem Gebäude in den großen Hof geführt, in dem die Sänfte sie abgeladen hatte, und von dort durch einen Torbogen in einen weiteren gartenähnlichen Hof. Er wurde von einem mit Eisenspitzen bewehrten Doppeltor abgeschlossen, das mindestens viereinhalb Meter hoch war.

Chantelle hielt in ihrem Schritt inne, als sie die acht schwerbewaffneten Eunuchen sah, die vor den massiven Türen Wache standen. Eine Vorahnung sagte ihr, daß diese Absperrung die letzte sein würde, die sie passierte. Dies war der Eingang zum Harem des Palastes, und wenn sie einmal hinter diesen Toren gelandet war, gab es kein Zurück mehr. Chantelle Burke würde tatsächlich für den Rest der Welt tot sein.

Die Panik, die sie überwältigte, hatte mit Vernunft oder eigenen Wünschen nichts zu tun. Sie trat einen Schritt zurück und wäre wie von Hunden gehetzt davongerannt, hätte sich ihr nicht ein stählerner Körper in den Weg gestellt. Sofort wurde sie eng umringt, rechts und links von ihr stand je einer von Hajis Leibwächtern, und der hinter ihr schob sie sanft an, doch mit genügend Kraft, um ihre Füße wieder in Bewegung zu setzen. Das Grauen ließ sie jedoch nicht los, und sie hätte sich gewehrt, hätte geschrien und sich zutiefst entwürdigt, wäre sie in diesem Moment nicht Hajis Blick begegnet, der sie daran zu erinnern schien, wie sinnlos ihre Anstrengungen waren. Sie war von einem halben Dutzend ungeschlachter schwarzer Kerle umgeben, acht weitere standen vor ihr, und zwei davon öffneten nun diese furchterwekkenden Tore.

Chantelles Rücken versteifte sich, doch ihre Knie waren weich. Der Eunuche hinter ihr mußte ihr weiterhelfen, und sie erkannte, daß er ihr *tatsächlich* half, indem er ihre Ellenbogen mehr stützte als schob. Dann krachten die schweren Tore ins Schloß, und ein Echo erscholl, ein grauenhaftes, betäubendes Echo, wie der Klang einer Totenglocke. Chantelle schloß die Augen, blieb stehen und lauschte. Das Wissen, daß alles vorbei war, schmerzte körperlich. Sie hatte das Babylon der Hölle betreten, aus dem kein Weg herausführte.

»Fühlen Sie sich nun leichter, Shahar?«

Sie öffnete die Augen und sah Haji Agha an. Woher wußte er Bescheid? Nun, so schwierig war es wohl nicht, ihre Gedanken zu erraten. Sie war endgültig eingeschlossen. Es gab nichts mehr, gegen das sie hätte kämpfen können. Sie antwortete nicht. Der Chefeunuche verkörperte hier die Autorität. Er hatte sie aus einem Raum voller Frauen herausgesucht, obwohl er auch eine andere hätte wählen können. Er war schuld, daß sie hier war, im Besitz eines Menschen, den sie hassenswert fand.

Sie drehte sich um und schaute dem Schwarzen in die Augen, der ihr geholfen hatte, sich nicht völlig bloßzustellen. Er war ein Nubier wie die anderen, groß, muskulös und dunkel wie die Sünde, aber er unterschied sich durch seine warmen, liebenswerten braunen Augen von seinen Kameraden. Chantelle lächelte ihm dankbar zu, und er verstand sie ohne Worte. Er bedachte sie mit einem verblüffenden, strahlend weißen Grinsen. Dadurch fühlte Chantelle sich irgendwie stärker, sie war wieder mehr sie selbst und nicht ganz so verloren in dieser fremden Welt.

»Wie heißt dieser Mann?« fragte sie Haji Agha, der den Wächter entlassen hatte, nachdem sie sich nun innerhalb der Haremsmauern befanden.

»Er gehört mir, Shahar. Sein Name ist für Sie nicht wichtig.«

»Verdammt, warum können Sie mir meine Frage nicht beantworten?« stieß sie hervor, ohne zu überlegen. »Ich bin hier gefangen und kann nirgends hingehen. Ist es wirklich zuviel verlangt, wenn Sie mir eine einfache Frage beantworten?«

Er blieb stehen, und sie trat einen Schritt zurück. Es dämmerte ihr, daß ihre Stimme vielleicht ein wenig frech geklungen hatte. Doch zur Hölle mit den Bedenken! Sie war die hochwohlgeborene Chantelle Burke, egal, wie man sie hier nannte! Und sie mochte gleich von Anfang an klarstellen, daß man sie nicht herumschubsen oder ignorieren durfte und daß sie nicht unwissend bleiben würde, so, wie diese Männer ihre Frauen anscheinend haben wollten.

»Nun, ist es zuviel verlangt?« wiederholte sie in einem vernünftigeren Ton, als Haji sie böse anfunkelte.

Lange Zeit sagte er nichts, dann beschloß er weiterzugehen und erwartete, daß sie ihm folgen würde. Schließlich hörte sie ihn murmeln: »Er heißt Kadar, wenn Sie es unbedingt wissen müssen.«

Sie lächelte vor sich hin. »Danke«, sagte sie gnädig.

Er grunzte nur und beschleunigte seinen Schritt.

Sie drangen tiefer und tiefer in den Harem vor, durch unzählige Türen, die geöffnet und wieder geschlossen werden mußten, durch ein Labyrinth von Korridoren, Durchgängen und reich gekachelten Hallen über schmale Treppen, die zu Höfen führten, säulengeschmückte, kerzenbeleuchtete Gänge entlang und an Gärten vorbei, in denen kleine überwölbte Pavillons, Kioske genannt, schwach im Mondlicht schimmerten.

Selbst zu dieser späten Stunde begegneten ihnen Leute, meistens Frauen, in der Hauptsache Dienerinnen oder Haremssklavinnen, die man an ihren weißen Baumwollhosen und Tuniken erkennen konnte. Diese Tracht schien die Standardkleidung des niedrigen Gesindes zu sein. Aber auch Eunuchen liefen herum, und Jungen in farbenfroh leuchtenden Gewändern, kastrierte Pagen, wie Chantelle später mit Entsetzen hörte.

Jene Frauen, die Konkubinen waren, betrachteten Chantelle voller Neugier, Feindseligkeit oder Überraschung. Das Personal jedoch nahm beim Anblick von Haji Agha eine tief unterwürfige Haltung an, wohingegen er niemanden und nichts beachtete.

»Warum verneigen sich alle vor Ihnen?« sprach Chantelle ihre Gedanken laut aus.

»Ich bin der schwarze Chefeunuche.«

»Wirklich? Das macht Sie zum drittmächtigsten Mann Barkas, nicht wahr?«

Er schaute sie mit einem Hauch von Erstaunen an. »Woher wissen Sie das?«

»Auf meiner Reise hatte ich einen sehr hartnäckigen Lehrer. Ich denke, daß er hoffte, ich würde hier landen, deshalb trichterte er mir die Hierarchie des Palastes ein. Gewöhnlich vergesse ich nicht, was ich gelernt habe, auch dann nicht, wenn ich es unter harten Umständen lernen mußte.«

»Lehrte er Sie auch die Hierarchie des Harems?«

»Wenn Sie das Kastensystem meinen, in dem gewisse Frauen auf einer höheren Sprosse der Leiter stehen als andere, ja.«

»Erzählen Sie mir davon.«

»Lieber nicht«, entgegnete sie angewidert. »Ich finde es degradierend, wie nach einer höheren Kaste gestrebt wird…«

»Erzählen Sie mir davon«, wiederholte er störrisch.

Chantelle fügte sich zähneknirschend. »Gut. Auf der untersten Sprosse der Leiter findet man die Konkubinen oder Odalisken, jene Frauen, die die Aufmerksamkeit ihres Herrn noch nicht errungen haben. Als nächstes kommt die *Gozde,* die Frau, die seine Aufmerksamkeit wohl erregt hat, aber noch nicht…« Sie errötete und hielt inne.

»Noch nicht zur Audienz gerufen wurde?« ergänzte Haji.

»Ja – Sie drücken das bewundernswert aus«, stellte Chantelle erleichtert fest. »Danach rangieren die *Ikbals,* jene Frauen, die ›zur Audienz gerufen werden‹ – ehemalige und gegenwärtige Favoritinnen. Auf der obersten Sprosse stehen die *Kadines,* die offiziellen Ehefrauen des Regenten.«

»Und was möchten Sie sein?«

»Keine der eben Erwähnten«, erklärte Chantelle mit Nachdruck.

Haji lachte, was die junge Frau zum erstenmal hörte. »Sie sind schon *Gozde*, aber nicht mehr lange, schätze ich. Sie werden feststellen, daß das Kastensystem in Jamil Reshids Harem sich von anderen unterscheidet, denn die beiden niederen Kategorien existieren schon lange nicht mehr.«

Chantelles Mund öffnete sich vor Staunen. In ihrer Verwunderung ließ sie die Wortklauberei sein. »Sie meinen, er geht mit allen ins Bett?«

Haji nickte. »Mit einigen nur ein paarmal im Jahr, mit einigen ein- oder zweimal im Monat, aber keine wird für immer vernachlässigt. Natürlich hat er Favoritinnen, die er öfters zu sich ruft, aber seine Frauen bevorzugt er am meisten.«

Chantelle furchte die Stirn. »Dann kann er gar keinen Riesenharem besitzen.«

Er lächelte über ihre Schlußfolgerung. »Mit Ihnen beträgt die genaue Anzahl achtundvierzig, Shahar. Stimmt, das ist nicht sehr viel. Sein Vater besaß mehr als zweihundert.«

Nicht sehr viel? Gütiger Gott! Siebenundvierzig Frauen, und er war mit allen ins Bett gegangen. So ein brünstiges Tier! Aber *sie* war eine Frau, die nicht nach seiner Umarmung lechzte.

»Wie kann ich es anstellen, von ihm *nicht* bemerkt zu werden?« wagte sie zu fragen.

Nun machte Haji Agha erneut ein finsteres Gesicht. »Gar nicht. Sie sind hier, um ihm zu Gefallen zu sein, und wenn Sie schließlich von ihm gerufen werden, setzen Sie alles daran, diese Aufgabe zu erfüllen – das weiß ich. Doch es wird nicht allzubald sein. Sie müssen zuerst über die Art eines Harems, über die Art eines Mannes viel lernen. Das wird Wochen dauern, obwohl Sie offensichtlich eine rasche Auffassungsgabe haben.«

Danach streben, diesem Barbaren zu gefallen? Ha! Doch sollte ihr nur diese Gnadenfrist gewährt sein? Nein – wenn viele Wochen vergehen würden, mochte der Herrscher sie vergessen, und es würde an ihr liegen, sich nicht in Erinnerung zu bringen.

Durch eine weitere Tür erreichten sie einen großen offenen Hof aus weißem Marmor mit einem plätschernden Springbrunnen in der Mitte. Rund herum lagen Dutzende von winzigen Wohnungen, drei Stockwerke hoch, die von hölzernen Balkonen umgeben waren. Aus vielen Zimmern strömte Licht, das sich auf den Marmorplatten des Hofes brach. Vor den Eingängen hingen Stoffbahnen; die meisten davon waren momentan wie Vorhänge geöffnet, um jeden Windhauch hereinzulassen.

Viele Frauen waren anwesend. Einige standen auf den Balkonen, von anderen hörte man die Stimmen aus den Appartements. Eine Gestalt löste sich von einem Türrahmen im Erdgeschoß und kam Haji Agha und Chantelle entgegen. Sie verbeugte sich tief vor dem schwarzen Chefeunuchen. Chantelles erster Gedanke war, daß diese Frau für Jamil Reshid viel zu alt sein mußte, obwohl das Gesicht unter dem Turban immer noch schön genannt werden konnte. Vielleicht seine Mutter?

Haji stellte sie als *Lalla* Safiye vor, Herrin dieses Hofes, wo die Mehrheit der Frauen lebte. Chantelle erfuhr später, daß Lady Safiye eine *Ikbal* von Jamils Vater gewesen war und sich nach seinem Tod entschlossen hatte, im Harem zu bleiben, anstatt sich in ihrem Alter einen Ehemann zu nehmen oder in den Palast der Tränen zu ziehen. Dieser Ausdruck stammte aus Istanbul und bezeichnete das Haus der Witwen eines verstorbenen Herrschers.

Haji überließ Chantelle dieser Frau, die ein viel zu schnelles Türkisch sprach, als daß Chantelle es hätte verstehen können. Glücklicherweise hatte Lady Safiye auch ein passables Französisch gelernt. Chantelle folgte ihr drei Treppenfluchten hoch in die oberste Etage, wo Lady Safiye den Vorhang der ersten Tür aufhielt.

»Sie werden in diesem Stockwerk bleiben, bis Sie eine *Ikbal* werden«, sagte sie. »Dann bringe ich Sie zu den anderen Frauen hinunter. Wollte ich das gleich tun, gäbe es zuviel Unmut, verstehen Sie!«

Die anderen bewohnten anscheinend die beiden tieferen Etagen. Hier oben war es dunkel und einsam. Jenseits des Hofes und an den beiden Seiten kamen immer mehr Frauen aus ihren Wohnzellen und blickten zu dem Neuankömmling hinauf.

»Hier ist es angenehm«, sagte Chantelle rasch. Sie wollte sich vor soviel aufdringlicher Neugier zurückziehen.

Sie trat in den kleinen Raum, in dem eine einzelne Laterne neben einem Essenstablett brannte. Also hatte man Chantelle erwartet.

»Sie wußten, daß ich komme?«

»Natürlich. Es gibt nichts im Palast, was wir nicht schnell erfahren würden. Als Jamil Haji Agha informierte, daß nur Sie von den dreien ausgewählt worden waren, wurde die Nachricht an Jamils dritte Favoritin, dann an *Lalla* Rahine und zum Schluß an mich weitergegeben, damit ich Ihr Zimmer herrichten konnte.«

»Wie schön.«

Safiye schien den Spott nicht zu bemerken. »Zu meiner Zeit«, fuhr sie fort, »wurde dieser Hof nur für *Ikbals* benützt, die in Ungnade gefallen waren. Es gab einen Schlafsaal für die Odalisken und einen weiteren kleinen Hof für die *Gozdes.* Diese Räume werden jedoch nicht mehr benutzt, seit Jamil an der Macht ist.«

»Ja, ich habe schon gehört, wie alle seine Frauen einmal an die Reihe kommen.«

Diesmal ließ Safiye den höhnischen Ton nicht durchgehen. Sie packte Chantelles Oberarm mit schmerzhaftem Griff und brachte ihr Gesicht nahe an das der jungen Frau heran. Dabei drückte ihr Blick deutliche Mißbilligung aus.

»Begehen Sie nicht den Fehler zu denken, Ihre Frechheit wäre hier erlaubt. Und verachten Sie nicht, was Sie nicht verstehen. Jamils Frauen sind die glücklichsten der Welt. Sie wissen nicht, was es heißt, Jahr für Jahr ohne die Liebe eines Mannes zu leben, als Jungfrau zu sterben, ohne je eine zärtliche männliche Berührung verspürt zu haben. So etwas geschieht oft in diesem Land. Es geschah im Harem seines Vaters, daß mehr als hundert Frauen nicht einmal den Rang einer *Gozde* erreichten.«

Ich wäre so glücklich darüber, dachte Chantelle, doch sie sagte in kaltem, beherrschtem Ton: »Sie können mich allein lassen, *Lalla* Safiye.«

Normalerweise hätte Safiye die junge Frau wegen dieser Worte, die hochmütig und wie ein Befehl klangen, geohrfeigt. Doch dieses Mädchen war das erste, das Jamil seit vielen Jahren für sich selbst gekauft hatte, und es konnte sich vielleicht leisten, soweit zu gehen. Safiye war klug genug, sich eine zukünftige Favoritin nicht zur Feindin zu machen.

Sie übersah die Ungezogenheit und meinte versöhnlich: »Ich hoffe, Sie verstehen die Situation, Shahar, denn Ihr Leben hier wird nicht vergnüglich sein, wenn Sie nicht schnell lernen, was geduldet wird und was nicht. Wir haben Möglichkeiten, unakzeptierbares Benehmen zu verbessern, und Sie können nicht sagen, Sie seien nicht gewarnt worden. Morgen wird *Lalla* Rahine kommen, um Sie anzuschauen. Ich rate Ihnen, sich mit ihr anzufreunden, denn als mächtigste Frau im Harem kann sie viel für oder gegen Sie tun.«

»Ist sie die erste Frau des Regenten?«

»Seine Mutter.«

Guter Gott, er besaß sogar eine Mutter! Chantelle hatte irgendwie gedacht, er sei vom Teufel ausgebrütet worden – ohne Hilfe des schönen Geschlechts.

19

Die Dienerin wartete geduldig mit untergeschlagenen Beinen, eine kostbare Hermelinrobe über dem Arm. Es war nie eine leichte Aufgabe, *Lalla* Rahine anzuziehen, denn sie hatte immer soviel im Kopf, es gab so viele Unterbrechungen; vergessene Befehle weiterzuschicken, Bittsteller, die kamen und gingen. Doch heute war es besonders schlimm, weil die Mutter des Herrschers die neue Sklavin treffen sollte, die gestern abend in den Harem eingetreten war. Gerüchte kursierten über Chantelle, doch *Lalla* Rahine konnte noch keine Fragen beantworten, da sie das Mädchen selbst noch nicht gesehen hatte.

Zwei Frauen und drei Favoritinnen des Regenten waren an diesem Morgen schon da gewesen. Sie alle wollten dasselbe wissen: Warum hatte er dieses Mädchen gekauft? Hatten sie etwas falsch gemacht? War der Meister verärgert über sie?

Solche Fragen wären nie gestellt worden, hätte es sich nicht um Jamil Reshid gehandelt. Doch alle im Harem wußten, daß er nicht wie andere Männer war, die durch den Kauf neuer Frauen ständige Abwechslung suchten. Sie wußten auch, daß er seiner Mutter verboten hatte, neue Sklavinnen zu erwerben, ganz gleich, wie schön sie waren. Sie hatten angenommen, die Haremstore hätten sich für immer geschlossen.

Auch *Lalla* Rahine hatte das gedacht. Jamil hätte sich über ihren letzten Kauf freuen und das Mädchen zur Favoritin erheben können, doch er war alles andere als begeistert gewesen.

Die Dienerinnen, die darauf warteten, *Lalla* Rahine fertig anzukleiden, hätten ebensogut nicht vorhanden sein können, so wenig nahm Rahine sie wahr. Sie kniete auf ihrem Gebetsteppich und hielt den Kopf gesenkt, das reine Abbild einer frommen Moslime. Aber sie betete nicht. Vor Jahren war sie zum Islam übergetreten, doch es gab Zeiten, in denen sie neben Gott einen anderen Kommunikationspartner benötigte. Sie wendete sich so oft an ihn, daß sie häufig mitten in ihrer Tätigkeit innehielt und zwischen den Gebetsrufen auf den kleinen Teppich sank.

Doch niemals hatte sie Frieden in diesen improvisierten Meditationen gefunden – und er würde ihr auch nie zuteil werden. Sie war eine Frau, die von früheren Fehlern gequält wurde, die sich nicht mehr berichtigen ließen. Und sie würde die eine Person nicht mehr wiedersehen, die ihr vergeben konnte, was sie getan hatte, die ihr Ruhe für die restlichen Jahre ihres Lebens schenken konnte. Es war ihr zweiter Sohn Kasim, mit dem sie in Gedanken redete, um den sie weinte und den sie anflehte. Ihre geheimen Fragen drehten sich immer und immer wieder um dasselbe, doch eine Antwort konnte sie nicht erringen.

Oh, Gott, Kasim, hast du mir verziehen? Dein Bruder hat es nicht, und er versäumt nie, mich das spüren zu lassen. Seine Liebe zu mir starb an dem Tag, an dem ich dich fortschickte. Also blieb mir nicht einmal diese Liebe als Trost. Und auch du mußt mich hassen. Haßt du mich? Weißt du, wie traurig ich war, wie sehr ich dich vermißte, wie bald ich bereute, was ich getan hatte? Damals erschien es mir wichtig, dich gehen zu lassen, aber ich war jung und dumm und klammerte mich noch an meine Vergangenheit, an den Vater, den mich vergessen zu lassen Mustafa nicht gelang.

Ich weiß nicht einmal, ob mein Vater noch lebt. Falls Jamil es weiß, sagt er es mir nicht. Er hat mir auch nie gesagt, ob du seine Briefe beantwortest. Aber du lebst noch irgendwo. Wenn es nicht so wäre, würde ich es fühlen. Könnte ich doch auch fühlen, daß du mir vergeben hast. Könnte Jamil mir doch vergeben. Aber ich darf keinem von euch Vorwürfe machen, kann ich mir doch selbst nicht verzeihen.

Wenn man sie ansah, ahnte man nicht, daß sie litt, denn sie hatte seit langem gelernt, den Schmerz tief in ihrem Innern zu vergraben. Sie hielt ihn sogar vor Jamil verborgen. Seit neunzehn Jahren trug sie ihn in sich, denn damals wie heute waren ihre Söhne alles, was sie hatte. Sie hatte deren Vater nicht geliebt. Mustafa hatte sie verehrt und ihr gehuldigt, doch sie hatte ihn nur ertragen. Es waren ihre Söhne, für die sie lebte, und obwohl der eine für sie verloren war, besaß sie noch Jamil. Und sie würde alles für ihn tun, um sein Glück zu sichern, ihn für den Kummer zu entschädigen, den sie auch ihm zugefügt hatte.

Dieser Gedanke rief seine neue Sklavin in ihr Gedächtnis zurück. Sie wollte das Mädchen zuerst sehen, ehe sie mit Haji darüber sprach. Sie hatte schon gehört, daß die junge Person einmalig sei, aber das würde nur erklären, warum Jamil sie ausgewählt hatte, nicht, warum er Haji befohlen hatte, den Markt nach neuen Sklavinnen abzusuchen.

Und was wurde aus Sheelah, die er letzte Nacht in sein Bett gerufen hatte? Rahine hatte Sheelah ins Herz geschlossen, die all das wirklich war, was sie zu sein schien – freundlich, liebesfähig, verständnisvoll. Im ganzen Harem gab es keine Frau wie sie, und das war sicher der Grund, warum Jamil sich schließlich in sie verliebt hatte. Und seitdem er sich dieser großen Liebe sicher war, hatte er sich keine neue Frau mehr gekauft.

Warum nun dieser plötzliche Sinneswandel? War es nur die Rastlosigkeit seiner selbstauferlegten Gefangenschaft im Palast, oder steckte mehr dahinter?

Möglicherweise wußte Haji etwas, doch Rahine bezweifelte das. Jamil war sehr verschwiegen, was seine Gefühle betraf. Der einzige, dem er wirklich vertraute, war sein Großwesir, und Omar Hassan gab nie etwas preis ohne Jamils Genehmigung. Rahine fürchtete, Jamils Gefühle für seine geliebte Sheelah könnten sich ändern. Das hoffte sie nicht. Vielleicht sollte sie zuerst mit Sheelah reden, ehe sie die neue Sklavin traf.

Chantelle würgte das Essen hinunter, das man ihr gerade gebracht hatte. Die Mahlzeit, die sie letzte Nacht vorgefunden hatte, war von ihr nicht angerührt worden, und vor dem Morgengrauen war das Tablett auf mysteriöse Weise verschwunden gewesen. An den Türen gab es keine Schlösser, das heißt, es gab gar keine Türen. Chantelle schätzte es absolut nicht, daß unbekannte Personen ihren Raum betreten konnten, während sie schlief.

Hakeem hatte sie vor der Gefährlichkeit mancher Haremsfrauen gewarnt, daß Eifersucht und fanatischer Konkurrenzkampf, die in allen Harems herrschten, starke Motivationen für Verletzungen und sogar Mord bildeten. Und sie mußte damit rechnen, daß Jamil Reshids viele Frauen ihn mochten, wenn auch sie, Chantelle, ihn hassenswert fand. Höchstwahrscheinlich bestand hier ein Wettkampf zwischen allen einzelnen Insassinnen, sie selbst ausgenommen.

Aber würde irgend jemand ihr glauben, wenn sie behauptete, sie wolle nichts von Jamil, oder würde man sie als weitere Rivalin betrachten? Hoffentlich nicht! In den kommenden Wochen würden ihr genügend Schwierigkeiten begegnen, auch ohne die Sorge, sich beim eigenen Geschlecht Feinde zu machen.

»Shahar! Wie können Sie es wagen, in *Lalla* Rahines Gegenwart keine demütige Haltung einzunehmen?«

Beim Klang des ersten Wortes, dieses gehaßten Namens, den man ihr gegeben hatte, hob Chantelle den Kopf. Vor ihr, im Eingang ihres Zimmers, standen zwei Frauen, die eine ärgerlich, die andere mit einem Ausdruck, der an ihren Sohn erinnerte: unergründlich.

»Ich hätte es vielleicht getan, wenn mir Ihre Gegenwart bewußt gewesen wäre«, entgegnete Chantelle betont unbekümmert. Gleich darauf zerstörte sie den Effekt ihrer Bemerkung, indem sie hinzufügte: »Könnt ihr Leute denn nicht anklopfen?«

Sie sah, wie Safiyes Gesicht rote Flecken bekam. Die Frau war so zornig, daß sie einen Moment lang nicht reden konnte, und Jamils Mutter entließ sie, ehe sie die Fähigkeit dazu wiedererlangt hatte, womit Chantelle gewiß eine schlimme Strafpredigt erspart blieb.

»Es ist nicht klug, wenn Sie Ihre Wächterin verärgern.«

Chantelle erhob sich, um von der Dame nicht überragt zu werden, aber das klappte nicht. *Lalla* Rahine war so groß wie die afrikanische Prinzessin, wenn nicht sogar größer. Außerdem bot sie den Anblick einer extrem guterhaltenen Frau für ihre mittleren Jahre, denn sie mußte mindestens fünfundvierzig sein, um einen Sohn in Jamils Alter zu haben. Sie sah aus wie Anfang Dreißig. Es war unglaublich. Und diese Augen, wie die seinen, von einem dunklen, dunklen Smaragdgrün, dicht bewimpert, aber ohne die Kohleumrandung, die Chantelle bei allen Frauen im Harem gesehen hatte, sogar bei den Dienerinnen.

Es bestand auch eine leichte Ähnlichkeit in den hohen Wangenknochen und dem starken, entschlossenen Kinn. Der Bogen der Augenbrauen war derselbe, nur wich Rahines Farbe, ein dunkles Gold, vom Schwarz des Sohnes ab. War die Frau vielleicht blond? Man konnte es nicht feststellen, denn ihr Haar steckte vollkommen unter einem leuchtend blauen Turban, an dem ein Vermögen in Form von Brillantenschnüren hing, die von der einen Seite herabbaumelten. Der Turban ließ die Mutter des Herrschers noch größer erscheinen. Sie hatte einen geschmeidigen, schlanken Körper, worin sie ebenfalls mit ihrem Sohn übereinstimmte.

Sie trug ein kostbares, mit Pelz besetztes Brokatgewand über einem losen Kleid aus schimmernder blau-weißer Seide und um den Hals drei phantastische Diamantketten in verschiedener Länge. Daß das Kleid in der Taille gegürtet war, bewies, daß der Harem nicht nur rundliche Frauen beherbergte. Weitere Brillanten glitzerten an den Handgelenken, den Fingern, den Ohren *Lalla* Rahines. Chantelle blickte nicht nach unten, ob auch ihre Zehen geschmückt waren.

Wenn man das alles bedachte, hätte sich Chantelle ziemlich eingeschüchtert fühlen können. Doch Rahine verhielt sich nicht von oben herab. Ihr Ton war gemäßigt, ihr Ausdruck neutral.

»Ist das ihre Aufgabe?« fragte Chantelle. »Ist sie meine Wächterin?«

»In gewisser Weise, ja.«

»Und Sie?«

»Ich bin Jamil Reshids Mutter.«

Chantelle machte eine ungeduldige Handbewegung. »Das meine ich nicht.«

»Falls Sie wissen wollen, wieviel Macht ich besitze, meine Liebe – diese Macht ist unbegrenzt. Ich herrsche über den ganzen Harem, natürlich in Übereinstimmung mit Haji Agha. Die Ehefrauen meines Sohnes, seine Favoritinnen, alle seine Sklavinnen sind mir letztendlich unterstellt.«

Von Safiye hatte Chantelle schon gehört, daß Rahine allmächtig war. In allen wichtigen Angelegenheiten behielt sie das letzte Wort. Kein Wunder, daß Safiye geraten hatte, sich gut mit Rahine zu vertragen.

Doch Chantelle konnte sich nicht so recht vorstellen, die Frau zur Freundin zu gewinnen. *Lalla* Rahine verströmte eine Kälte, die auch ihr Sohn um sich verbreitete. Sie waren tatsächlich aus demselben Holz geschnitzt, diese beiden. Und wenn er sich als ein grausamer, herzloser Kerl erwies, wie sollte man dann seine Mutter beurteilen, die ihn erzogen hatte?

Während Chantelle so dachte, musterte Rahine sie zwanglos von Kopf bis Fuß, und was sie sah, verwirrte sie völlig. Mochte sie Jamil auch nicht mehr nahe sein, so kannte sie doch seinen Geschmack, was Frauen betraf, besser, als irgend jemand sonst – und an diesem Mädchen war nichts, was ihn normalerweise anzog. Die junge Person bestand nur aus Haut und Knochen, mit hohlen Wangen und einem hohlen Bauch. Bei Allahs Gnade, war sie vielleicht krank? Und sie hatte blondes Haar. Unter Jamils vielen Frauen befand sich keine einzige Blondine, aber nicht aus Mangel an Verfügbarkeit. Jamil mochte Rotschöpfe am liebsten, doch auch jede andere Farbe, wenn es nur nicht blond war. Von den drei Blondinen, die Rahine im Lauf der Jahre für ihn gekauft hatte, war jede sofort weiterverschenkt worden. Und sie wußte, warum. Es tat weh, aber sie konnte es nicht leugnen. Er lehnte diese Haarfarbe ab, weil es die seiner Mutter war.

Rahine war nun noch erstaunter über dieses Mädchen als zu dem Zeitpunkt, als sie es noch nicht gesehen hatte. Sheelah konnte auch keinen Hinweis geben. Abgesehen von der Tatsache, daß Jamil infolge einer Rastlosigkeit, die ihn nachts plagte, seit kurzem nicht mehr mit ihr schlief, hatte seine Zärtlichkeit ihr gegenüber sich überhaupt nicht vermindert. Warum hatte er dann diese junge Person ausgewählt? Oder war sie nicht für ihn bestimmt?

Wenn Rahine allein gewesen wäre, hätte sie sich mit der flachen Hand gegen die Stirn geschlagen. Natürlich! Das Mädchen konnte als Geschenk für jemanden gedacht sein, vielleicht sogar als Bereicherung des jährlichen Tributes für den Sultan. Das würde alles erklären.

Während ihre Verwirrung sich legte, begann Rahine einige Möglichkeiten in dieser jungen Frau zu sehen. Sie besaß außergewöhnlich feine Gesichtszüge – das war unbestreitbar. Ein guter Körperbau, anmutige Bewegungen und ein gewisser Stolz in der Art, wie sie sich aufrecht hielt, kamen hinzu. Und mit einer kräftigen Ernährung konnte ihre Figur verbessert und begehrenswert gemacht werden. Hier wurden Blondinen von fast allen Männern bewundert. Ja, sie konnte eine perfekte Schönheit werden, ein Geschenk, das des Sultans wert war.

»Sie sind Engländerin, nicht wahr?« fragte Rahine plötzlich.

»Und dabei dachte ich, mein Französisch sei ausgezeichnet.«

Rahine lächelte tatsächlich. »Ihr Witz ist erfrischend, Kind, aber passen Sie auf, bei wem Sie ihn anbringen. Nur wenige Moslems haben einen Sinn für Humor, der nahe an der Grenze zur Frechheit liegt.«

Das war wohl als subtile Schelte gemeint. »Ich werde es mir merken.«

»Gut. Nun wird Safiye Ihnen eine persönliche Dienerin zuteilen, und Sie bekommen eine Lehrerin, die Sie in Ihre Pflichten einweist. Ich schlage jedoch vor, daß Sie sich zuerst bei Safiye entschuldigen, sonst wird sie die langweiligste Sklavin des Harems für Sie aussuchen. Geben Sie ihr das.«

Rahine griff in eine Tasche und holte einen kleinen Beutel mit Münzen hervor. »Dieses Geschenk wird ihre momentane Verärgerung beschwichtigen. Behalten Sie den Rest für andere Gelegenheiten!«

»Eine Bestechung?«

»Bestechung gehört hier schon so lange zum Leben, daß das Weltreich ohne sie nicht bestehen könnte. In einem Harem ist es auch nicht anders, doch wir reden von einem ›obligatorischen Geschenk‹. Man besucht niemand, ohne eine kleine Gabe mitzubringen. Wenn man einen Wunsch hat, muß man für dessen Erfüllung bezahlen.«

»Wie kann ich es dann anstellen, statt der Vorhänge eine solide Tür mit einem Schloß zu bekommen?«

Rahine lachte – eine bemerkenswerte Begebenheit, nur wußte Chantelle das nicht. Die ältere Frau wünschte sich beinahe, die junge Engländerin würde bleiben. Es gab noch eine zweite im Harem, aber sie besaß nicht diesen lebendigen Geist, der Erinnerungen an die Heimat weckte.

»Da gibt es keine Möglichkeit, jedenfalls nicht in diesem Hof. Türen mit Schlössern findet man nur im Hof der Favoritinnen, wo die Frauen sich das Privileg einer kleinen Privatsphäre verdient haben.«

Und sie zahlten weiter dafür, mit ihrem Körper! Chantelle würde sich damit abfinden müssen, keine Tür zu haben. Es war nicht ratsam, sich diese Frau zur Feindin zu machen. Rahine durfte nicht wissen, wie sehr Chantelle diesen Ort verabscheute – oder ihren Sohn Jamil, jedenfalls nicht eher als absolut notwendig.

20

»Ich glaube es nicht!« stieß Rahine erregt hervor.

Sie sprang auf und begann in des schwarzen Chefeunuchen Kaffeeraum, einem von zahlreichen Zimmern seiner Suite, die neben dem Haremstor lag, hin und her zu laufen. Doch es war ein kleiner Raum, nicht bestimmt für nervöses Herummarschieren. Der Marmorboden war poliert und glatt, und das niedrige Sofa sowie der runde Tisch nahmen fast allen Platz ein.

Rahine gab das Wandern auf, als ihr Schienbein gegen den Tisch stieß und sich Kaffee über das Tablett mit dem unberührten Gebäck neben Haji Aghas Wasserpfeife ergoß. Er machte keine Bemerkung, als sie sich zu ihm auf das Sofa setzte, obwohl dieser Gefühlsausbruch ihr nicht ähnlich sah.

»Nun?« meinte sie. »Sagen Sie mir, daß ich Sie mißverstanden habe!«

Haji lächelte. Das war das Feuer der jungen Rahine, mit der er sich vor mehr als dreißig Jahren angefreundet hatte, nicht die ruhige, unerschütterte Beherrschung der mächtigsten Frau in Barka.

»Ich bezweifle, daß Sie mich mißverstanden haben, Rahine. Jamil möchte, daß ihre Lehrzeit um die Hälfte gekürzt wird. Er will, daß sie sobald als möglich für ihn bereit ist.«

»Ich glaube es immer noch nicht«, entgegnete sie, jedoch mit weniger Überzeugung.

»Dachten Sie, sie sei nicht für ihn?«

Rahine schnitt eine Grimasse. »Genau das dachte ich, als ich die Engländerin in Augenschein genommen hatte. Ging es Ihnen nicht ebenso?«

Haji zuckte die Schultern und griff nach dem langen Stiel seiner Huka. »Vielleicht. Aber er rief mich schon früh heute morgen. Er vertraute die Nachricht nicht einmal einem Boten an.«

Rahine lehnte sich gegen die mit silbernen Quasten verzierten Kissen zurück. »Ich verstehe es nicht, Haji. Hat mich das helle Haar des Mädchens so blind gemacht, daß ich anderes Wichtiges übersah?«

»Sie ist unterernährt – nicht mehr. Genügend in Sirup eingeweichtes Brot wird da schnell Abhilfe schaffen.«

»Sie war mir sympathisch«, meinte Rahine nachdenklich. »Sie hat den zynischen Witz der englischen Aristokratie, der mich an so vieles erinnerte..., aber Sie wissen, was mich wunderte.« Sie richtete den Blick ihrer smaragdgrünen Augen auf ihn. »Sie ist blond und dürr...«

»Und sie mag ihn nicht.«

»Was?«

»Es ist wahr.« Haji lachte vor sich hin. »Im ersten Moment hat er ihr wohl äußerlich gefallen, aber das war, ehe eines der Mädchen so dumm war, ihn anzuspucken. Nachdem Shahar die nun folgende Züchtigung mit der Peitsche mit angesehen hatte, fühlte sie sich von Jamil ehrlich abgestoßen. Sie sagte ihm ins Gesicht, sie wolle nicht sein Eigentum sein, und sie bat ihn, sie zu dem Sklavenhändler zurückzuschicken.«

»Wie reagierte er darauf?«

»Ich glaube, er war gefesselt.«

»Dann ist es das! Er begegnete nie zuvor einer Frau, die sich nicht gleich in ihn verliebt hätte. Sie bedeutet einfach nur eine Herausforderung für ihn.«

»Ich weiß es nicht«, sagte Haji langsam. »Aus irgendeinem Grund war er extrem geduldig mit ihr. Er erlaubte ihr, mit ihm zu disputieren. Er sprach lange mit ihr und gewährte ihr sogar zwei Bitten, aber in seinen Augen stand nichts geschrieben, als er sie ansah, nicht einmal ein Funken Wärme. Es war offensichtlich, daß er das dritte Mädchen begehrenswerter fand, doch er wählte die Blonde.«

»Und nun ist er ungeduldig, sie zu bekommen?«

»Ungeduldig eigentlich nicht, Rahine. Das hätte ich gespürt. Ich mußte ihn sogar daran erinnern, daß er mich gerufen hatte. Momentan wußte er nicht, warum. Dann gab er einfach den Befehl, wie jeden anderen auch, und führte seine Diskussion mit Omar fort.«

»Sehr gut.« Rahine seufzte und gab es auf. »Also sollen wir nicht wissen, warum er sie haben will, oder was er in ihr sieht. Sie wird ihn für ein oder zwei Nächte amüsieren, und dann ist der Fall erledigt.«

»Sie ist anders als die anderen«, gab Haji zu bedenken.

»Ich weiß.«

»Sie wird Schwierigkeiten machen.«

»Auch das weiß ich«, erklärte sie gereizt. »Warum, glauben Sie wohl, hat mich die Sache aufgeregt? Es wird eine Menge Ärger geben, und alles nur wegen einer vorübergehenden Laune.«

»Vielleicht hat er endlich eingesehen, daß es lächerlich ist, die Anzahl seiner Frauen zu begrenzen«, meinte Haji.

»Ist das Ihr Ernst?« fragte Rahine hoffnungsvoll, doch im nächsten Moment hob sie die Hände. »Ah, Haji, wo liegt da der Unterschied? Unsere Pflicht verlangt von uns, daß wir ihm Vergnügen bereiten. Was immer er sich wünscht, aus welchen Gründen auch immer, soll er haben.«

Während Rahine die Schwierigkeiten beklagte, hatten sie bereits begonnen. Safiye, die sich nach Chantelles großzügigem Geschenk hochherzig fühlte, hatte beschlossen, die neue Sklavin an diesem Morgen in die Bäder zu führen, ehe sie überfüllt waren. Sie dachte, Chantelle würde es schätzen, sich ohne die neugierigen Blicke von Zuschauerinnen an das Ritual der Bäder zu gewöhnen. Und Chantelle war dankbar, als sie hörte, daß dies eine Ausnahme war und daß sie in Zukunft nachmittags mit den anderen Frauen würde gehen müssen. »Aber Sie werden bald Freude daran finden, wenn Sie Ihr Schamgefühl überwunden haben. Viele Frauen verbringen den ganzen Nachmittag in den Bädern und nehmen ihr Abendessen sogar dort ein.«

Chantelle konnte verstehen, warum man gern da blieb. Der *Hammam* des Harems glich in nichts dem einzelnen großen Raum, der bei dem Sklavenhändler zum Baden benutzt wurde. Hier war es ruhig und friedlich und großzügig, denn zahllose Räume führten ineinander. Es gab Dampfzimmer, Räume mit heißen und kalten Duschen, solche mit versenkten Becken kühlen Wassers und Massageräume.

Das erste Zimmer nach der Vorhalle, in der Chantelle ihre Kleidung zurücklassen mußte, war das größte. Seine überraschende Schönheit ließ die junge Frau ihre Nacktheit fast vergessen. Es war achteckig, mit einer hochgewölbten Kuppel, die durch Hunderte kleiner Öffnungen schmale Streifen gleißenden Sonnenlichts hereinließ, das die grün gekachelten Wände beleuchtete und die Illusion erweckte, sich unter Wasser aufzuhalten. Hier versammelten sich die Konkubinen zum Plaudern, während ihre Sklavinnen sich mit der Verschönerung der Frauen beschäftigten. Die Haremsdamen saßen entweder auf türkischen Teppichen, die sie mitgebracht hatten, oder auf kühlen Marmorbänken, oder sie lagen auf der großen runden Marmorplatte in der Mitte des Raumes, die von unten beheizt wurde.

Chantelle durfte jedoch nicht hier bleiben. Safiye hatte ihr vier Badehelferinnen an die Seite gestellt, die sie in ein kleineres Zimmer führten. Nun wurde Chantelle zum erstenmal gründlich mit einer schmirgelartigen Seife abgewaschen, bis ihre Haut sich wie rohes Fleisch anfühlte. Sie stand da und ließ die Prozedur über sich ergehen, die sie als Demütigung empfand, da die Mädchen darauf bestanden, daß *sie* die Waschung vornahmen. Chantelle wehrte sich auch nicht zu sehr, als der zarte Flaum, der ihren Körper bedeckte, mit einer enthaarenden Substanz entfernt wurde. Die Mädchen erklärten ihr, dies würde bei allen Frauen gemacht. Erwartete sie, eine Ausnahme zu sein?

Nein, natürlich nicht. Sie wollte sich den anderen anpassen, wollte nicht auffallen und somit dafür sorgen, daß sie vergessen wurde. Wenn die Mädchen nun aufgehört hätten, wäre alles gut gewesen, und Chantelle hätte den Reinigungsprozeß als beendet angesehen. Aber sie hörten nicht bei dem blaßblonden Flaum auf, und Chantelle schrie aus vollem Hals, als sie sich ihren Schamhaaren mit der Absicht zuwendeten, die lockigen Büschel auszurupfen.

Safiye, die schnell herbeigerufen worden war, fand Chantelle mit dem Rücken zur Wand, in der einen Hand einen Topf mit geschmolzenem Wachs, in der anderen die Kohlenpfanne, die das Wachs erhitzt hatte.

»Was für einen Zweck soll das erfüllen?« fragte Safiye. »Ich brauche nur einen oder zwei Eunuchen herbeizuzitieren, und Sie sind sofort gebändigt.«

»Diese Mädchen wollen mich nicht in Ruhe lassen«, erklärte Chantelle verärgert und betrachtete die inzwischen nervös gewordenen Sklavinnen zornig, die sich um ihre Einwendungen nicht gekümmert hatten.

»Und Sie möchten sie deswegen verbrennen?«

»Wenn es nötig ist, Madame.«

Diese ruhige Erwiderung bewirkte bei Safiye ein wütendes Stottern. »Sie sind verrückt! Verrückt! Was wollen Sie denn da schützen, Sie dummes Ding? Ihr Haar soll entfernt werden, nicht Ihr Hymen.«

Chantelle errötete, doch sie gab nicht auf. »Ich habe sie schon genug von meinem Haar entfernen lassen. Jetzt ist Schluß!«

»Das haben nicht Sie zu entscheiden. Ihr Körper gehört Ihnen nicht mehr, und Schamhaare sind sündig. Sie müssen...«

»Wer sagt das?« fragte Chantelle schneidend. »Mein Körper ist so, wie Gott ihn haben wollte. Wie kann dann etwas, das auf ihm wächst, sündig sein?«

»Ein sehr gutes Argument«, sagte *Lalla* Rahine von der Tür her. Sie war unbemerkt hereingekommen. »Und wenn Sie unsere Sitten lernen, Shahar, werden Sie auch unseren Standpunkt verstehen. Aber im Moment ist all die Aufregung überflüssig.« Dann furchte sie die Stirn und fügte vorwurfsvoll hinzu: »Sie haben sich die Hände verbrannt, nicht wahr?« Sie schnippte mit den Fingern, und eine Sklavin rannte sofort, um Salbe zu holen. »Kommen Sie, Shahar, legen Sie das Zeug weg und lassen Sie uns die Verbrennungen behandeln, ehe es Blasen gibt.«

Chantelle hatte den stechenden Schmerz an ihren Fingern kaum gespürt. »Man wird mir nichts mehr von meinem Haar ausreißen?« meinte sie störrisch.

»Nein, Sie beenden Ihr Bad und gehen in Ihr Zimmer zurück. Dort wird dann Ihre Schulung beginnen.«

»Aber...«, sagte Safiye und wurde durch einen scharfen Blick der smaragdgrünen Augen zum Verstummen gebracht.

Erst jetzt, nachdem die Kontroverse vorbei war, kam es Chantelle ins Bewußtsein, daß sie splitternackt dastand. »Könnte ich ein Kleid oder etwas anderes...«

»Natürlich, meine Liebe.« Rahine machte eine Handbewegung, und eine weitere Sklavin eilte davon. »Aber Sie müssen wirklich daran arbeiten, Ihre Schamhaftigkeit abzulegen, vor allem hier im *Hammam,* wo viele der Odalisken die meiste Zeit des Tages nackt herumliegen. Gehen Sie nun mit den Wärterinnen und lassen Sie sie ihre Pflichten erledigen.«

Sobald Chantelle im nächsten Raum verschwunden war, verwandelte sich Rahines Ton in frostiges Mißfallen, das sich auf Safiyes Haupt entlud. »Sie Närrin. Es ist genügend Zeit, die Äußerlichkeiten vorzunehmen, ehe sie von meinem Sohn gerufen wird, und genügend Zeit, daß sie sich an die Veränderungen gewöhnt, die von ihr erwartet werden. Es gab keinen Grund, sie so aufzuregen, daß sie das Gefühl hatte, gegen uns kämpfen zu müssen. Wenn sie in Zukunft an etwas Anstoß nimmt, sagen Sie es mir.« Mit diesen Worten schwebte sie hinaus und ließ Safiye keine Gelegenheit zur Verteidigung.

21

»Nun, was meinen Sie?« fragte Adamma.

Chantelle hob den Handspiegel und studierte nachdenklich ihr Gesicht. Sie war nicht erstaunt, daß sie sich bei soviel Kosmetik kaum selbst wiedererkannte. Die Kohleumrandung ihrer Augen, die ihr ein exotisches Aussehen verlieh, war etwas, an das sie sich nur langsam gewöhnen würde.

»Es sieht so aus, als hätte mir jemand mit den Fäusten auf beide Augen geschlagen.«

Adamma kicherte. »Stimmt, nicht wahr? Sie sind einfach zu hell. Ich denke, Sie brauchen nur eine ganz dünne Linie, ja, gerade genug für eine Betonung.«

Chantelle wollte am liebsten gar keine Schminke. »Was soll die Malerei?«

»Sie wollen doch schön sein, oder?«

»Nein, das will ich nicht.«

»Aber jede Frau will schön sein.«

»Ich bin nicht ›jede Frau‹, Adamma«, erklärte Chantelle geduldig.

»Ah, ich verstehe. Sie möchten anders aussehen, um hervorzustechen…«

»Nein«, unterbrach Chantelle sie schnell, denn das war das letzte, was sie wollte. »Mach weiter, und mach es so schlecht, wie du kannst.«

Adamma lächelte befriedigt und dachte, sie hätte ihren Standpunkt dargelegt. Chantelle ließ sie denken, was sie mochte. Sie hatte schon festgestellt, daß es nicht leicht war, mit Adamma zu streiten. Das Mädchen war einfach zu fröhlich und unbekümmert. Nichts beunruhigte dieses heitere Gemüt.

Adamma war ihr heute morgen zugeteilt worden, vor der unglücklichen Szene in den Bädern. Die junge Schwarze hatte ein

Talent, Schminke aufzulegen – das behauptete sie jedenfalls von sich. Ihre Mutter war eine nigerianische Sklavin, die in der Küche arbeitete. Ihr Vater war einer der Palastwächter, aber weder sie noch ihre Mutter wußten genau, welcher. Daß das dem Mädchen nichts ausmachte, erschien nicht verwunderlich in dieser seltsamen Welt. Es gehörte zu den vielen Unterschieden der Ansichten, an die man sich gewöhnen mußte.

Die Kleine war hübsch mit ihren exotischen Farben und den feinen Gesichtszügen. Sie mochte ihren Vater nicht kennen, doch er mußte ziemlich hellhäutig gewesen sein, um der Afrikanerin den Goldton und die hellen Bernsteinaugen vererbt zu haben. Und sie war lieb, bemüht zu gefallen und entzückt von ihrer neuen Position. Chantelle hatte sie sofort in ihr Herz geschlossen.

Vorher hatte Adamma mehr oder weniger als Dienstmagd im *Hammam* gearbeitet. Sie war hin- und hergerannt, um den Konkubinen, die den ganzen Tag in den Bädern herumlagen, Erfrischungen aus den Küchen zu bringen. Vielleicht erklärte das, warum ihr junger Körper im Alter von sechzehn Jahren noch so fohlenhaft dünn war und ihr eine gewisse Unbeholfenheit verlieh. Chantelle würde sie nicht durch die Gegend jagen, aber das war nicht der einzige Grund, warum Adamma sich glücklich pries, nun ihr zu gehören. Die persönliche Sklavin einer Konkubine zu werden, wurde von den Mädchen angestrebt, die nicht das Glück gehabt hatten, für das Bett des Meisters gekauft worden zu sein.

Das alles hatte Adamma fröhlich hervorgesprudelt, während sie ihrer Herrin das Make-up auflegte. Chantelle fand, daß das Mädchen mehr Glück hatte, das Bett des Herrschers nicht teilen zu müssen, aber sie behielt das für sich. Daß sie selbst lieber eine einfache Dienerin wie Adamma gewesen wäre, konnte sie niemandem begreiflich machen, also gab es keinen Grund zu *versuchen,* es zu erklären.

Adamma hatte gerade das meiste des schwarzen Kohlestiftes von Chantelles Augen entfernt, als ein zweites junges Mädchen den Raum betrat. Die Kleider und Juwelen der jungen Person zeigten jedoch an, daß es sich hier um keine Dienerin handelte. Chantelle ärgerte sich sofort, daß die Frau einfach hereingekommen war, ohne um Erlaubnis zu fragen.

»Ich bin hier, um Ihnen den Sex zu erklären.«

»Sie scherzen wohl«, sagte Chantelle trocken, denn das Mädchen sah mehrere Jahre jünger aus als sie selbst.

»Das ist normal, *Lalla*«, ließ Adamma sich vernehmen. »Sie wird Ihnen alles erklären, was mit Sex zusammenhängt.«

Chantelle sah mit Mißfallen, wie Adamma sich niederließ und begierig auf den Anfang der Instruktionen wartete. Sie, Chantelle, mußte sich diese skandalöse Information wohl anhören, nicht aber eine sechzehnjährige Jungfrau.

»Du sollst hinausgehen, Adamma.«

»Aber...«

»Geh!«

Sofort bedauerte Chantelle ihren Ton, denn Adamma schoß so schnell aus dem Raum, daß die junge Engländerin ihr nicht mehr erklären konnte, sie sei nicht verärgert über sie, sondern über diese Lektion, die sie ertragen mußte. Später wollte sie sich entschuldigen. Adamma sollte nicht in Furcht vor ihrer Herrin leben, wie viele andere Dienerinnen im Palast. Nachdem es bei Ungehorsam die Todesstrafe gab, war diese Furcht verständlich.

Chantelle wandte ihre Aufmerksamkeit dem Mädchen zu, das sich auf ein Kissen neben den niederen Tisch gesetzt hatte. Armreifen klirrten an den Handgelenken der jungen Frau, als sie nach dem Konfekt griff, das Adamma vorher bereitgestellt hatte. Sie wirkte überlegen und herablassend, und ihr weicher Mund zeigte einen Zug von Verdrossenheit. Sie war üppig, bei all ihrer Jugendlichkeit. Sie besaß eine rundliche Figur, die man auch als dick hätte bezeichnen können, mit schweren Brüsten, gepolsterten Schenkeln und Hüften und einer umfangreichen Taille. Daß so eine Figur hier als begehrenswert erschien, amüsierte Chantelle. Safiye hatte ihr schon erklärt, daß sie nicht hoffen könne, vom Herrscher gerufen zu werden, wenn sie nicht zunähme.

Verständlicherweise hatte Chantelle keine einzige der Süßigkeiten angerührt, die Adamma ihr immer wieder angeboten hatte. Sie wußte, daß sie seit ihrer Gefangennahme beachtlich an Gewicht verloren hatte, und sie beabsichtigte, es zurückzugewinnen, aber kein Gramm mehr. Leibesübungen waren die Lösung – sie würde jeden Abend Gymnastik treiben, wenn sie endlich allein war. Sollten die anderen sich doch wundern, warum die reichhaltige Diät, die man ihr verordnete, nicht anschlug. Sie würde ihre Leibesübungen geheimhalten.

»Sie haben mich doch erwartet, oder?«

»Vermutlich«, erwiderte Chantelle mit einem Seufzer. Je schneller *das* vorbei war, desto besser.

»Ich heiße Vashti«, sagte das Mädchen und fügte hochmütig hinzu: »Das bedeutet ›die Schöne.‹«

Vashti war wirklich schön, das mußte Chantelle zugeben, doch das Auftreten des Mädchens ging ihr auf die Nerven. »Wie nett.«

Vashti zuckte die Schultern und hielt den Spott für ein Kompliment, doch keine noch so reizende Schmeichelei hätte ihr die Engländerin sympathisch machen können. Sie verabscheute diese bereits, denn Jamil hatte das blonde Gift persönlich gekauft, während Vashti von seiner Mutter erworben worden war und sein Bett nur einmal in den acht Monaten ihrer Zugehörigkeit zu seinem Harem geteilt hatte. Sie war eifersüchtig auf seine Ehefrauen, eifersüchtig auf seine Favoritinnen, weil sie nicht zu ihnen zählte, und eifersüchtig auf diesen Neuankömmling, der soviel Aufregung und Spekulationen verursachte.

Die Aufgabe widerstrebte ihr zutiefst, eine Jungfrau darüber zu informieren, was sie im Bett ihres Meisters zu erwarten hatte. Sie selbst hätte Aufklärung benötigt, denn offenbar hatte sie Jamil nicht genügend erfreut, um wieder in sein Schlafzimmer gerufen zu werden. War das Safiye nicht aufgefallen? Nein. Sie hatte Vashti nur angefaucht, sie solle dem englischen Weib das Drum und Dran erklären. Sehr gut, das würde sie tun, und sie hoffte, daß die Blondine sich in Erwartung der Vorkommnisse halb zu Tode ängstigte, so, wie es Vashti ergangen war, nachdem diese gehässige Yasmeen, ihre eigene Informantin, Sex als etwas Gräßliches hingestellt hatte.

Bei diesen Gedanken lächelte Vashti selbstgefällig. Sie wußte nicht, daß Safiye sie wegen ihres Mangels an Erfahrung für diese Instruktion ausgesucht hatte. Nach dem, was im *Hammam* geschehen war, und der folgenden Schelte von Rahine war Safiye wütend auf Shahar. Hätte sie ihr Adamma nicht schon gegeben, hätte sie die faulste und untauglichste Sklavin des ganzen Harems für Shahar ausgewählt. Vashti war ebenfalls eine gute Entscheidung, denn die Eifersucht und Boshaftigkeit des Mädchens waren wohlbekannt.

22

Als Derek sein neues Schlafzimmer betrat, entledigte er sich sofort des Turbans und des gewichtig mit Juwelen besetzten Kaftans. Omar, der ihm folgte, lächelte. Es amüsierte ihn, wie Derek die ungewohnte Kleidung ablegte, die zu der nun einmal übernommenen Rolle gehörte.

»Es war ein erfolgreiches Ablenkungsmanöver, finden Sie nicht auch?« meinte Omar.

»Oh, ho«, brummte Derek. »Für jemand, der so laut und so lange dagegen redete wie Sie, klingt das ja reichlich begeistert.«

Das Ablenkungsmanöver war Dereks Idee gewesen, und Jamil hatte sie gutgeheißen, Omar nicht. Es hatte jedoch hervorragend geklappt. Derek war als Jamil im äußeren Hof erschienen, vorgeblich, um seine neuen Vollblüter zu besichtigen. Er tat das so lange und ausgiebig, daß jeder Anwesende es bemerkte und Jamil inzwischen in Dereks Burnus ungesehen durch das Haupttor schlüpfen konnte.

Sich nur zu zeigen genügte, um sogleich der Mittelpunkt aller Aufmerksamkeit zu sein, denn Jamil hatte sich seit Monaten von aller Öffentlichkeit zurückgezogen. Derek war sogar noch weiter gegangen: Er hatte den weißen Hengst bestiegen und ihn fast eine Stunde geritten – zum Entzücken der erstaunten Menge. Damit gab er seinem Bruder reichlich Zeit, den Hafen und das Schiff zu erreichen, das ihn nach Istanbul bringen sollte. Natürlich setzte er sich mit diesem Auftritt auch der Gefahr aus, getötet zu werden, sollte ein eventueller Meuchelmörder fanatisch genug sein, sich unter die vielen Wächter zu mischen. Aber es passierte nichts, und Omar fand keinen Grund zur Klage.

Es brachte ihn dennoch in Verlegenheit, daß seine schrecklichen Vorahnungen sich nicht bewahrheitet hatten, und er verteidigte sich. »Es *war* gefährlich, und ich behaupte noch immer, daß auch ein anderes Ablenkungsmanöver ohne Ihre Mitwirkung hätte inszeniert werden können.«

»Ja, aber dieses eine diente mehreren Zwecken. Jamil kam sicher aus dem Palast, die Öffentlichkeit konnte sich den bartlosen Herrscher in Ruhe ansehen, und die Attentäter wissen nun genau, daß ihr Ziel sich noch in diesen Mauern befindet. Außerdem garantierte es, daß niemand Jamil folgte, da sich doch alle Aufmerksamkeit auf mich konzentrierte.«

»Stimmt, stimmt, stimmt alles«, bekannte der Großwesir mit einem Seufzer.

»Und, Omar…«

»Ja?«

»Es machte mir Spaß.«

Diesmal schnaubte Omar. »Wollen wir hoffen, daß Sie in den kommenden Tagen ungefährlichere Möglichkeiten finden, um Spaß zu haben.«

»Oh, das beabsichtige ich gewiß.« Er grinste. »Fangen wir auf der Stelle an. Sagten Sie, daß ich heute nicht mehr zur Verfügung stehen muß?«

»Ihre Anwesenheit ist nicht mehr erforderlich.«

»Gut. Dann schicke ich nach Haji Agha, oder genügt ein Bote, um mir Shahar zu bringen?«

Omar zog die Brauen hoch. »Jetzt?«

»Paßt die Tageszeit nicht?« wollte Derek wissen.

»Nein, das ist es natürlich nicht, aber… sie wird noch nicht so schnell für Sie bereit sein, Kasim. Sie wissen, wie lange die Schulungsperiode dauert.«

»Das ist mir egal«, erklärte Derek. »Anders als Jamil bin ich ungeschulte Frauen gewöhnt.«

»Aber sie ist erst seit vier Tagen hier…«

»Wurde sie für mich gekauft oder nicht, Omar?«

Omar wand sich bei dem schroffen Ton, der dem seit kurzem von Jamil angeschlagenen glich. »Ja, das wissen Sie.«

»Und wenn ich sie mir heute wünsche, in diesem Moment, warum soll ich warten?«

Es gab eine Anzahl von Gründen, die das Warten ratsam gemacht hätten, aber Omar spürte, daß Kasim sie nicht hören wollte. Omar konnte sich nicht erinnern, wann er selbst das letztemal so begierig auf eine Frau gewesen war. Aber ihm fehlte natürlich die

Jugendlichkeit mit ihren Lustgefühlen, und er hatte auch nicht die letzten vier Nächte freiwillig auf eine anschmiegsame Bettgenossin verzichtet, was Kasim dummerweise getan hatte.

Nun hielt er es doch für angebracht zu bemerken: »Es gibt Dutzende anderer Frauen zur Auswahl…«

»Omar!«

Der alte Mann hob die Hände. »Dann sollten Sie Haji Agha rufen. Denn wenn dieser besondere Befehl von jemand anderem überbracht wird, glaubt ihn keiner.«

So schnell hatte sich Haji Agha seit zwanzig Jahren nicht mehr bewegt. Sofort, hatte Jamil gesagt. Was bedeutete »sofort«? Reichte die Zeit aus, das Mädchen angemessen zu kleiden? Allah mochte geben, daß Shahar schon gebadet war. Da die Uhr den späten Nachmittag anzeigte, durfte das Bad wohl Hajis geringste Sorge sein. Er stürzte in Rahines Appartement und war so außer Atem, daß er erst nach einigen Sekunden hervorzustoßen vermochte: »Er will sie jetzt.«

»Wen?«

»Shahar.«

»Was?«

»Es ist keine Zeit, sich darüber zu wundern, Rahine. Er sagte ›sofort‹.«

Rahine öffnete den Mund, um zu diskutieren, doch bei dem Wort ›sofort‹ besann sie sich eines Besseren. Jamil hatte noch nie eine seiner Konkubinen sofort verlangt.

Sie atmete tief, um sich zu beruhigen, und wandte sich dann an die Frauen, die sich um sie versammelt hatten. »Ihr habt gehört, was Haji Agha sagte. Es ist keine Zeit zu verlieren. Kalila, geh zur Garderobenberaterin. Sie soll etwas in Lavendelblau aussuchen, damit es zu Shahars Augen paßt. Saril, hol eines meiner Schmuckkästchen, das mit den Perlen, denke ich. Oma, meine parfümierten Öle, schnell. Kommen Sie mit, Haji.«

Der alte Mann lächelte, während er hinter ihr hereilte. »Sie werden sehr gut damit fertig, Rahine.«

Sie ignorierte die Bemerkung. »Haben Sie wenigstens versucht, ihm zu erklären, daß sie noch nicht bereit ist?«

»Selbstverständlich.«

Und dennoch will er sie auf der Stelle haben, überlegte Rahine. »Aber warum die Eile? Das Vorbereitungsritual, das für die

Selbstachtung so wichtig ist, wird Shahar nun versagt. Doch die Auserwählte zu sein ist eine Ehre...«

»Glauben Sie wirklich, daß *sie* das so sieht?«

Rahine blieb plötzlich stehen und wurde blaß. »Allah möge uns helfen, was geschieht, wenn sie sich gegen ihn sträubt?«

»Diese Möglichkeit ist nicht von der Hand zu weisen.«

»Ich hätte selbst mit ihr reden, sie warnen müssen, was passieren kann, wenn sie ihn verärgert.«

Omar begann weiterzugehen. »Er ruft sie, ehe sie bereit ist, Rahine. Das muß er berücksichtigen und Geduld mit ihr haben.«

Sie hielt Schritt neben ihm. »Aber wird er das tun? Sie wissen, wie reizbar er in der letzten Zeit ist...«

»Ja, und deshalb haben wir keine Zeit für solche Überlegungen. Wir haben nur Zeit, das Mädchen ordentlich anziehen zu lassen.«

Nach Rückfrage, wo sich Shahar aufhielt, wurden sie zum *Hammam* geführt. Rahine erinnerte sich nun, daß man der jungen Frau die Schamhaare nicht entfernt hatte. Sie beschloß, diese erschreckende Tatsache Haji gegenüber nicht zu erwähnen, weil nun nichts mehr daran zu ändern war. Wie Jamil darauf reagieren würde, war nicht vorauszuahnen, doch auch hier mußte er akzeptieren, was er bekam, wenn er die notwendige Vorbereitungszeit nicht gestattete.

Rahine seufzte. Sie konnte Jamil nicht einmal böse sein, daß er wegen seiner beispiellosen Ungeduld die Tradition brach. Er stand unter Streß. Er war nicht mehr er selbst, schon seit Monaten nicht. Wenn es Shahar gelang, ihn für eine Weile von seinen Problemen abzulenken, würde Rahine dankbar sein. Sie befürchtete nur, daß dieses Mädchen seine Frustration eher vermehren als mildern würde.

Sie fanden Shahar im Hauptraum des *Hammam* auf einer Bank ausgestreckt. Ihr Kopf ruhte auf ihren gekreuzten Armen, die Augen waren geschlossen. Das Mädchen, das ihr zugeteilt worden war, kniete neben ihr und strich sanft mit einer Bürste über die Fülle ihres platinblonden Haares, das über ihrem Rücken und ihren Hüften ausgebreitet lag. Wenn Jamil sie so hätte sehen können, hätte er keinen Tadel an ihr zu finden vermocht, denn ihre Magerkeit war unter einem Kaftan verborgen, der sie völlig verhüllte. Sie bot ein sinnliches Bild – mit dem verträumten Lächeln, das in der entspannten Lage ihre Lippen umspielte.

Ein leichtes Make-up war bereits auf ihr Gesicht aufgetragen worden, nur ein Hauch, wie Rahine bemerkte, der ihr zu ihrer Blondheit gut stand. Jamils Mutter nahm sich vor, Shahars Dienerin dafür zu belohnen, daß sie ihre Herrin so perfekt hergerichtet hatte, obwohl die Schulungszeit noch nicht beendet war – ein Zustand, der sich nun mit einem Schlag änderte. Rahine konnte den bevorstehenden Kampf deutlich voraussehen.

Chantelle öffnete die Augen, als sie die unterdrückten Überraschungsrufe rund um sich und die an Rahine und den schwarzen Chefeunuchen gerichteten Grußworte hörte. Dann stöhnte sie, denn das Paar kam direkt auf sie zu. Was mag wohl los sein? dachte sie irritiert. Hatte sich Vashti über ihr mürrisches Wesen beschwert? Daraus konnte man ihr, Chantelle, bestimmt keinen Vorwurf machen, denn dieses eingebildete kleine Biest verursachte ihr jedesmal Magenschmerzen, wenn es für den »Unterricht in der Liebeskunst« auftauchte.

Als sie sich aufrichtete, blickte sie schnell zu Vashti hinüber, die sich mit nacktem Oberkörper in herausfordernder Pose räkelte. Ihre großen melonenförmigen Brüste mit den hennagefärbten Spitzen sahen grotesk aus. Viele Frauen färbten sich nicht nur die Brustwarzen, sondern auch Hände und Füße. Eine Dame hatte die rote Farbe sogar auf ihre haarlose Scheidenregion geschmiert, ein Anblick, bei dem sich Chantelle das Lachen nur mühsam verbeißen konnte, so komisch sah das aus.

Die Nacktheit war in den Bädern nicht ungewöhnlich, aber die Hälfte der Frauen war teilweise bekleidet. Im Moment befanden sich ungefähr zwanzig Konkubinen in dem Raum. Heute fühlte sich Chantelle von ihnen gar nicht mehr so belästigt, deshalb glaubte sie, daß sie sich an die weibliche Gesellschaft rasch gewöhnen würde. Allerdings lehnte sie es ab, in einem Zustand der Anstößigkeit herumzuliegen.

»*Lalla* Rahine, Haji Agha.« Chantelle bedachte die beiden mit einem kaum bemerkbaren Nicken, um ihnen einen Hauch von Respekt zu erweisen. »Wünschen Sie etwas von mir?«

»Welchen Duft tragen Sie?« fragte Rahine unvermittelt.

»Rosenöl.«

»Etwas Sinnlicheres wäre mir lieber, aber ich denke, Rosenöl genügt auch.« Rahine schickte das Mädchen Oma weg, das sich ihr mit dem verlangten Duftkästchen genähert hatte, und richtete ihre nächste Frage an Adamma. »Wurde sie heute gründlich gebadet?«

Adamma befand sich in einem Zustand des Schocks und war sprachlos, da *Lalla* Rahine sie zum erstenmal anredete. Chantelles Augen verengten sich bei diesen sinnlosen Fragen. Was sie betraf, so ging ihre Sauberkeit niemanden etwas an. Mußten sie hier denn in *allem* herumschnüffeln?

Ärger stieg in ihr hoch, und nachdem sie die letzten drei Tage nur mit Hinweisen auf Sexuelles vollgestopft worden war, sagte sie gedehnt: »Also, *Lalla,* Sie könnten von mir essen, so sauber bin ich. War es das, was Sie wissen wollten?«

Rahines Lippen zuckten, doch sie kämpfte gegen das Lächeln, das sich ihr aufdrängte. »Haji, Sie müssen Jamil darüber informieren, daß er diese Möglichkeit hat.«

»Vielleicht findet er, daß das ein einmaliges Erlebnis ist«, meinte der alte Eunuche mit unverhohlenem Grinsen.

»Einen Moment...«, sagte Chantelle, doch dann wurde sie von einer Dienerin abgelenkt, die auf sie zugerannt kam. Über den Armen trug sie die feinste Seide, die Chantelle je gesehen hatte – in einem herrlichen Lavendelblau.

Der Stoff wurde vorsichtig auf der Bank neben ihr ausgebreitet, und nun sah sie, daß es sich nicht nur um Seidenmaterial handelte, sondern um ein fertiges Gewand, wie sie es bereits zu tragen gewöhnt war. Die seidenen Pantalons waren mit einem Silberfaden durchwirkt, so daß sie bei der geringsten Bewegung glitzerten. Chantelle stieß einen leisen Laut aus, als sie bemerkte, daß die kleine Weste von silbergefaßten Amethysten eingesäumt war. Durchsichtige Schleier in derselben Farbe lagen daneben und einen aufregender Stirnreif aus Silber, Perlen und viel größeren Amethysten, an den die Schleier zu befestigen waren. Die Vervollständigung bildeten seidene Pantoffeln, mit purpurroten Edelsteinen bestickt.

Es war eine Garderobe, schöner und eleganter als alles, was Chantelle bisher im Harem gesehen hatte, eine Garderobe, die eines Königs würdig gewesen wäre oder... der Lust des Herrschers! Bei diesem gräßlichen Gedanken suchte ihr Blick den von Rahine, aber sie konnte im Ausdruck der älteren Frau nichts Beunruhigendes entdecken. Außerdem hatte man ihr versichert, daß sie vor Beendigung ihrer Sexausbildung nicht gerufen werden würde, und diese Ausbildung hatte gerade erst begonnen. Man hatte ihr zusätzlich versichert, daß sie nicht gerufen werden würde, ehe sie zugenommen hätte, und sie hatte erst ein oder zwei Pfund zurückgewonnen, gerade genug, um ihre Wangen weniger hohl erscheinen zu lassen.

»Ist dieses Kostüm für mich?« fragte Chantelle Rahine.

Rahine hatte den vorübergehenden Ausdruck von Furcht in den Augen der jungen Engländerin nicht übersehen. Aber sie hatte sich ja auch seelisch auf eine königliche Schlacht vorbereitet, eine Schlacht, die das Mädchen natürlich nicht gewinnen konnte.

Einen Moment lang zog sie in Erwägung, Shahar anzulügen. Das hätte alles erleichtert. Man hätte sie schnell anziehen und ohne Zwischenfall zu Jamils Appartement bringen können. Und Rahine hätte verhindert, daß das Mädchen sie haßte. Bei diesem Gedanken stellte sie überrascht fest, daß sie sich Shahars Haß nicht zuziehen mochte.

Rahine seufzte, denn sie wußte, daß sie sich nur selbst betrog. Keinesfalls durfte sie zulassen, daß sich der Kampf auf Jamils Türschwelle abspielte. Die Folgen hätten den ganzen Palast berührt, und das konnte sie nicht riskieren, selbst dann nicht, wenn sie Jamils Verärgerung in Kauf nahm, was sie sowieso nicht wollte. Außerdem – durch eine Lüge würde sie Shahars Haß ebenfalls herausfordern.

Aber wenigstens konnte man sie zuerst ankleiden. »Gefällt es Ihnen?« fragte Rahine mit einem Lächeln. »Ich wußte sofort, daß die Farbe Ihnen stehen würde. Und ich dachte, Sie verdienen etwas Hübsches, nachdem Sie sich ohne weiteren Wirbel hier eingefügt haben.«

Chantelle sah Haji an, denn sie mißtraute dieser unwahrscheinlichen Bemerkung, doch als er schwieg, lächelte auch sie. »Dann danke ich Ihnen. Es ist bezaubernd.«

»Gut, worauf warten Sie noch? Ziehen Sie es an, damit ich sehen kann, wie Sie ausschauen. Meine Frauen werden Ihnen helfen.«

»Nein«, erwiderte Chantelle höflich, aber bestimmt. »Ich habe nun Adamma, die mir hilft.«

Rahine betrachtete das Mädchen, das noch neben der Bank kniete. »In Ordnung, aber beeile dich, Adamma.« Zu Shahar sagte sie: »Ich stehe unter Zeitdruck.«

Wenn Chantelle das nicht verstand, so verstand Adamma es bestimmt, aber sie hatte zuviel Angst vor der Mutter des Herrschers, um ihre Herrin zu warnen. Aus gewissen Andeutungen, die Shahar in den letzten Tagen gemacht hatte, wußte Adamma, warum *Lalla* Rahine die Wahrheit bis zum letzten Augenblick verschwieg. Selbst als sie sich nur zu zweit in einen kleineren Raum begaben, sagte die Kleine nichts, doch sie betete stumm, weil auch sie erkannte, daß ihre Herrin sich wehren würde gegen etwas, das viel früher eintrat als erwartet.

Da sie Rahines Warnung vor allem anderen im Kopf behielt, hatte sie Shahar in Rekordzeit angezogen. Nun stand sie da und war verblüfft, wie solch feine Kleidungsstücke die blasse Schönheit ihrer Herrin steigern konnten.

»Ist es so übel?« meinte Chantelle mit einem Lächeln.

Adamma schrak zusammen. »Oh, nein, *Lalla.* Seine Hoheit wird Sie schöner finden als den Gesang des Kolibris, schöner als…«

»Oh, rede keinen Unsinn, Adamma. Und die Meinung Seiner Hoheit zählt sowieso nicht, da er mich nicht sehen wird. Doch ich möchte mich gern selbst sehen. Sagtest du nicht, es gäbe einen Spiegel in Safiyes Appartement? Was glaubst du, wieviel ich ihr geben muß, um sie zu bestechen, damit sie mich einen Blick hineinwerfen läßt?«

»Ich… ich…«

»Oh, mach dir keine Gedanken. Vielleicht kann *Lalla* Rahine es arrangieren.«

Mit der Absicht, um diese Gunst zu bitten, kehrte Chantelle in den Hauptraum zurück. Sie blieb jedoch stehen, als sie feststellte, daß alle Konkubinen den Raum verlassen hatten. Nur Rahine, Haji und zwei andere Eunuchen, die inzwischen hereingekommen waren, waren anwesend. Einer der Schwarzen war Kadar, doch Chantelle schenkte ihm nicht einmal ein flüchtiges Lächeln. Ihr Blick suchte die smaragdgrünen Augen von Jamils Mutter.

»Die Farbe steht Ihnen tatsächlich hervorragend, Shahar.«

Chantelle ging langsam weiter. »Danke, aber würden Sie so freundlich sein, mir zu sagen, warum Sie die anderen weggeschickt haben? Es war doch Ihr Befehl, oder?«

Rahine ging noch einen letzten Schritt auf Chantelle zu, um ihr die Wange zu küssen. »Es tut mir leid, Kind, aber Haji wird Sie jetzt zu Jamil bringen.«

»Ist das normal? Ich dachte, ich sollte ihn erst sehen, wenn…« Die Worte verhallten, und alle Farbe wich aus Chantelles Gesicht. »Nein.« Es war ein kaum hörbares Flüstern.

Ruhig stellte Rahine fest: »Jamil besitzt Sie. Das ist eine Tatsache, die nicht einmal Sie leugnen können. Und er hat beschlossen, nicht zu warten, bis Ihre Schulung vervollständigt ist. Er wünscht, daß Sie jetzt zu ihm kommen.«

»Das tue ich nicht«, wisperte Chantelle.

»Doch, Sie werden es tun«, beharrte Rahine. »Sie haben keine Wahl.«

Die Worte »keine Wahl« waren es, die Chantelles Entsetzen durchbrachen und ihr Temperament entfachten. »Zur Hölle damit!« schrie sie und vergaß sich genügend, um in die englische Sprache zu fallen. »Ich werde nicht einmal in die Nähe dieses... dieses... Menschen gehen. Sie werden mich zu ihm hinschleppen und festhalten müssen, damit er die böse Tat begehen kann...«

»Das dürfte uns keine Probleme bereiten«, entgegnete Rahine kalt.

»Sie würden das doch nicht machen«, stammelte Chantelle.

»Im Gegenteil.«

Chantelles Augen weiteten sich anklagend, während sie rief: »Sie sprechen Englisch!«

»Ich bin Engländerin.«

»Dann ist er ein halber Engländer? Oh Gott, das verschlimmert alles.«

»Ich sehe nicht ein, warum...«

»Sie sehen überhaupt nichts ein! Sie sind schon zu lange hier. Sie denken wie die Moslems. Sie handeln wie sie. Sie sind keine Engländerin mehr, sonst würden Sie mich nicht zu dieser Sache zwingen.«

»Nicht ich zwinge Sie, Shahar, sondern die Umstände, die Sie hergebracht haben. Als Sie zur Sklavin gemacht wurden, haben Sie Ihre Freiheit der Wahl verloren. Nun tun Sie, was Ihr Meister will, sonst müssen Sie die Folgen tragen.«

»Rahine«, unterbrach Haji sie schließlich. »Wir haben keine Zeit für Diskussionen.«

»Ich weiß.« Rahine seufzte und wandte sich ab. »Nehmen Sie sie mit. Wenn sie Jamil ärgert, indem sie sich ihm widersetzt... andere Frauen sind wegen weniger gestorben.«

23

Magische Worte: »Tu es oder stirb.« Ehe Chantelle herausfinden konnte, ob das wahr war, mußte sie sich fügen. Sie mochte wütend und entsetzt sein, aber sie war nicht dumm. Es gab vieles, das sie getan hätte, um ihre Jungfräulichkeit zu bewahren – aber Sterben gehörte nicht dazu.

Sie hörte es kaum, daß Haji Agha mit ihr redete, während er sie den endlosen Korridor zu den Gemächern des Herrschers entlangscheuchte. Die in letzter Minute gegebenen Instruktionen und Warnungen trafen auf taube Ohren. Chantelle war sich zu sehr bewußt, was geschehen würde. Vashti hatte sie Schritt für Schritt in die Materie eingeführt, und es waren deren Worte, die sie noch hörte.

»Es ist sehr schnell vorbei. Er wird sein Ding in Sie hineinstekken, und Sie werden einen schrecklichen Schmerz spüren, wenn es Ihr Hymen zerreißt. Wenn seine Stimmung gut ist, läßt er Ihnen vielleicht Zeit, bis der Schmerz abklingt – wahrscheinlich jedoch nicht, denn was Sie fühlen, interessiert ihn nicht. Dann wird er stoßen und stoßen und schließlich sein Vergnügen hinausschreien. Er wird einige Augenblicke benötigen, um sich zu erholen, dann löst er sich von Ihnen, und das ist das Ende der Angelegenheit. Eine einfache Sache. Alles schnell vorüber, und dann schickt er Sie in den Harem zurück. Selten behält er eine Konkubine die ganze Nacht bei sich, in diesen Genuß kommen hauptsächlich seine Ehefrauen.«

Dieser Vortrag hatte Chantelle ständig verfolgt und ihre anderen Unterrichtsstunden überschattet, in denen sie die Künste der Verlockung und Verführung lernen sollte, doch vor allem das Bereiten von Vergnügen. Wie man einen Mann zufriedenstellte. Nicht nur irgendeinen, sondern einen ganz gewissen Mann.

Chantelle hatte etwas Belustigendes darin finden müssen, sonst wäre sie langsam, aber sicher verrückt geworden. Daß so viele Menschen sich nur mit den sexuellen Wonnen eines einzelnen Mannes befaßten, war der Gipfel der Lächerlichkeit, und genau das war hier der Fall. Jede Frau im Harem, jeder Eunuche, jede Sklavin hatten nur das eine im Sinn: das Vergnügen des Herrschers.

Wenn es nicht so lächerlich gewesen wäre, hätte Chantelle darüber weinen müssen. Im Augenblick war es allerdings weniger lächerlich, da es Chantelle bevorstand, beim heutigen abendlichen Menü den Hauptgang zu bilden.

Es war nun soweit – es geschah wirklich. *Nein, das kann nicht sein. Es ist nur ein böser Traum.*

»Sie erheben sich erst, wenn er Sie dazu auffordert.«

»Erheben?«

Sie stand vor einer Tür. Langsam drehte sie sich um und sah, wie Haji Aghas Augen sich verengten.

»Shahar, haben Sie von allem, was ich Ihnen sagte, nichts gehört?«

»Ich... es tut mir leid, aber ich glaube nicht. Könnten Sie es noch einmal wiederholen?«

»Wir haben keine Sekunde Zeit mehr«, stellte er ärgerlich fest. »Denken Sie daran, daß Sie sich vor ihm niederwerfen und so verharren müssen, bis er Sie auffordert aufzustehen. Tun Sie genau, was er sagt, dann müßte alles gutgehen. Wir können nur beten, daß die Verzögerung ihn nicht verstimmt hat.«

»Welche Verzögerung?«

»Er wollte Sie auf der Stelle bei sich haben.«

»Warum?«

Haji seufzte. »Das weiß Allah allein.«

Mit einem Ruck riß er den kurzen Schleier zurück, der ihre untere Gesichtshälfte bedeckt hatte, öffnete die Tür und begleitete Chantelle bis zur Mitte des großen Raumes. Da der Chefeunuche der jungen Frau nicht traute, zog er an ihrem Arm, bis sie auf die Knie sank. Zufrieden sah er, wie sie den Kopf zur Erde neigte, dann ging er rückwärts hinaus.

Chantelle hatte sich nicht aus Respekt niedergeworfen. Nach Betreten des Raumes hatte sie sofort den Blick sowie den Kopf gesenkt, und sie wollte diese Haltung so lange wie möglich beibehalten – aus dem einfachen Grund, daß sie den Pascha nicht ansehen mochte. In dieser Position konnte sie ihn nicht sehen, und das war ihr angenehm.

Sie wußte nicht, wo er sich aufhielt. Vielleicht war er noch gar nicht anwesend. Sie hörte ihn nicht, spürte seine Gegenwart nicht. Oder doch? Ja, sie fühlte sich beobachtet, und das war absolut keine erfreuliche Empfindung.

Derek blieb ruhig, denn er war sich seiner Stimme noch nicht sicher. Es schien, als habe er eine Ewigkeit auf diesen Moment gewartet, doch es waren nur vier Tage gewesen. Vier Tage voller Trübsal und in der Hoffnung, später einmal über sich selbst lachen zu können, wegen der Konstruktion von Problemen, die nicht vorhanden waren. Nun war es »später«, und es gab immer noch nichts zu lachen. Die junge Frau war reizvoller, als er sie in Erinnerung hatte: ätherisch, biegsam – und sein.

Aber eine Jungfrau. Das mußte er unbedingt im Kopf behalten, sonst hätte er sie direkt in sein Bett getragen.

»Setzen Sie sich auf und sehen Sie mich an.«

Nicht »Lassen Sie sich anschauen«, denn das tat er bereits, Fluch seinen Augen!

Chantelle hatte sich beim Klang seiner Stimme gestrafft, doch sonst rührte sie sich nicht. Sie hätte sich zwar gern aufgerichtet, doch sie fürchtete, daß dann ihre Defloration in Windeseile stattfinden würde.

»Sie wissen, daß Sie mir in allen Dingen gehorchen müssen, Shahar, doch ich bitte Sie nur um eines: daß Sie mich ansehen. Ist das so ein unvernünftiges Ansinnen?«

Seine Stimme war ruhig, fast zärtlich, und doch handelte es sich um dieselbe Stimme, an die sie sich erinnerte: ein wenig heiser, mit einem tiefen Timbre, und fähig, im einen Moment ein Mädchen zu brutaler Vergewaltigung zu verurteilen, dann den Befehl rückgängig zu machen und ohne innere Anteilnahme zu fragen, ob er den Fehler in ihren Augen nicht wiedergutgemacht habe. Dieser Mann konnte in ihren Augen seine Ehre nie wiederherstellen, ganz gleich, was er tat.

Aber nun, da sie sich erinnerte, was für ein kaltherziger Bastard er war, vermochte sie seinem Blick zu begegnen, ohne ihre Angst zu zeigen. Von ihrem Haß war sie allerdings nicht so sicher, ob sie ihn verbergen könnte.

Als sie sich auf ihre Fersen setzte, sah sie nicht nur Jamil, sondern auch seine beiden Leibwächter, die mit dem Rücken zur

Wand rechts und links neben einem Vier-Pfosten-Bett standen. Jamil lehnte sich mit den Hüften gegen das Fußende des hohen Bettes, die Füße übereinandergeschlagen und die Arme über der Brust gekreuzt. Seine Pose war in ihrer zwanglosen Lässigkeit so urenglisch, daß Chantelle vor Überraschung beinahe der Atem stockte. Gott sei Dank nahm die fernöstliche Kleidung einen Teil des Effektes weg und erinnerte die junge Frau daran, daß Jamil nichts Englisches an sich hatte. Da er als barbarischer Ungläubiger erzogen worden war, zählte das Blut nicht.

»Sie dürfen sprechen, wie Sie wissen.«

Ihr Blick senkte sich wieder, ihre Finger spielten mit einer Reihe der vierfachen Perlenkette, die Rahine ihr um den Hals gelegt hatte, ehe sie aus den Bädern geführt worden war.

»Ich habe nichts zu sagen.«

»Weichen Sie nicht zurück, Shahar. Schauen Sie mich wieder an, oder, noch besser, kommen Sie näher.«

»Darf ich gehen, oder muß ich kriechen?«

»Seien Sie nicht frech. Wenn ich Sie kriechen lassen wollte, würde ich es sagen.«

Röte stieg glühend in ihre Wangen. Das würde er wohl sagen, dieser Schweinekerl. Doch durch die Knappheit seines Tones war sie gewarnt, daß sie ihre Gedanken nun besser für sich behielt.

Die akute Bedrohung beschleunigte ihren Puls, während sie sich langsam erhob und den Abstand zwischen ihm und ihr verringerte. Ihr Blick traf den seinen jedoch nicht wieder, und sie konnte nicht sagen, ob er sich über ihre ständige Abwehr ärgerte.

Sie beobachtete ihn, wie er sich von dem Bett abstieß, so daß er vor ihr stand, als sie sich ihm bis auf Armeslänge genähert hatte. Mit ausgestreckten, gespreizten Beinen nahm er eine arrogante Haltung ein – falls sie je eine gesehen hatte. Er breitete die Arme aus, und dann spürte sie, wie seine Finger über ihre Wange glitten.

Seine Fingerspitzen waren so heiß, daß sie an Feuer dachte. Erstaunlicherweise zuckte sie nicht mit der Wimper, doch ihr Blick blieb auf das tiefe V seiner weißen Tunika und das Tigeraugenmedaillon geheftet, das dort auf seiner Haut lag. Es war eine bronzefarbene Haut, in der Nähe des V mit krausem schwarzem Haar bedeckt, was sie irritiert feststellen ließ, daß *er* keine Enthaarung erdulden mußte. Bei diesem Gedanken kam es ihr wieder zum Bewußtsein, daß sie, entgegen den Regeln, auch nicht völlig enthaart war. Wie würde er darauf reagieren? Daß sie sich diese Frage überhaupt stellte, zeigte ihr, wie sehr sie die Tatsache schon akzeptiert hatte, bald einer gnadenlosen Inspektion unterworfen zu sein, die ihren »sündhaften« Zustand preisgab.

»Wollen Sie mit mir zu Abend essen?«

Nachdem sie jeden Augenblick erwartet hatte, auf sein Bett geworfen zu werden, ließ die Widersinnigkeit dieser Frage Chantelle hochblicken. »Abendessen?«

»Wenn Sie mögen«, sagte er sanft.

Er starrte auf ihren Mund. Sein Daumen zeichnete die Linie ihrer Unterlippe nach. Dann versenkte sich sein Blick in ihren. Smaragdgrünes Feuer – darin lag alles andere als Gleichgültigkeit.

»Abendessen wäre schön... Ich meine wunderbar... Ich bin tatsächlich am Verhungern«, beendete sie den Satz und hoffte, die letzte Behauptung habe ehrlich geklungen.

Er lachte, und das erstaunte sie. Der Laut war tief und angenehm, und sie stellte sich vor, seinen Widerhall in ihrer eigenen Brust zu spüren.

»Sie sind so durchschaubar, Shahar. Dachten Sie, ich würde Sie gleich, nachdem Sie hereingekommen sind, vergewaltigen?«

Genau, aber das sagte sie nicht. Sie brauchte es auch nicht zu sagen. Die Röte stieg ihr diesmal bis zum Haaransatz und war trotz der gesenkten Stirn zu sehen.

»Diese Scheu ist erlaubt, aber Ihre Augen sind wunderschön, kleiner Mond. Ich möchte sie anschauen.«

Du bekommst wohl alles, was du haben willst, dachte sie voller Groll, dann schlug sie die Vorsicht in den Wind und sprach es auf englisch aus.

Seine Smaragdaugen verengten sich kaum merklich. »Englisch wird hier nicht akzeptiert, Shahar. Ihr Französisch ist hervorragend, aber nicht alle können es verstehen. Sie dürfen es benützen, wenn Sie bei mir sind, aber sonst werden Sie die Mischung aus Türkisch und Arabisch verwenden, die im Palast als Allgemeinsprache gilt. Nur diese Sprache dürfen Sie sprechen.«

Sie erwiderte nichts. Was hätte sie auch sagen können? Das war gleichbedeutend mit einem Befehl. Und sie erkannte eines: Seine Mutter mochte Engländerin sein, aber sie hatte ihn ihre Sprache nicht gelehrt. Das bewies er mit seinen nächsten Worten.

»Was heißt das, was Sie eben zu mir sagten?«

Für den Bruchteil einer Sekunde zog sie eine Lüge in Erwägung. Doch seine Hand griff unter ihr Kinn, zwang ihren Kopf in die Höhe, zwang sie, ihn anzusehen. Sie entschied sich für die Wahrheit und hoffte, er würde sich genügend darüber ärgern, um seine Finger zurückzuziehen.

»Ich fragte, ob Sie alles bekommen, was Sie wollen.«

Er nahm die Hand nicht von ihr, die andere Hand kam hinzu, und er umfaßte sanft ihr Gesicht. Offenbar war er nicht beleidigt, aber der Selbsterhaltungstrieb hatte diesmal auch dafür gesorgt, daß Chantelle sich jeden Spottes enthielt.

»Natürlich«, entgegnete er heiser. »Alles, Shahar. Warum sollte es anders sein, nachdem jeder Gegenstand und jeder Mensch hier – Sie inbegriffen – mir gehört?«

Sie versuchte sich loszureißen, doch er hielt sie fest und kam immer näher, bis seine Hüfte sie berührte. Ihre Nasenlöcher weiteten sich bei seinem Duft – Moschus und Sandelholz – ein betörender Duft!

Sie blinzelte. Guter Gott, der Mann konnte hypnotisieren – diese dunkelgrünen Augen so nahe, sein Atem warm an ihren Lippen. Sie stöhnte – und wurde sofort losgelassen.

»Wir werden hier essen«, sagte er und trat einen Schritt zurück, als sei er nicht nahe daran gewesen, sie zu küssen, und sie nicht nahe daran, sich diesen Kuß zu wünschen.

Als sie ihm folgte, sah sie, daß das »Hier« ein eingefriedeter Garten direkt vor dem Raum war. Die Sonne war schon hinter den Mauern verschwunden, die das kleine Paradies umgaben, aber sie warf ihre Strahlen noch leuchtend gegen den Palast, der sich über ihren Köpfen erhob und den Grund in Kühle und Schatten tauchte.

Tulpen, Rosen und Nelken wuchsen üppig in malerischen kleinen Gruppierungen. Ein einziger Baum, unter dem eine Bank stand, spendete noch kühleren Schatten. Ein Springbrunnen in einer Ecke ergoß sich wie ein Wasserfall in einen Fischteich aus kleinen blauen Kacheln, die den Kontrast zu den großen orangefarbenen Fischen besonders betonten.

Riesige viereckige Kissen waren schon um einen gravierten Messingtisch, der mitten im Gras thronte, verteilt worden. Es war ein friedliches Fleckchen, geradezu romantisch, und der entfernte Gedanke an ein englisches Picknick wirkte entspannend.

Chantelle ließ sich zu einem der Kissen führen, wartete dann aber, auf welchem er sich niederließ, um den Abstand zwischen ihm und ihr möglichst zu vergrößern, doch sie hätte sich hierüber keine Gedanken machen müssen. Der Pascha ging um den niedrigen Tisch herum und wählte den Platz direkt gegenüber von Chantelle.

»Was denken Sie?« fragte er, als die ersten Essenstabletts aufgetragen wurden.

»Ich denke, daß es gleichgültig gewesen wäre, ob ich mit Ihnen essen wollte oder nicht.«

Das hätte sie nicht sagen sollen. Beabsichtigte sie, ihn zu ärgern. Doch er blieb ganz ruhig. Er winkte den Dienern, sich zu entfernen, und füllte ihren Teller persönlich.

»Stimmt«, sagte er nach einer kleinen Denkpause. »Die Frage bedeutete eine reine Höflichkeit Ihnen gegenüber.«

»Und wenn ich es abgelehnt hätte?«

»Dann hätte ich darauf bestanden.«

»Ich verstehe.«

Er sah sie an und lächelte über die Steifheit ihrer Miene. »Nein, ich glaube nicht, daß Sie verstehen. Ich kann als der Herrscher etwas verlangen, und keiner wagt es, mir die Stirn zu bieten. Ich kann aber auch als Mann, als Jamil, etwas verlangen und sehen, wie weit meine Überredungskunst reicht.«

Sie hob skeptisch die Brauen. »Soll ich also glauben, ich hätte irgendeine Wahl? Man sagte mir, ich hätte keine.«

»In manchen Dingen – vielleicht.«

Sie konnte sich nicht überwinden zu fragen, ob in diesen »manchen Dingen« auch das Teilen seines Bettes enthalten war. Irgendwie bezweifelte sie das, und dieses Thema nun anzuschneiden, hätte ihr eine Magenverstimmung beschert.

Es war ein ruhiges Mahl. Wenn Sie es nicht besser gewußt hätte, wäre sie auf die Idee verfallen, Jamil sei genauso nervös wie sie. Sie versuchte, ihn zu ignorieren und sich auf das Essen zu konzentrieren, das er vor sie hingestellt hatte.

Der Hauptgang bestand aus geröstetem Kitz und Perlhuhn sowie *Pideli Kebab,* einem Stück Lamm, das in flaches ovales Brot gehüllt wird. Falls dies nicht verführerisch genug war, gab es noch Truthahn, gefüllt mit Reis, Leber, Korinthen und Pinienkernen. Die Nebengerichte waren ebenfalls so zahlreich – süße Pfefferschoten, gefüllt mit würzigem Reis und Fleisch, Artischockenherzen, Schafshirn, weiße Bohnen, Spargel und zwei verschiedene Salate.

Chantelle konnte auch zwischen mehreren Getränken wählen: *Kanyak,* einer Kombination aus Brandy und Wein, dem einzigen Laster eines Moslems, Mandelmilch, gesüßtem Wasser oder Orangenblütenextrakt, dann einem süßen Cypernwein oder saurem Kirschsaft. Sie bemerkte, daß Jamil sich für die Mandelmilch entschied, was ihr zum erstenmal andeutete, daß er den strengen Regeln des Islams anhing, die das Trinken berauschender Getränke verboten. Sie selbst nahm den *Kanyak,* der ihr helfen sollte, den Rest dieser schweren Prüfung zu überstehen. Sie hätte die ganze Flasche ausgetrunken, aber Jamil gestattete ihr nur eineinhalb Gläser.

Als die Desserts gebracht wurden, bediente Jamil sie wieder und legte von jedem eines auf ihren Teller. Es gab Pasteten, in Zuckersirup gerollt, *Baklava,* einen Blätterteig mit Walnüssen in Sirup, *Helva,* eine gemahlene Masse aus Sesam, Butter, Honig und Nüssen, und schließlich die gelierten Süßigkeiten, *Rahat Lokum* genannt, was soviel bedeutete wie »dem Schlund Ruhe bringen«. Das taten sie wirklich! Dann wurde der türkische Kaffee serviert, der direkt am Tisch aufgebrüht wurde – süß, heiß, mit dickem Schaum auf der Oberfläche. Chantelle begann tatsächlich, Geschmack daran zu finden.

Sie hatte bei diesem Mahl mehr gegessen als in den Wochen zuvor, und sie hätte auch noch weitere Gänge in sich hineingestopft, nur, um ihre Galgenfrist zu verlängern. Doch einmal war das Dinner zu Ende. Die Diener, die mit hochbeladenen Tabletts hereingeströmt waren, trugen nun alles hinaus.

Jamils Huka wurde gebracht, doch er rührte sie nicht an. Er lehnte sich in mehrere Kissen zurück, stützte sich auf einen Ellenbogen und sah Chantelle an. Sein schwarzes Haar war von der leichten Brise zerzaust, die über die Mauern wehte, und eine Locke fiel ihm in die Stirn. Chantelle hatte nicht gedacht, daß sein Haar so dick und prächtig sein könnte, nachdem er doch ständig einen Turban tragen mußte. Sie wünschte, er trüge diesen Turban jetzt. Er sah bei weitem zu englisch aus.

Als bewegten sich seine Gedanken auf derselben Wellenlänge, sagte er: »Ich möchte wissen, ob Ihr Haar so seidig ist, wie es aussieht. Wollen Sie näher kommen, Shahar, und es mich fühlen lassen?«

Es wäre kleinlich gewesen, nein zu sagen. So eine einfache Bitte konnte sie nicht ausschlagen. Sie kam auf den Kissen um den Tisch herum und hielt auf demjenigen an, das dem seinen am nächsten war.

Seine rechte Hand griff sofort nach ihr und entfernte zuerst den juwelenbesetzten Stirnreif, der noch den längeren Schleier über ihrem losen Haar festgehalten hatte. Gleich darauf spürte sie, wie seine Finger über ihre Kopfhaut strichen, aber nur für einen Moment. Dann hob er die Hand und ließ ihr Haar langsam durch seine Finger gleiten.

Chantelle wandte den Kopf und sah, wie er eine platinblonde Strähne zwischen den Fingern rieb. Die junge Frau war einen Augenblick lang wie hypnotisiert. Es erschien ihr so intim, wie diese dunklen Finger ihr Haar streichelten, denn es war wirklich ein Streicheln, ein zärtliches Spürenwollen. Sie lehnte sich ihm entgegen, um ihm den Zugriff zu erleichtern – hatte sie doch die Möglichkeit, sich jederzeit zurückzuziehen. Jedenfalls glaubte sie das.

»Ich hatte nicht recht«, sagte er und lenkte ihre Aufmerksamkeit wieder auf seine dunkelgrünen Augen. »Es ist noch weicher als Seide. Ist Ihre Haut genauso?«

Oh, Gott, wollte er sie jetzt anrühren? Sie versuchte, sich gerade aufzurichten, doch er hielt ihr Haar noch fest und ließ es nicht los.

»Kommen Sie, Shahar, rutschen Sie auf mein Kissen«, bat er schmeichelnd. »Legen Sie den Kopf auf mein Knie.« Als sie sich nicht rührte, fügte er hinzu: »Sie müssen sich daran gewöhnen, neben mir zu liegen, aber im Moment interessiert mich nur Ihre Haut. Und davon ist genügend zu sehen, so daß ich Sie nicht bitten werde, irgendein Kleidungsstück abzulegen.«

Das hätte sie beruhigen müssen, aber es war nicht so. Sie wußte, daß sie ihm diese kleinen Gefälligkeiten wirklich nicht versagen konnte, denn ihr Körper gehörte ihm. Er brauchte um nichts zu bitten. Er brauchte sich nur zu nehmen, was er wollte. Ob sie ihm zu gegebener Zeit erlauben konnte, sein »Ding«, wie Vashti es genannt hatte, ohne irgendeinen Widerstand ihrerseits in ihren Körper zu tauchen, wußte sie nicht, aber sie brauchte noch nicht in Panik zu verfallen, nicht, ehe er vorschlug, in den Palast zu gehen.

Für einen Mann, der sie sofort herbeizitiert hatte, ließ er sich nun erstaunlich viel Zeit mit ihr. Das erfüllte sie mit Dankbarkeit

– und auch die Tatsache, daß er heute ein anderer Mensch zu sein schien als bei ihrer ersten Begegnung.

»Shahar«, sagte er leise, nicht ungeduldig, aber mit dem Wink, daß ihr Zögern keine Begnadigung nach sich ziehen würde. Er wartete.

Sie bewegte sich und schlängelte sich auf sein Kissen. Aber sie mochte den Kopf nicht auf sein gebeugtes Knie legen, wie er vorgeschlagen hatte. Das fand sie bei weitem zu intim. Statt dessen stützte sie sich auf ihre Ellenbogen. Sie wußte zwar, daß diese Position ihre Brüste in den Vordergrund rückte, aber das konnte sie nicht ändern. Sie besaß keinen großen Busen, aber sie hielt ihn auch nicht für klein. Natürlich war er winzig im Vergleich zu dem der anderen Frauen, und deshalb hoffte sie, Jamil würde ihn gar nicht bemerken.

Er bemerkte ihn auch nicht. Er blickte auf ihre nackte Taille. Sicher war Chantelles Hoffnung unsinnig gewesen, daß er bei der Erwähnung ihrer sichtbaren Hautteile ihre bloßen Arme gemeint haben könnte. Die hatte er auch nicht gemeint. Seine Hand legte sich langsam auf ihren Bauch, und Chantelle hielt den Atem an, denn diese Hand brannte wie Feuer. Ein leiser Laut entrang sich ihren Lippen.

»Was?« flüsterte er, und sein Blick zog den ihren wie magnetisch an.

»Nichts«, erwiderte sie. Es klang piepsig, und sie stöhnte vor Verlegenheit.

»Unter meiner Hand wird dir kein Leid geschehen, Shahar«, sagte er und verwendete das vertraute »Du«. »Aber du mußt dich entspannen.«

»Ich … Ich kann nicht.«

»Warum nicht?«

Seine Finger hatten sich über ihrem Bauch gespreizt und bedeckten fast die ganze Fläche. Nun bewegten sie sich in einem langsamen, beruhigenden Kreis. Doch Chantelle empfand dieses Streicheln nicht als beruhigend. Ihre Muskeln zogen sich zusammen, als könnten sie vor dem fleischlichen Kontakt davonspringen. Selbst ihr Inneres schien in einem Fluchtversuch zu beben.

»Warum nicht?« wiederholte er drängender. »Habe ich dir einen Anlaß gegeben, mich zu fürchten?« Mit einem Hauch von Groll fügte er hinzu: »Heute?«

Sie dachte einen Moment nach, doch es gab nur eine Antwort, die der Wahrheit entsprach. »Nein.«

»Was ist dann nicht in Ordnung?«

Alles, dachte sie, aber sie sagte nur: »Nie zuvor hat ein Mann mich so berührt.«

»Ich weiß«, erklärte er zu ihrer Überraschung. »Wegen deiner Unschuld sind wir hier, anstatt dort drinnen.« Er machte eine Kopfbewegung in die Richtung seines Schlafzimmers.

Chantelle schöpfte sofort Hoffnung, daß der Tag der Heimsuchung noch nicht gekommen war, daß diese Zusammenkunft nur stattfand, damit sie sich an Jamil gewöhnte – sonst nichts. Er belehrte sie schnell eines Besseren.

»Mißverstehe mich nicht, Shahar. Wir werden hineingehen – wenn du bereit bist.«

Sie würde niemals bereit sein. Beinahe hätte sie ihm das gesagt, doch dann behielt sie es lieber für sich. Überhaupt – was stellte er sich unter »bereit sein« vor? Sie würde nie den Anschein erwekken – was immer er damit meinte.

Er seufzte und zog ihre eine Hand unter ihrem Rücken hervor. »Du kannst dich nicht entspannen, wenn du dich nicht auf den Rücken legst.«

»Ich möchte nicht…«

»Leg dich zurück, Shahar.«

Das war ein Befehl, dem sie sofort gehorchte, denn sein Ton schloß jeden Widerstand aus. Was hätte sie auch sonst tun können, da er so nahe war, daß er sie leicht zu zwingen vermochte? Aber wenn er glaubte, sie könnte sich entspannen, war er verrückt.

Er bettete ihren Kopf auf sein Knie, ließ jedoch möglichst viel Abstand zwischen ihr und ihm. Sie war sich seiner Hüfte so dicht an ihrer Schulter voll bewußt, und etwas kam ihr in den Sinn, was Vashti ihr mit besonderer Freude erzählt hatte – wie man ihm Genuß bereiten könnte. Die Vorstellung trieb ihr glühende Röte in die Wangen. Aber er veränderte seine Lage nicht. Seine Hüften lagen flach auf dem Kissen. Nur sein Oberkörper wendete sich ihr zu.

»Ich werde dich jetzt schmecken, Shahar.«

Diese leise Warnung ließ sie pfeilgleich hochschnellen, doch er drückte sie wieder zurück. Eine Vision, wie sie von ihm gebissen wurde, huschte ihr durch den Sinn, und sie versuchte sich zu erinnern, ob sie Spuren seiner Zähne an den anderen Frauen gesehen hatte. Doch ehe sie überhaupt zu Ende denken konnte, ergriff seine Hand sie von der Seite, und sein Mund öffnete sich über ihrem Nabel. Sie zuckte zusammen, ein Schrei löste sich aus ihrer Kehle, doch sie spürte nur seine Zunge, nicht seine Zähne.

Ihre Anspannung lockerte sich so deutlich, daß Derek leise lachte. »Dachtest du, ich würde dich verschlingen, kleiner Mond? Ich muß zugeben, daß es mich danach gelüsten würde, aber ich verspreche dir, daß es nicht weh tun würde. Ein anderes Mal, vielleicht.«

Sein Mund kehrte zu ihrem Nabel zurück, und es drängte sie verzweifelt, aufzuspringen und davonzurennen. Doch sie konnte nicht, denn sein rechter Arm lag auf ihrem Brustkorb und drückte sie nieder. Sie versuchte die Augen zu schließen und sich auf etwas anderes zu konzentrieren. Aber dieser Zustand war ganz unmöglich, da spürte sie seine Zunge noch intensiver. Unter seinem Mund erhob sich eine Woge der Erregung, als zittere Chantelle tief in ihrem Innern.

Sie erkannte nicht, wie er ihre Sinne erweckte. Sie wollte seinen Kopf wegstoßen – sie wollte ihn an sich drücken. Es war vernunftwidrig – Gott, was war nicht mehr in Ordnung mit ihr?

Sie hörte seinen Seufzer, tief und kühlend über ihrer nassen Haut, und sie schauderte: »Du entspannst dich immer noch nicht.«

»Es tut mir leid, aber ich kann nicht«, flehte sie beinahe. Sie hatte vor seinem Mißfallen Angst, das sie doch nicht heraufbeschwören durfte.

»Wenn ich aufhöre, dich hier zu kosten...«, und seine Zunge tauchte erneut in ihren Nabel, »... wirst du meine Lippen dann an einer üblicheren Stelle akzeptieren?«

»Ja.« Alles würde sie tun, um seinen Mund von ihrem Bauch wegzubekommen.

Zu spät überlegte sie, wo diese »üblichere Stelle« war, und es blieb keine Zeit zu fragen. Ehe sie ein weiteres Mal Atem holen konnte, hatte er sie hochgehoben und auf seinen Schoß gezogen. Er bedeckte ihre Lippen mit einem versengenden Kuß, der in seiner Intensität schmerzte. Sie konnte den Druck nicht verringern, denn seine Hand war unter ihr Haar gerutscht und hielt ihren Kopf bei diesem Gewaltakt eisern fest.

Dann – scheinbar aus weiter Ferne – hörte sie ihn stöhnen und erschrak zutiefst, weil sie fürchtete, ihn geärgert oder irgendwie verletzt zu haben. Doch er hörte nicht auf, sie leidenschaftlich zu küssen. Im Gegenteil – sein zweiter Arm umschloß ihren Rücken und preßte ihren Oberkörper gegen seine Brust, bis sie kaum mehr Luft bekam.

Plötzlich ließ er sie los. »Es tut mir leid, Shahar, aber du kannst nicht wissen…«

Derek hielt inne, als er merkte, was er sagen wollte. Herrgott, was fehlte ihm eigentlich? Jamil hätte sich niemals entschuldigt, welche Gründe es auch immer gegeben hätte, und er mußte sich in jeder Hinsicht wie Jamil verhalten. Sie konnte es natürlich nicht wissen, aber er hatte seine Rolle nicht gut gespielt, seit sie den Raum betreten hatte.

Jamil hätte nie so lange gewartet, ehe er sie in sein Bett getragen hätte. Er wäre seinem Drang sofort gefolgt, und Derek hatte den Drang schon vor Chantelles Eintreffen verspürt. Aber er hatte ihm nicht nachgegeben, nicht völlig. Er konnte es nicht über sich bringen, Chantelle bei ihrem ersten Sexualerlebnis zu überrumpeln. Ihre Unschuld forderte mehr Rücksichtnahme von ihm. Und dennoch zog er nicht in Betracht, noch einen weiteren Tag zu warten. Er konnte nicht so weit von Jamils Charakter abweichen – das nahm er sich jedenfalls vor.

Er hatte sich auch selbst eingeredet, er tue das für das Mädchen. Es stimmte, daß er aus ihrer Notlage den Nutzen zog, aber das würde ihm keine schlaflosen Nächte bereiten, denn auch sie würde, auf die Dauer gesehen, profitieren. Er hatte in der ersten Nacht, nachdem er Chantelle gesehen hatte, lange und konzentriert darüber nachgedacht und war zu dem Schluß gekommen, daß, wenn *er* sie sich nicht nahm, Jamil sie nehmen würde. Dann würde sie eine von vielen sein, ein Zustand, von dem er wußte, daß ihn jede stolze Engländerin unerträglich und grauenhaft finden würde. Außerdem war Jamils Herz schon vergeben. Derek konnte sich einfach nicht vorstellen, daß so eine außerordentliche Schönheit bei irgend jemand den zweiten Platz einnehmen sollte. Sie verdiente, geliebt und verwöhnt zu werden, und deshalb würde man ihr einen eigenen Ehemann besorgen. Derek konnte darauf bestehen, daß es ein Mann ohne andere Frauen sein mußte. Soviel wollte er für sie tun.

Doch das betraf die Zukunft. Jetzt im Augenblick hatte er sie wahrscheinlich zu Tode erschreckt, und er wünschte sich nur das eine: ihr zu erklären, daß es nicht absichtlich geschehen war, daß er nur die Kontrolle über seine Leidenschaft verloren hatte. Aber Jamil würde seine Handlungen nicht erklären, besonders nicht einer Frau gegenüber. Doch Derek konnte den Schaden auf andere Art wiedergutmachen.

Er seufzte und neigte ihr die Stirn zu. Chantelles Atem hatte sich beruhigt, aber sie hing steif in seinen Armen.

»Sollen wir das wieder versuchen?«

Sie straffte sich sofort gegen ihn. »Nein, bitte…«

»Shh, kleiner Mond. Ich kann auch sanft und zart sein. Leg deine Arme um meinen Hals, dann zeige ich es dir.«

»Ich will nicht.«

»Tu es, Shahar.«

Er bedauerte den Ton, der sie zum Gehorsam zwang, aber Gott, das war eine Quälerei, sich so lange selbst zu verleugnen. Noch eine Weile länger, und er würde seine guten Absichten vergessen. Er mußte zu ihr vordringen. Er mußte sie soweit bringen, ihn zu begehren, jetzt, ehe seine natürliche Begierde die Oberhand gewann.

Chantelle machte sich stark für einen neuen Angriff, als sein Mund sich ihr wieder näherte. Sie spürte seinen Atem, dann seine Zunge, wie sie hauchzart über ihre Oberlippe strich, dann über die Unterlippe, um das wunde Gefühl, das der vorangegangene Kuß verursacht hatte, zu besänftigen. Eine Hand hielt wieder ihren Kopf, doch die andere wärmte ihre Wange.

Er lehnte sich zurück, und sie erhaschte die volle Kraft seiner smaragdgrünen Augen. Aus irgendeinem Grund bewirkten sie diesmal ein seltsames Gefühl in ihr, beinahe, als preßte sich sein Mund noch auf ihren Bauch und riefe das innerliche Zittern hervor.

Dann verfolgte sein Zeigefinger den gleichen Weg, den seine Zunge vorher gegangen war. »Öffne den Mund, Shahar. Ich möchte, daß du spürst, wie es ist, wenn ein Teil von mir in dich eindringt.«

»Aber…«

Sein Finger glitt in ihren Mund, als sie diesen zum Protestieren öffnete. Als natürliche Reaktion umschlossen ihre Lippen den Finger, und ihre Zunge versuchte, ihn herauszustoßen.

»Halt still.« Seine Lippen ruhten auf ihrem Mundwinkel. Sein Finger berührte ihre Zunge und ließ sie seinen salzigen Geschmack kennenlernen. »Ich möchte, daß du daran saugst... Nein, Shahar, stelle meine Motive nicht in Frage. Vergiß, was du bei der Schulung gelernt hast. Es ist meine Zunge, die du in deinem Mund akzeptieren sollst, nichts sonst. Aber du mußt wissen, was du damit machst, wenn sie da ist.« Er lächelte über ihr Stöhnen. »Bisher hat dich niemand über das Küssen unterrichtet, nicht wahr? Ich vermute, man hat immer nur über eine Sache geredet. Aber das Küssen kommt zuerst, Shahar. Oder wäre es dir lieber, wir würden gleich das praktizieren, was du gelernt hast?«

Sie begann sofort an seinem Finger zu saugen. Sie hörte sein tiefes Lachen, aber es war ihr egal. Und dann, ehe sie es merkte, hatte sein Mund ihre Lippen bedeckt, und sie saugte an seiner Zunge.

»Zärtlich«, sagte er nach einem Moment. »Ja, nun versuch, sie zu fangen.« Er fing an, seine Zunge vor und zurück und rundum zu bewegen, so daß Chantelle sie nicht zu fassen bekam. »Nun gib mir deine.«

Die Laute, die tief aus ihrer Kehle aufstiegen, hörte nur er. Chantelle gehorchte ihm unbewußt, gefangen in etwas, das sie nicht beherrschen konnte. Wie lange es dauerte, wußte sie nicht, doch schließlich spürte sie etwas anderes als den rasenden Strudel in ihrem Inneren. Sie spürte eine Männerhand, wo sie nicht sein sollte.

»Wie hast du es geschafft, dieses zarte Büschel zu behalten, kleiner Mond?«

Sie stöhnte vor Verlegenheit und versuchte ihr erhitztes Gesicht an seiner Schulter zu vergraben. Und sie spürte, wie seine Finger sich in die kleinen Locken vorwagten und jenen intimsten Teil ihres Körpers berührten. Das war zuviel. Sie wurde kalt und erinnerte sich mit einemmal an alles, was ihr diesen Mann hassenswert machte. Wie hatte sie es zulassen können, daß er so mit ihr umsprang? Von Anfang an hätte sie widerstehen und sich den Teufel um die Folgen scheren müssen.

»Nicht!« rief sie und stieß seinen Arm weg.

Er ließ es geschehen, doch als sie sich von seinem Schoß aufrichten wollte, hielt er sie fest. »Was ist, Shahar?«

»Ich kann das nicht tun«, schrie sie und versuchte verzweifelt, sich aus seiner Umarmung zu winden. »Ich hatte gehofft, ich könnte es, aber ich kann es einfach nicht, nicht mit Ihnen. Bitte lassen Sie mich gehen.«

Wenn sie nicht gesagt hätte »nicht mit Ihnen«, hätte Derek vielleicht versucht, sie zu beruhigen. Aber er dachte an dasselbe wie sie – an die Szene mit seinem Bruder und die Züchtigung der Schwarzen. Es würde große Mühe kosten, Chantelle ihren ersten Eindruck vergessen zu lassen. Das bedeutete aber, daß er ihr erlaubte, jetzt von ihm wegzugehen, wo er sie doch so wild begehrte, daß er kaum zu denken vermochte.

Verständlicherweise klang seine Stimme ziemlich schroff, als er Chantelle unsanft von sich stieß. »Geh, geh schnell, ehe ich es mir anders überlege.«

24

Auf dem Korridor vor Jamils Räumen wartete ein Eunuche auf Chantelle. Er saß in türkischer Manier auf dem Boden und sprang auf, als sie durch die Tür gestürzt kam. Er hielt sie mit einem Arm auf. Es war Kadar.

Er machte keine Bemerkung über ihre Eile. »Ich bringe Sie zu meinem Herrn.«

Sie nickte. Wenigstens fragte er nicht, was geschehen war. Haji jedoch würde sie wahrscheinlich ausquetschen, deshalb verlangsamte sie ihren Schritt, ehe sie den Harem erreichte.

Kadar führte sie zu Safiyes Appartement, wo sich Haji gerade den neuesten Klatsch anhörte. Er hatte Chantelle nicht so bald erwartet.

»Dann war er also sehr ungeduldig, oder?«

Chantelle stand in der Tür und duckte sich, als sie Safiye über diese Anmerkung lachen hörte. Sie griff nach den Perlenschnüren, die um ihren Hals hingen, und benützte sie, um einer Antwort auszuweichen. »Würden Sie diese bitte *Lalla* Rahine mit meinem Dank zurückgeben?«

Haji nahm die Perlen entgegen, doch er betrachtete Chantelle nachdenklich. »Ging alles gut, Shahar?«

Sie neigte den Kopf, um seinem forschenden Blick zu entgehen. »Ich möchte lieber nicht darüber sprechen.«

Er akzeptierte das und glaubte, sie sei über den Verlust ihrer Jungfräulichkeit bedrückt. »In Ordnung, Sie können in Ihr Zimmer gehen und sich ausruhen. Vielleicht reden wir später.«

Himmel, das hoffte sie nicht, aber sie entfernte sich rasch, ehe er möglicherweise doch noch beschloß, sie jetzt auszufragen. Als sie in ihrem Zimmer ankam, zitterte sie. Sie entließ Adamma mit einem scharfen Wort und rollte sich auf ihrer schmalen Pritsche zusammen. Das Zittern verstärkte sich. Oh, Gott, was hatte sie getan? Würde die nächste Person, die an ihrer Tür erschien, der Scharfrichter sein? War ihre dumme Jungfräulichkeit ihr Leben wert? Gott, nein! Sie hatte schon festgestellt, daß sie diesen Verlust überleben konnte. An Bord des Schiffes hatte sie geglaubt, geschändet worden zu sein. Sie hatte sich elend und beschämt gefühlt, aber das Ende der Welt hatte es nicht bedeutet.

Allerdings war das Ende der Welt vielleicht jetzt bald in Sicht. Er war so gekränkt gewesen! *Wenn sie Jamil durch ihren Widerstand verärgert... andere Frauen mußten wegen weniger sterben.* Jamils Frauen, oder hatte Rahine ganz allgemein gesprochen? Als ob das nun wichtig wäre! Sie hatte das eine getan, vor dem man sie so nachhaltig gewarnt hatte: Sie hatte dem Herrn und Meister das Benützen ihres Körpers verweigert.

Wie dumm, bodenlos dumm von ihr! Wenn sie nur zurückgehen und es hinter sich bringen könnte! Sie verabscheute ihn. Er war ein rücksichtsloser, kaltherziger Barbar. Was zählte das, im Vergleich zu ihrem Leben? Aber sie konnte nicht zurückkehren. Sie durfte den Harem nur verlassen, wenn er sie rief, und das würde wohl nicht mehr geschehen. Schließlich – was sollte er mit Frauen anfangen, die ihn widerlich fanden, wenn es so viele gab, die ihn anbeteten?

In diesem Augenblick lag sicher eine andere Frau in seinem Bett. Chantelle hatte die steife Wölbung, auf der sie gesessen hatte, deutlich als das erkannt, was sie war. Jamil würde nicht lange warten, sich zu erleichtern, denn seine überhandnehmende Begierde war der Grund für seine Wut über ihr Sträuben.

Selbst wenn er ihren Tod nicht befahl, sondern sie nur bestrafte, war es zweifelhaft, ob sie ihn je wiedersehen würde, nachdem sie ihm so deutlich ihre Ablehnung gezeigt hatte. Sie würde an diesem gräßlichen Orte zugrunde gehen, vergessen, verloren und unglücklich.

Eine halbe Stunde später, als Rahine in ihr Zimmer stürzte, waren die Tränen des Selbstmitleids getrocknet. Chantelle hatte sich tatsächlich in den Schlaf geweint und war demnach verwirrt, als sie so stürmisch und laut geweckt wurde.

»Sie dummes Kind! In all den Jahren hier habe ich nie jemand mit so einem totalen Mangel an Selbsterhaltungstrieb erlebt wie Sie!« Als Chantelle bei diesen Worten erblaßte, fuhr Rahine knapp fort: »Nein, Sie werden noch nicht sterben, obwohl ich mich frage, ob das nicht die Antwort wäre. Man könnte Jamil erzählen, Sie seien einer Krankheit erlegen, dann wäre er nicht mehr wütend auf Sie. Als ob es nicht schon genug gäbe, seinen Zorn zu erregen!«

»Ich... Ich konnte es nicht ändern.«

»Reden Sie keinen Unsinn, Shahar. Sie mögen dumm sein, aber ich bin es nicht. Sie wurden gewarnt, und doch verweigerten Sie meinem Sohn, was ihm rechtmäßig zusteht. Er befindet sich in solch einer rasenden Stimmung, daß er seine Ratgeber ignorierte und den Palast verließ, um zu reiten. Reiten! Er bringt sein Leben in Gefahr! Und alles, weil Sie denken, Sie seien zu gut für den Herrscher von Barka.«

»Das ist nicht der Grund«, erklärte Chantelle.

»Nicht? Dann denken Sie vielleicht, Sie seien besser als alle anderen Frauen hier? Jede kam als Jungfrau zu meinem Sohn. Ist Ihre Jungfräulichkeit wertvoller als die der übrigen Haremsinsassinnen?«

»Nein, natürlich nicht.«

»Was glauben Sie dann, wofür Sie sich aufsparen?« fragte Rahine, deren Wut sich wieder steigerte, gemischt mit der Angst um Jamils Sicherheit. »Haben Sie so schnell vergessen, daß Sie für immer hierbleiben werden? Der einzige Mann, der Ihnen die Unschuld nehmen kann, ist Jamil, und wenn Sie meinen, er wolle sie nach dem heutigen Tag noch, dann irren Sie sich.«

»Das ist mir klar«, flüsterte Chantelle.

»Tatsächlich? Dann werden Sie mir darin zustimmen, daß Sie diesem Hof nicht länger als Zierde dienen, geschweige denn dem Hof der Favoritinnen, dem Sie leicht hätten angehören können. Wir wollen einmal sehen, ob die Küche Ihnen mehr zusagt.«

»Soll das meine Strafe sein?«

»Es ist Ihr ›Lebenslänglich‹, wenn Jamil weise genug ist, Sie zu vergessen. Das setzt natürlich voraus, daß er heute nacht unversehrt in den Palast zurückkehrt. Wenn nicht, haben Sie Ihr Leben verwirkt, denn Sie sind die Ursache für seinen Leichtsinn.«

Derek ritt wie der Teufel über die Ebene. Er ließ dem Vollblüter die Zügel schießen, so daß er in vollem Galopp dahinraste. Derek hatte sich für die Exkursion nicht umgezogen, er war nur in seine eigenen Stiefel geschlüpft. Er hatte es zu eilig gehabt, aus dem Palast zu kommen – nur fort, irgendwohin. Seine Verkörperung von

Jamil erfuhr eine kurze Unterbrechung. Es war Derek, der Weite benötigte, den Wind in den Haaren, die Bewegung eines kraftvollen Tieres unter sich – den Abstand, der ihm garantierte, daß er nichts tat, was er später bereuen würde. Er war nämlich ganz nahe daran gewesen, Shahar zurückbringen zu lassen und ihr seinen Willen aufzuzwingen.

Momentan verfluchte er ihren eigenen starken Willen, der sie befähigt hatte, der magischen Sinnlichkeit zu widerstehen, die er in ihr erweckt hatte. Er verfluchte auch Jamil wegen des üblen Eindrucks, den er bei Chantelle hinterlassen hatte. Sie war von seinen Küssen hingerissen gewesen, sie war in seinen Armen dahingeschmolzen, hatte sich selbst aufgegeben und genommen, was er bot. Er täuschte sich nicht über ihre vollkommene rückhaltlose Reaktion, die ihre wahre Natur enthüllt hatte. Er war überzeugt, daß es sich um eine extrem leidenschaftliche Natur handelte, wenn sie ihren Abscheu und ihr Mißtrauen ihm gegenüber überwinden konnte.

Die kleinste Verwirrung hatte ihren Widerstand ausgelöst und ihren Entschluß, jedes Vergnügen von sich zu weisen, das er ihr bereiten konnte. Starrköpfige englische Verdrehtheit in all ihrer ärgerlichen Pracht! Wenn Chantelle irgendeiner anderen Nationalität angehören würde, hätte sie dann mit gleicher Zähigkeit auf ihrem Standpunkt beharrt! Nein. Nur die Briten verbissen sich auch noch in verlorene Fälle.

Derek zügelte den Hengst, als sich die Wüste endlich vor ihnen ausdehnte, und brachte ihn zum Stand. Er bemerkte kaum die Schönheit der vom Mond in bläuliches Licht getauchten unendlichen Leere. Er saß reglos da, und seine Gedanken fachten seine Greiztheit noch an, anstatt sie zu dämpfen.

Wenn er ehrlich in sich ging, zürnte er Chantelle nicht so sehr wie sich selbst. Diese lustvolle Ungeduld auf seiner Seite war eine neue Erfahrung, die ihm gar nicht gefiel. Man konnte Shahar keinen Vorwurf daraus machen, wie sie auf ihn reagierte, oder wegen ihres Zögerns, ihre Unschuld zu opfern. Wenn er ihr sagen könnte, daß es in ihrem eigenen Interesse lag, ihre Beziehung zu intensivieren, und welche positiven Folgen das für die Zukunft hätte, würde sie sich vielleicht dankbar fügen.

Aber er konnte ihr das nicht sagen. Und als er daran dachte, wie lange es dauern würde, ihren Widerstand zu brechen, stöhnte er vor Frustration. Nur die Wahrheit über ihn und Jamil hätte ihm ihr

Herz schneller geöffnet, aber diese Wahrheit mußte ein Geheimnis bleiben. Wie wollte er das nur aushalten? Natürlich konnte er andere Frauen in sein Bett holen, aber er sehnte sich nach Shahar, und wenn sie diese Sehnsucht nicht stillte, würde es auch ein anderes Mädchen nicht können, nicht völlig. Zur Hölle mit Halbheiten. Er würde warten.

In der Zwischenzeit wollte er seine Rolle als Jamil testen und seine drei Schwägerinnen kennenlernen sowie seine Neffen und Nichten. Er würde sie, so wie es erwartet wurde, zu sich rufen lassen. Shahar würde in jedem Fall ein paar Tage für sich benötigen, um über sein Mißfallen nachzudenken. Wenn Angst sie gefügiger machen konnte, würde er nichts gegen diese Angst unternehmen, sie aber auch nicht zu mehren versuchen. Hinterher würde er Shahar dann beweisen, daß sie niemals Furcht vor ihm hätte haben brauchen.

Mit diesen Vorsätzen im Kopf wendete er und nahm den Weg zurück zur Stadt. Er war erst wenige Meter geritten, als er die vagen Umrisse zweier seiner Wächter bemerkte. Er lachte, und seine Stimmung hob sich. Ihre Wüstenpferde hatten keine Chance gehabt, mit einem englischen Vollblut Schritt zu halten, das von einem berühmten Dressurreiter angetrieben wurde. Der Hengst hatte es im Blut, alle Verfolger im Staub hinter sich zu lassen.

Derek hätte sich wegen seiner sorglosen Aktionen zerknirscht fühlen müssen, aber das tat er nicht. Er hatte diese Zeit für sich gebraucht, nur in der Gesellschaft der Sterne, des Windes und der Stille. Die Gefahr, die in seinem Alleingang lag, hatte ihn am wenigsten bekümmert. Tatsächlich hätte er einen Angreifer sogar willkommen geheißen, denn er war in der Stimmung gewesen, jemanden zu verletzen. Nun, da seine Lenden sich abgekühlt hatten, war diese Stimmung vorbei. Er mußte erkennen, daß seine Sexualität ihn beherrscht hatte. Auch diese Erkenntnis war eine neue Erfahrung, die er peinlich fand.

Derek zog die Zügel straff, als die Reiter sich näherten. Sie trugen flatternde graue Gewänder und nicht die Uniformen der Palastwächter. Er furchte die Stirn und überlegte, ob sich sein Wunsch nun doch noch erfüllen würde, einigen von Jamils Feinden zu begegnen. Nicht, daß es ihn erschreckt hätte. Es wäre nur angebracht gewesen, wenn er bei seinem verrückten Ausflug an eine Waffe gedacht hätte. Leider hatte er den Palast völlig kopflos hinter sich gelassen, nur angetrieben von seinen frustrierten Gefühlen. Eine ziemlich dumme Handlung für einen Mann, der als einer von Marshalls Spionen öfters den Kanal überquert hatte. Der gute alte Marsh wäre über diese Sorglosigkeit entsetzt!

Die Reiter wurden erst im letzten Moment langsamer, woran Derek erkannte, daß ihm tatsächlich ein Kampf bevorstand. Am besten wäre er davongaloppiert. Die Kerle hätten den weißen Hengst niemals eingeholt. Aber Derek floh nicht.

Er traf seine Entscheidung in dem Bruchteil einer Sekunde, ehe ein Krummsäbel vor ihm die Luft durchschnitt, um seinen Schädel zu spalten. Er duckte sich und stellte fest, daß die Angreifer nicht schlau genug waren, von zwei Seiten auf ihn loszugehen. Als der erste Mann nach dem erfolglosen Hieb an ihm vorbeiglitt, kamm der zweite von derselben Seite und versuchte, auf Derek zu springen und ihn vom Pferd zu schleudern. Ihn traf Dereks Fuß mitten in die Brust, so daß er in seinen Sattel zurückfiel. Bei dem Versuch, sein Gleichgewicht wiederzuerlangen, fiel ihm die Waffe aus der Hand.

Derek wandte sich nun blitzschnell dem ersten Kerl zu, der erneut zum Angriff ansetzte. Es gelang ihm, seinen Hengst zum Aufbäumen zu bringen und die Vorderbeine im kritischen Moment auf den Gegner herabsausen zu lassen. Ein Schrei verriet, daß die Hufe des Hengstes den Angreifer getroffen hatten. Das Pferd des Mannes war aber auch verletzt, denn seine Vorderbeine knickten ein, und der Angreifer flog über den Kopf des Tieres auf den Boden. Dort blieb er liegen, preßte die Hand gegen die rechte Schulter und brüllte vor Schmerz.

Als Derek sich dem anderen Schurken wieder zuwenden wollte, stellte er grinsend fest, daß der Feigling längst das Weite gesucht hatte. Sein Umriß war in der Ferne noch wie ein Schatten zu sehen. Derek stieg ab und hob den Säbel auf, ehe er sich über den gestürzten Mann stellte. Der Bursche begann sofort um Gnade zu heulen, doch Derek hatte nicht die Absicht, ihn zu töten. Er wollte ihn zum Palast mitnehmen und Omar übergeben. Es bestand eine geringe Chance, daß er etwas mehr wußte als die übrigen gedungenen Mörder, die gefangen worden waren.

Derek schlug mit dem Griff des Säbels auf den von einem Turban bedeckten Kopf des Mannes. Sofort trat Schweigen ein. Nun untersuchte Derek das Pferd des Burschen, das aufgestanden war und fügsam dastand. Es war wohl verletzt, aber vermutlich doch noch fähig, einen schlaffen Körper in die Stadt zurückzutragen. Wenn nicht, würde Derek den erfolglosen Burschen hinter seinem Hengst herziehen. Für jemanden, der sich gerade bemüht hatte, ihn umzubringen, konnte Derek nicht viel Mitgefühl empfinden.

25

Die anderen Sklaven wußten nicht, was sie von Chantelles Anwesenheit in der Küche halten sollten. Einige waren gehässig, einige verständnisvoll und einige wagten überhaupt nicht, die junge Frau anzureden. Offenbar war nie zuvor eine Konkubine aus dem königlichen Harem zu Küchenarbeit verurteilt worden. Und den wenigen abträglichen Bemerkungen, die ihr zu Ohren kamen, entnahm sie, daß ihre Ablehnung dem Herrscher gegenüber absolut einmalig war. Nachdem jede Frau sich in dem Bestreben überschlug, dem Pascha zu Gefallen zu sein, brauchte man sich nicht zu wundern, daß eine Bestrafung in Form von Küchendienst nie vorkam.

Chantelle wurde als Monstrum angesehen, ihr Verbrechen als schändlich. Gott, wie absurd! Sie selbst konnte in ihren Handlungen nichts Schlimmes erkennen. Natürlich hatte sie vor zwei Tagen noch anders gedacht, als man sie in das tiefliegende Küchengeschoß geschleppt und der Chefköchin unterstellt hatte. Sie war völlig verängstigt gewesen. Die große, breite Frau hatte sich nach einem kurzen Blick angewidert abgewendet, in der Annahme, sie könne aus so einem blassen, dürren Gespenst nie eine Arbeitsleistung herausholen.

Nach Rahines Abschiedsworten hatte Chantelles Furcht einen sehr realistischen Hintergrund gehabt. Sie wußte nicht, warum der Herrscher sich in Lebensgefahr befand, wenn er den Palast verließ, doch daß es so war, entsetzte sie. Sie hielt sich für schuldig an seinem Ausritt und glaubte fest daran, daß sie ihr Leben verwirkt hatte, wenn er nicht zurückkam. In dieser Nacht hatte sie nicht geschlafen, denn niemand hatte es der Mühe für wert befunden, ihr mitzuteilen, daß Jamil gesund in den Palast zurückgekehrt war. Sie hatte es erst in der Küche erfahren, als eine von

Nouras Dienerinnen – Noura war Jamils zweite Ehefrau – herumstolziert war und prahlend verkündet hatte, er habe ihre Herrin in der Nacht zu sich gerufen. Chantelle wunderte sich, daß sie bei dieser Nachricht einen so schneidenden Stich empfand. Sie sagte sich, die schlaflose Nacht sei schuld daran. Von ihr aus sollte Jamil doch Orgien feiern, Hauptsache, sie war nicht inbegriffen. Es sah nicht so aus, als ob er sie je wieder zu sich holen würde. Er schickte sie zur Arbeit als Küchensklavin und machte munter weiter mit seinen gewohnten Unzuchtsgeschichten. Rahine hatte wahrscheinlich recht – sie würde in diesen düsteren, unfreundlichen Gewölben vergessen werden.

Schön und gut. Darauf hatte sie doch von Anfang an gehofft: jeden Weg zu gehen, nur nicht den einer Konkubine. Es wäre nur besser gewesen, wenn sie nicht als Haremsfrau begonnen hätte, denn diese Tatsache brachte ihr den Haß mancher Sklavinnen ein, deren Existenz sie jetzt teilte. Nicht aller, natürlich. Gestern hatte sie Adammas Mutter kennengelernt und fand sie so liebenswert wie ihre Tochter.

Fayolo war eine schöne Nigerianerin, die viel zu jung erschien, um eine Tochter in Adammas Alter zu haben. Doch sie hatte Chantelle ohne Scheu erzählt, daß sie schon als reife Dreizehnjährige die Aufmerksamkeit der Palastwächter erregt hatte. Daß die Küchensklavinnen Zugang zu anderen Teilen des Palastes hatten, war neu für Chantelle und erfüllte sie mit Hoffnung, bis die Chefköchin sie anfauchte, das gelte nicht für sie – aufgrund von Rahines Befehl. Natürlich fügte das dem Groll, der bereits in Chantelle brodelte, eine weitere Dosis hinzu.

Ein großes Zimmer neben der Küche mit einem Strohsack auf dem kalten Boden diente Chantelle als Schlafraum und Gefängnis. Sie zweifelte nicht daran, daß Jamil sie hierhergeschickt hatte. Offenbar hatte er das veranlaßt, ehe er aus dem Palast gestürmt war. Wenn er Rahine die Strafe überlassen hätte, wäre sie, Chantelle, bestimmt brutal geschlagen worden, so wütend war die Dame gewesen. Nein, Jamil hatte sie in dieses Loch gesteckt und wahrscheinlich gedacht, das würde sie mehr als alles andere beschämen, sie würde dem verwöhnten Leben im Harem nachtrauern und wünschen, sie sei netter zu ihrem Gebieter gewesen. Hah! Er hatte ihr das verschafft, was sie selbst nicht hatte erreichen können: seiner Nähe zu entkommen. Wenn nun genügend Zeit verstrich, würde er sie vergessen. Und was sie schon früher erkannt hatte: Warum sollte er sich noch einmal mit ihr herumplagen, wenn so viele Frauen beteten, von ihm bemerkt zu werden.

Sie mußte die Vorteile zusammenzählen. Mochte der Arbeitsplatz auch nicht angenehm sein, so war ihr durch den Aufenthalt bei Tante Ellen eine Küche doch vertraut, denn sie hatten dort ihre Mahlzeiten gekocht. Die polternde Köchin, die so schnell schimpfte und Ohrfeigen austeilte, mochte keine einfache Lehrherrin sein, aber mit ihr würde Chantelle im Lauf der Zeit schon auskommen. Hauptsache, in diesen Gefilden brauchte Chantelle nicht zu befürchten, vom gnädigen Meister in sein Bett gerufen zu werden. Das wog alles andere auf – die Feindseligkeiten, den Spott, die ständige Arbeit, sogar eine Ohrfeige von der Chefköchin, wenn sie etwas falsch machte. Außerdem konnte sie viel leichter aus der Küche fliehen als aus dem Harem, wo jede Tür bewacht wurde. Aber das galt für später, wenn man sich an sie gewöhnt hatte und sie nicht mehr ständig neugierig beobachtet wurde.

Heute wollte Noura ein Festessen für den Herrscher bereiten lassen, an dem nur die Ehefrauen und Favoritinnen teilnehmen sollten. Chantelle wurde schon vor dem Morgengrauen geweckt, um Fayolo beim Rösten eines Jungschafes zu helfen. Als erstes kam ihr das Frühstück hoch, als sie beobachtete, wie Fayolo ein Messer in die Schlagader des Tieres stieß und das Blut hochspritzte. Auch beim Häuten wurde ihr übel. Die anwesenden Frauen lachten herzlich über Chantelles Empfindlichkeit.

Während das Lamm briet, wurde die junge Frau mit allen möglichen niederen Arbeiten überhäuft. Die Chefköchin achtete darauf, daß Fayolo ihr nichts davon abnahm. Zuerst dachte Chantelle, die Küchenmeisterin sei so bösartig, aber dann hörte sie von den anderen, daß Noura angeordnet hatte, Chantelle müsse bei jeder Vorbereitung mit Hand anlegen.

Eine Sekunde lang wünschte sie, Gift zur Verfügung zu haben. Doch als das prachtvolle Essen dann seinen Anfang nahm, sehnte sie sich nur mehr nach ihrem Strohlager. Sie war total erschöpft, ihr Haar und ihre Kleidung feucht von Schweiß, und sie konnte die Augen kaum mehr offenhalten. Dabei durften die Küchensklavinnen nicht ruhen, bis die letzte Konkubine ihr Essen bekommen hatte.

Anscheinend überkam die Küchenchefin eine Anwandlung

von Mitleid, denn sie schickte Chantelle ins Bett, anstatt sie am Vorbereitungstisch weiterarbeiten zu lassen. Vielleicht erkannte sie aber auch, daß die Engländerin am Ende ihrer Kraft angelangt war. Der Grund zählte nicht. In dem Moment, als Chantelles Kopf auf das Strohlager sank, schlief sie ein. Ihr letzter Gedanke galt Jamils zweiter Frau, die sie gern gebraten gesehen hätte anstatt des armen Lammes, an dem zu ersticken sie allen wünschte, besonders Jamil.

26

»Ich weiß nicht, ob ich Sie mit diesem langen Gesicht hereinbitten soll, Haji«, sagte Rahine, als ihr alter Freund an ihrer Tür erschien. »Hat sich Jamil über Nouras Überraschungsfest nicht gefreut?«

»Er wirkte angetan.«

»Aber nicht genügend, um seine schlechte Stimmung zu verbessern?«

»Im Gegenteil, er machte einen äußerst zufriedenen Eindruck«, erwiderte Haji und ließ sich auf dem Kissen neben Rahine gemütlich nieder.

Sie seufzte erbittert, als er keinen weiteren Ton von sich gab. »Also, heraus damit! Was klappte nicht wie vorgesehen?«

»Er wunderte sich, warum Shahar nicht im Kreis seiner Favoritinnen anwesend war, um das Fest mit ihm zu feiern.«

»Was?« Rahine atmete schwer. »Das muß ein Scherz gewesen sein! Eine Konkubine kann den Status einer Favoritin erst erreichen, wenn sie sich im Bett des Herrschers bewährt hat.«

»Er weiß das, Rahine. Aber diese Situation ist einmalig, das müssen Sie zugeben. Noch nie wurde eine Sklavin von ihm gerufen und als Jungfrau in den Harem zurückgeschickt. In seinen Augen änderte diese erste Aufforderung Shahars Status, ganz gleich, wie der Abend verlief.«

»Also weitere Abweichungen von den Gebräuchen?«

»Anscheinend.«

»Aber merkt er nicht, wieviel Verwirrung und Groll das bei den anderen Frauen verursacht? Sie haben doch darauf hingewiesen, oder?«

»Natürlich.«

»Und?«

»Er sagte, er würde die Sache heute abend in Ordnung bringen.«

Rahine ächzte. »Nein! Wie kann er mir das antun? Dachte er, ich würde nichts unternehmen, nachdem das Mädchen ihm trotzte und ihn so wütend machte, daß er sein Leben riskierte? Nur durch Allahs Gnade und Jamils eigene Fähigkeit kehrte er in dieser Nacht unverletzt heim. Glaubte er, Shahar könnte im Luxus dahinschmachten, bis er sie wieder ruft? Er müßte mich doch besser kennen.«

»Vielleicht hat er bei allem, was ihm zur Zeit durch den Kopf geht, einfach nicht an die Möglichkeit gedacht, Sie könnten Shahar bestrafen«, meinte Haji.

»Die Möglichkeit!« Rahine kreischte das Wort. »Das Mädchen verdiente Strafe. Ich wundere mich nur, daß Jamil sich nicht selbst darum kümmerte.«

»Vielleicht hätte uns schon das allein Zurückhaltung auferlegen sollen. Die Tatsache, daß er sonst bei jeder Kleinigkeit so empfindlich reagiert, hätte uns zumindest eine Überlegung wert sein müssen...«

»Sie hatten meine Entscheidung gutgeheißen«, stellte Rahine vernichtend fest.

»Ich weiß, ich weiß, und was geschehen ist, kann nicht rückgängig gemacht werden. Wenigstens war sie nur zwei Tage in der Küche. In dieser kurzen Zeit kann nicht allzuviel Schlimmes passiert sein.«

»Aber er weiß nichts davon, oder hatten Sie den Mut, ihm zu sagen, wo ich sie hingetan habe?«

Haji schüttelte den Kopf. »Möglicherweise erwähnt sie es nicht«, meinte er hoffnungsvoll.

»Rechnen Sie nicht damit, Haji. Ich werde es ihm selbst sagen müssen.«

»Seien Sie nicht dumm, Rahine. Wenn sie es erwähnt, ist es noch früh genug, die Hauptlast seines Zornes zu tragen. Und Sie haben nur in seinem Interesse gehandelt. Vielleicht haben diese wenigen Tage die Einstellung des Mädchens geändert. Dann müßte er dankbar sein, nicht wütend.«

»Ja, vielleicht.« Rahine seufzte. »Aber bei Allahs Gnade, seitdem Jamil diese Engländerin zum erstenmal gesehen hat, ist er nicht mehr er selbst. Er ist völlig unberechenbar geworden.«

»Was in der jetzigen Situation gar nicht so schlecht ist«, bemerkte Haji. »Wenn wir nicht voraussehen können, was er tun wird, können seine Feinde es erst recht nicht. Bei seinem plötzlichen Ausritt hat er sie bestimmt überrascht.«

»Aber Omar konnte nichts Neues von dem Verbrecher erfahren, den Jamil mitgebracht hat. Mir schaudert noch, wenn ich daran denke, wie nah er dem Tod war. Er hatte keine Waffe dabei, Haji! Wann hat Jamil je zuvor den Palast verlassen, ohne eine Waffe mitzunehmen?«

»Was erneut beweist, welche Macht diese Blondine über ihn besitzt, daß sie ihn so aufregen konnte. Ich denke, es wäre klug, wenn wir sie in Zukunft mit äußerster Sorgfalt behandeln würden.«

»Ich werde sehen, daß alle ihre Wünsche erfüllt werden, wenn sie es verdient«, sagte Rahine mit finsterer Miene. »Es kommt nicht in Frage, daß ich seine Frauen plötzlich anders behandle, nur, weil er es tut.«

Haji schüttelte den Kopf über solchen Starrsinn, aber ohne diese Störrigkeit wäre Rahine nicht Rahine gewesen. »Werden Sie sich wenigstens um Ihre berühmte Selbstbeherrschung bemühen, was Shahar betrifft? Sie scheint die Macht zu besitzen, Ihnen und Ihrem Sohn die Überlegenheit zu rauben.«

Rahine gab einen sehr undamenhaften Laut von sich, der dem Eunuchen ein Grinsen entlockte. Dann meinte sie: »Ich vermute, daß Sie schon jemanden beauftragt haben, das Mädchen in die Bäder zu bringen?«

»Selbstverständlich. Das Fest dauert ja nur ein paar Stunden.«

»Schon wieder sollen wir Wunder vollbringen. Meinetwegen! Welche Farbe haben Sie für Shahar ausgesucht?«

»Blau, um ihre Nerven zu beruhigen – und sein hitziges Temperament, falls es wieder mit ihm durchgehen sollte, was Allah verhüten möge.«

Rahines Lippen zuckten: »Sehr angemessen! Man kann sich eben auf Sie verlassen, daß Sie immer an alles Nötige denken. Ich werde meine Saphire bereitstellen, um Ihre Wahl zu vervollständigen. Hoffentlich hat Shahar das nächstemal, wenn er sie ruft, ihre eigenen Juwelen.«

»Ihre Einstellung verbessert sich zusehends, Rahine.«

»Beten wir, daß sich die der Engländerin ebenfalls verbessert.«

Ihre Gebete wurden nicht erhört. Eine der Badefrauen begegnete ihnen, ehe sie den *Hammam* erreichten.

Atemlos vom Laufen, rief sie verängstigt: »Sie müssen sich beeilen, *Lalla!* Kadar hat Schwierigkeiten, die Engländerin zurückzuhalten, ohne ihr weh zu tun.«

»Zurückzuhalten – wieso?«

»Sie wehrt sich gegen ihn, Lalla.«

Rahines Gesichtsausdruck ließ nichts Gutes ahnen. »War jemand dumm genug, ihr zu sagen, daß der Herrscher sie gerufen hat?«

Die entsetzten Augen des Mädchens waren Antwort genug.

»Sie können den Mädchen keinen Vorwurf machen, Rahine«, sagte Haji vernunftgemäß, obwohl auch er jetzt die Brauen zusammenzog. »Jeder hält es für eine Ehre…«

»Jeder im Harem weiß, warum Shahar in die Küche verbannt wurde! Hier können keine Geheimnisse bewahrt werden!« Rahine stöhnte. »Oh, es ist egal. So steht es also um unsere Hoffnung, die Person könnte sich gebessert haben!« Entschlossen fuhr sie fort: »Haji, Sie müssen ein Mittel besorgen, um sie ruhigzustellen – und zwar schnell. Bei allen Vorbereitungen, die wir noch mit ihr treffen müssen, ist keine Zeit für großes Theater. Wir sehen uns im Bad.«

Rahine rannte den restlichen Weg zum *Hammam,* der glücklicherweise um diese Zeit des Abends leer war, von einigen Badefrauen abgesehen.

Das, was sie dort sah, hätte man im ersten Moment für eine Umarmung halten können, denn Hajis Sklave Kadar umfaßte Shahar von hinten und neigte den Kopf zu ihrem Ohr. Beim zweiten Blick war die Illusion zerstört: Kadars Wange wies zwei blutige Striemen auf, seine Arme waren mit kleinen Kratzern übersät, und seine Hände hielten die Fäuste der jungen Frau, die sie über der Brust gekreuzt hatte. Shahars Gesicht war feuerrot von ihrem wilden, aber vergeblichen Befreiungskampf. Sie schien die beruhigenden und flehenden Worte, die der Eunuche ihr ins Ohr flüsterte, überhaupt nicht zu hören.

»Also sind wir wieder soweit, Gewalt anzuwenden, oder?«

Chantelle sah Rahines mißbilligende Miene und fauchte: »Fahren Sie zur Hölle, Madame!«

Rahine hielt ihre Zunge im Zaum. »Ich hoffe, wir müssen dieselben Argumente nicht wiederkäuen, denn die Folgen Ihres eventuellen Widerstandes gegen Ihren Meister gelten immer noch, wie Sie wissen.«

»Mein sogenannter Meister ist nicht da, und wenn er da wäre, können Sie verdammt sicher sein...«

Der Rest dieser ungestümen Feststellung wurde abgewürgt, denn Kadar verstärkte den Druck seiner Arme um Chantelles Körpermitte.

Rahine kam näher und hob das Kinn der jungen Frau. Sie entdeckte grenzenlose Wut in den verengten veilchenblauen Augen. Wenn Blicke töten könnten...

»Dann sind Sie offensichtlich unfähig, aus Ihren Fehlern zu lernen. Sie sind nicht bereit, in die angenehmeren Gefilde zurückgebracht zu werden?«

»Niemals!« Chantelle fügte anklagend hinzu: »Sie sagten, er würde mich vergessen!«

»Das war Wunschdenken meinerseits, fürchte ich«, entgegnete Rahine trocken.

»Was geschieht diesmal, wenn ich mich ihm verweigere?«

»Ich weiß es ehrlich nicht, meine Liebe. Sie haben seine Geduld schon auf eine harte Probe gestellt. Er ist es nicht gewöhnt, auf etwas zu warten, was er sich wünscht.«

»Wie schrecklich!« Chantelle lächelte so höhnisch, daß Rahine tatsächlich lachte. Das vermehrte den Zorn der jungen Frau. »Diesmal gehe ich nicht zu ihm. Sagen Sie ihm, ich sei in ein Wasserfaß gefallen und ertrunken.«

»Machen Sie sich nicht lächerlich, Kind. Sie wissen genau, daß Sie keine...«

»Daß ich keine Wahl habe?« stieß Chantelle heftig hervor. »Hah! Diesmal werden Sie mich hinschleifen müssen, und ich schwöre, daß ich auch Jamils Auge blauschlage, wenn er mich anrührt.«

»Auch?« wiederholte Rahine verwirrt und sah zu dem Eunuchen auf, der eine Grimasse schnitt. »Ah, Kadar, ist das tatsächlich eine Schwellung an Ihrem Auge?«

Er gab keine Antwort, doch es zeigte sich eine leichte Wölbung in seiner Augengegend, die allerdings durch die schwarze Haut kaum auffiel.

Rahine schüttelte verblüfft den Kopf.

»Sie sind voller Überraschungen, Shahar, das muß ich sagen. Aber so kann es nicht weitergehen.«

»Nein, wirklich nicht«, erklärte Haji hinter ihr. Er hatte genug gehört, um zu erkennen, daß Rahine mit der medikamentösen Ruhigstellung der Engländerin recht hatte. Rahine war nie für die Anwendung von Drogen gewesen, und seit Jamils Machtübernahme hatte auch nie ein Bedarf an derlei Mitteln bestanden. Deshalb versuchte Haji es ihr zuliebe auch diesmal zuerst auf anderem Wege, in der Hoffnung, Chantelle durch Drohungen zur Willfährigkeit zu zwingen. »Wenn wir sie sowieso zu Jamil schleppen müssen, soll sie vorher die Bastonade bekommen.«

Es hatte nicht den gewünschten Erfolg, denn Chantelle warf ihm einen tödlichen Blick zu und schrie: »Los, fangen Sie doch an! Es ist mir verdammt egal, was Sie mit mir machen. Es kann nicht schlimmer sein, als diesem Ungeheuer vorgeworfen zu werden, das Sie alle anbeten, diesem doppelgesichtigen Hurenmeister, diesem verfluchten Tyr...«

Das letzte Wort wurde verschluckt, als Haji die Gelegenheit nützte und in Chantelles geöffneten Mund einen schmalen Gummibehälter schob, aus dem er ein Beruhigungsmittel in ihren Hals sprühte. Chantelle wehrte sich und trat um sich. Dabei traf sie Hajis Schienbein mit einem kräftigen Tritt. Der Eunuche sprang zurück. Die junge Frau spuckte den Gummibehälter sofort aus.

»Sie Bastard!« Ihre Augen schlossen sich langsam, doch sie riß sie wieder auf. »Sie verdammter...« Die Augen fielen ihr erneut zu.

Rahine griff alarmiert nach Hajis Arm, als sie sah, wie Chantelle mit der Müdigkeit kämpfte. »Beim Barte des Propheten, wieviel haben Sie ihr gegeben? Es dürfte keinesfalls so schnell wirken!«

Haji war selbst erschrocken. »Nicht mehr als nötig.«

»Haben Sie ihre Zerbrechlichkeit bedacht?«

»Zerbrechlichkeit?« schnaubte er und rieb sich das schmerzende Schienbein. »Nein, ich muß sagen, daß ich es zu eilig hatte, um ihre Magerkeit in Betracht zu ziehen...«

»Verzeihen Sie, daß ich Sie unterbreche, Meister«, meldete sich Kadar zu Wort, in dessen Armen Chantelle zusammensackte, »aber eine der Küchenhilfen erzählte mir, daß die Engländerin von der Morgendämmerung bis zum Abend gearbeitet habe. Als ich kam, um sie zu holen, schlief sie auf ihrem Strohsack so fest, daß ich sie kaum wecken konnte.«

»Bei Allah, und trotzdem kämpfte sie wie ein Dämon«, meinte Haji mit einem Hauch von Bewunderung. »Woher nimmt sie nur die Zähigkeit?«

»Sie ist Engländerin«, erwiderte Rahine, als sei das eine ausreichende Erklärung.

Haji brummte entrüstet über den Anflug von Stolz, der in Rahines Feststellung steckte. »Englisch oder nicht, wir können uns nicht darauf verlassen, daß sie lange bewußtlos bleibt, ganz gleich, wie erschöpft sie ist. Der Wille der jungen Person ist viel zu stark, als daß sie körperlicher Schwäche nachgeben würde, selbst wenn diese Schwäche von einem Sedativum unterstützt wird. Wir sollten ihre momentane Wehrlosigkeit nützen und sie baden und anziehen, solange es geht.« Er nickte Kadar zu, daß er Shahar in das nächste Bassin bringen solle, und scheuchte die sich duckenden Badefrauen sowie die entsetzte Adamma auf, die ihr Kosmetiktablett geholt hatte.

»Für uns ist es jetzt leicht, sie vorzubereiten«, sagte Rahine, »aber Jamil wird wütend sein, wenn sie in diesem Zustand zu ihm kommt.«

»Wir werden sie mit Kaffee vollpumpen müssen, um der Betäubung entgegenzuwirken«, schlug Haji vor.

»Wird das helfen?«

»Hoffentlich«, meinte er mit einiger Skepsis.

Rahine atmete tief. »Wenigstens kann ich bei der Gelegenheit den Rest ihrer Körperhaare entfernen lassen. Allah sei Dank, daß Jamil ihren sündhaften Zustand noch nicht entdeckt hat...«

Haji unterbrach sie. »Rahine, er hat ihn wohl entdeckt, denn er wollte von mir wissen, wie Shahar es anstellte, daß sie die Locken zwischen ihren Beinen behalten durfte.«

»Haben Sie es ihm erzählt?«

Er nickte, doch sein Gesicht drückte jetzt Verwirrung aus. »Er lachte doch tatsächlich.«

Rahine hob die Brauen. »Er lachte, als sei er amüsiert?«

»Genau. Und er befahl mir, dafür zu sorgen, daß diese silbernen Kringel bleiben, wo sie sind.«

Rahine fand das nicht lustig. »Es ist verboten.«

»Für den Herrscher bestehen keine Verbote«, zitierte er überflüssigerweise.

»Die anderen Frauen werden es beim Baden sehen.«

»Ja. Und sie werden wünschen, daß man ihre eigenen Schamhaare auch wieder wachsen läßt, um die gegenwärtige Favoritin nachzuahmen.«

Rahine seufzte. »Glauben Sie wirklich, daß Shahar diesen Status erreicht, seine erste *Ikbal* zu werden?«

Haji schürzte die Lippen, ehe er antwortete: »Wenn Jamil sie nicht in einem Wutanfall tötet, ehe er sie sich nimmt.«

27

Chantelle mußte den Korridor entlanggeführt werden, und je eine Hand stützte ihre Ellenbogen. Ihre Füße bewegten sich von selbst, doch sie merkte es kaum, und sie schien sich auch nicht zu erinnern, wohin sie gebracht wurde. Nicht, daß es wichtig gewesen wäre – ihr Bewußtsein huschte von einem gleichgültigen Thema zum anderen, dazwischen glitt sie in Abgründe totaler Leere und schlief buchstäblich im Gehen.

Der Kaffee, der ihr eingeflößt worden war, hatte sie zu einer angenehmen Gelassenheit belebt. Selbst als man sie schüttelte und ihr sagte, sie sei an Jamils Tür angelangt, konnte sie nicht viel Interesse aufbringen, von Angst ganz zu schweigen. Welcher Jamil? überlegte sie kurz, ehe sie in kniende Haltung gedrückt wurde. Ihr Kopf sank nach vorn, und sie schlief sofort ein.

Nachdem Haji und Kadar unter Verbeugungen rückwärts aus dem Raum verschwunden waren, wartete Derek darauf, daß Shahar sich rühren würde. Als sie nach einigen Minuten noch immer nicht die kleinste Bewegung machte, seufzte er. Also mußte er schon wieder von vorne beginnen und ihr jedes winzige Entgegenkommen mühsam entlocken. Aber hatte er denn wirklich geglaubt, er könne da weitermachen, wo sie zuletzt aufgehört hatten? Sein Körper hatte es jedenfalls gehofft.

»Shahar, du darfst dich erheben – und übrigens, ich möchte dich nicht mehr knien sehen. Ich werde es Haji sagen.« Wenn Derek dachte, das würde sie freuen – ein Privileg, das sonst nur Sheelah bei Jamil genoß –, so sah er sich getäuscht. Sie bewegte sich nicht. »Shahar?« wiederholte er, und nach wenigen Sekunden noch einmal: »Shahar!«

»Was?« fragte sie in verwirrtem Ton und versuchte aufzustehen. Dabei kippte sie vornüber. Derek sah sie befremdet an, als sie kicherte. »Oh, wie ist das nur passiert?«

Derek gab keine Antwort. Er ging auf sie zu und reichte ihr die Hand, um ihr zu helfen.

»Herzlichen Dank, Sir.«

»Bitte«, entgegnete er zögernd und sah in ihr Gesicht. »Ist alles in Ordnung mit dir?«

»Es könnte mir nicht bessergehen.« Sie schenkte ihm ein atemberaubendes Lächeln.

Seine Finger zeichneten sofort die Linie ihrer geschwungenen Lippen nach. Doch als er Chantelle berührte, wich sie zurück.

»Was machen Sie da?« fragte sie ungnädig und schüttelte die Hand ab, die sie noch hielt.

Sie trat einen Schritt zurück, strauchelte und schwankte beängstigend, ehe sie das Gleichgewicht wiedergewann. Ihr Unwille war verschwunden, sie kicherte wieder.

»Oh, das war aber ungeschickt von mir, nicht wahr? Ich glaube, ich sollte mich hinsetzen.« Sie warf einen Blick in den Raum und schwankte erneut. Derek wollte sie halten, doch er hielt inne, als sie ihn anstrahlte und in verschwörerischem Ton wisperte: »Es ist mir zuwider, es Ihnen sagen zu müssen, Sir, aber Sie brauchen einen Dekorateur. Nicht einen einzigen Stuhl haben Sie hier! Wo soll sich da eine Menschenseele hinsetzen, frage ich Sie?«

Dereks Brauen zogen sich zusammen. »Du könntest das Bett probieren.«

»Das kommt nicht in Frage!« Empörung klang aus den Worten. »Was würde Tante Ellen dazu sagen?«

Jetzt reichte es ihm. Er packte ihre Hand und zerrte sie zum Bett, auf das sie mit einem kleinen Schrei zurücksank. Er stand da und blickte sie böse an, nur um zu beobachten, wie ihr die Augen zufielen und sie einen zufriedenen Seufzer ausstieß, mit dem sie sich tiefer in die weichen Kissen kuschelte.

»Nein, das machst du nicht«, grollte er. Er beugte sich vor und schüttelte ihre Schultern. »Schau mich an!« befahl er schroff, und als sie es tat, fragte er: »Weißt du, wer ich bin?«

Sie starrte ihn fast eine halbe Minute in eifriger Konzentration an, während ihr Blick jeden Millimeter seines Gesichts abtastete. Dann sagte sie schließlich: »Ja.«

Das war nicht genug. »Wer bin ich?«

»Sie sind der verfluchte kalte Fisch, der unschuldige Frauen zu Schicksalen verdammt, die schlimmer sind als...«

Sie brachte das ohne Erbitterung vor, doch er legte ihr die Hand auf den Mund, um sie zum Schweigen zu bringen. Christus, Jamil hätte sie vermutlich bewußtlos geschlagen, ehe sie das Wort »verfluchte« hervorgebracht hätte – im Moment wäre allerdings nicht viel Kraft vonnöten gewesen, das zu bewerkstelligen. Ihre Augen schlossen sich schon wieder.

Er ließ sie los und fluchte vor sich hin, dann packte er sie erneut und schüttelte sie zornig. »Was, zum Teufel, hast du genommen, um dir die Situation zu erleichtern? Beantworte meine Frage, verdammt!«

Sie blinzelte. »Genommen?«

»Spiel mir kein Theater vor, Mädchen! Ich will wissen, was du getrunken hast und wer es dir gegeben hat!«

Sie besann sich wieder auf ihre vorherige Entrüstung. »Klagen Sie mich an, betrunken zu sein, Sir? Sie sollen wissen...«

»Ahhhhhhh!« Ein wütendes Knurren entrang sich seiner Brust.

Er trat in solch rasendem Zorn von dem Bett zurück, daß ihm die Gebärdensprache kaum mehr einfiel, die er als Junge gelernt hatte. Doch nach einigen Sekunden war er fähig, einen der Wächter zu dem Chefeunuchen zu schicken und ihn zu sich zu beordern. Seinem Befehl folgte ein Strom von Schimpfwörtern, während er auf Haji wartete und vor dem Bett hin- und herging. Zwischendurch warf er Shahar drohende Blicke zu, mit denen sie glücklich verschont blieb, denn sie war nun tief eingeschlafen.

Er hatte das Gefühl, ihr den Hals umdrehen zu müssen. Wie konnte sie es wagen, ihm auf diese Weise entkommen zu wollen? Jamil hätte sie wegen dieser Frechheit gelyncht und ihren Helfershelfer ebenfalls, denn allein hatte sie sich keine Droge beschaffen können. Zu wissen, was ihr hätte passieren können, wenn sein Bruder dagewesen wäre, machte ihn noch wütender auf sie. Diese dumme kleine Verrückte!

Haji stürzte atemlos herein, warf einen Blick auf die schlafende Shahar und Dereks mörderischen Gesichtsausdruck und fiel auf die Knie nieder. »Es war notwendig, mein Lord, ich schwöre es! Sie war so außer sich, daß wir fürchteten, sie tue sich etwas an. Ich gab ihr nur eine genügende Dosis, um sie zu beruhigen. Ich wußte nicht, daß sie schon so müde war...«

»Dann hat sie das Mittel nicht freiwillig genommen?«

»Nein, Jamil, nein. Ich übernehme die ganze Verantwor...«

»Warum war sie so außer sich?«

Haji atmete tief. Der mörderische Gesichtsausdruck war verschwunden und dem extremer Verärgerung gewichen. »Der Grund wird Ihnen nicht gefallen«, meinte Haji vorsichtig.

»Das habe ich mir schon gedacht, aber sagen Sie ihn trotzdem. Nein, lassen Sie es. Ich kann ihn vermuten.« Er warf dem Mädchen einen weiteren unheilvollen Blick zu und rief dann nach einem Diener, der glücklicherweise sofort erschien. »Ich möchte einen *Kanyak* – eine ganze Menge davon.« Zu Haji, der ihn sprachlos ansah, sagte er: »Ich brauche ihn.« Und das stimmte wirklich.

Ja, das hatte er jetzt davon, daß er gehofft hatte, Furcht könnte Shahar gefügig machen! Oder fürchtete sie ihn gar nicht mehr? Vielleicht hätte er sie ganz gering bestrafen sollen, anstatt sie in den Harem zurückzuschicken, was sie wohl auf die Idee gebracht hatte, sie könnte ihn ohne Folgen von sich weisen. Aber, zum Teufel, er brachte es nicht fertig, sie auf irgendeine Art zu bestrafen. Man könnte ihr die Reaktion auf den Mann, den sie für Jamil hielt, nicht übelnehmen. Diese Reaktion war völlig natürlich, nach dem, was sie hatte mit ansehen müssen.

»Dieser Hundesohn!«

»Bitte, mein Lord?«

»Oh, stehen Sie auf, Haji«, fauchte Derek. »Sie sind zu alt, um so lange zu knien.«

Haji erhob sich zögernd. Er begriff Jamils gegenwärtige Stimmung überhaupt nicht. Jamil rührte niemals geistige Getränke an – niemals. Sein Bruder Mahmud hatte Alkohol getrunken und unter dessen Einfluß unschuldige Menschen umbringen lassen. Auch Mustafa hatte gelegentlich Spirituosen zu sich genommen, vor allem in seinen späteren Jahren, aber nur mäßig. Doch Jamil? Daß er sich mit dem bestellten *Kanyak* einen Rausch antrinken wollte, war nicht nur durch die Ungewöhnlichkeit des Vorgangs alarmierend, sondern auch zermürbend bei Jamils unvorhersehbaren Gefühlsausbrüchen. Und daß er glaubte, er bräuchte den Alkohol...

»Lassen Sie mich Sheelah rufen, mein Lord. Sie wird ihren sanften Einfluß...«

»Nein«, unterbrach Derek ihn bitter. »Mein Verlangen gilt dieser einen.« Er deutete auf Shahar, und beim Anblick ihres entspannten Körpers verstärkte sich seine Frustration. »Dann wartete sie diesmal mit ihrem störrischen Widerstand nicht einmal, bis sie hier war? Wußten Sie, daß die Engländerinnen so stur sind, Haji?« Er lachte rauh. »Natürlich wissen Sie es. Sie haben all die Jahre in nächster Nähe der allereigensinnigsten verbracht, nicht wahr?«

Haji war so klug, Rahine Jamil gegenüber nicht zu verteidigen. »Shahars Gegenwart ärgert Sie, mein Lord. Gestatten Sie mir, sie fortzubringen.«

»Sie bleibt.«

Bei diesem Ton wagte Haji keine Widerrede. »Natürlich, mein Lord.«

»Aber Sie können gehen, wenn Sie mir gesagt haben, was meine kleine *Ikbal* gemacht hat, daß Sie besorgt um sie waren.«

Haji traute seinen Ohren nicht, daß der Herrscher Shahar immer noch als seine Favoritin bezeichnete, und die Frage gefiel ihm auch nicht. Eine kleine Denkpause wurde ihm gewährt, als ein Diener hereinkam, der ein Tablett mit mehreren Flaschen des sehr starken *Kanyak* und einem einzigen Glas brachte. Der Sklave füllte schnell das Glas, ehe er hinaushuschte. Hajis Augen traten aus den Höhlen, als er beobachtete, wie Jamil das Glas in einem Zug austrank und erneut füllte.

»Nun?«

Der Chefeunuche räusperte sich. Nichts half ihm jetzt mehr. »Sie wehrte sich heftig, als sie hörte, Sie hätten sie gerufen.«

»Gegen wen wehrte sie sich?«

»Gegen meinen Sklaven, Kadar, und er trägt die Male ihres Widerstandes. Aber ich schwöre, daß er bei ihrer Bezähmung so sanft wie möglich war, mein Herr. Sie wollte den Kampf einfach nicht aufgeben.«

»Dachten Sie nicht daran, mich zu informieren, anstatt sie zu betäuben? Wenn sie gegen jemanden kämpft, möchte ich, daß ich der Jemand bin.«

»Aber, mein Lord!« Haji war entsetzt über diese Feststellung. »Sie wären dann gezwungen, sie zu bestrafen...«

»Zum Teufel mit der Bestrafung«, brüllte Derek, der sich vergaß. Dann seufzte er. »Schon gut. Sie können gehen, Haji. Und belohnen Sie Ihren Kadar für seine Mühe.«

»Das würde er niemals annehmen«, protestierte Haji. Erklärend fügte er hinzu: »Er mag das Mädchen.«

Derek mußte sich ins Gedächtnis zurückrufen, daß es ein Eunuche und kein ganzer Mann war, der seine Shahar mochte, doch selbst das paßte ihm nicht. »Wirklich?« brummte er und fügte nach ein paar Sekunden hinzu: »Schicken Sie ihn her, Haji.«

»Jetzt, mein Lord?« fragte Haji. Er befürchtete, sein Sklave müsse den Unmut ausbaden, den Jamil offensichtlich von dem Mädchen ablenken wollte.

»Ja, jetzt.«

»Wie Sie wünschen.«

Derek hatte ein weiteres Glas des hochprozentigen Getränks geleert, ehe der jüngere Eunuche an die Tür klopfte. Sie öffnete sich zögernd auf Dereks mürrischen Befehl einzutreten, doch der schwarze Riese, der eintrat, zeigte keine Furcht, wenn er auch den Blick senkte. Er verbeugte sich mit einer Würde, die mit Unterwürfigkeit nichts zu tun hatte. Allerdings achtete Derek nicht darauf, denn er war von Kadars böse zugerichtetem Gesicht zu fasziniert.

»Bei Allah, sie ist eine echte Wildkatze, nicht wahr?« Er brach in lautes Gelächter aus, das Kadar so wunderte, daß er Derek nun ansah.

»Die kleine Engländerin, mein Lord?«

»Ja, die kleine Engländerin«, wiederholte Derek. Noch während er den Kopf ungläubig schüttelte, stahl sich ein Lächeln um seine Lippen. »Hat sie Ihnen tatsächlich das blaue Auge verpaßt?«

»Sie tat es nicht mit Absicht«, versicherte Kadar schnell.

»Oh, dessen bin ich sicher, wie sie Ihnen auch nicht absichtlich die Wange zerkratzte.«

»Wirklich...«

Derek schnitt ihm sofort das Wort ab. »Sie brauchen sie nicht mit Entschuldigungen zu schützen, Kadar, nicht mir gegenüber, aber ich bin froh, daß Sie es versuchen. Ich werde es zu Ihrer jetzigen Aufgabe machen, sie zu beschützen.«

»Ich verstehe nicht, mein Lord.«

»Ich glaube, ich kann Haji überreden, Sie an Shahar abzugeben. Würden Sie sich darüber freuen?«

»Der kleinen Engländerin zu dienen?« Kadar strahlte. »Es wäre mir das größte Vergnügen, Lord. Vielen Dank!«

»Ich würde mich an Ihrer Stelle nicht bedanken. Ich bezweifle, daß es eine leichte Aufgabe sein wird, so einem widerspenstigen weiblichen Wesen zu dienen. Das hatte ich auch nicht im Sinn. Es sind andere da, die das machen. Nein, Ihre Funktion wird es sein, sie vor allem zu beschützen, damit ihr kein Leid geschieht, wenn sie nicht bei mir ist.«

Und wenn sie bei Ihnen ist? hätte Kadar gern gefragt, doch er wagte es nicht. »Ich werde sie mit meinem Leben schützen«, sagte er statt dessen.

»Mehr kann ich nicht verlangen. Aber sorgen Sie dafür, daß Sie sie auch vor sich selbst behüten.«

»Mein Lord?«

»Heute abend geriet sie in Panik. Ich möchte nicht, daß das noch einmal passiert. Je eher sie mich akzeptiert, desto eher wird sie das Leben hier akzeptieren und einen Hauch von Glück finden. Verstehen wir einander?«

Kadar fürchtete, daß sie sich verstanden, obwohl er nicht wußte, wie *er* die kleine Engländerin dazu bringen sollte, ihren Meister zu bejahen, wenn das bisher keiner geschafft hatte, nicht einmal Jamil Reshid selbst.

28

Derek wurde langsam wach, weil ihn etwas an der Brust kitzelte und sich ein ungewohntes Gewicht gegen ihn lehnte. Momentan war er so schlaftrunken, daß er sich an nichts erinnerte, bis er den Kopf hob und die platinblonden Locken sah, die sich über seine Brust breiteten. Er ließ sich entspannt wieder zurücksinken, und eine seltsame Zufriedenheit ergriff von ihm Besitz.

Wenigstens im Schlaf haßte Shahar ihn nicht. Sie schmiegte sich zwar nicht an ihn, aber sie benützte seine Brust als Kissen, hatte die Knie angezogen und gegen seine Hüften gestützt. Ihre eine Hand ruhte an seiner Seite, die andere unter seinem Rücken. Auch seine Hand lag an ihrer Seite, genau neben ihrem Busen. Er zog sie nicht weg und rührte sich auch sonst nicht, da er fürchtete, die junge Frau könnte erwachen und von ihm abrücken.

Er hatte nicht beabsichtigt, sie in seinem Bett schlafen zu lassen. Irgendwann während des Abends hatte er sie zugedeckt und nur vorher ihre Juwelen entfernt. Sie auszukleiden war nicht in Frage gekommen. Sie war nicht aufgewacht, und er hatte lange auf dem Bettrand gesessen und sie nur angeschaut. Dann hatte er sich daran erinnert, daß er nicht allein mit ihr war.

Die stets anwesenden Nubier standen in ihrer Wachtposition zu beiden Seiten des Bettes. Sie waren so still, daß Derek ihre Gegenwart vergessen hatte. Wenn sie nicht nur stumm, sondern vielleicht auch noch taub waren und seine Unterhaltung mit Shahar wirklich nicht hören konnten, so hatten sie doch Augen im Kopf. Mit ihrer Gebärdensprache konnten sie sich jedem mitteilen, der diese Sprache beherrschte, und das waren alle, die im Palast groß geworden waren. Auch aus diesem Grund hatte er beschlossen, Shahar bei sich zu behalten. Andernfalls hätte er sie in den Harem zurückschicken müssen, denn Jamil hätte sein Bett nie aufgegeben, auch nicht, wenn es von einer bewußtlosen Konkubine besetzt gewesen wäre. Und Derek hätte es gehaßt, wenn jemand Shahar weggetragen hätte, ganz gleich, wie sehr ihre Gegenwart ihn störte.

Es hatte aber lange gedauert, bis er seinen Körper genügend unter Kontrolle hatte, genügend, um sich selbst zu trauen, neben dem Mädchen liegen zu können. Der *Kanyak* hatte nichts geholfen, deshalb hatte er ihn stehenlassen, immer noch nüchtern, nachdem die erste Flasche geleert war. Das bedeutete nun sein Glück, denn er spürte keine Nachwehen, aber letzte Nacht war es schlimm gewesen. Er hatte eine Ewigkeit gebraucht, um endlich einzuschlafen und seinen begierigen Körper zu beruhigen, der neben der schlafenden Schönheit in hellen Flammen stand.

Er spürte den Aufruhr erneut und stärker als je zuvor. Derek stöhnte und merkte nicht, daß er Chantelles Arm so preßte, daß sie aufwachte.

Sie war entsetzt über den Anblick nackter Haut unter ihrer Wange, und sie mußte nicht überlegen, wem diese Haut gehörte. Sie wußte es sofort. Sie konnte sich nur nicht vorstellen, wie sie dahin geraten war.

»Bist du also wach?«

Hatte sie sich bewegt? Sie dachte, sie sei zu gelähmt, um einen Muskel zu rühren. Oder hatte das Luftanhalten sie verraten?

Seine Hand glitt in ihr Haar. »Ich weiß, daß du wach bist, Shahar. Es ist sinnlos, dich zu verstellen.«

Sie hob den Kopf gerade soviel, um ihm ins Gesicht sehen zu können, aber sie vermochte nicht in seinen Zügen zu lesen. »Haben wir... haben Sie...?«

»Wenn ich es tue«, unterbrach er sie mit zuckenden Lippen, »brauchst du nicht mehr zu fragen.«

»Ich glaube Ihnen nicht«, erklärte sie waghalsig. Sie war bekümmert, daß sie sich an nichts erinnerte.

»Du trägst noch deine Kleider, wie du feststellen kannst. Glaubst du wirklich, ich würde mir die Mühe machen, dich nach dem Liebesakt wieder anzuziehen? Ganz bestimmt würde ich das nicht tun.«

Sie sah auf ihre Brust herab. An der kleinen blauen Weste war jeder Knopf noch geschlossen, und nun fühlte sie den dünnen Stoff ihrer Hose unter der Bettdecke. Sie blickte Derek wieder an.

Ihre Augen waren anklagend verengt. »Was mache ich dann hier?«

Er lächelte ihr zu. »In meinem Zimmer, oder in meinem Bett?«

»Oh, Gott!«

Er lachte so heftig, daß ihr Kinn auf seine Brust stieß. Sie setzte sich sofort aufrecht hin und betrachtete ihn zornig. »Ich sehe nicht...«

In der nächsten Sekunde lag Chantelle wieder flach auf dem Rücken, und Derek beugte sich über sie, aber nicht so nahe, daß sie erschrak – noch nicht. »Du siehst nichts, Shahar, und erkennst nichts, weil du dich an nichts erinnerst, oder? Was, zum Teufel, hast du gestern gemacht, daß du so erschöpft warst?«

Als ob er das nicht gewußt hätte! Nein, sie mußte fair sein. Er mochte sie zwar in die Küche geschickt haben, aber seine zweite Frau hatte dafür gesorgt, daß Chantelle nicht zur Ruhe gekommen war. Am Tag zuvor hatte sie öfters kleine Schlafpausen einlegen können. Aber gestern... Sie überlegte, ob Noura gewußt hatte, daß Jamil sie, Chantelle, für die Nacht rufen würde, oder ob Noura nur aus Gehässigkeit gehandelt hatte. Aber im Grunde war es doch egal, verglichen mit den Vorkommnissen in den Bädern.

Langsam kehrte die Erinnerung zurück, und mit ihr die Angst. Wenn Chantelle nicht so übermüdet gewesen wäre, hätte sie sich nie so benommen, aber das war keine Entschuldigung. Sie hatte tatsächlich wieder einen Kampf ausgefochten, um nicht zu Jamil gebracht zu werden. Guter Gott, man hätte sie dafür schlagen oder noch schlimmer bestrafen können. Die logische Erkenntnis, daß ihre Jungfräulichkeit nicht wert war, dafür zu sterben, war ihr völlig abhanden gekommen.

Wie war *seine* Reaktion gewesen? Er mußte wütend gewesen sein! Sicher hatte er nach dem Grund ihres Zustands gefragt. Warum war sie dann nicht an einen Pfeiler angekettet, um ausgepeitscht zu werden, anstatt gemütlich in Jamils Bett zu liegen und seine Brust als Kissen zu benützen?

Sie sah ihn mit großen Augen an und versuchte, in seinen Gedanken zu lesen – irgend etwas, doch sie fand keinen Anhaltspunkt in den dunkelgrünen Tiefen, in die sie sich versenkte. Sein Blick erinnerte sie an alles, was bei ihrer ersten Begegnung passiert war, auch daran, was er in gewissen Stimmungen fertigbrachte. Aber vorher hatte er gelächelt und auch gelacht. Seine Laune konnte also nicht so gefährlich sein, obwohl seine Frage recht schroff geklungen hatte. Sie würde ihm keine Antwort geben. Selbst wenn er nicht ahnte, warum der gestrige Tag so besonders anstrengend gewesen war, wußte er, daß sie in der Küche gearbeitet hatte. Also brauchte er nicht wegen ihrer Müdigkeit nachzuforschen. Sie würde das Thema ihrer letzten Bestrafung nicht anschneiden, wenn die neue noch nicht feststand.

»Waren Sie böse?«

Als habe er nur darauf gewartet, daß sie etwas sagte, entspannte sich sein Gesicht, und seine Augen strahlten Wärme aus. »Sehr böse.«

»Ich habe nicht das Gefühl, als sei ich geschlagen worden.«

Derek lachte leise. »Vielleicht, weil man dich nicht geschlagen hat.«

»Noch nicht?«

»Überhaupt nicht, kleiner Mond.« Er lächelte. Seine Stimme war tief und beruhigend. »Es wäre ein Verbrechen, diese zarte Haut zu verletzen.«

Während er das sagte, strich seine Hand sanft und langsam über ihren Arm. Als er ihr Handgelenk erreichte, nahm er es auf und zog ihre Finger an die Lippen. Den einen küßte er und biß vorsichtig in den nächsten. Eine Gänsehaut kroch über Chantelles Arm und verbreitete sich über ihren Rücken.

»Weißt du noch, was ich dich vom Küssen gelehrt habe? Steck deinen Finger in meinen Mund, Shahar.«

Er wartete nicht, bis sie es tat, sondern faßte ihren dritten Finger mit den Lippen und zog ihn in seinen Mund. Die seltsam prikkelnde Empfindung war unmittelbar und alarmierend, so daß Chantelle ihre Hand wegriß.

»Ich stimme dir zu«, sagte er und beugte sich über sie. »Zungen sind viel besser.«

Sie hob abwehrend die Hände und preßte sie gegen seine Schultern, aber es nützte nichts. Seine Zunge drückte gegen ihre Lippen, die zu öffnen sie sich weigerte. Er lehnte sich zurück und betrachtete sie halb bekümmert und halb amüsiert.

»Ich sehe, du hast es vergessen«, meinte er gütig, anstatt ihre Widerspenstigkeit zu tadeln. »Aber bedenke, wo du bist, Liebste, und daß ich mich gleich auch anders vergnügen kann.«

Ihre eine Hand schlüpfte in seinen Nacken, um seinen Mund zu ihren nun geöffneten Lippen zurückzuholen. Er konnte ihr kaum sofort gehorchen, so sehr mußte er über ihre rasche Reaktion auf seine eindeutige Drohung lachen. »Ich... bin... entzückt über... deine Leidenschaft, aber...«

Der Gedanke verflog, als ihre andere Hand versuchsweise seine Wange berührte. Derek stöhnte und nahm ihren Mund völlig in Besitz für ein langes Zungenduell, das eine brennende Begierde in ihm entfachte. Chantelles Unschuld war weit von seinen Gedanken entfernt. Die Flamme hatte ihn schon zu oft verzehrt. Er benötigte unmenschliche Beherrschung. Er glaubte, am Drang seiner Leisten zu sterben, wenn er das Mädchen jetzt nicht haben konnte.

Chantelle schmolz unter seinem sanften Angriff dahin. Ihre Glieder schienen sich zu verflüssigen, ihre Kraft schwand und hinterließ ein Feuer, das sie erschreckte, und dennoch hatte sie nicht den Wunsch, seinen Strom zu bremsen. Durchaus nicht. Was sie empfand, war so köstlich, so berauschend, daß sie es nicht in Frage stellen konnte. Sie wünschte, es würde ewig so weitergehen.

Da ihre Sinne in einem Entdeckungsrausch taumelten, achtete sie kaum auf die Hand, die unter ihre Weste geglitten war und die Rundung dort umfing. Die Hand war warm, wie der Leib, der sich auf ihren preßte, wie das Bein, das auf ihrem lag, und wie der Mund, der über ihren Willen gebot. Dann verließ dieser Mund ihre Lippen und explodierte in weißglühender Hitze auf ihrer Brust.

Das war zuviel, eine neue Sinneswahrnehmung zuviel, zumal diese die meiste Macht verströmte. Sein Mund, der ihre Brustwarze umschloß, seine Zunge, die sanft dagegenstieß, bedeutete einen gewaltigen Schock. Chantelle riß die Hände hoch, um seinen Kopf wegzudrücken.

»Nicht!«

Sein dumpfes Knurren ließ sie sofort innehalten. Ihr Körper wurde steif. Sie empfand nur mehr Furcht, aber dennoch würde sie den Mann wieder abwehren, wenn sein Mund zu ihrem Busen zurückkehrte.

Er tat es nicht. Er merkte, daß das Feuer, das er in ihr entfacht hatte, verloschen war. Für so ein unschuldiges Mädchen war er zu schnell zu weit gegangen. Aber diese Erkenntnis dämpfte seine Pein nicht.

Derek ließ die Stirn auf ihre Brust sinken und kämpfte verzweifelt gegen den Drang, Chantelles Kälte zu ignorieren und die junge Frau einfach zu nehmen, damit seine Qual ein Ende hatte. Irgendwann würde es sich sowieso ergeben. Warum, zum Teufel, sollte er warten und so leiden?

Weil er nicht wollte, daß sie ihn noch mehr haßte als bisher. Weil er sie weich und willig und mit Leidenschaft erfüllt haben wollte. Mit weniger hätte er sich betrogen gefühlt. Doch dieses Wissen kühlte seinen Körper nicht schneller ab.

Er spürte, wie ihre Hände sanft, aber nachdrücklich an seinen Schultern rüttelten. Sie wollte Distanz zwischen ihm und ihr schaffen. Er wollte nur näher kommen. Sekundenlang ging es ihm durch den Sinn, daß bei dem Mann, dessen Rolle er spielte, nur seine Wünsche zählten. Das Problem bestand darin, daß Derek die Rolle nicht spielen konnte, ohne Chantelle noch weiter von sich fortzutreiben. Aber da sie den wahren Jamil nicht kannte, durfte er bei ihr, und nur bei ihr, anders und mehr er selbst sein. Natürlich nicht *zu* anders. Frauen klatschten und tauschten Erfahrungen aus, und jede Frau im Harem kannte Jamil intim. Er durfte es nicht soweit kommen lassen, daß Shahar über ihre ehrerbietige Behandlung nachdachte und sie anderen gegenüber erwähnte.

»Ich bemühe mich sehr, die Tatsache zu übersehen, daß ich dich genau da habe, wo ich dich haben wollte, Shahar. Aber wenn du nicht ein wenig Geduld aufbringst und so ruhig wie möglich bist, um es mir zu erleichtern, werde ich meine Anstrengungen aufgeben.«

Ihre Hände fielen von seiner Schulter ab, und aus irgendeinem Grund widerstrebte ihm diesmal ihr rascher Gehorsam. Daß sie alles tat, um ihn vom Geschlechtsverkehr abzuhalten, war von schreiender Offensichtlichkeit und wirkte niederschmetternd auf sein Ego. Er überlegte, wie weit sie noch gehen würde, um das Unvermeidliche hinauszuschieben. Und er überlegte, ob er der Versuchung widerstehen konnte, es auszuprobieren.

Er lehnte sich zurück und durchbohrte sie mit seinem smaragdgrünen Blick. »Ich möchte annehmen, daß du es ablehnst, bei hellem Tageslicht geliebt zu werden, und nicht, daß du meine Berührung anstößig findest. Habe ich recht?«

Sein Mißfallen war so deutlich, daß sie nicht wagte, die dargebotene Entschuldigung anzunehmen, geschweige denn, sie durch die Wahrheit zu berichtigen. Chantelle fand Dereks Berührung nicht anstößig, aber sie wirkte so erschreckend beunruhigend. Die junge Frau begriff einfach nicht, was mit ihr geschah, wenn er sie berührte, warum es so schön war, wenn er sie küßte, warum ihre Haut so empfindlich wurde, als würde sie brennen, warum der Mann sie überhaupt so beeinflußte.

»Du antwortest nicht.«

Innerlich stöhnte sie, denn sie haßte seine neue Art, sie mit solch ruhiger Behutsamkeit anzugreifen. »Bitte, kann ich jetzt nicht gehen?«

»Nein, wir werden uns unterhalten, du und ich, über Dinge, die mich interessieren, zum Beispiel, wie du im einen Augenblick so warm und entgegenkommend sein kannst und im nächsten kalt und unbeugsam.«

»Ich war nicht… Ich habe nicht…«

»O doch, und ich will dein Geheimnis wissen, Shahar. Vielleicht kann ich dann meine Leidenschaft eher zügeln. Ich vermag mich nicht zu beherrschen, wenigstens nicht, was dich betrifft. Also sag es mir. Ich möchte es wirklich wissen.«

So, wie er das vorbrachte, wußte Chantelle, daß er sich nur mit der Wahrheit zufriedengeben würde. Er mochte keine Geheimnisse. Er wollte wissen, warum sie seinem Liebeswerben ein Ende gesetzt hatte.

»Ich hatte Angst.«

»Vor was?« Sein Ton wurde um einen Grad weicher. »Hast du noch nicht gemerkt, daß ich dir nicht weh tun würde?«

»Aber es hat weh getan.«

»Was?«

»Die Hitze.«

Er sah sie lange neugierig an. »Ist deine Haut wirklich so sensibel, Shahar? Hast du ein brennendes Gefühl?«

Sie atmete tief ein und begann sich zu winden, als seine Hand ihre Brust umschloß. Die ganze Zeit hatte sie nicht gemerkt, daß ihr Busen entblößt war, seit Derek die Weste hochgeschoben hatte.

»Bitte…«

»Hat es gebrannt?« fragte er noch einmal, doch er nahm die Hand weg und streifte den hauchdünnen Stoff wieder über Chantelles Brust.

»Nein«, gab sie zu und schloß die Augen, weil ihr das Thema unglaublich peinlich war. »Es… es war Ihr Mund.«

Er lächelte ihr zu, aber sie sah es nicht. »Der Mund ist als ziemlich warmer Körperteil bekannt, kleiner Mond. Vielleicht bist du nur über seine Hitze erschrocken, weil du nicht daran gewöhnt bist. Aber ich versichere dir, daß deine Haut nicht verbrennt und daß das, was du gespürt hast, natürlich ist, wenn auch ein wenig extrem. Das nächste Mal wirst du es nicht mehr als Schock empfinden.«

Ihre Augen öffneten sich sofort. »Das nächste Mal?«

Er zwang sich, über ihre Bestürzung zu lächeln. »Du bist die Süßigkeit in Person, Shahar. Glaubst du wirklich, ich würde mir deinen Nektar versagen, nachdem ich ihn einmal entdeckt habe?«

»Ich...«

»Shh. Sag mir, was du empfunden hast, ehe ich dich schokkierte. Es war dir angenehm, als ich dich küßte, nicht wahr?«

Sie wollte schon den Kopf schütteln, aber er sagte schnell: »Lüg mich nicht an, Shahar.«

Daß er die Antwort schon wußte, ging ihr gegen den Strich. »Dann fragen Sie mich nicht, was ich gespürt habe.«

Er war überrascht über ihre Heftigkeit, doch er hätte sich nicht wundern sollen. Es würde nicht leicht sein, sie zu dem Bekenntnis zu bewegen, unter seinen Händen irgendwelche Lust zu empfinden, solange sie so gegen ihn eingestellt war.

»Dann will ich es dir sagen«, erklärte er sanft und legte die Hand auf ihren Bauch. »Du fühltest dich warm und schwach und zittrig. Dein Puls raste, deine Sinne pochten, und Hitze entfaltete sich in deinen Organen.«

»Woher wissen Sie...« Sie hielt mitten in dieser enthüllenden Frage inne, doch zu spät.

»Weil ich es ebenfalls spürte«, erwiderte er. Seine Hand kreiste in einer zarten Liebkosung über ihren Leib. »Man nennt es Verlangen oder Begehren, und es hat eine eigene Kraft, die man nicht verleugnen kann. Fühlst du es jetzt?«

Sie blickte auf seine Hand herunter und geriet in Panik, weil sich tatsächlich diese innerliche Hitze wieder entwickelte. »Nein!« Sie griff nach seiner Hand, um sie wegzuziehen, doch ihre und seine Finger verschränkten sich ineinander. Sie rüttelte vergebens, er drückte ihre Hand auf das Bett. Nun begann Chantelle ernsthaft zu kämpfen, bis sie Dereks tiefes Lachen hörte und merkte, daß sie absolut nichts erreichte.

»Wenn du denkst, du kannst mit mir raufen wie mit Kadar, mußt du es versuchen. Aber ich warne dich. Seine Mittel waren sehr begrenzt, dich zu zähmen. Meine sind es nicht.« Er sah ihre Furcht, und seine Brauen zogen sich zusammen. »Schau mich nicht so an, Mädchen. Habe ich dir nur ein einziges Mal weh getan? Habe ich dich bestraft, als du mich ablehntest? Nein, und auch diesmal bestrafe ich dich nicht. Beweist dir das denn gar nichts?«

Chantelle stockte der Atem. Hatte sie recht verstanden? Natürlich! Also war er für ihre Küchenarbeit nicht verantwortlich. Seine Mutter war es, und er wußte nichts davon. Und wenn er etwas wüßte? Sie hatte das Gefühl, daß ihm die Geschichte gar nicht gefallen würde, weil er Chantelle aus irgendeinem Grund mit seiner Wohltätigkeit beeindrucken wollte, und kleinliche Strafen würden dieses Bild ruinieren. Aber jemand anderes konnte ihm von diesem Küchendienst erzählen! Chantelle wollte seinen Ärger nicht riskieren, nicht einmal dann, wenn er nicht gegen sie gerichtet war, vor allem in ihrer momentanen heiklen Position, in seinem Bett und halb unter ihm.

»Du scheinst erstaunt zu sein, Shahar.« Er beobachtete sie nachdenklich. »Glaubst du mir?«

Ihm glauben? Was hatte er gesagt? Oh, daß er ihr nicht weh getan hatte. Ja, das stimmte wohl – bisher. Aber dieser Mann besaß mehrere Gesichter, und sie hatte das Gesicht gesehen, das ihr Entsetzen einflößen konnte.

»Nein... Ich bin nicht erstaunt, nur... nur verwirrt... ja, verwirrt. Man hat mir immer wieder gesagt, daß ich Ihnen das Benützen meines Körpers... daß ich mich Ihnen nicht verweigern kann. Und Sie sagen mir jetzt, daß es schon in Ordnung ist. Wem soll ich glauben?«

»Mir, natürlich.« Er lächelte so gewinnend, daß sie ungebührlich lange auf seinen Mund schaute. Als sie den Blick hob und in seine Augen sah, schienen diese ebenfalls zu lächeln. »Ah, du süßes Mädchen, was soll ich nur mit dir machen? Ich kann dich doch nicht denken lassen, es sei in Ordnung, wenn du dich mir verweigerst. Es wird das Gleichgewicht meines ganzen Harems stören. Ich sagte nicht, es sei in Ordnung, nur, daß ich dich nicht bestrafe.«

»Dann...«

»Laß mich ausreden. Du wirst mich nicht immer ablehnen. Wenn die richtige Zeit gekommen ist, wirst du mich aus eigenen Stücken akzeptieren.« Er legte die Hand an ihre Wange, um zu verhindern, daß sie den Kopf schüttelte. »Du wirst mich wollen, Shahar, das verspreche ich dir. An diesem Morgen verspürtest du Verlangen nach mir. Du hast es auch neulich gespürt. Du wirst dieses starke Gefühl nicht lange leugnen können.« Seine Finger strichen über ihren Hals, um den Puls dort zu streicheln. »Selbst jetzt erregt dich meine Berührung.«

»Das ist Angst«, flüsterte sie atemlos.

Er lachte leise. »Was für eine kleine Lügnerin du bist. Natürlich muß ich zugeben, daß man leicht die eine Gefühlsregung mit der anderen verwechseln kann, weil sie sich so ähnlich sind. Aber ich glaube, daß du den Unterschied inzwischen schon kennst. Du darfst dich nur nicht zu lange selbst betrügen, Shahar. Unser gemeinsames Erleben wird wunderbar sein, wenn du es nur geschehen läßt.«

So brachte er ihr ohne Worte bei, welch unendliche Geduld er besaß. Sie vermutete, daß sie dankbar sein sollte, daß er überhaupt Geduld mit ihr hatte. Gewiß hatte sie das nicht von ihm erwartet.

Aber sie hatte auch nicht erwartet, daß er auf ihre Gefühle soviel Rücksicht nehmen würde. Wie sollte sie mit dieser Unberechenbarkeit verfahren?

Sie wußte nicht, was sie sagen sollte, deshalb schwieg sie. Doch er wartete darauf, daß sie sich zu seinen letzten beunruhigenden Feststellungen äußerte. Vielleicht konnte sie ihn zur Abwechslung auch einmal in die Defensive treiben.

»Wird es nicht seltsam erscheinen, daß Sie mich so lange hierbehalten? Man sagte mir, Sie würden die Nächte nur mit Ihren Ehefrauen verbringen.«

Er wandte sich von ihr ab und setzte sich auf die Bettkante, so daß ihr sein Rücken zugekehrt war. Mit Erleichterung sah sie, daß er während der Nacht seine Hose anbehalten hatte. War das ihr zuliebe geschehen?

Es tat ihr jetzt beinahe leid, daß sie ihn mit ihrer Frage geärgert hatte, denn daß das der Fall war, blieb ihr nicht verborgen. Die Muskeln seines Rückens waren angespannt, und mit den Händen umklammerte er fest die Bettkante. Warum hatte ihm wohl gerade diese Frage so mißfallen.

»Niemand kritisiert, was ich tue, Shahar.« Er sah sie nicht an, während er sprach. »Keiner wagt es, mir Fragen zu stellen – und auch du bist dazu nicht befugt.«

Ihre Augen blitzten, und sie brauste auf. Was für eine selbstherrliche Frechheit! »Mit anderen Worten: Sie können mich fragen, was immer Sie wollen, ganz gleich, wie unschicklich es ist, aber ich kann Sie nichts fragen?«

»Genau.«

Sie straffte die Schultern. »Kann ich jetzt gehen – euer Hoheit?«

Sie würde ihn nicht »mein Herr« oder »mein Lord« nennen, wie es die meisten taten, denn damit wären nur ihrer beide Positionen bestätigt. Und sie wußte, daß »Hoheit« einer der Titel war, die ihm zustanden, wenn ihr auch zahlreiche andere eingefallen waren, die sie lieber benutzt hätte.

Sie sah, wie seine Schultern fast müde nach vorn sanken, doch seine Stimme klang kurz. »Ja, geh!«

Gott sei Dank war sie angezogen. Sie hätte es als demütigend empfunden, wenn sie sich jetzt zuerst hätte ankleiden müssen. Noch demütigender wäre es allerdings gewesen, wenn sie im Bett nackt neben ihm aufgewacht wäre. Dabei hätte das leicht passieren können, nachdem sie auf seinem Lager ohnmächtig geworden war.

Die Erkenntnis, daß er mit ihrem Körper hätte machen können, was er wollte, nahm ihr ein wenig den Wind aus den Segeln. Als sie aufstand und erstmals die beiden nubischen Wächter entdeckte, war sie sprachlos.

Guter Gott, sie waren die ganze Zeit da gewesen, sogar, als Jamil…

Röte stieg ihr in die Wangen. Wieso hatte sie die Gegenwart dieser Männer nicht wenigstens gespürt? Aber seit ihrem Erwachen hatte Jamil ihre ganze Aufmerksamkeit so beansprucht, daß sie an nichts anderes hatte denken können. Vielleicht sahen die Wächter sie jetzt nicht an, denn sie blickten starr geradeaus, vielleicht hatten sie Chantelle auch nicht angesehen, als sie neben und unter Jamil gelegen hatte…

Mit einem kleinen Laut der Bestürzung raffte sie sich auf. Um zur Tür zu gelangen, mußte sie das Bett umrunden und an Jamil vorbeigehen.

»Sahar?«

Sie blieb stehen und stöhnte innerlich, denn sie hatte gehofft, Jamil habe sie aus seinen Gedanken verbannt.

»Du hast etwas vergessen.«

Seine Stimme klang nicht mehr ganz so schroff, aber dennoch wandte Chantelle sich ihm nur zögernd zu. Sie wurde mit dem kraftvollen Bild seiner Männlichkeit konfrontiert, wie er da halbnackt auf dem Bett saß. Chantelles Vorsicht wich reiner Faszination. Sie betrachtete zum erstenmal seine nackte Brust. Glatte Muskeln waren sichtbar sowie ein schwacher Film schwarzer Haare, der die gebräunte Haut bedeckte. Obwohl Derek nicht straff aufgerichtet saß, bildeten sich keine Falten über seinem harten Magen. Und die Schultern wirkten ungemein breit in dieser Stellung mit den aufgestützten Armen. Es waren muskulöse Arme, deren Kraft nun beunruhigend wirkte, nachdem sie sonst unter prunkvollen Tuniken verborgen war. Wenn Chantelle an Jamils Macht gedacht hatte, war dies immer in bezug auf seine Autorität, nicht auf seinen Körper geschehen. Seine Größe wirkte zwar einschüchternd, aber er war so schlank erschienen, seine Bewegungen so geschmeidig, daß sie unter der Oberfläche keine harte Kraft vermutet hatte.

Sie sah ihn nun als Mann, nicht als den Herrscher, und als einen sehr beeindruckenden Mann. Erneut empfand sie die überwältigende Anziehungskraft ihrer ersten Begegnung.

Sie ärgerte sich, daß sie sich ihre Begeisterung für seinen Körper so deutlich ansehen ließ, und hob den Blick. Mit funkelnden Augen und einer zitternden Unterlippe, die sie einen Moment zwischen die Zähne zog, gönnte sie Derek ein Erahnen ihrer zwiespältigen Gefühle, ehe sie fragte: »Was habe ich vergessen – euer Hoheit?«

Die winzige Pause reichte aus, daß seine Miene sich verfinsterte. Chantelles Weigerung, ihn etwas weniger unpersönlich anzureden, war beabsichtigt, und das wußte er nun. Ihr war es egal.

»Komm her«, sagte er einfach.

»Muß ich?«

»Komm her«, wiederholte er, ohne die Stimme zu erheben.

Daß er ihre schnippische Art völlig ignorierte, war der einzige Grund für ihre Gefügigkeit. Sie ging ganz langsam auf ihn zu und blieb in einem Meter Abstand von ihm stehen.

»Dort«, sagte er.

Seine Hand deutete auf ein Bündel Stoff neben seinen Füßen, auf dem eine Anhäufung von Saphiren lag. Chantelle hatte die Edelsteine vorher nicht gesehen und konnte nur annehmen, daß er sie dafür bezahlen wollte, daß sie in seinem Bett geschlafen hatte, wenn auch nichts dabei herausgekommen war.

Empörung steifte ihr den Rücken, und ihre Augen glitzerten. »Ich will sie nicht.«

Derek zog eine Braue hoch. »Interessant«, meinte er, und nach einer langen Pause fügte er hinzu: »Aber belanglos.« Er beugte sich herab und hob die Juwelen auf. Als sie von seinen Fingern baumelten, entpuppten sie sich als herrlicher Halsschmuck, bestehend aus drei Reihen unterschiedlich großer und verschieden geschliffener Steine, in Silber gefaßt – eine Kette, die ein Vermögen wert sein mußte.

Chantelles Wangen färbten sich rot, da sie annahm, er wolle ihre Zuneigung kaufen, und sie wiederholte steif: »Ich will sie nicht.«

Er überraschte sie mit einem Lächeln, als fände er ihre Demonstration von Entrüstung amüsant. Und so war es auch tatsächlich, was seine folgende Erklärung bewies: »Einen Halsschmuck wie diesen mag eine Frau zur Geburt eines Kindes geschenkt bekommen, nicht für das, was du denkst. Zufällig trugst du ihn, als du gestern zu mir kamst, also sollst du ihn auch wieder anlegen, wenn du gehst, und ihn seiner Besitzerin zurückgeben.«

»Ihrer Mutter«, sagte Chantelle und errötete noch mehr, als sie ihren Irrtum erkannte. »Sie lieh mir die Perlen, demnach muß sie mir auch diese Saphire... Sie können ihr die Kette ebenso wie ich zurückgeben«, beendete sie den Satz, denn sie wollte keinesfalls näher treten, um die Juwelen von ihm zu empfangen.

Er stellte sich das anders vor, griff nach ihrem Arm und zog Chantelle zwischen seine Knie. Als sie zurückzuweichen versuchte, verstärkte sich sein Griff.

»Hast du solche Angst vor mir?«

Sie hörte den Ärger in seiner Stimme, aber es war ihr gleichgültig. Ihr Stolz gewann die Oberhand. »Nein«, erwiderte sie giftig, wenn es auch nicht der Wahrheit entsprach.

»Dann verhalte dich still«, befahl er. »Ich will dir nur die Kette wieder anlegen, denn ich war es, der sie dir abgenommen hat. Du wirst von hier weggehen, wie du gekommen bist, Shahar.«

Er ließ sie los und wartete, ob sie zurücktreten würde, aber sie tat es nicht. Sie stellte sich im Geiste vor, wie er den Schmuck wegnahm, ihre Haut berührte, während sie ahnungslos schlief. Ein Gefühl der Wärme in ihrem Leib überraschte sie, und sie atmete tief ein. Wie konnte so etwas von einer bloßen Vorstellung passieren?

»Ich warte.«

Im Moment wußte sie nicht, auf was er wartete, und als sie sich erinnerte, schreckte sie davor zurück. Da er nicht aufgestanden war, wollte er offensichtlich, daß sie sich vor ihn kniete. Das war zuviel, zu unterwürfig, zu erniedrigend.

»Ich muß die Kette nicht am Hals tragen, um sie zurückzugeben.« Sie streckte die Hand nach dem Schmuck aus.

»Ich bestehe darauf.«

»Nun, Sie können doch...«

Sie verschluckte den Rest des Satzes, denn Dereks Füße drückten von hinten gegen ihre Kniekehlen und knickten sie ein, während seine Hände ihren Körper stützten und in kniende Position zwangen und dort festhielten. Chantelle mußte hochblicken, und das tat sie mit mörderischem Gesichtsausdruck.

»Sind Sie jetzt glücklich?« zischte sie.

»Ich bin glücklich, wenn du nicht mehr gegen mich kämpfst«, erwiderte er mit einem Anflug von Bedauern, dann fügte er sanft hinzu: »Das war nicht gedacht, um dich zu demütigen, kleiner Mond. Ich ergreife eben jede Gelegenheit, dich zu umschlingen, dich zu spüren...«

»Sie sagten, ich könnte gehen!« rief sie aufbrausend.

»Das kannst du ja. Ich möchte dir nur noch die Kette um den Hals legen. Heb dein Haar hoch, dann ist es gleich geschehen.«

Sie wußte nicht, wie sie die Situation beurteilen sollte. ... Dich zu umschlingen... Gott, wie schwach diese Vorstellung sie machte!

Schnell, um es hinter sich zu bringen, hob sie die Fülle ihres Haares von ihrem Hals. Derek nahm den Schmuck vom Bett, auf das er ihn gelegt hatte. Dann sah er Chantelle an, ehe er das kalte Metall langsam, ganz langsam um ihren Nacken legte.

Es schauderte Chantelle, nicht so sehr von der Kälte, sondern von der Wärme seiner Finger, die über ihre Haut glitten.

Gleich darauf beugte er sich vor, um den Verschluß zu befestigen, und sie spürte, wie sein Körper sie umfing, seine Arme, seine Brust, seine Knie, die sich gegen ihre Hüften preßten.

Die Kälte, die Hitze, der Kontakt ihrer Wange mit seiner Brust – das alles ließ sie ihren Ärger vergessen. Es war, als sei sie in einen warmen, sicheren Kokon eingehüllt. Sicher? Ja, irgendwie fühlte sie sich im Augenblick sicher. Er hatte gesagt, sie könne gehen, also hatte sie von dieser Umarmung nichts zu fürchten – außer ihrer eigenen Reaktion. Gott, wie gut fühlte es sich an, so umschlungen zu werden.

Das Bedauern, das sie empfand, als er seine Hände von ihrem Hals nahm, war real. Sie sah ihn verwirrt an, und er lächelte ihr zu.

»War das so schlimm?«

Sie verweigerte ihm eine Antwort, und ihr Stolz ließ sie die soeben erweckten Gefühle unterdrücken. »Kann ich *jetzt* gehen?«

»Ja.« Aber seine Hand an ihrer Schulter hinderte sie am Aufstehen. »Sobald ich dein Wort habe, daß du heute abend zu mir kommen wirst, wenn ich dich rufe.«

»Aber...«

»Dein Wort, Shahar, oder du gehst jetzt nicht.«

»Nichts hat sich geändert«, erklärte sie einfach.

»Das habe ich auch nicht geglaubt, doch du wirst trotzdem kommen, und wir werden sehen, was geschieht. Dein Wort?«

Unentschlossen biß sie sich auf die Lippen, dann nickte sie. Daraufhin streichelte er zärtlich ihre Wange. »Spar dir deine Kämpfe für mich auf, kleiner Mond. Falls du es nicht bemerkt hast – ich habe die Herausforderung angenommen.«

Als sie aus dem Raum eilte, verspürte sie einen gewissen Grad von Bedrohung, aber auch noch etwas anderes. Sie war nicht bereit, vor sich selbst zuzugeben, daß es Vorfreude sein könnte.

29

Chantelle konnte nicht viel Interesse für ihre neue »Gefängniszelle« aufbringen. Sie hatte nun zwei Räume anstatt einem zur Verfügung, und beide waren dreimal größer als ihre vorherige Kammer. Sehr hübsch, mit gekachelten Wänden und Marmorboden im Vorzimmer, wo große Kissen den niedrigen Tisch umgaben. Sogar ein kleiner Springbrunnen plätscherte in der Mitte, und vergitterte Fenster wiesen auf einen großen Hof aus rosa Marmorsteinen.

Im Schlafzimmer standen ein überdachtes rosa Bett anstatt einer Pritsche und eine große Truhe, die mit einem Dutzend knapp geschnittener Kleidungsstücke gefüllt war, die Chantelle wie Unterwäsche vorkamen. Hinter einer lackierten spanischen Wand gab es Borde für ihre Kosmetika, Öle und Parfums. Ein prächtiger türkischer Teppich in Karmesinrot und Gold bedeckte fast den ganzen Boden. Auch hier fand sich ein Fenster, das diesmal auf den ummauerten Garten der Favoritinnen wies, in dem ein größerer Springbrunnen zwischen Beeten mit Nelken, Tulpen und dunkelroten Lilien glitzernde Kaskaden in die Höhe warf. Ein Jasminstrauch direkt unter dem Fenster ließ seinen süßen Duft mit der Brise in den Raum strömen.

Chantelle war von Jamils Appartement direkt hierher gebracht worden. In der Halle hatte Kadar wieder auf sie gewartet. Sie war zu verschämt gewesen, um dem riesigen Eunuchen in das zerkratzte Gesicht, für das sie verantwortlich war, zu sehen. Und sie hatte nicht gemerkt, wohin er sie führte, bis sie im Eingang ihrer neuen Behausung stand. Adamma strahlte sie an, und auch Haji Agha war da, demnach sah Chantelle nichts Besonderes in der Tatsache, einen neuen Teil des Harems vor sich zu haben.

Kadar klärte sie auf. »Das gehört jetzt Ihnen, *Lalla,* genauso wie ich.«

Chantelle drehte sich um und blickte ihn an, wie er vom einen Ohr zum anderen grinste. Aus ihrem Gesicht konnte man verschiedene Gefühle ablesen: das der Schuld wegen Kadars Schrammen, Ärger, daß der Sklave so leicht abgegeben wurde, Argwohn, was den Grund hierfür betraf, und schließlich Amüsement, denn sein Grinsen war so ansteckend, daß sie es erwidern mußte – allerdings nur für einen Moment. Auch galt ihr kurzes Lächeln nur ihm allein.

Haji Agha bekam ihren Argwohn zu spüren. »Ist das wahr? Gehört er jetzt mir?«

Der ältere Eunuche nickte zögernd, bestürzt über ihren schroffen Ton. In einer Gesellschaft, die vor jeder Diskussion, mochte sie noch so ernst sein, Höflichkeiten austauschte, war er nicht an solche Direktheit gewöhnt. Und er war auch noch nie von einer Konkubine unfreundlich angeredet worden, wenn er sie über ihren Aufstieg im Harem informiert hatte.

»Sie freuen sich nicht?« stellte Haji fest.

Chantelle machte eine ungeduldige Armbewegung. »Was zählt das jetzt, nachdem es zuvor nie jemanden interessiert hat, ob ich mich freue oder nicht? Ich möchte wissen, warum Sie mir Kadar geben.«

»Es war Jamils Wunsch«, erwiderte Haji einfach.

»Sein Wunsch? Oh, natürlich!« Chantelle betrachtete ihn höhnisch. »Wie dumm von mir zu vergessen, daß Ihr großer Meister alles verlangen kann, sogar, daß Sie Ihre eigenen Sklaven hergeben.«

»Ich wurde reichlich entschädigt.«

»Wie gut für Sie«, meinte Chantelle beißend.

Haji schüttelte den Kopf über dieses Benehmen. »Wenn Sie Kadar nicht wollen...«

Sie schnitt ihm das Wort ab. »Sie haben mir noch nicht gesagt, warum er mir gegeben wurde.«

»Jede Favoritin hat ihren eigenen Eunuchen. Das müßten Sie inzwischen wissen.« Das klang erstaunt.

Chantelle erstaunte ihn noch mehr. »Ich bin keine Favoritin, Haji.« Sie war so verärgert, daß sie versäumte, ihn gebührend anzureden. »Ich weiß, wie die Dinge hier gehandhabt werden, und ich weiß, daß keine Konkubine sich Favoritin nennen darf, ehe sie nicht...« Sie erstickte fast an ihrer Verlegenheit. »Es genügt wohl, wenn ich sage, daß ich die Kriterien noch nicht erfülle.«

»Dann haben Sie nicht...«

»Nein, ich habe nicht.«

»Heute morgen dachte ich natürlich...« Er schwieg, als sie heftig den Kopf schüttelte. »Das ist eine Überraschung«, fügte er ungläubig hinzu.

»Kaum«, zischte Chantelle. »Sie waren nur dreist in Ihrer Annahme.«

»Nicht ganz, Shahar.«

Es gefiel ihr nicht, daß er offensichtliches Vergnügen darin fand, ihr zu widersprechen. »Ich sagte Ihnen...«

»Es ist nicht wichtig. Sie sind hier, weil Jamil mir befahl, Sie hier unterzubringen. Sie sind jetzt seine erste *Ikbal,* ungeachtet dessen, daß Sie sein Bett erst noch mit ihm teilen müssen. Das ist gewiß ungewöhnlich, aber wir stellen die Wünsche des Herrschers nicht in Frage.«

»Und wenn ich nicht hierbleiben will? Nein, vergessen Sie, daß ich gefragt habe. Ich bin es so leid zu hören, daß ich keine Wahl habe.« Inmitten ihres Grolls kam ihr eine Idee. »Wenn Kadar mir gehört, kann ich ihn dann freilassen?«

Daß Haji *und* Kadar beide nein schrien, ließ sie zusammenzucken. »Oh, um Gottes willen, schon gut. Wie kam ich nur auf den lächerlichen Gedanken, ich könnte etwas tun, was *ich* wollte?«

»*Lalla,* wenn Sie mich nicht mögen, wird Haji Agha Ihnen einen anderen geben.«

Sie wandte sich Kadar zu und schämte sich, daß ihre Stimmung, die nichts mit ihm zu tun hatte, für ihn verletzend gewesen war. »Nein, Kadar. Wenn ich meinen eigenen Eunuchen haben muß, bin ich froh, daß Sie es sind, ehrlich, doch ich verstehe nicht, wieso Sie sich darüber freuen können.«

Er freute sich aber. Sein erneutes Grinsen zeigte ihr das. Und Haji schien nun auch zufrieden zu sein. Er ging mit entspannter Miene und dachte wohl, er habe diesen Sturm ohne allzugroßen Schaden hinter sich gebracht.

Chantelle versuchte ihren Unmut zu verbergen, als Adamma darauf bestand, ihr alles zu zeigen, und vor Begeisterung übersprudelte. Chantelle war an ihrem neuen Appartement einfach nicht interessiert. Sie zog den Schluß, daß Jamil zu selbstbewußt war, daß er sie hierher umquartiert hatte, weil er es nur für eine Frage der Zeit hielt, bis sie sich ihm ergab. Hatte er ihr nicht gesagt, er habe die Herausforderung angenommen? Aber der Schuft spielte falsch. Er ließ den ganzen Harem glauben, ihre Defloration habe bereits stattgefunden, denn wer konnte annehmen, daß sie befördert würde, ehe sie mit ihm geschlafen hätte?

»Das einzige, was die Ehefrauen haben und Sie nicht, das sind noch ein oder zwei weitere Zimmer und ein eigener privater Garten«, erzählte Adamma vergnügt. »Das hier ist das beste Appartement im Rosa Hof. Mara besaß es vor Ihnen.«

»Und was ist mit Mara passiert?«

»Sie wurde zum Hof der *Gozdes* zurückgebracht. Und was für ein Theater sie gemacht hat!« Adamma kicherte. »Aber hier gibt es nur für sechs Favoritinnen Platz.«

»Dann war sie die unbedeutendste Favoritin und hatte die schönste Wohnung«, meinte Chantelle skeptisch.

»Mara hatte die Position erst kürzlich erlangt, aber weil sie einem Zweck diente, wurde sie besonders behandelt und bekam, was sie wollte.«

»Welchem Zweck?« fragte Chantelle. Adamma wandte sich ab und versuchte das Thema zu wechseln, aber das nützte ihr nichts. »Welchem Zweck?« Das junge Mädchen zögerte noch immer mit der Antwort. »Muß ich Jamils Mutter fragen?«

»Nein. Das dürfen Sie nicht. *Lalla* Rahine hat Mara noch nie gemocht.«

»Nun, also?«

Adamma senkte den Kopf. »Mara... sie hat einen Spitznamen... ›der Schandpfahl‹.«

Die Kleine erwartete, daß dies alles erklären würde. Chantelle begriff. »Heißt das, daß Jamil sie schlägt?«

»Nicht er«, erwiderte Adamma schnell. Langsam fügte sie hinzu: »Seine stummen Diener tun es.«

»Warum, um Himmels willen?« rief Chantelle empört. »Macht sie Schwierigkeiten?«

»Überhaupt nicht«, erklärte Adamma. »Sie hat nur eine Eigenart: Sie kann am Sex nur Vergnügen finden, wenn man ihr vorher irgendwie Schmerzen zufügt.«

»Das ist absurd!«

»Es ist wahr, *Lalla.* Sie geht lächelnd zum Herrscher und kommt lächelnd zurück. Die Wunden bedeuten ihr nichts. Meine

Mutter sagt, daß Maras erste Erfahrung mit einem Mann aus Gewalt bestand und daß sie dennoch Freude daran hat.«

»Die erste Erfahrung mit Jamil?«

»Nein. Mara wurde von dem Sklavenhalter vergewaltigt, der sie nach Barka brachte.«

»Aber ich dachte, Jamils Frauen seien alle Jungfrauen gewesen, als sie herkamen.«

»Mara war noch Jungfrau«, entgegnete Adamma. »Sie wurde auf eine andere Art vergewaltigt.«

Was sich Chantelle nun vorstellte, war unerträglich. »Aber Jamil läßt sie immer noch schlagen, ehe er... ehe...«

Adamma nickte und ersparte Chantelle die Beendigung des Satzes. »Anders kann sie keinen Genuß finden. Und der Herrscher ruft sie nur, wenn seine Stimmung schrecklich ist. Sie fühlt sich glücklich, und sein Zorn wird erleichtert. Erkennen Sie nun den Zweck, dem sie dient? Seine üble Laune wird nicht an seinen anderen Frauen ausgelassen, und Mara bekommt, was sie sich wünscht.«

»Es ist ekelhaft«, sagte Chantelle ruhig.

»Aber wem tut es weh, *Lalla?«*

Anscheinend niemand, dachte Chantelle, aber sie war entsetzt. Natürlich brauchte es sie nicht zu verwundern. Sie hatte mit eigenen Augen gesehen, daß das Auspeitschen einer Frau Jamil nichts ausmachte.

Sie war beinahe dankbar, daß man sie daran erinnerte, wie grausam er sein konnte. Da sie das vergessen hatte, war sie ihm heute morgen gefährlich willig entgegengekommen. In Zukunft Schluß damit!

»Lalla?«

»Ja?«

»Sie können sich jetzt noch drei Sklaven aussuchen. Ich schlage vor...«

»Moment«, unterbrach Chantelle sie erstaunt. »Wer sagt, ich soll noch mehr Diener haben?«

»Es ist der Brauch.«

Chantelle furchte die Stirn. »Du hast mich Haji Agha erklären gehört, daß mein Hiersein gegen die Bräuche verstößt. Ich habe mir sozusagen keine besonderen Privilegien *verdient* und beabsichtige auch nicht, sie mir noch zu verdienen.«

»Das dürfen Sie nicht sagen, *Lalla.* Wenn der Herrscher Sie nicht mehr zu sich ruft, werden wir zu den unwichtigen Konkubinen zurückgeschickt.«

Adammas Gesichtsausdruck nach zu schließen mußte das um jeden Preis verhindert werden. Chantelle verstand den Wunsch des Mädchens hierzubleiben. Wenn eine Konkubine aufstieg, stiegen auch ihre Diener in der Rangordnung der Sklaven auf. Aber die Diener mußten sich nicht mit dem Herrscher abgeben. Sie wünschte, Adamma könnte ihr Bestreben verstehen, *nicht* hierzubleiben.

»*Lalla* Shahar?«

Würde sie heute keine Gelegenheit bekommen, in Ruhe über die neue Situation nachzudenken? Chantelle drehte sich um und betrachtete den Neuankömmling finster, der im Türrahmen stand. Sie hatte ihn noch nicht gesehen, aber er war zweifellos ein Eunuche, denn normale Männer durften den Harem nicht betreten, auch nicht als Diener. Nur war dieser Typ hellhäutig und wirkte sehr einflußreich in seinem fließenden, pelzbesetzten Gewand und dem hohen Turban.

Durch die Fenster sah sie verschiedene *Ikbals,* die im Hof standen und den Mann beobachteten. Sie konnten ihre Neugier nicht verbergen. Auch Adamma konnte es nicht. Kadar war ebenfalls wieder erschienen und stand direkt hinter dem Burschen, doch Chantelle entdeckte an ihm keine Neugier, nur eine Wachsamkeit, die sie aus unbekannten Gründen störte.

»Was ist?«

Der Mann verbeugte sich in aller Form. »Ich komme von Jamil Reshid.« Er breitete die Hände aus, auf denen eine flache Rosenholzschatulle von mindestens dreißig Zentimeter im Quadrat und mit Perlmutterrand ruhte. »Eine Empfehlung vom Herrscher, *Lalla.*«

Chantelle machte immer noch ein finsteres Gesicht, als sie das Kästchen entgegennahm, aber ihre Miene wurde vollends wütend, als sie es öffnete. Auf weißem Samt, der jeden einzelnen Edelstein hervorhob, lag eine zweireihige Amethystkette mit einem eichelgroßen Juwel in der Mitte. Der Schmuck war in jedem Fall ebenso wertvoll wie der mit den Saphiren, den sie noch um den Hals trug, und ebenso prächtig.

Was hatte Jamil ihr gesagt? Daß so eine Kette einer Frau gebührte, die ein Kind gebar. Wieso ehrte er sie mit solch einem Geschenk? Ihre erste Annahme von heute morgen stimmte offenbar. Der Herrscher wollte versuchen, ihre Zuneigung nun zu kaufen.

Sie wollte die Schachtel schon zurückgeben, als der Diener sagte: »Es gibt auch eine Botschaft, *Lalla,* wenn Sie gestatten. Vom Herrscher soll ich Ihnen sagen, daß Sie Ihre eigenen Juwelen sicher nicht so leicht vergessen werden, aber er hofft...« Der Mann furchte die Stirn, schloß die Augen und biß sich auf die Lippen. Anscheinend war ihm aus dem Gedächtnis entschwunden, wie die Botschaft weiter lautete. Schließlich riß er die Augen auf und nickte. Es war ihm wohl wieder eingefallen. »O ja! Er hofft, daß Sie sie weiterhin vergessen.«

Warum trieb ihr diese Nachricht die Röte in die Wangen? Nur sie allein konnte die Sätze verstehen, und sie fürchtete, daß sie sie nur allzugut verstand. War das Jamils Weg, ihr klarzumachen, daß er ihr Einverständnis bei der letzten intimen Umarmung gespürt hatte? Wie war das möglich gewesen?

Als Chantelle den Schmuck nun zurückgeben wollte, war der Bote schon gegangen.

30

Es dauerte nicht lange, bis im Harem bekannt wurde, daß Chantelle für die Nacht auserwählt war. Das überraschte kaum, denn es gehörte zu den Bräuchen, daß eine Favoritin mehrere Tage hintereinander – und manchmal länger – gerufen wurde. Grund zur Spekulation war nur, warum Chantelle nicht gleich bei ihrem ersten Herrscherbesuch zur Favoritin aufgestiegen war. Nur wenige wußten, daß sie bei diesem Besuch ihre Unschuld nicht verloren hatte. Und diese wenigen hüteten sich auch zu verbreiten, daß Chantelle noch immer ihre Jungfräulichkeit besaß.

Falls die junge Frau erwartet hatte, man würde diesmal kein Aufhebens um sie machen, sah sie sich getäuscht. Sie wurde wieder zum *Hammam* geleitet, diesmal unter der Aufsicht von *Lalla* Savetti, einer Serbin mittleren Alters, die Herrin des Rosa Hofes war. Haji Agha und verschiedene seiner Eunuchen warteten dort – er wollte wohl kein Risiko eingehen. Auch Kadar begleitete Chantelle. Sie überlegte, auf wessen Seite er stünde, wenn sie wieder in Panik geraten würde. Doch sie wehrte sich nicht, jedenfalls nicht nach außen hin. Und sie hatte Jamil ihr Wort gegeben. Sie mußte die ausgedehnten Vorbereitungen über sich ergehen lassen.

Unglücklicherweise waren die Bäder diesmal nicht leer. Es schien, als sei der gesamte Harem im Hauptraum versammelt. *Lalla* Savetti, die das genaue Gegenteil der verhältnismäßig reservierten Safiye darstellte, kam auf die Idee, den anderen Favoritinnen sowie Jamils drei Ehefrauen Chantelle vorzustellen.

Diese Zusammenkunft traf die junge Engländerin völlig unvorbereitet. Sie hatte einige der Favoritinnen schon vorher in den Bädern gesehen, doch sie alle um sich zu haben, wirkte aufschlußreich und peinlich zugleich. Die Frauen waren in jeder Hinsicht so schön, wie man es von der Elite des Harems erwarten konnte. Eine hatte schwarzes, eine andere dunkelbraunes, aber die übrigen sechs rotes Haar in verschiedenen Schattierungen. Es war nicht schwierig, daraus zu schließen, daß Jamil diese Farbe bevorzugte. Ein Blick in den Raum bestätigte, daß mehr als die Hälfte der anwesenden Damen Rotschöpfe waren.

Die acht Favoritinnen wirkten absolut außergewöhnlich, so daß sich Chantelle im Vergleich zweitrangig, ausgewaschen und schäbig, wenn nicht gar kränklich vorkam. Ihr Körper war neben den anderen dürr wie ein Stecken. Die Frauen zeigten keineswegs irgendwelchen Fettansatz, aber dafür atemberaubende Kurven. Chantelle hatte nie in ihrem Leben so viele Juwelen gesehen, wie an diesen acht Damen glitzerten – sogar hier in den Bädern.

Zum Glück war keine Zeit zum Plaudern, denn Chantelles Zunge fühlte sich wie gelähmt an. Dabei schlug der jungen Engländerin keine Feindseligkeit entgegen, nicht einmal Eifersucht, was man doch hätte erwarten können. Tatsächlich waren alle freundlich, sogar Noura, die Schwarzhaarige mit den temperamentvollen dunklen Augen, die zu ihrer prachtvollen Mähne paßten. Nouras Gesicht mochte vielleicht ein wenig Argwohn ausdrücken, aber die anderen schienen Chantelle in ihrer kleinen Gruppe herzlich willkommen zu heißen.

Sie wußte nicht, wie sie das beurteilen sollte. Die Frauen liebten Jamil und waren selbstlos bereit, ihn mit anderen zu teilen. Was sollte man zu solchen Wesen sagen? Keines von ihnen hätte sich in Chantelle einfühlen können.

Sie wurde durch Hajis Bemerkung, es sei schon spät, aus ihrem Dilemma befreit und dann zur »Vollbehandlung« weggebracht. Sie wußte nicht, ob sie am vorangegangenen Abend die gleiche Prozedur durchgemacht hatte, aber jedenfalls wurde sie nicht nur gebadet, rasiert und schamponiert, sondern auch noch massiert, eingeölt und parfümiert. Außerdem wurden ihre Zähne poliert, ihr Zahnfleisch inspiziert, ihre Nägel gefärbt und ihr Atem gesüßt. Sie hätten ihr Haar und ihr Gesicht auch noch in Angriff genommen, wenn sie nicht Einhalt geboten und Adamma für diese Aufgabe herangezogen hätte.

Haji mußte sich ihren Wünschen fügen, da sie sich so willig zeigte. Chantelle ahnte, daß er Schwierigkeiten von ihr erwartete und vielleicht schon Gegenmaßnahmen ergriffen hatte, aber er wußte ja nicht, daß sie ihr Wort gegeben hatte. Und sie beabsichtigte nicht, ihm das zu sagen und ihn somit von einer Sorge zu befreien.

Als sie in ihr Appartement zurückkehrte, wartete dort die Garderobenmeisterin mit einer neuen Kreation rosé- und schimmernd silbergestreifter »Unterwäsche« auf sie. Diesmal protestierte Chantelle, denn sie hatte schon ein weniger enthüllendes Gewand aus ihrer Truhe ausgesucht. Daraufhin wurde sie mit hochmütiger Miene darüber aufgeklärt, daß ihre Kleider für einen Besuch beim Herrscher zu gewöhnlich waren und nur im Harem getragen werden konnten. Eine Diskussion lohnte sich nicht, zumal Chantelle den Kaftan, den sie sich zur Komplettierung ihres Aufzugs wünschte, zögernd zugestanden bekam. Sie konnte nur seufzen, als er gebracht wurde, denn er entpuppte sich als so durchsichtig, daß man ihn kaum bemerkte.

Die Farbe des Gewandes paßte perfekt zu den Amethysten, wie Adamma feststellte, und Chantelle fragte sich, ob inzwischen nicht alle von ihrer Morgengabe wußten. Sie hatte vorgehabt, Jamils Juwelen nicht zu tragen. Jetzt wünschte sie, der Dieb, der angeblich im Harem Kostbarkeiten stahl, hätte ihr einen Besuch abgestattet. Aber da dies nicht der Fall war und sie versprochen hatte, keine Szene zu machen, ließ sie sich den Schmuck von Adamma um den Hals legen.

Sie war beinahe fertig zu gehen, als Rahine auftauchte. Chantelle wunderte sich, daß Jamils Mutter ihr unter die Augen zu treten wagte, nachdem sie gegen den Wunsch ihres Sohnes über sie, Chantelle, die Küchenstrafe verhängt hatte.

»Wenn Sie sich über nichts freuen, Shahar – sind Sie nicht wenigstens glücklich über die solide Tür, die Sie absperren können?«

»Sie haben recht, Madame«, gab Chantelle zu. »Die Tür ist das einzige, was mir hier gefällt.« Adamma war noch mit ihrem Haar beschäftigt, aber Chantelle schickte sie hinaus und fragte Rahine dann: »Wußten Sie, daß Jamil mich nicht bestrafen wollte?«

Kein Muskel zuckte in Rahines Porzellangesicht. »Zuerst wußte ich es nicht, aber jetzt weiß ich es. Warum haben Sie ihm nichts erzählt?«

Chantelle nahm den Handspiegel auf, um dem Blick der grünen Augen zu entgehen. »Wie kommen Sie darauf, daß ich nichts erzählt habe?« fragte sie lässig.

»Weil wir andernfalls seinen Zorn zu spüren bekommen hätten. Sie sagen ihm doch nichts, nicht wahr?«

Die Frage klang so vertrauensvoll, daß Chantelle nur ehrlich antworten konnte. »Nein.«

»Warum nicht?«

»Ich wäre ebensogern in der Küche geblieben, wenn Sie es schon wissen müssen. Es ist ja nichts Schlimmes passiert.«

»In der Küche geblieben? Hassen Sie ihn denn so sehr?«

Der ungläubige Ton reizte Chantelles Zorn. »Ich möchte nicht seine nächste Hure sein.«

»Meine Liebe, das wären Sie nie«, erklärte Rahine sanft. »Keine Konkubine kann eine Hure sein, nachdem sie nur die Aufmerksamkeit eines einzigen Mannes kennt. Aber Sie müssen wissen, daß Jamil Sie bereits hochschätzt. Ihretwegen bricht er die Regeln. Er scheint in jeder Hinsicht von Ihnen besessen zu sein. Können Sie wirklich kein zärtliches Gefühl für ihn aufbringen?«

»Warum strengen Sie sich für ihn so an?« rief Chantelle.

»Weil ich für sein Glück lebe. Was sonst könnte mein Dasein erfüllen?«

O Gott, wie salbungsvoll! Chantelle vermochte der Frau nicht mehr böse zu sein, nachdem sie das gehört hatte. »Könnten Sie nicht heimgehen – nach England? Warum schließen Sie sich hier ein, wenn Sie nicht müssen? Sie sind seine Mutter. Er würde Sie nicht hier festhalten, wenn Sie gehen möchten, oder?«

»Nein, aber ich könnte nirgendwohin gehen! Das ist nun mein Zuhause, Shahar. Jamil, seine Kinder, seine Frauen – sie sind meine Familie. Das ist mein Leben. Nirgendwo sonst hätte ich etwas, das mir wichtig wäre.«

»Sie sind keine alte Frau. Sie könnten einen neuen Ehemann finden.«

Rahine lächelte. »Das könnte ich auch hier, Shahar, wenn ich das wollte.«

Chantelle gab es auf. »Gut, Ihnen gefällt es also hier. Nehmen Sie die Tatsache freundlich zur Kenntnis, daß es mir hier nicht gefällt und nie gefallen wird.«

»Ich frage mich, ob Sie in – sagen wir – einer Woche noch genauso denken werden.«

Rahine wartete nicht auf eine Erwiderung, sondern ließ Chantelle mit der Überlegung allein, was diese Bemerkung wohl zu bedeuten hatte. Was konnte in einer Woche geschehen, das bei ihr einen Sinneswandel hervorrufen würde? Vielleicht meinte Rahine, daß Jamils Geduld nicht über sieben Tage hinausgehen würde. Mochte sein! Chantelle ahnte tief in ihrem Inneren, daß er seinen Willen bekommen würde – so oder so. Sie wußte, daß ihre Tage gezählt waren. Dennoch würde sie das bittere Ende hinauszögern, und ihre Gefühle würden sich nicht ändern, wenn dieses Ende kam.

31

Wenn Chantelle es nicht besser gewußt hätte, hätte sie schwören können, daß sie umworben wurde. Während der letzten fünf Tage rief Jamil sie jeden Abend zu sich, und immer spielte sich dasselbe ab. Er war charmant, sogar witzig. Er erzählte Geschichten über seine Kindheit im Harem, die zum Teil so lustig waren, daß Chantelle lachen mußte. Sie gingen im Garten spazieren, unterhielten sich und lasen einander vor.

Nach Chantelles Maßstäben ging alles sehr schicklich vonstatten, deshalb lernte sie, sich in Jamils Gegenwart zu entspannen – wenigstens die meiste Zeit ihrer Besuche. Doch ehe der Abend vorbei war, wagte der Herrscher unvermeidlich einen Vorstoß, und sie widerstand ihm unvermeidlich, obwohl Gott wußte, daß ihr das von Mal zu Mal schwerer fiel. Wenn Jamil zärtlich wurde, gab er sich völlig freimütig und sagte ihr genau, was er mit ihr machen wollte. Sie mußte sich nicht nur gegen seine Hände, sondern auch gegen seine Worte behaupten – und gegen das, was sie bei ihr bewirkten. Doch sie blieb Siegerin trotz der verräterischen Reaktion ihres Körpers.

Erstaunlicherweise zeigte der Mann keinen Ärger mehr, wenn sie seine Annäherung abwies. Sie wünschte beinahe, es sei anders, denn ihr Bild des grausamen Tyrannen bröckelte mehr und mehr ab, vor allem, wenn während des Tages kleine Geschenke eintrafen oder Grußworte, die sie daran erinnern sollten, daß er an sie dachte.

Der letzte Abend war wie die anderen verlaufen, abgesehen davon, daß Jamil trank, als sie kam. Das hatte sie äußerst nervös gemacht, bis sie merkte, daß er nicht betrunken war, sondern nur ein bißchen anders, entspannter und – um die Wahrheit zu sagen – englischer als je zuvor. Auch sein »Liebeswerben« erschien ausgesprochen englisch. Wenn sie nicht in den Harem hätte zurückkehren müssen, der mit Frauen angefüllt war, die Jamil gehörten, hätte sie fast vergessen können, wer er war und wo sie war.

Aber die Frauen, seine vielen Frauen, konnte sie nie vergessen. Er mochte seine Abende mit ihr verbringen, aber sie wußte nicht, mit wem er die Nächte verbrachte. Er rief kein anderes Mädchen zu sich – irgendwelche Feindinnen im Harem hätten das Chantelle sofort zugetragen. Aber es war bekannt, daß er seine Ehefrauen aufsuchte, die er selten zu sich holte. Ihre Appartements konnte er diskret erreichen, so daß Chantelle keine Ahnung hatte, was er nach ihrem Fortgehen tat.

Daß sie sich darüber überhaupt Gedanken machte, störte sie. Es sollte ihr gleichgültig sein, mit wem er schlief, solange sie nicht betroffen war. Doch wenn sie sich selbst gegenüber ehrlich sein wollte, mußte sie zugeben, daß ihr die Vorstellung nicht gefiel, seine Geduld mit ihr könnte daher rühren, daß er sein Vergnügen anderswo fand.

Diese Idee veranlaßte sie, seinen Ehefrauen weniger Sympathie entgegenzubringen, wenn diese sie besuchten. Sie hatte Noura schon vor ihrer ersten Begegnung nicht gemocht, und bei der zweiten verstärkte sich ihre Meinung, da die schwarzhaarige Schönheit ihr wahres Gesicht zeigte. Ihre Überheblichkeit wurde nur noch von ihrer Eitelkeit und Herrschsucht übertroffen. Vielleicht hatte sie Grund, so herablassend zu sein, denn laut Adamma war sie als einzige im Harem keine Sklavin, sondern aufgrund eines Vertrages mit einem Wüstenpascha mit Jamil verheiratet worden. Allerdings konnte das nicht als Entschuldigung für solch übertriebene Arroganz oder für ihre verletzenden Bemerkungen gelten. Noura brachte es fertig, jeden mit ihrer Boshaftigkeit zu überschütten, der ihre Aufmerksamkeit erregte.

Die anderen beiden Ehefrauen waren gänzlich anders. Vor allem fiel es schwer, Sheelah nicht zu mögen. Der Kolibri, den die erste *Kadine* Chantelle geschenkt hatte, war bezeichnend für ihre großzügige und freundliche Natur. Tatsächlich konnte Chantelle keinen einzigen Grund finden, diese Frau abzulehnen – außer dem, daß Jamil sie besonders liebte. Doch dieses Argument war so unlogisch, daß es keine nähere Betrachtung duldete.

Heute lag eine gewisse Vorahnung in der Luft, als Chantelle sich für den sechsten der aufeinanderfolgenden Abende mit Jamil Reshid vorbereitete. Sie schrieb die atmosphärische Spannung ihren Nerven zu, denn sie wußte, daß ihre Zeit ablief. Daß sie sich möglicherweise auf die Gesellschaft des Mannes freute, zog sie nicht in Betracht.

Sie trug ein zartes rosa Musselingewand, das die Farbe ihrer Augen dämpfte und gut zu ihren platinblonden Locken paßte. Adamma ließ diese Haarpracht weich fallen und steckte nur die vordersten Strähnen zurück. Chantelle besaß nun Ohrgehänge, zwei Armbänder, Haarnadeln und einen auffallenden Amethystring, der den Halsschmuck ergänzte – Geschenke, die Jamil ihr immer noch schickte, obwohl sie sie im traditionellen Sinn nicht »verdient« hatte.

»Sie werden ihm den Atem rauben, *Lalla*«, versicherte Adamma glücklich.

»Glaubst du, daß er dann ersticken wird?« meinte Chantelle hoffnungsvoll.

Adamma kicherte. Sie nahm Chantelles abfällige Bemerkungen über Jamil nicht mehr ernst, vielleicht, weil die Engländerin nur mehr aus Gewohnheit so Negatives von sich gab. Noch vor einer Woche hätte sie sein Ableben möglicherweise als ihre Rettung betrachtet und keine Sekunde getrauert. Jetzt mochte sie noch immer um einen Ausweg beten, aber nicht durch Jamils Tod.

Es war Kadar, der sie jeden Abend zum Herrscher brachte und auf ihre Rückkehr wartete. Er kam ihr wie ihr zweiter Schatten vor, begleitete sie auf Schritt und Tritt, bewachte ihre Wohnungstür und schlief zusammen mit Adamma nachts in dem vorderen Zimmer. Kadar schien ihr absolut ergeben zu sein, doch Chantelle wollte ihn noch nicht auf die Probe stellen. Wenn sie einen Fluchtweg ausgekundschaftet haben würde, würde sie Hilfe brauchen, und sie setzte ihre Hoffnungen dann in Kadar. Aber es war noch zu früh, ihm rückhaltlos zu vertrauen.

Heute abend stand Jamil an den Gartentüren. Er empfing Chantelle immer in dem einen Raum, der das ständig bedrohliche Bett enthielt. Aber es waren auch Berge von Kissen vorhanden, die neben den mondlichtdurchfluteten Fenstern eine gemütliche Couch bildeten. Der Raum war immer gut beleuchtet, aber irgendwie schien das Licht schwächer zu werden, ehe der Abend zu Ende ging, als ob unsichtbare Diener jede Lampe löschen würden. Chantelle hatte davon nichts bemerkt. Sie wurde von Jamil so stark gefesselt, daß eine Armee hätte vorübermarschieren können, ohne ihre Aufmerksamkeit zu erregen.

Jamil trug eine dunkelgoldene Tunika aus schwerem venezianischem Brokat, die an seiner Brust und den Schultern eng anlag. Die typischen weiten Hosen bestanden aus weißer persischer Seide und steckten in hohen Stiefeln europäischer Machart. Eine breite Schärpe aus Goldstoff umschloß seine Taille und bot einem Dolch Halt, der in seiner ungeschmückten Einfachheit tödlich war. Die einzigen Juwelen, die Chantelle an Jamil entdecken konnte, waren seine Ringe, ein großer Bernstein und der Smaragd, den er immer trug. Und wie gewöhnlich hatte er keinen Turban auf. Seit ihrer ersten Begegnung hatte Chantelle ihn nie mehr mit Turban gesehen. Sie wünschte, es wäre anders, denn mit dem glattrasierten Gesicht und dem dichten schwarzen Haar, das in der Mitte gescheitelt war und in Wellen auf die Schultern fiel, sah er von der Taille aufwärts überhaupt nicht orientalisch aus. Unzählige Male hatte Chantelle ihn betrachtet und gedacht, wie normal er in einem englischen Salon wirken würde. Sie hatte ihn sich vorgestellt in einem gutgeschnittenen Mantel, engen kniehohen Breeches, mit einer silberfarbenen Krawatte am Hals, und wußte, daß er eine elegante Erscheinung abgeben würde. Auch so gab er eine elegante Erscheinung ab – verdammt!

Auf Jamils Drängen hin warf sie sich nicht mehr zu Boden, wenn sie hereinkam. Aber sie ging auch nie auf ihn zu, sondern blieb an der Tür stehen, bis er sie rief. Heute abend sagte er zuerst gar nichts, er sah sie nur mit seinen durchdringenden grünen Augen an. Vielleicht wartete er nur, bis der Vortrag beendet war. Ein Leser des Koran saß in einer Ecke und rezitierte laut aus dem Buch in seinem Schoß.

Als die Stimme des kleinen Moslems sich plötzlich erhob, wandte Chantelle sich ihm zu.

> Jene, die ihr fürchtet, mögen aufsässig sein,
> euch Vorhaltungen machen; verbannt sie auf ihr Lager
> und schlagt sie. Wenn sie euch dann gehorchen,
> versucht nicht, euch gegen sie zu wenden. Allah ist
> all-hoch, all-groß.
>
> Eure Frauen sind Ackerland für euch;
> So kommt auf euren Acker, wie ihr wollt,
> und bringt eure Seelen voran; Allah ist
> all-mächtig, all-weise.

Chantelle hielt den Atem an und blickte zu Jamil zurück, der sie immer noch beobachtete. Nun entließ er den Leser des Koran mit einer knappen Geste, nahm aber den Blick nicht von Chantelle.

Sie wartete, bis der kleine Mann sich unter Verbeugungen rückwärts entfernt hatte, dann hob sie die silbernen Brauen mißbilligend. »War das für mich bestimmt?«

»Aber natürlich.«

Sein plötzliches Grinsen war so schelmisch, daß sie lachen mußte. »Sie vergessen, daß ich eine christliche Ungläubige bin, die den Lehren Ihres Propheten nicht folgt.«

»Ich vergesse nie auch nur für eine Sekunde, was du bist, Shahar.« Er kam auf sie zu und legte ihre Finger auf seine Lippen, ehe er sagte: »Was du bist, gehört mir.«

Mochte ihr Verstand vor der Anziehungskraft des Mannes zurückschrecken, ihr Körper tat es nicht. Er reagierte sofort auf die Berührung und den besitzergreifenden Ton. Doch bevor Chantelle sich eine Erwiderung ausdenken konnte, führte Jamil sie zu dem Kissenlager, ließ sich nieder und zog sie neben sich.

So früh am Abend hatten sie noch nie solch einen engen Kontakt gehabt. Die Kissen waren so groß, daß sie ein Bett formten. Jamil lehnte sich auf einen Ellenbogen zurück und hatte ein Knie abgebogen, so daß es auf Chantelle ruhte. Sie stützte sich momentan auf beide Ellenbogen. Er hatte sich ihr bisher immer in kleinen Etappen genähert, um sie vorzuwarnen. Daß er diese Regel nun nicht einhielt, war beunruhigend.

Langsam rutschte Chantelle weg, bis ihr Rücken an dem Kissen lehnte, das an der Wand lag. Wenigstens berührten sich nun ihre Schenkel nicht mehr, und Chantelle genoß den Vorteil, auf Jamil herabschauen zu können. Das beruhigte ihre Nerven ein wenig, bis sie ihn lächeln sah.

Er machte aber keine Bemerkung über ihre Unsicherheit und fragte: »Was sollen wir heute abend machen?«

»Im Garten spazierengehen?« Chantelle wollte sich erheben, doch ein Arm über ihren Oberschenkeln hinderte sie daran.

»Was möchtest du *hier* tun?« fragte er deutlicher und nahm zu ihrer Erleichterung den Arm weg.

»Ich ... ich weiß es nicht. Was möchten Sie ...« Er hob den Kopf und grinste so himmelschreiend verrucht, daß sie die Frage nicht zu beenden brauchte. »Das ausgenommen«, fügte sie ein wenig scharf hinzu.

Er zuckte kaum merklich die Schultern. Sein Blick wanderte langsam über ihren Körper und blieb an ihrem Schoß hängen. »Hast du schon zu tanzen gelernt?«

Sie wußte, was für eine Art von Tanz er meinte. Sie hatte eine der *Ikbals* beim Üben im Hof beobachtet und nie zuvor etwas Ähnliches gesehen oder sich vorzustellen gewagt. Dieser »Tanz« diente nur dem einen Zweck, männliche Begierden zu wecken – mit Schlangenbewegungen von Bauch und Becken, die nicht nur verführerisch wirkten; Chantelle fand sie einfach obszön.

»Ihre orientalischen Tänze sind zu... fremd für meinen Geschmack.«

»Aber ich würde dich gern tanzen sehen, Shahar«, erklärte er und ließ einen Finger über ihren Oberschenkel bis zu ihrem Knie gleiten, wo seine Hand innehielt. »Würdest du es für mich lernen?«

Er sah sie an. Das Feuer in seinen Smaragdaugen bewirkte, daß ihr Hals eng wurde. Ihr Leib geriet unter seiner Berührung schon in elektrische Schwingungen.

»Ich... ich könnte nicht.«

»Du könntest schon«, flüsterte er gepreßt, und sein Finger wanderte den Weg zu ihrem Oberschenkel zurück. »Du möchtest es nicht. Aber man kann es nicht erzwingen. Du mußt den Wunsch verspüren, meine Leidenschaft zu entfachen...«

»Jamil!«

Sie packte seinen Finger, ehe er das Gebiet weiter erforschen konnte. Jamil erschreckte sie, weil er die Hand mit einem Ruck wegzog und sich aufrichtete. Chantelle erkannte an seinem kritischen Gesichtsausdruck, daß sie ihm mißfallen hatte, und dachte, ihre Abwehr sei der Grund. Es überraschte sie, eines Besseren belehrt zu werden.

»Nenn mich, wie du willst, aber nicht Jamil!«

»Verzeihung...?«

»Nenn mich Derek!«

»Wie bitte?« meinte sie ungläubig.

»Es bedeutet ›Geliebter‹.«

Sie blinzelte. Was, zum Teufel, war über ihn gekommen?

»In welcher Sprache?« fragte sie skeptisch.

»Die Sprache ist unwichtig.« Seine Stimme hob sich vor Ärger. »Wirst du mich Derek nennen?«

Das war zuviel. Erst lächelte sie, dann folgte prustendes Gelächter. Sie neigte sich vornüber und hielt sich die Seiten vor Lachen. Als sie sich schließlich wieder zurücklehnte, sah sie, wie er sie mit gekräuselten Lippen beobachtete.

»O Gott!« Sie seufzte und wischte sich die Tränen aus den Augen. »Wenn ich Sie nicht Jamil nennen darf, brauchen Sie es nur zu sagen. Tatsächlich Derek! Der Name ist so englisch, wie ich es bin.«

»Und wie meine Mutter, Shahar«, stellte er fest. »Vielleicht gab sie mir den Namen.«

»Wirklich?«

»Nein«, erwiderte er wahrheitsgemäß, denn sein Großvater hatte ihn Derek genannt.

Auch er lehnte sich wieder zurück. Es irritierte ihn, daß er so heftig reagiert hatte. Was bedeutete schon ein Name? Nur, weil er seinem Bruder gehörte...

Chantelle beobachtete ihn neugierig. »Was hat das alles zu bedeuten – wenn ich fragen darf?«

Er blickte zu ihr auf und merkte plötzlich, daß ihre Belustigung ihre Wachsamkeit verdrängt hatte. Das würde sich jedoch ändern, falls er auf sein Vorrecht pochte, nicht zu antworten.

Er zuckte lässig die Schultern. »Meine Frustration äußerte sich so und überraschte uns beide.«

Das konnte sie ihm glauben, aber es war ihr zuwider, daß *dieses* Thema wiederauftauchte. »Oh, gut...«

Er lachte vor sich hin. »Wo ist dein Mut, Engländerin? Bist du nicht neugierig, woher meine Frustration kommt?«

»Nein.«

»Es ist nicht das, was du denkst.«

»Nicht?«

»Ich möchte dich in meinem Bett haben, ja, aber ich möchte auch noch andere Dinge.«

Ehe sie erkannte, was er vorhatte, ergriff er das Taillenband ihrer Seidenhose und zog daran, sanft genug, daß die Knöpfe an den Seiten nicht absprangen, aber auch fest genug, um Chantelle über das Kissen herabgleiten zu lassen, bis sie flach auf dem Rükken neben ihm lag. Sofort hob sie in Abwehr die Hände, doch er lehnte sich nicht über sie, wie sie es erwartet hatte.

»Das ist besser«, sagte er. »Vom Hochblicken bekam ich schon einen steifen Hals.«

Wenn diese Bemerkung Chantelle in ihrer neuen Position als

Beruhigung dienen sollte, verfehlte sie ihren Zweck. »Ich glaube nicht...«

»Shh, willst du nicht wissen, was ich jetzt mit dir machen möchte?« Sie schüttelte entschieden den Kopf, und er gab ihr ihre eigenen Worte zurück. »Das ausgenommen.«

»Ganz egal«, beharrte sie. »Es nützt nichts, darüber zu reden.«

»Woher weißt du das? Und woher weißt du, daß du das nicht magst, was ich mit dir machen möchte?«

Mit einem kleinen Stöhnen schloß sie die Augen, öffnete sie aber sofort wieder, als sie spürte, wie er näher rückte. Sein Gesicht war nun über ihr, nur einen Atemzug entfernt. Seine Hand, die noch das Taillenband ihrer Hose hielt, drehte sich, so daß Chantelle die Innenfläche auf ihrer Haut spürte. Die Hand war nicht so heiß wie die sengende Glut seines Blicks.

»Ich möchte meine Finger in dich stecken, Shahar.«

»O Gott«, wisperte sie, ehe sein Mund den ihren bedeckte und den Sinneswirbel verstärkte, den seine Worte verursacht hatten.

Dennoch griff sie nach seinem Arm und umfaßte sein Handgelenk. Daß der Zugriff keine Kraft besaß, war nicht erstaunlich.

»Wenn du mir nicht etwas gibst, Mädchen, werde ich verrückt«, sagte er dicht vor ihren Lippen.

Sein Kuß wurde wild und besitzergreifend, als wollte er sie verschlingen. Unter diesem Angriff fühlte sie sich noch schwächer, und ihre Hand fiel von ihm ab. Sofort glitten seine Finger in ihre Hose, durchstreiften die kleinen Haarlocken und taten schließlich das, was er angekündigt hatte.

Chantelles Reaktion war, sich gegen ihn aufzubäumen, was seinen Fingern gestattete, nur noch tiefer in sie einzudringen. Sie klammerte sich an ihn und wand sich in einer höchst beglückenden Erregung, die jede Überlegung ausschloß.

»Oh, Geliebte, du bist so heiß, so feucht.«

Chantelle schmolz unter seinen Worten dahin, schlang die Arme um ihn und erwiderte seine Küsse mit rasender Sehnsucht. Daß er englisch gesprochen hatte, drang nicht in ihr Gehirn, so entflammt war sie. Und er setzte sein Zauberwerk fort. Er ließ die Fieberkurve keine Sekunde absinken.

Dann lag er plötzlich zwischen ihren Beinen, und es war keine Kleidung mehr zwischen ihnen. Wie er das bewerkstelligt hatte, wußte Chantelle nicht – sie konnte sich an nichts erinnern. Sie wußte auch nicht, warum sie es jetzt merkte: vielleicht durch die allgegenwärtige Hitze seiner Haut, die sich gegen sie preßte, Leib an Leib, Brust an Brust. Vielleicht auch durch die Verletzlichkeit ihrer Position: daß sie die Beine spreizte, um sich ihm anzupassen. Vielleicht, weil er einen atemlosen Moment lang aufgehört hatte, sie zu küssen.

Aber es war keine Zeit, daß Panik oder Furcht hätten Platz greifen können. Jamil wartete nur, bis die Erkenntnis sich in ihr herauskristallisierte, sich in ihren veilchenblauen Augen zeigte, dann küßte er sie wieder und tauchte tief mit seiner Zunge ein. Zur gleichen Zeit spürte sie erneut das heftige Vergnügen seiner Finger in ihrem Unterleib... nein, diesmal nicht seiner Finger. Es war er selbst, jener Teil von ihm, den sie gefürchtet hatte und nun nicht mehr fürchtete.

Langsam, ganz langsam drang er in sie ein – und mit solcher Leichtigkeit, denn sie war heiß vor Erwartung, feucht vor Verlangen. Sie spürte eine Fülle, nicht ähnlich seinen Fingern, und eine Festigkeit, viel köstlicher, als sie hatte ahnen können, und dann eine seltsame Empfindung, als sei etwas in ihr geplatzt, nicht direkt schmerzhaft, aber erschreckend, danach eine noch stärkere Fülle tief in ihr.

Sein Stöhnen mischte sich mit ihrem, als er fortfuhr, sie zu küssen, zärtlich jetzt, aber nicht weniger leidenschaftlich. Für einen Moment machte er keine weitere Bewegung, und Chantelle war es egal. Sie genoß dieses neue Gefühl und ahnte instinktiv, daß sie noch mehr davon bekommen würde. Und so war es auch. Als seine Hüften langsam gegen ihren Körper zu stoßen begannen, schien ihr Herzschlag das gleiche Tempo aufzunehmen, beschleunigend wie er, schneller und schneller, bis ein Blitzstrahl heller Sinneslust sie so extrem traf, daß sie schrie und ihre Arme enger um ihn schloß, während er sie noch dichter an sich preßte und sein pulsierender Höhepunkt sich mit ihrem vereinigte.

32

Chantelle ließ sich in ein wunderbares Abseits treiben, in das keine Gedanken eindringen konnten, nur ein Übermaß an Gefühlen, die alle schön und wohltuend waren. Haut prickelte an Haut, ein angenehmes Gewicht ruhte auf ihr, eine feuchte Hitze an ihren Brüsten, ein langsamer Herzschlag in ihren Lenden – es war einfach schön. So hätte sie ewig liegen mögen, wenn Jamil nicht begonnen hätte, sie zu necken. Er zeichnete mit seiner Zunge Kreise um ihre Brustwarze und blies dann kühlen Atem darauf, bis sie sich zu einem harten kleinen Knopf zusammenzog.

Das waren zwar vergnügliche, aber keine entspannenden Empfindungen. Chantelle streckte die Hände aus, um Jamils Kopf zu packen und den warmen Mund des Mannes wieder auf ihre Brustwarzen zu drücken.

»Dann bist du jetzt wach?«

Sie lächelte verträumt, als er sehr sanft zu saugen begann. »Ich habe nicht geschlafen.« Ihre Finger tauchten in sein Haar, und sie wunderte sich, wie babyzart es sich anfühlte. Er lag auf ihr und preßte seinen Leib in ihre Leisten. Als sie das spürte, wurde sie von einer süßen Erregung durchflutet.

Plötzlich umfaßte eine Hand jede ihrer Brüste, und sein Kinn ruhte dazwischen. »Bist du ärgerlich auf mich, kleiner Mond?«

Ärgerlich? Meinte er das ernst? Sie stützte den Kopf auf, um Jamil anzuschauen. »Sehe ich ärgerlich aus?«

»Ich habe dich überrumpelt.«

Sie verzog ein wenig die Lippen. »Wirklich?«

»Ich glaube, du warst sicher, das würde nur in meinem Bett geschehen.«

»Sind wir nicht in deinem Bett?«

Er grinste. »Du siehst meinen Standpunkt.«

»Sehr gut, du hast mich also überrumpelt.«

»Und es hat dir gefallen?«

»Läßt du mich aufs Rad spannen und vierteilen, wenn ich nicht die richtige Antwort gebe?« Jamil preßte ihren Busen, so daß ihr das Scherzen verging. »Ja, du eingebildeter Mensch. Ist das das, was du hören möchtest?«

Sein Lächeln brachte ihr Herz fast zum Schmelzen. »Weißt du, wieviel Freude es mir macht zu wissen, daß du nur mir allein gehörst?«

»Ich könnte es mir vorstellen, wenn auch du nur mir allein gehören würdest.« Glühende Röte stieg ihr in die Wangen. Gott, wie hatte sie so etwas sagen können? »Ich meine, daß...«

»Nein, ich lasse dich das nicht zurücknehmen«, unterbrach er sie mit einem leisen Lachen. »Ich hatte recht. Ihr Engländer könnt nicht teilen.«

Ob sie teilen konnte oder nicht – jedenfalls teilte sie seinen Humor nicht. »Wenn du meinst, daß bei uns *ein* Mann zu *einer* Frau gehört, ja, dann stimmt es«, sagte sie bissig. »Aber ein Mann, der beinahe fünfzig Frauen besitzt, kann das nicht verstehen.«

»Bist du eifersüchtig, kleiner Mond?«

»Natürlich nicht.«

»Warum könnte es dich sonst stören, wie viele Frauen ich besitze?«

»Es ist unsittlich.«

»Nach euren Maßstäben. Nach unseren ist die Anzahl tatsächlich gering.«

Dagegen konnte sie nichts einwenden, da seine Religion den Männern in diesem Land die Vielweiberei gestattete. Er würde ihre Ansichten nie begreifen und sie sowieso ignorieren, warum sollte sie also ihre Worte verschwenden? Aber es machte sie wütend – bei Gott, das tat es –, daß seine Untreue hier selbstverständlich war, während die Welt unterginge, wenn ein anderer Mann eine seiner Frauen auch nur ansehen würde.

»Ich denke«, sagte sie mit steifem Hochmut, »daß ich in den Harem zurückkehren sollte.«

»Nun bist du mir böse.«

»Überhaupt nicht«, widersprach sie, obwohl ihre aufeinandergepreßten Lippen das Gegenteil bewiesen. »Ich habe deine Wünsche nur vorausgeahnt, denn man hat mir gesagt, daß du eine Frau sofort zurückschickst, wenn du mit ihr fertig bist.«

Chantelle wußte nicht, wie sie den Mut aufbrachte, das zu sagen, nachdem alles, was Vashti ihr verkündet hatte, nicht stimmte. Und Jamil gefiel es offenbar auch nicht, was er da hörte. Unbewußt griffen seine Hände fester nach ihr, er lehnte sich zurück, und sein Gesichtsausdruck wurde finster.

»Wer hat dir das erzählt?«

Bei diesem Ton schwand Chantelles Ärger. Wenn sie Vashti auch nicht mochte und jetzt noch mehr Veranlassung hatte, sie nicht zu mögen, wünschte sie doch niemandem eine Bestrafung, die von Jamil verhängt wurde.

»Ist das nicht egal?« meinte sie ausweichend.

»Wer?«

»Ich erinnere mich nicht.«

Seine Augen verengten sich noch mehr wegen ihres Starrsinns. »Was hat man dir noch erzählt?«

»Nichts.« Dann fügte sie entschiedener hinzu: »Wirklich.« Doch das hätte sie sich sparen können.

»Furchterregendes über mich, um dich zu ängstigen?« vermutete er zutreffend. »Wem verdanke ich die Verlängerung meiner Frustration? Wer wurde dazu bestimmt, dich zu instruieren?«

Sie wußte, daß er das leicht herausbringen konnte – auch ohne ihr Zutun. Wenn er auf jemanden wütend sein wollte, dann sollte er sie aufs Korn nehmen. Schließlich waren Vashtis Lügen nicht für all ihre Ängste verantwortlich.

»Sie irren sich, euer Hoheit.« Momentan war ihre Intimität vergessen, und Chantelle wählte wieder die förmliche Anrede. »Nichts, was man mir gesagt hat, konnte mir mehr Furcht einflößen als Ihre eigenen Handlungen.«

»Denkst du immer noch, ich würde dir weh tun?« fragte er eher verwundert als verärgert.

»Sie tun mir jetzt weh«, erwiderte sie ruhig.

Erst in diesem Moment merkte er, wie er ihre Brüste in seiner Erregung zusammenpreßte, und ließ sie zerknirscht los. Aber sie gab ihm keine Gelegenheit, sich zu entschuldigen.

»Das war jedoch nicht der Grund«, fuhr sie fort, »daß ich zögerte, das Bett mit Ihnen zu teilen. Ich wurde nach dem Grundsatz erzogen, daß eine anständige Frau sich keinem anderen Mann hingibt als ihrem rechtmäßig angetrauten. Ein abweichendes Verhalten würde Schande und Verderben über sie bringen.«

»Ich bin dein rechtmäßiger Herr.«

»Das zählt nicht.«

»Der einzige Mann, den du haben kannst, Shahar, genau wie ein Ehemann.«

»Nein, das ist nicht dasselbe. Sie haben mich gekauft. Sie haben mich nicht geheiratet.«

»Möchtest du, daß ich dich heirate?«

Sie war bei dem bloßen Gedanken entsetzt. »Und daß ich Ihre vierte Frau wäre? Nein!«

Sie war ebenfalls entsetzt, als sie zu spät erkannte, daß sie ihn soeben sehr beleidigt hatte. Doch Gott sei Dank gab er sich nicht gekränkt, sondern sagte nur: »Gibt es noch irgendeinen Grund für dein Zögern, mir zu gehören?«

Sie blickte zur Seite, ehe sie leise erwiderte: »Es machte sie... endgültig, meine Sklaverei.«

Verständnisvoll senkte sich seine Stimme. »Am Tag deiner Gefangennahme wurde sie unvermeidlich, Shahar. Sicher warst du dir darüber im klaren.«

»Bis es tatsächlich geschah, bestand noch Hoffnung. Sie haben einen großen Harem, der mit schönen Frauen angefüllt ist. Da Sie ihn selten betreten, hätten Sie mich leicht vergessen können.«

Er lächelte und legte eine Hand an ihre Wange, um ihr Gesicht zu sich zu drehen. »Du bist nicht der Frauentyp, der je darauf hoffen kann, unbemerkt zu bleiben, kleiner Mond. Ein Mann braucht dich nur einmal anzusehen, um dich nie wieder vergessen zu können. Weißt du das nicht?«

Sie schüttelte den Kopf. »Nach Ihren Maßstäben ist mein Körper viel zu dünn, um als attraktiv zu gelten.«

Ein neckendes Licht funkelte in seinen Augen. »Es mag dir an Polstern fehlen, aber was du hast, ist alles, was ich mir nur wünschen könnte.«

»Sie möchten nicht, daß ich zunehme?«

»Ich möchte, daß du so bleibst, wie du bist.«

»Wenn ich also zunehme, wollen Sie mich nicht mehr?«

Er lachte leise und folgte der Richtung ihrer Gedanken. »Ich hätte schwören mögen, daß ich dich sagen hörte, dir hätte gefallen, was wir gerade taten. Oder hast du vielleicht so schnell vergessen, daß du deine Jungfräulichkeit nun nicht mehr beschützen mußt?«

Sie errötete, denn sie hatte im Augenblick tatsächlich vergessen, daß diese ungeheuerliche Umwandlung stattgefunden hatte, die alles ändern würde, vor allem ihre Aussichten. Sie war sich noch nicht sicher, wie sie darüber dachte. Aber eines war bestürzend. Sie hatte nicht erwartet, das Geschehene so völlig zu genießen. Doch es wäre dumm von ihr gewesen, das zuzugeben, vor allem ihm gegenüber. Der Mann war ohnehin so sehr im Vorteil, daß sie ihm die Genugtuung nicht auch noch schenken mußte.

Daß sie von befriedigter Mattigkeit in Ärger, dann von Niedergeschlagenheit in Verwirrung gesunken war, empfand sie ebenfalls als bestürzend. Sie wünschte nichts sehnlicher, als gehen zu dürfen, um allein sein und klarer über ihren Verlust nachdenken zu können.

Natürlich konnte sie nicht klar denken, solange Jamil noch gemütlich zwischen ihren Beinen ruhte. Warum verharrte er in dieser Position? Daß er die Nacht nur mit seinen Ehefrauen verbrachte, war nicht eine von Vashtis Lügen, sondern eine im Harem bekannte Tatsache. Allerdings erschien er zum Schlafen noch nicht bereit zu sein.

»Du bist nachdenklich geworden, kleiner Mond.« Seine Stimme holte ihren Blick zurück zu diesen eindringlichen smaragdgrünen Augen. »Ich werde dir nicht erlauben, deine Hingabe zu bereuen.«

Seine Arroganz war beinahe amüsant. »Sie mögen meinen Körper besitzen, euer Hoheit, aber meinen Gefühlen befehle ich noch selbst.«

»Wirklich? Und wie steht es mit deinen Sinnen? Befiehlst du ihnen auch?«

Er neigte den Kopf und saugte eine Brustwarze in die warme Tiefe seines Mundes. Chantelle schloß die Augen, während der köstliche Schauder von ihrem Busen in ihren Bauch und von dort in ihre Lenden wanderte. Der anderen Brust wurde die gleiche gründliche Aufmerksamkeit zuteil, bis Chantelles Finger in Jamils Haar griffen und seine Frage somit deutlicher als mit Worten beantwortet wurde.

Plötzlich glitt er von ihrem Körper, hob sie auf seine Arme und trug sie in sein Bett. Sie tauchte aus ihrem Sinnenrausch und besann sich kurz auf die beiden Wächter. Wie hatte sie die nur vergessen können? Errötend sah sie sich um, doch die Wand hinter dem Bett war leer.

»Wo sind Ihre Stummen?« fragte sie Jamil, doch ihr stockte der

Atem, als sie bemerkte, wie sein Blick langsam ihren ganzen Körper abtastete.

»Ich habe sie mit Rücksicht auf deine Schamhaftigkeit in den Garten verbannt.«

Er selbst spielte ihrem Schamgefühl allerdings übel mit, indem er nicht aufhörte, sie unverhohlen zu mustern. Ihr verbot die Sittsamkeit, das gleiche bei ihm zu tun. Obwohl er nackt vor ihr stand, rutschte ihr Blick nicht tiefer als bis zu seinem Kinn.

»Verstehe ich... verstehe ich richtig, daß Sie mit mir noch nicht fertig sind?«

Nicht einmal diese Frage bewirkte, daß er die Augen von ihrem Körper nahm. »O nein, kleiner Mond«, entgegnete er mit Nachdruck. »Wie konntest du das annehmen? Eine Frustration, wie du sie bei mir verursacht hast, braucht lange, bis sie befriedigt ist.«

»Ich finde diese Frustration, auf der Sie ständig herumreiten, recht unglaubhaft, nachdem Ihnen so viele Frauen zur Verfügung stehen.«

Es war ihr knapper Ton, der endlich seine Aufmerksamkeit erregte. Er lächelte und legte sich neben sie auf das Bett, so daß sie die Hitze seines Leibes an ihrer ganzen Seite spürte. Eine Hand legte sich um ihre Wange und zog sie heran, und Chantelle empfing einen beunruhigend zarten, sanften Kuß.

»Du denkst, eine andere könnte das Feuer löschen, das du entfacht hast?« Seine Lippen bewegten sich ihren Hals entlang bis zu ihrem Ohr, und das bewirkte ein Lustgefühl, das bis in ihre Zehen schoß. »Seit ich dich zum erstenmal sah, konnte ich nur mehr an dich denken. Wie hätte ich da eine andere in mein Bett einladen können, Shahar? Nur du kamst in Frage.«

Sie beschloß, ihm zu glauben, weil seine Worte so erregend waren wie die Zunge, die in ihr Ohr tauchte. Noch einmal hörte sie auf zu denken, als sie sich dem Vergnügen seiner Berührung hingab.

33

»Ist es Ihnen recht, wenn ich mich zu Ihnen geselle?«

Chantelle zuckte die Schultern, ohne die Wange von dem warmen Marmorquader zu nehmen. »Ja, natürlich…« Doch dann hob sie überrascht den Kopf, denn was sie eben gehört hatte, war ihre Muttersprache gewesen. »Kommen Sie auch aus England?«

Es war Jamila, eine der anderen fünf *Ikbals,* die unbefangen ihre Robe öffnete, und sich neben Chantelle auf den geheizten Marmorboden im Gemeinschaftsraum legte. Unter dem Gewand war sie nackt, und ihre vollen jungen Brüste ragten nach vorn, als sie sich auf beide Ellenbogen stützte. Daß Chantelle unter ihrer Robe genauso nackt war, um die Wärme zu genießen, war der Grund, warum sie nicht die gleiche Pose einnahm.

»Ich dachte, jemand hätte es Ihnen erzählt«, meinte Jamila mit einem Lächeln. »Meine Familie stammt aus Gloucester, aber ich wurde hauptsächlich in London erzogen.«

»Nein, niemand hat es mir gegenüber erwähnt. Ich nahm an, Rahine sei hier die einzige Engländerin. Warum haben Sie nichts gesagt, als Sie mich neulich mit Lady Sheelah besuchten?«

»Es war Sheelah, die mich Türkisch lehrte, doch ich brauchte so lange, daß ich in ihrer Gegenwart, um weiterzuüben, nur Türkisch sprechen darf. Sie hat soviel Geduld mit mir, aber ich war niemals sprachbegabt. Mein Französischlehrer verzweifelte fast wegen meiner Fehler.«

»Für mich ist es wunderbar, meine Muttersprache wieder zu hören. Ich bin so froh…« Chantelle hielt inne. »Ich meine nicht, daß ich über Ihr Sklavinnendasein froh bin – das wünsche ich keinem Menschen.«

»Nein, ich verstehe schon. Aus demselben Grund war ich traurig, als Sie ankamen.«

»Wie lange sind Sie schon hier?«

»Erst seit kurzem – etwas über sechs Monate. Ich war die letzte Frau, die vor Ihrer Ankunft in den Harem eintrat. Und es gab solchen Streit deshalb, daß ich nicht glaubte, es würden noch weitere Konkubinen gekauft. Die anderen glaubten es auch nicht, und darum bedeuteten Sie eine große Überraschung.«

»Einen Streit?«

»O ja.« Jamila lächelte. »Jetzt kann ich darüber lachen, aber damals hatte ich Angst. Der Herrscher war so wütend über seine Mutter, daß er im Harem in aller Öffentlichkeit mit ihr stritt. Ich war sicher, daß man mich wieder verkaufen würde.«

»Warum sollte er Sie wieder verkaufen, wenn er Sie erst ausgesucht hatte. Worüber ärgerte er sich?«

»Er war es nicht, der mich kaufte, sondern *Lalla* Rahine.« Jamila furchte die Stirn. »Ich dachte, Sie wüßten das. Der Herrscher hat seit fünf Jahren keine Frau mehr für sich erworben – seit er erkannt hat, was ihm Sheelah bedeutet. Mehr als die Hälfte aller Haremsdamen wurden ihm geschenkt oder von seiner Mutter erstanden. Als sie mich gekauft hatte, befahl er, daß nun absolut Schluß sei.« Sie kicherte. »Er ist nicht wie diese Türken oder Araber, die meinen, je mehr desto besser. Er erschöpft sich tatsächlich in dem Bemühen, keine seiner Frauen über einen längeren Zeitraum hinweg zu vernachlässigen. Da werden Sie verstehen, daß es ihn aufregt, wenn sein Harem immer größer wird.«

Chantelle unterließ es, wegen dieser Bemerkung verächtlich zu schnauben. Was hatte sie hier verloren, wenn er keine Frauen mehr wollte, die ihn entkräfteten? Sie erinnerte sich an ihre erste Begegnung und daran, wie gleichgültig er ihr erschienen war. Wenn er so geblieben wäre, hätte sie Jamils Schilderung begreifen können. Aber da war die letzte Woche, die vorangegangene Nacht. Da waren seine Worte, die sie geglaubt hatte und noch glaubte – daß er seit ihrer Ankunft keine seiner anderen Frauen angerührt hatte.

Ja, letzte Nacht. Er hatte sie bis zur Morgendämmerung nicht gehen lassen, und sie beide hatten in den langen Stunden nicht geschlafen. Sie wußte nicht, wie oft sie sich geliebt hatten, wie oft seine Stimme und seine Berührung die Glut wieder angefacht hatte, die er nie ganz verlöschen ließ. Sie war in ihre Zimmer zurückgekehrt und hatte den ganzen Morgen geschlafen, erschöpft, aber mit einer Zufriedenheit, die sie noch nicht zu analysieren versucht hatte. Sie hatte nicht darüber nachgedacht, sondern vorgezogen, ihre Gefühle auszukosten, ehe sie sie zerpflückte, um herauszufinden, warum sie über ihre leichte Kapitulation weder bestürzt noch im geringsten enttäuscht war.

»Sie verstehen sicher, warum soviel gerätselt wird, seit er Sie gekauft hat«, fuhr Jamila fort und spielte mit einer Locke ihres dunkelbraunen Haars. »Jeder überlegt, ob er Ihnen einfach nicht widerstehen konnte oder ob Ihre Ankunft eine Änderung signalisiert, daß nun wieder mehr Frauen in den Harem aufgenommen werden.«

Chantelle hatte keine Lust, dieser Frage nachzuspüren, da es andere wichtigere gab, die sie noch nicht gestellt hatte. Ein Themawechsel erschien ihr angebracht.

»Vermissen Sie die Heimat, Jamila?«

»O ja. Ich kann mich nicht an die Untätigkeit hier gewöhnen. Ich war immer so beschäftigt. Der Tag hatte nie genügend Stunden für all meine Verpflichtungen. Hier haben wir zuviel Zeit und nichts zu tun. Ich war überzeugt, die Langeweile würde mich reif für die Irrenanstalt machen, aber das lag natürlich daran, daß der Herrscher eine Weile brauchte, bis er seinen Ärger überwand und mich endlich bemerkte.« Sie beugte sich herüber und senkte die Stimme. »Ich bin erst seit einem Monat eine *Ikbal,* aber das macht allen Unterschied. Nun erlebe ich die Vorfreude, innerhalb einer Woche von Jamil gerufen zu werden, denn länger ignoriert er seine Favoritinnen selten. Es ist jedesmal ein herrliches Erlebnis – er ist so ein wundervoller Liebhaber, nicht wahr?«

Ja, wundervoll. Chantelle konnte es nicht leugnen, doch sie schreckte vor dem Gedanken zurück, daß so viele Frauen in den Genuß dieser Erfahrung kamen.

Jamila hatte eine Bestätigung ihrer letzten Feststellung nicht abgewartet. Sie plauderte munter weiter. »Die arme Sheelah weiß nicht, was sie denken soll. Sie liebt ihn so.«

Chantelle konnte nicht widerstehen zu fragen: »Lieben Sie ihn?«

Die Brünette zuckte die Schultern. »Ich weiß es wirklich nicht. Jedesmal, wenn ich bei ihm bin, glaube ich es. Als ich ihn zum ersten Mal sah, war ich so erleichtert, weil er nicht alt, fett oder häßlich war. Tatsächlich könnte sich keiner meiner Bekannten in England mit ihm messen, aber...« Sie machte eine Pause, ehe sie wisperte. »Wenn ich morgen freigekauft würde, hätte ich nichts dagegen. Der Herrscher ist wundervoll und liebenswürdig und so sexy, und ich hatte Glück, daß ich für ihn und keinen anderen gekauft wurde, aber am liebsten wäre mir doch ein Mann, der mir gehört und der mir zur Verfügung stünde, wenn ich wollte. Ich bin wohl ein wenig selbstsüchtig.«

»Überhaupt nicht«, versicherte Chantelle. »So sind wir eben erzogen worden.«

»Dann gefällt es Ihnen auch nicht, ihn teilen zu müssen?«

Chantelle mochte hierauf nicht antworten, statt dessen sagte sie: »Unser Leben lang hielten wir es für selbstverständlich zu heiraten, und natürlich erwarten wir, die eine und einzige Liebe unseres Mannes zu sein.«

»Genau.« Jamila strahlte. »Niemand sonst gibt das zu. Aber die anderen sind schon soviel länger da und haben sich an die Situation gewöhnt. Im Lauf der Jahre wird es uns wohl auch so gehen. Dennoch ist es eine Schande.« Sie kicherte und rollte die Augen. »Mit dem, was ich hier gelernt habe, würde mein Ehemann sich nicht langweilen und nicht allzuschnell nach einer Geliebten Ausschau halten.«

Chantelle mußte lächeln. »Nein, gewiß nicht.«

»Leider werde ich das nie ausprobieren können.« Jamila legte den Kopf auf die gekreuzten Arme. »Sheelah war die Glückliche. Ich dachte, der Herrscher würde sie wirklich lieben. Doch letzte Woche, auf Nouras kleiner Party, sah man den Unterschied. Zum erstenmal verteilte Jamil seine Aufmerksamkeit in Sheelas Gegenwart völlig gleichmäßig unter uns allen. Sie war am Boden zerstört.«

Chantelle furchte die Stirn. Ihr war nicht aufgefallen, daß Sheelah unglücklich wirkte.

Jamila fuhr fort: »Ich wäre nicht überrascht, wenn Noura auf so etwas gewartet hätte. Sie haßt Sheelah schon von Anfang an, weil sie Jamils erste Frau ist. Ich möchte auch Sie vor Noura warnen. Jeder schwört, sie hätte versucht, Sheelahs Sohn nach der Geburt ihres eigenen zu töten, doch es konnte nie bewiesen werden.«

»Ist das Ihr Ernst, Jamila?«

»Mmm.« Sie sah Chantelle an. »Ich wollte Sie nicht erschrekken. Vorerst haben Sie von Noura nichts zu befürchten. Ihr größter Haß gilt den Frauen, die dem Herrscher Kinder geboren haben. Ich wollte Sie nur warnen, damit Sie sich eventuelle böse Worte von Noura nicht zu sehr zu Herzen nehmen.«

»Ich weiß das zu schätzen, aber ich habe mir schon meine Meinung über diese Frau gebildet. Mir ist nie eine rachsüchtigere Person begegnet. Aber was ist mit Sheelah? Warum ist sie so nett zu mir, wo sie mich doch hassen muß?«

»O nein, das dürfen Sie nicht denken! Sie ist nicht fähig, jemanden zu hassen, nicht einmal Noura.«

Warum fühlte Chantelle sich jetzt elend statt erleichtert? »Wenn Sie das sagen...«

»Oh, meine Liebe, nun habe ich Sie bekümmert. Das wollte ich nicht, wirklich nicht.«

»Es ist schon in Ordnung, Jamila.«

»Sind Sie sicher? Sagen Sie es nicht nur?«

»Bestimmt nicht.«

»Gut, denn ich hatte gehofft, wir könnten Freundinnen sein. Sie dürfen sich wegen Sheelah nicht schuldig fühlen. Das würde sie nicht wollen. Es ist ja auch nicht so, daß Sie ›die andere‹ wären – bei diesem Überangebot.«

»Aber sie ist seine Ehefrau.«

»Eine von drei Ehefrauen, und wir sind seine Favoritinnen, aber er vernachlässigt die Konkubinen auch nicht für lange Zeit. So ist hier das Leben. Diejenige, die er momentan bevorzugt, ist die Glückliche. Sie müssen es genießen, solange es dauert.«

Das hieß wohl, daß es nicht andauern würde? Chantelle sprach die Frage nicht aus. »Ich möchte nicht die Ursache für den Schmerz einer anderen sein.«

»Oh, das sind Sie doch nicht«, versicherte das Mädchen. »Jamil rief Sheelah zu sich, ehe er Sie zum erstenmal holen ließ. Und vermutlich wird sie die erste sein, wenn er Ihnen eine Pause gönnt, also machen Sie sich keinen Kummer wegen ihr. Schließlich gebar sie ihm seinen ersten Sohn, und er betet den Jungen an. Sie war nur bestürzt, weil sie sein verändertes Verhalten nicht erwartet hatte.«

Chantelle hatte nach dem zweiten Satz nicht mehr viel gehört. »Meinen Sie, er hat mit Sheelah geschlafen, nachdem er mich gekauft hatte?«

»Ja, natürlich«, erwiderte Jamila erstaunt. »Sie waren noch in der ›Lehre‹, und die wurde recht plötzlich abgebrochen, nicht wahr? Ich kam in der zweiten Nacht an die Reihe. Ich hatte schon Angst, gehen zu müssen, wenn Sie Favoritin werden würden. Wie sich dann herausstellte, wurde Mara zurückgeschickt. Erst nachdem er Sie zum erstenmal zu sich gerufen hatte, holte er keine andere Frau mehr zu sich. Sie wissen gar nicht, wie glücklich Sie sind, Shahar, daß Sie ihn eine ganze Woche für sich haben. Mir gelang es nur zweimal hintereinander, dann kam Sheelah zurück in sein Bett.«

Chantelle schloß die Augen und zählte stumm bis zehn. Sie durfte sich von diesen Neuigkeiten nicht aus der Ruhe bringen lassen. Es sah vielleicht nur so aus, als habe Jamil sie angelogen. Er hatte nicht direkt behauptet, mit keiner anderen mehr geschlafen zu haben. Er hatte sie gefragt, wie er eine andere in sein Bett einladen könnte. Nun, offenbar konnte er. Er hatte nur durchblikken lassen, daß es nicht wahrscheinlich sei.

Nein, nein, sie durfte nicht denken, daß er sie absichtlich täuschte. Vielleicht hatte er nur erklären wollen, daß er immer an sie dachte, und das hatte Jamila indirekt bestätigt. Außerdem – hatte sie nicht selbst angenommen, daß er noch mit seinen Ehefrauen schlief? Das hatte sie nicht daran gehindert, sich ihm hinzugeben. Oh, aber, wie romantisch war es gewesen, von ihm zu hören, daß nur sie seine Sehnsucht stillen konnte, seitdem er sie zum erstenmal gesehen hatte.

Hauptsächlich waren diese Worte verantwortlich für ihre Zufriedenheit an diesem Morgen und ließen sie beinahe vergessen, daß sie nicht Jamils einzige Konkubine war. Jede teilte ihn mit ihr, aber daß sie ihn noch mit keiner anderen geteilt hatte, machte den entscheidenden Unterschied. Sie brauchte ihn heute abend nur nach den näheren Umständen zu fragen. Wenn er ihr versichern konnte, daß da keine andere war...

»Oh!« rief Jamila plötzlich. »Oh, bist du sicher?«

Chantelle sah zu ihr hinüber und entdeckte eine Dienerin, die neben der Brünetten kauerte und ihr etwas ins Ohr flüsterte. »Was ist denn?« fragte sie.

»Ich bin heute abend zu ihm bestellt«, erwiderte Jamila erstaunt. »Das habe ich nicht erwartet... Aus irgendeinem Grund muß er Sheelah böse sein, daß er sie so ignoriert.« Sie richtete sich auf und lächelte entzückt. »Oh, ich kann mich nicht beklagen. Ich dachte schon, ich müßte Wochen und Wochen warten, nachdem Sie hier sind!« Sie legte eine Hand auf Chantelles Arm. »Freuen Sie sich mit mir, Shahar. Ich habe soviel Spaß an der körperlichen Liebe.« Sie sprang auf und zog die Dienerin mit sich fort zu den Bädern.

Einen Moment lang bewegte Chantelle sich nicht und atmete kaum, bis sie merkte, daß ihre dummen Augen sich mit Wasser füllten. *O Gott, daß er das wagte!*

Sie senkte den Kopf und wischte sich heimlich die Augen, ehe sie sich erhob. Sie mußte diesen überfüllten Raum sofort verlassen, und niemand durfte sagen können, er habe Chantelle verstört gesehen, weil der Herrscher so schnell das Interesse an ihr verloren hatte. Schnell? Nein, die Frauen dachten, sie habe die ganze Woche Jamils Bett geteilt, und würden annehmen, sie sei erzürnt, dieses Privileg nun zu verlieren. *Privileg, ha!* Gott, was für ein fürchterliches Schaf war sie gewesen!

Sie stand einen Augenblick da und überlegte, wo sie allein sein könnte, um sich wieder unter Kontrolle zu bringen. Da fiel ihr das Dampfbad ein, in dem keiner sie so klar sehen konnte, daß er ihre Gefühle erriet.

Sie rannte fast aus dem Saal und fand zu ihrer Erleichterung einen der Dampfräume leer vor. In einer Ecke legte sie sich auf eine Bank und vergrub den Kopf in ihren Armen. Nun konnte sie die Tränen nicht mehr zurückhalten.

Dieser niederträchtige, falsche, wollüstige Kerl! Sie haßte ihn, verachtete ihn. O Gott, es tat weh, und sie war selbst daran schuld. Sie war so dumm! Nur einen Augenblick zu denken, er hege andere Gefühle für sie als die der Lust! Wie naiv konnte sie sein? Und wie schnell zeigte er sein wahres Gesicht, nachdem er bekommen hatte, was er wollte. Aber nie wieder! Die Burkes lernten aus ihren Fehlern. Sie war also verführt worden! Sie war unbedarft genug, romantische Vorstellungen mit dem Mann zu verbinden. Gott sei Dank wurden diese im Keim erstickt, ehe die Beziehung sich zu einer ernsthaften Angelegenheit entwickelte und sie, Chantelle, sich verliebte. Sie mochte nicht daran denken, wie sie sich fühlen würde, wenn das der Fall wäre. Es war so schon schlimm genug.

Sie empfand es als besonders schrecklich, daß sie sich Illusionen hingegeben hatte. Sie hätte das dicke Ende voraussehen müssen. War sie nicht genügend gewarnt worden? Fast jeder hatte ihr erzählt, wie sehr Jamil Sheelah liebte, doch war er seiner ersten Ehefrau treu? Kein bißchen. Wie, zum Teufel, hatte sie glauben können, in ihrem Fall sei es anders? Er liebte sie nicht. Und selbst wenn er sie lieben würde, fiele es ihm nicht ein, seine anderen Frauen für sie aufzugeben, die Mütter seiner Kinder, seine Sheelah. Sie, Chantelle, hatte sich in unmögliche Träume verrannt, also konnte sie nur sich selbst die Schuld an ihren Verlustgefühlen geben.

Plötzlich hörte Chantelle Stimmen, die von draußen hereindrangen und immer lauter wurden. Sie richtete sich auf und trocknete ihr Gesicht mit dem Ärmel ihres Gewandes. Glücklicherweise hatte Adamma noch keine Kosmetik aufgetragen, so daß die Tränen keine Kohlespuren hinterlassen hatten. Blöde Tränen! Wie konnte man über den »Sohn eines Kamelkotes« weinen? Beinahe hätte Chantelle gekichert. Sie sollte bei englischen Flüchen bleiben. Ihr fehlte Adammas feiner Instinkt für türkische.

Vermutlich redete draußen eine Badefrau... Nein, der Ton war zu herrisch für eine Dienerin. »...will keine Entschuldigungen mehr hören! Es hätte nie so lange dauern dürfen!« Eine beruhigende Männerstimme antwortete, aber sie war zu leise, als daß Chantelle sie hätte verstehen können. Das ärgerliche Organ der Frau hingegen erklang deutlich, als sie fortfuhr. »Nimm das und veräußere es. Wenn damit nicht etwas Mut gekauft werden kann, muß ich...« Der Mann unterbrach sie: »Was ist mit dem Jungen?« Ein Murmeln folgte, und dann wieder die Frauenstimme: »Ja, geh los und erledige das. Nichts konnte ihn aus dem Palast locken, aber vielleicht bringt ihn das vor die Tür. Dann möchte ich aber Resultate sehen. Keine Stümperei mehr, oder ich nehme dir die Sache aus der Hand. Und wage nicht, mich zu hintergehen, Ali! Keiner ist...«

Die beiden entfernten sich, und Chantelle konnte den Rest nicht mehr hören. Zu schade, denn das Thema der beiden begann gerade interessant zu werden. Chantelle konnte sich zwar keinen Reim daraus machen, aber es hatte sie von ihren trüben Gedanken abgelenkt, und sie konnte nun zu ihren Zimmern zurückkehren.

Sie sah die beiden Personen nicht, die am Ende der Halle standen, als sie den Dampfraum verließ, doch die beiden bemerkten Chantelle.

»Glauben Sie, daß sie unser Gespräch gehört haben könnte?« fragte der Eunuche.

»Nein, aber für den Fall...«

»Ich kümmere mich persönlich darum, *Lalla*.«

34

Als Chantelle am nächsten Nachmittag die Bäder betrat, waren ihre Augen umschattet, aber nichts hätte sie zurückhalten können, nicht ihre Magenverstimmung und auch nicht Adammas Warnungen, daß heute jeder über sie reden würde, und bestimmt nicht ihr eigener Wunsch, sich zu verstecken. Dafür war sie zu stolz, und außerdem hatte sie sich jetzt in der Gewalt. Man sah ihr nicht das kleinste Unbehagen über das gestrige Geschehen an.

Doch Adamma hatte nicht übertrieben. Chantelle stand im Mittelpunkt der Aufmerksamkeit. Aber sie ertrug die höhnischen und schadenfrohen Blicke, das Flüstern und laute Gelächter, wenn sie in die Nähe kam, mit äußerlicher Gelassenheit. Sie merkte natürlich auch, daß nicht alle Frauen in ihrer Eifersucht so boshaft waren. Es gelang ihr sogar, ein Lächeln aufzusetzen, als sie Noura traf, die es eilig hatte, ihr zu erzählen, Jamila sei so erschöpft, daß sie zu dieser späten Stunde noch schlafe.

Das tat weh, denn sie selbst war gestern morgen ebenso erschöpft gewesen. Auch heute war sie übermüdet, aber aus einem anderen Grund. In der Schlaflosigkeit der letzten Nacht hatte sie kein Vergnügen gefunden. Der ganze Abend war scheußlich gewesen. Sie hatte jeden Besucher abgelehnt und so nur Adammas Gesellschaft erduldet. Die Kleine benahm sich, als sei sie diejenige, der die Gunst des Herrschers entzogen worden war, und lief mit einem langen Gesicht herum.

Chantelle hatte gerade die Bäder verlassen, um den Gemeinschaftsraum zu betreten, da kam Adamma mit strahlendem Lächeln angerannt und verkündete ihr, sie sei für den Abend zu Jamil bestellt. Sie schrie so laut – mit Absicht, wie Chantelle argwöhnte –, daß keiner es überhören konnte. Doch Tante Ellen wäre stolz gewesen, denn Chantelle zuckte nicht mit der Wimper.

Sie nickte nur leicht und verließ ruhig den *Hammam,* um in ihre Zimmer zu gehen. Damit erweckte sie den Eindruck, den Ruf als selbstverständlich hinzunehmen. Aber das tat sie nicht – nicht im geringsten.

Sie suchte sofort ihren Schlafraum auf und kam nicht mehr heraus. Sie hörte, wie Adamma jenseits des Vorhangs, der die beiden Zimmer trennte, auf und ab wanderte. Sicher wollte das Mädchen mit den Vorbereitungen beginnen, aber Chantelle hatte nichts vorzubereiten.

Adamma wartete nicht länger als zwanzig Minuten, dann streckte sie den Kopf durch den Vorhang. Sie sah, daß ihre Herrin vor dem Fenster stand und in den Garten hinausblickte.

»*Lalla?*«

»Ja?«

»Sollten wir nicht anfangen...«

»Nein.«

»Aber...«

»Ich gehe nicht, Adamma.«

Shahar hatte sich nicht vom Garten abgewendet. Ihre Stimme klang ganz normal. Adamma kaute an ihrer Unterlippe. Sie hätte das vorausahnen müssen.

»Sind Sie krank, *Lalla?*« fragte sie zögernd.

Chantelle blickte über die Schulter. »Krank?« Sie lächelte angespannt. »Nein, aber diese Entschuldigung ist so gut wie jede andere, um eine königliche Schlacht zu vermeiden. Kadar soll Haji Agha informieren, damit der Herrscher für heute abend eine andere Vereinbarung treffen kann.«

Adamma stöhnte und eilte zur Eingangstür, wo der schwarze Eunuche Wache hielt. »Sie geht nicht zu ihm!« rief das Mädchen.

Kadar sprang sofort auf. »Ist sie krank?« fragte auch er.

»Nein, aber Sie müssen Haji Agha erklären, sie sei krank.«

»Das wird nicht funktionieren, Mädchen.«

»Hoffen Sie lieber, daß es funktioniert, denn sie meint es ernst. Sie geht nicht zu ihm.«

Kadar brummte und machte sich auf den Weg. Eigentlich hatte er gewußt, daß die kleine Engländerin nicht sehr lange gefügig bleiben würde. Sie war zu stolz und zu eigenwillig, um ihr eigenes Wohl im Auge zu behalten. Vielleicht würde Haji Agha glauben, daß sie krank sei.

»Ich glaube es *nicht*«, sagte der Chefeunuche, nachdem Kadar seine Botschaft ausgerichtet hatte. »Was ist mit dem Mädchen los?«

»Ich möchte meinen, daß das offensichtlich ist, mein Lord.«

Haji furchte die Stirn. Ja, es war offensichtlich. Shahar war zweifellos verärgert, daß sie gestern ignoriert worden war. Die Europäer brauchten immer länger, sich an die Sitten im Orient zu gewöhnen. Sie würde zornig und eifersüchtig sein, und ihre Eifersucht würde sich vermutlich noch schlimmer äußern als ihre vorangegangene Abwehr.

»Der Herrscher wird niemals glauben, daß sie krank ist«, sagte Haji mehr zu sich selbst, aber er beschloß, es wenigstens mit dieser Ausrede zu versuchen.

»Vielleicht gibt er sich damit zufrieden, auch wenn er es nicht glaubt«, meinte Kadar. »Inzwischen kennt er doch ihr Temperament.«

»Wir können es nur hoffen«, stellte Haji sorgenvoll fest. »Beim Barte des Propheten, das Mädchen macht mehr Schwierigkeiten, als es wert ist«, fügte er hinzu, als er zu den Gemächern des Herrschers aufbrach.

Natürlich funktionierte es nicht.

»*Ist* sie krank?« fragte Derek argwöhnisch.

Haji konnte nur stammeln. »Ich… ich habe sie nicht selbst gesehen, aber… aber ihre Dienerinnen versichern…«

»Krank oder nicht – Sie bringen sie zur ausgemachten Stunde her, Haji.«

Das war es dann.

35

Chantelle ging nun in ihrem Schlafzimmer hin und her. Sie war nicht mehr ruhig. Kadar und Adamma hatten sie während der letzten dreißig Minuten bearbeitet.

»Bald wird der Juwelenhüter kommen«, sagte Kadar nun, »und die Garderobenmeisterin ebenfalls. Wollen Sie, daß man Ihnen nachsagt, Sie würden schmollen, weil Sie gestern nicht gerufen wurden?«

Das erzürnte Chantelle. »Schmollen? Was für eine Idee! Ihr müßt wissen...«

»Es macht keinen Unterschied, was Sie sagen, *Lalla.* Der Harem wird seine eigenen Schlüsse ziehen.«

»Das ist mir egal.«

»Wirklich?« fragten die beiden wie aus einem Mund.

Chantelle betrachtete sie mit wildem Blick. Wie, zum Teufel, hatte man sie so schnell durchschaut? Verdammt, Stolz konnte recht peinlich sein.

»Gut«, sagte sie gereizt, »aber wenn mir heute nacht der Kopf abgehackt wird, seid ihr schuld, weil ihr mich gezwungen habt, Jamil zu besuchen.«

»Das wird nicht geschehen, *Lalla.*«

»Wieso nicht?« rief sie zornig. »Wenn er mich nur anrührt, kratze ich ihm die Augen aus. Danach werden wir sehen, wie lange ich meinen Kopf noch oben behalte.«

Adamma erbleichte, weil sie das ernst nahm, doch Kadar unterdrückte ein Grinsen. Die kleine Engländerin war wütend, nicht dumm, und außerdem war der Herrscher kein gefühlloser Mann. Er wußte, daß sie ihn nicht sehen wollte, also würde er das Schlimmste erwarten.

Derek erwartete tatsächlich das Schlimmste. Am klügsten wäre es gewesen, wenn er Shahar ein paar Tage Zeit gegeben hätte, um ihren Groll zu überwinden, und das hatte er auch ursprünglich vorgehabt. Doch das war gestern gewesen. In der Annahme, er habe für eine Weile genug von Shahar, hatte er Charity Woods zu sich beordert. Nun war die entzückende Charity bei ihm gewesen, und er hätte sich ihrer Reize bedienen können, doch er spielte den ganzen Abend Schach mit ihr und verlor, weil er ständig an Shahar denken mußte und daran, wie sie auf seine vermeintliche Treulosigkeit reagieren würde.

Der Ruf nach Charity Woods war obligatorisch. Derek hätte ihn höchstens auf später aufschieben können, aber dann wäre es vielleicht zu spät gewesen, denn der Zeitpunkt von Jamils Rückkehr war unbekannt. Und wenn es im Harem nicht publik geworden wäre, daß die Favoritin mit dem neuen Namen Jamila das Bett mit ihm geteilt hatte, würde sie später nicht freigelassen werden.

Wäre sie nicht eine von Jamils Favoritinnen gewesen, hätte Derek einfach um ihre Freigabe bitten können. Da aber Omar darauf bestanden hatte, daß er mindestens eine von Jamils Frauen ins Bett mitnehmen müßte, hatte sich Charity Woods als Ideallösung angeboten. Doch mit der Regelung dieser Angelegenheit war er bei Shahar auf dem Startpunkt gelandet.

Sie beherrschte seine Gedanken und seinen Körper. Er war besessen von ihr. Das mußte er überwinden, ehe Jamil zurückkehrte. Seine Zukunft war schon verplant. Eine schöne Konkubine war darin nicht vorgesehen, die technisch nicht einmal ihm gehörte. Er besaß die zeitlich begrenzte Nutzung an ihr, das war alles. So konnte er nur in ihren Armen schwelgen, solange es möglich war, und hoffen, daß die Übersättigung ihn bald langweilen und von dieser Besessenheit befreien würde.

Derek entließ die nubischen Wächter und seine anderen Diener. Ein Abendessen für zwei war bereits angerichtet und serviert. Rosen schmückten den niedrigen Tisch vor den Gartentüren – ein Hauch englischer Sitten, Shahar zu Gefallen. Gedämpfte Musik wehte über die Gartenmauern. Derek und Shahar würden allein sein. Er wünschte keine Zeugen bei dem Streit, den er erwartete, denn als Jamil hätte er überhaupt keine Auseinandersetzung geduldet. Derek war mehr als tolerant. Er würde alles tun – außer auf dem Boden zu kriechen –, um die Lady zu beschwichtigen, die er in seinem Bett haben wollte.

Beim Eintritt wirkte sie gebändigt, nachdem er beinahe vermutet hatte, man würde sie schreiend und um sich tretend hereinschleppen. Doch er hätte wissen müssen, daß sie sich in der Hand hatte. Tatsächlich zeigte sie eine steife, königliche Haltung, als sei sie in Würde gehüllt statt in ein dünnes Silbergewand. Von ihrem Haar bis zu den Silbersandalen glitzerte sie, Ziermünzen hielten ihr knappes Kostüm zusammen, und Diamanten schmückten ihren Hals, die Hand- und die Fußgelenke. Sie trug nicht ein einziges Schmuckstück, das er ihr geschenkt hatte, was Bände sprach. Dennoch nahm ihre Schönheit ihm den Atem.

Mit erhobenem Kopf stand sie in der Mitte des Zimmers, die Hände an ihren Seiten zu kleinen Fäusten geballt. Sie blickte geradeaus, ohne Derek anzusehen.

Er kam von hinten auf sie zu. »Hast du dich von deinem Unwohlsein erholt?«

Sie antwortete nicht sofort. »Eigentlich... ist mir sehr übel.«

Derek grinste über die kühne Lüge. »Zu übel, um mit mir zu speisen?«

Eine Ablehnung lag ihr schon auf der Zunge, aber ihr übermächtiger Hunger wehrte sich dagegen. »Eine Mahlzeit wäre schön«, sagte sie gnädig.

Er geleitete sie zu dem niedrigen Tisch. Sie setzte sich auf eines der dicken Kissen und widmete sich nun schweigend den vielen gefüllten Tellern.

Derek beschloß klugerweise, das Gespräch auf später zu verschieben, da ein gefüllter Magen im allgemeinen die Laune zu verbessern pflegte.

Als Derek schließlich den Tee einschenkte, fragte er vorsichtig: »Hat es dir geschmeckt?«

»Das Fleisch war etwas zäh.«

»In der kurzen Zeit konnte ich nichts Besseres arrangieren.«

Sie antwortete nicht. Sie nippte an ihrem Tee und hielt den Blick gesenkt.

Derek fühlte sich bei dieser Behandlung ungemütlich, wenn nicht verärgert. Er hätte ein zorniges Aufbegehren ihrerseits diesem verbitterten Schweigen vorgezogen, doch er wußte nicht, was er ihr hätte sagen können, zumal es die Wahrheit nicht sein durfte.

Abrupt stand er auf. »Komm.«

Chantelle ignorierte die dargebotene Hand und erhob sich allein. Langsam ging sie zu der Couch aus Kissen und blickte auf die Stätte ihrer Verführung nieder, wobei sie wieder die volle Wut über ihre eigene Dummheit empfand.

Derek trat hinter sie, zog sie auf die Kissen nieder und dann direkt in seine Arme. Auf der Stelle riß sie sich los und rückte von ihm ab. Er ließ es geschehen, nachdem er ihr kurz in die Augen geblickt hatte. Sie blitzten wie die Brillanten an ihrem Hals, jedoch aus Feindseligkeit.

»Das hat keinen Zweck, Shahar«, sagte er nach einem Moment der Unentschlossenheit. »Es ist mein Recht, dich zu berühren.«

»Und mein gottgegebenes Recht, Sie abzuwehren – und ich warne Sie, denn das werde ich tun.«

Sie hockte auf ihren Fersen und hatte die geballten Fäuste auf den Oberschenkeln liegen. Angespannt wartete sie auf eine Bewegung von ihm.

Derek seufzte und schenkte ihr ein Lächeln, das fast entschuldigend wirkte. »Aber du kannst nicht gewinnen, also ist es sinnlos, es zu versuchen. Du wirst nur deine Kraft verschwenden, die du besser nützen könntest.«

Sie hielt den Atem an. »Nein! Nie wieder!«

»Nie?« Er schüttelte den Kopf, als sei das ein Fremdwort für ihn. »Du bist verärgert, aber sei doch wenigstens realistisch, Shahar. Du weißt genau, daß ich dich haben werde, wenn ich will.«

»Und ich werde mich sträuben.«

»Das hast du gesagt. Soll ich dir zeigen, wie übel du dir da selbst mitspielen wirst?«

Ein kurzes Aufflackern von Angst zeigte sich in ihren Augen, ehe sie explodierte. »Verdammt noch mal – haben Sie so wenig Stolz, sich einer Frau aufzudrängen, die Sie verachtet?«

»Glaubst du wirklich, daß Zwang notwendig sein wird?«

Bei seinem selbstsicheren Ton fuhr sie hoch. »Versuchen Sie es, und Sie werden sehen...«

»Oh, das beabsichtige ich ja, Engländerin, und zwar bald. Ich werde dafür sorgen, daß du vor Behagen schnurrst. Weißt du noch...«

»Hören Sie auf!«

»Ah, ich sehe, du erinnerst dich«, erklärte er mit einem teuflischen Grinsen. »Ebenso wie ich. Warum verschwenden wir die Zeit...«

»Oh!«

Chantelle sprang auf, da schlang sich sein Arm um ihre Beine und brachte sie zu Fall. Sie landete halb auf ihm und halb auf den Kissen, doch in der nächsten Sekunde lag sie flach auf dem Rücken. Sein Körper bedeckte sie, seine Hände packten ihre und hielten sie hoch über ihrem Kopf fest. Sie steckte in der Falle, und wie sehr sie sich auch wand, ihn abzuschütteln – es nützte nichts.

»Hör nicht auf«, preßte er mit belegter Stimme neben ihrem Ohr hervor. »Ich spüre die Bewegungen deines Körpers mit jeder Faser meines Leibes.« Sie wurde ruhig, und er lachte leise. »Du bist so durchschaubar, kleine Engländerin. Ich glaube, wir haben dieses Spiel schon früher gespielt.«

»Lassen Sie mich aufstehen«, zischte sie.

»Mir ist es lieber, du magst das«, sagte er und rieb seine Hüften an ihr. »Es bringt wunderbare Erinnerungen zurück.«

»Ich hasse Sie.«

Langsam schüttelte er den Kopf. »Du ärgerst dich über mich. Du haßt mich nicht.«

Er amüsierte sich. Sie sah es in seinen Augen und an seinen lächelnden Lippen. Er nahm sie nicht ernst. Oder er glaubte, sie mit seinem Charme betören zu können. Aber das würde ihm nicht gelingen, und sie fürchtete, daß er nach dieser Erkenntnis ebenfalls ärgerlich werden würde.

»Erdreisten Sie sich nicht, mir zu sagen, was ich fühle, euer Hoheit«, sagte sie verbissen. »Gefühle können Sie nicht wie alles andere befehlen.«

»Ich dachte, neulich nachts sei mir das gut gelungen.«

Sie schnappte nach Luft, weil er sie so schamlos darauf hinwies, wie leicht er ihr Begehren geweckt hatte. »Das war, ehe Sie mich angelogen haben.«

Wenigstens furchte er jetzt die Stirn. »Wovon sprichst du, Mädchen?«

»Sie ließen mich glauben, Sie hätten keine andere Frau geliebt, seitdem Sie mich zum erstenmal sahen. Ich weiß nun, daß Sie die Nacht, in der Sie mich kauften, mit Sheelah verbrachten, und die nächste Nacht...«

»Genug!« unterbrach Derek sie scharf.

Himmel! Und er hatte gedacht, er müsse sich nur wegen Jamila eine Ausrede einfallen lassen. Während er in seinem einsamen

Bett an Shahar gedacht hatte, war sein Bruder natürlich nicht so enthaltsam gewesen. Aber er konnte sich nicht verteidigen, ohne das Rollenspiel zu enthüllen. Auch über Jamila konnte er ihr nicht die Wahrheit sagen. Um Miß Woods freizubekommen, mußte jeder – Omar inbegriffen – glauben, er habe mit ihr geschlafen. Zum Teufel! Bisher hatte er Shahar nicht angelogen, aber nun würde er lügen müssen.

»Du klagst mich der Unwahrhaftigkeit an, dabei kamen meine Worte von Herzen. Ich begehrte nur dich. Vom ersten Augenblick an hast du mich mehr erregt als jede Frau zuvor.«

»Das hinderte Sie nicht daran, eine...«

»Du hattest noch nichts über die Liebe gelernt, Mädchen. Du warst körperlich und im Geiste unschuldig. Ich konnte dich nicht sofort rufen, wie es mein Wunsch gewesen wäre. Du brauchtest wenigstens eine gewisse Instruktion, um zu wissen, was dich erwartet, und dich vor unserer Zusammenkunft nicht zu fürchten. Oder hättest du schon in der ersten Nacht mein Bett mit mir teilen wollen?«

»Nein«, erwiderte sie steif. »Und es ist mir gleich, wer es tat. Sie haben mich belogen, und ich glaubte Ihnen. Darin liegt der Unterschied.« Bitter fügte sie hinzu: »Das wollten Sie doch erreichen!«

»Habe ich gelogen? Oder sagte ich die Wahrheit, daß ich nur dich begehren und nur an dich denken würde?« Er wartete nicht auf eine Antwort, sondern zog einen Vorteil aus dem momentanen Zweifel, den er in ihren Augen entdeckte. »Habe ich dir eine monatelange Ausbildungszeit erlaubt? Hörte ich darauf, als man mir sagte, du seist noch nicht bereit? Wer weiß besser als du, daß ich nicht warten konnte, dich wiederzusehen? Und dann lehntest du mich ab! Weißt du, was ich da empfunden habe?«

»Ich...«

Chantelle schwieg, denn es fehlten ihr die Worte. Sie hatte nicht gedacht, sich verteidigen zu müssen. Sie hatte auch nicht gedacht, Schuldgefühle zu entwickeln, die sich jetzt in ihrer Brust breitmachten. Er hatte ja recht, verdammt! Er hatte sie nicht direkt belogen, hatte nicht behauptet, keine Frau in sein Bett geholt zu haben. Sie hatte seine Worte falsch gedeutet, oder er hatte sich mißverständlich ausgedrückt.

Meine Worte kamen von Herzen. Ich begehrte nur dich. Das konnte man nicht falsch deuten – und, zum Teufel – sie glaubte ihm schon wieder. Aber warum spürte sie keine Freude dabei?

Derek entspannte sich ein wenig, weil er ahnte, daß er diese Runde gewonnen hatte. Er gab Shahar keine Chance, die nächste Barriere aufzurichten, sondern vertraute auf sein Glück und seine Geschicklichkeit, die er sofort ins Spiel brachte – mit einem Kuß, der ihren letzten Widerstand brechen sollte. Und es funktionierte. Sie wandte den Kopf nicht ab, um seinen Lippen zu entgehen. Er spürte, wie ihre Arme schlaff wurden, ihr Körper sich an seinen schmiegte. Als sie sich ergab, ließ er ihre Hände los und fühlte, wie ihre Finger sein Haar durchwühlten. Dann, plötzlich, stieß sie ihn weg.

»Autsch! Bei Allah...«

»Ich habe Sie gewarnt«, unterbrach Chantelle ihn wütend. »Wenn Sie eine willige Bettgenossin haben wollen, hätten Sie Jamila wieder rufen sollen. Sie würde...«

Derek legte eine Hand über ihren Mund. »Wenn ich Jamila gewollt hätte, wäre sie jetzt hier. Aber ich wollte dich, Shahar. Ich wollte dich auch gestern, aber dummerweise dachte ich, du wärst für eine Ruhepause dankbar, nachdem ich dich die Nacht vorher so rücksichtslos beansprucht hatte.«

Sie stemmte seine Finger von ihrem Mund und rief empört: »Wagen Sie nicht auch noch zu behaupten, es sei zu meinem Besten gewesen!«

»Ich glaubte auch, du hättest zuviel Stolz, um eifersüchtig zu sein.«

Ihre Augen funkelten bei diesem neuen Angriff. »Eifersüchtig? Nie im Leben! Es wurde mir nur zugetragen, daß das hier ein reines Hurenhaus ist, und Sie sind der...«

»Sag es nicht!«

»Warum nicht? Wenn ich jede Nacht mit einem anderen Mann ins Bett ginge, würden Sie mich eine Hure nennen. Und erklären Sie jetzt nicht, bei einem Mann wäre das etwas anderes, ein Mann dürfe das, vor allem *Sie* dürften das. In Ihrer Welt denkt man vielleicht so, in meiner aber nicht.«

»Wirklich nicht?«

Daß er bei dieser Frage lächelte, machte sie noch wütender. »Dann lassen Sie es mich so ausdrücken: *Ich* denke nicht so. Und jetzt lassen... Sie... mich... aufstehen!« Sie schlug auf ihn ein, doch er rührte sich nicht von der Stelle.

»Ich lasse dich gehen, Shahar, wenn du mir verzeihst, daß ich dir weh getan habe.«

Sie beging den Fehler, das warme Leuchten in seinen Augen zu bemerken. Das und seine belegte Stimme jagten ihr einen Schauder ein.

»Sie haben mir nicht weh getan«, sagte sie und drehte den Kopf zur Seite. »Eine Zeitlang ignorierte ich nur einige grundsätzliche Wahrheiten, doch nun bin ich auf den Pfad der Vernunft zurückgekehrt.«

»Rede nicht so, Shahar«, bat er und strich sanft mit den Lippen über ihren Hals, der ihm zugewendet war. »Es bedeutete mir nichts.« Seine Lippen bewegten sich zu ihrem Ohr hin, und im nächsten Moment nahm er ihr Ohrläppchen zwischen die Zähne. »Ich kann mich nicht einmal daran erinnern, was ich letzte Nacht tat oder sagte, so unwichtig erschien es mir.« Er murmelte ihr nun direkt ins Ohr, so daß jeder Atemzug sie anwehte. »Aber ich erinnere mich an jede Sekunde mit dir.«

Chantelles Gedanken hatten sich verflüchtigt, und sie konnte sie nicht mehr einfangen. »Sie ... können nicht treu sein. Sie wissen gar nicht, was das ist.«

»Wenn du nichts weiter forderst, um dich wieder hinzugeben ...«, meinte er leichtsinnig.

Sie drückte ihn von ihrem Ohr weg und konnte das soeben Gehörte kaum fassen. »Das ist doch nicht Ihr Ernst«, spottete sie. »Mein Gott, man hat mir sogar gesagt, daß Sie sich in dem Bemühen, jede Frau zu befriedigen, total erschöpfen. Sie sollten froh sein, wenn wenigstens eine Ihrer Damen sich nicht vernachlässigt fühlt, wenn Sie sie ignorieren.«

»Es wäre niederschmetternd für mich, aber es ist ja nicht so. Nun, da du die körperlichen Wonnen kennengelernt hast, würdest du sie vermissen.« Er ließ eine Hand zwischen ihrem und seinen Körper gleiten und umfaßte ihre eine Brust. »Sogar jetzt spüre ich, wie sich deine Brustwarze verhärtet und um meinen Kuß bittet.«

»Aufhö ...« Das Wort verwandelte sich in einen Entsetzensschrei, denn hinter Derek tauchte ein dunkler Schatten auf. Alles, was Chantelle noch sah, war das Blitzen eines Dolches über dem Haupt des Herrschers.

36

Wenn Derek aufgehört hätte zu denken, wäre das sein sicherer Untergang gewesen. Die Klinge hätte ihr Ziel erreicht und wäre durch seinen Rücken direkt in sein Herz gedrungen. Sie war lang genug, daß sie auch noch Shahar aufgespießt hätte.

Aber er hörte nicht auf zu denken. Shahars Schrei hatte Todesangst signalisiert, nicht Empörung über eine zu erwartende Verführung, und Dereks Instinkte reagierten sofort.

Er rollte sich mit Shahar im Arm gegen die Beine des Angreifers. Der Mann verlor das Gleichgewicht und fiel über das Paar. Der Dolch stach so scharf in die Kissen, daß sie durchbohrt wurden und die Spitze der Waffe auf dem Marmorboden abbrach.

Doch auch ohne Spitze war das Mordwerkzeug nicht weniger gefährlich. Es besaß noch die tödliche Kraft, durch Fleisch und Knochen zu schneiden, und der Verbrecher schickte sich an, es wieder zum Einsatz zu bringen.

Derek hatte nur soviel Zeit, Shahar von sich wegzustoßen, denn der Mann über ihm war flink. Ob er weitere Helfershelfer hatte, konnte Derek momentan nicht feststellen. Jedenfalls war der Angreifer stark genug, keine zu benötigen, wie Derek schmerzhaft herausfand. Mit unendlichem Kraftaufwand brach er fast das Handgelenk des Mannes, bis dieser die Faust losbekam.

Den zweiten Stich wehrte er mit seinem Unterarm ab, und das gab ihm die Chance, einen Fausthieb auf dem Kinn des Angreifers zu landen. Allerdings steckte bei seiner Position auf dem Boden nicht viel Kraft hinter dem Schlag. Nur Sekunden vergingen, ehe die Klinge sich nun gegen seinen Hals wendete. Die längere Reichweite seiner Arme und seine Hand auf dem Gesicht des Angreifers, so daß dieser sein Ziel nicht sehen konnte, retteten ihn.

Die Schneide sauste dicht neben ihm herab, und es gelang Derek noch einmal, das Handgelenk des Verbrechers zu fassen. Diesmal nahm er sich vor, es auf keinen Fall loszulassen. Es war ganz einfach eine Frage der Kraft, und in diesem Zweikampf konnte es nur einen Überlebenden geben.

Chantelle hockte auf dem Boden. Sie preßte die Hände gegen den Mund und beobachtete die tödliche Szene. Auf den Gedanken, Hilfe zu holen, kam sie nicht, und sie wunderte sich auch nicht darüber, daß nach ihrem durchdringenden Schrei kein Diener erschien. Ihr Instinkt befahl ihr, etwas zu tun, doch sie war wie gelähmt. Der Angreifer war ein Kerl wie ein Riese, mit einem massigen Körper, einem breiten Kreuz und klobigen Schultern. Wie konnte Jamil mit seiner weitaus schmäleren Figur diesen Brocken überwältigen?

Sie mußte schnell etwas unternehmen, ehe ihre maßlose Angst sie noch regloser machte. Mühsam rappelte sie sich auf, und ihre Augen suchten krampfhaft nach einem Gegenstand, der als Waffe dienen konnte. Ihr Blick fiel auf den Tisch, wo das Messer lag, mit dem Jamil das Fleisch zerteilt hatte. Kein Sklave war hereingekommen, um das Geschirr zu holen. Aber konnte sie das Messer benutzen? War sie fähig, einen Mann zu töten? Was würde geschehen, wenn sie es nicht tat?

Natürlich konnte Jamil sterben, und das gab ihr den Ansporn, zu dem Tisch zu rennen und das Messer zu ergreifen. Doch mit dem tödlichen Werkzeug in der Hand packte sie grenzenloses Entsetzen. Wie konnte sie zur Mörderin werden? Wie konnte sie Jamil im Stich lassen? Sie wollte doch nicht, daß er starb, oder? *Oder?*

Die Antwort stieg aus ihrem Unterbewußtsein auf, während sie sich schon der wilden Kampfszene auf dem Boden näherte, und ehe sie die Frage von Recht oder Unrecht entscheiden konnte, hob sie das Messer, um es dem Verbrecher in den Rücken zu stoßen. Doch sie war zu nahe herangetreten. Ein Bein kam ihr in die Quere, sie strauchelte, und statt den breiten Rücken zu treffen, zielte ihre Klinge auf Jamils Kopf.

Als Chantelle auf den Angreifer fiel, sah sie, wie das Messer Jamils Ohr streifte. Dann flog sie gegen die Wand. Sie hatte den Riesen so aus dem Gleichgewicht gebracht, daß Derek sich auf ihn wälzen konnte, und bei dieser Aktion wurde sie in die Ecke gestoßen.

Die dort liegenden Kissen dämpften den Aufprall, so daß Chantelle keinen Schmerz verspürte. Doch das Messer war ihr aus der Hand gefallen. Und als sie aufblickte, rührten die beiden Kämpfer sich nicht mehr. Nein, o Gott, nein!

»Jamil?«

Er hob den Kopf, und Chantelle sank vor Erleichterung in die Kissen zurück. Jetzt auf einmal fühlte sie sich zerschlagen und mit den Nerven am Ende. Doch wie mußte es ihm ergehen?

»Ist alles in Ordnung, Shahar?«

»Bei mir?« keuchte sie, und dann stockte ihr der Atem, als Jamil sich erhob. »Sie bluten!«

Das klang wie eine Beschuldigung. Derek schaute auf seine Brust herab, doch er wußte, daß die Verletzung nicht gefährlich war. »Das ist nichts.«

»Warum hat er... Wie konnte das... Wo, zum Teufel, sind Ihre Wächter?« stammelte sie, und Ärger löste ihre Furcht ab.

»Ich glaube, ich drohte ihnen, sie bei lebendigem Leibe zu häuten, wenn sie mich heute abend aus irgendeinem Grund stören würden. Offensichtlich nahmen sie mich beim Wort. Zudem sind sie taubstumm und können nichts hören.«

»Mein Schrei war laut genug, um die Wächter am Ende der Halle zu mobilisieren.«

Derek grinste. »Meine Türhüter hätten sie nicht hereingelassen, selbst wenn sie auf deinen Schrei reagiert hätten, was jedoch unwahrscheinlich ist, denn alle im Palast wissen, welche Schwierigkeiten ich mit dir habe.«

Sie überging die Anspielung, daß ihr Schrei nur bedeuten konnte, Jamil habe die Geduld mit ihr verloren. »Wie ist er nur hereingekommen?« Sie betrachtete schaudernd den Mann, der bewegungslos in einer großen Blutlache lag und aus dessen Brust der Dolch herausragte.

»Eine gute Frage.«

Chantelle sah zu, wie Jamil zur Tür ging. Sie vermutete, daß die Wächter wohl tot sein müßten. Doch sie waren es nicht. Sie strömten nun herein, und viele andere folgten ihnen. Die persönlichen Aufpasser des Herrschers hielten sich noch im Garten auf, wohin er sie verbannt hatte. Das hieß, daß eigentlich alle Eingänge hätten bewacht sein müssen, aber offenbar nicht besonders gut. Dann wurde das Seil gefunden, das neben den Gartentüren baumelte. Es erklärte wenigstens, wie der Verbrecher so weit in den Palast hatte vordringen können, doch nicht, warum die Nubier ihn bei seiner Klettertour von dem hohen Dach herunter nicht gesehen hatten.

»Ich bin selbst schuld.« Der Herrscher entlastete sie einem älteren Mann gegenüber, der hinter den Wächtern hereingekommen war und betroffener als alle anderen wirkte. »Ich befahl ihnen, sich von den Türen fernzuhalten und nur an den Gartenmauern entlangzupatrouillieren.«

»Sie haben sich freiwillig einer Gefahr ausgesetzt?« meinte der alte Mann ungläubig.

Jamil sagte etwas, das Chantelle nicht hörte, doch sie errötete wütend, als der Alte sie anschließend mit Abscheu musterte. Wer immer er war – er machte sie verantwortlich, wie jeder im Palast ihr zweifellos die Schuld an dem geglückten Überfall geben würde.

Mehrere Ärzte bemühten sich um die Wunde des Herrschers. Auch der Tote wurde examiniert. In seiner Tasche fand man einen schweren Beutel mit Münzen, aber sonst nichts.

Chantelle blickte zur Seite. Ihr Ärger war Schuldgefühlen gewichen. Die volle Erkenntnis der Ereignisse traf sie hart. Jamil hätte sterben können. Mein Gott, beinahe hätte *sie* ihn getötet.

Sie sah auf und bemerkte, wie einer der Ärzte Jamil etwas ins Ohr flüsterte. Chantelle erbleichte, und ihr Magen revoltierte. Was war, wenn er glaubte, sie habe den Herrscher absichtlich verletzt, habe die Gelegenheit nutzen wollen, sich von ihm zu befreien? Würde Jamil das ebenfalls annehmen? Hatte sie ihm nicht gerade heute abend gesagt, sie würde ihn hassen? Sie hatte keinen Grund gehabt, ihm zu helfen, jedenfalls keinen, der einleuchtete.

Die Leiche wurde aus dem Raum geschafft, das Blut vom Fußboden gewischt und die aufgeschlitzten Kissen durch neue ersetzt. Chantelle blieb mit dem Rücken zur Wand in ihrer Ecke sitzen. Sie dachte an ihre ärgerliche Bemerkung Kadar gegenüber, daß man ihr heute abend den Kopf abreißen würde, und daran, daß diese bedrohliche Möglichkeit nun wirklich bestand.

Schließlich blieben nur mehr Jamil und die zwei Nubier in dem Raum. Der Herrscher leerte ein Glas *Kanyak,* das er bestellt hatte, und schickte dann die beiden Schwarzen in den Garten. Sie sträubten sich, wie Chantelle der Zeichensprache entnahm, die sie nicht verstand. Es lag ja nahe, daß die Wächter Jamil nicht schon wieder allein lassen wollten. Natürlich gehorchten sie am Ende und gingen hinaus.

»Warum haben Sie die Männer fortgeschickt?« fragte Chantelle, als Jamil sich ihr näherte. »Oder wollen Sie mich eigenhändig töten?«

Er sank vor ihr in die Knie, und seine Augen verengten sich. »Welche Dummheit...«

Chantelle ließ ihn nicht weiterreden. In Panik warf sie sich ihm an die Brust und klammerte sich an ihm fest.

»Es tut mir so leid«, flüsterte sie schluchzend vor seinem Hals. »Ich wollte Sie nicht verletzen, das schwöre ich. Ich zielte nach seinem Rücken, aber ich stolperte und...«

»Ich weiß.«

Sie lehnte sich zurück, um ihn anzusehen. »Was heißt das – Sie wissen?«

Er lachte über den Unwillen, der plötzlich aus ihrer Stimme klang. »Was ist mit dem ›es tut mir so leid‹ passiert?«

»Dann glauben Sie nicht, daß ich versuchen wollte, Sie zu ermorden?«

»Wolltest du es denn?«

»Natürlich nicht.«

»Du solltest mir zutrauen, den Unterschied zwischen Hilfe und Bedrohung zu erkennen, vor allem rechtzeitiger Hilfe.«

»Rechtzeitiger?«

»Ich hatte schon fast keine Kraft mehr, den Kerl von mir abzuhalten, als dein Sturz ihn so aus dem Gleichgewicht brachte, daß ich ihn von mir wegdrücken konnte. Du hast mir wahrscheinlich das Leben gerettet.«

»Wirklich?« meinte sie scheu, doch nach einer Denkpause fügte sie hinzu: »Dann schulden Sie mir eine große Gefälligkeit, nicht wahr?«

»Wenn du daran denkst, um deine Freiheit zu bitten, kleiner Mond, überleg es dir gut. Ich begehre dich zu sehr, um dich gehen zu lassen – sogar in der Dankbarkeit für mein Leben.«

Wenn er etwas anderes gesagt hätte, wären seine früheren Erklärungen wertlos erschienen. Doch so enttäuschte seine Antwort Chantelle nicht.

»Darf ich eine andere Gunst erbitten?«

»Was?«

»Treue?«

»Möchtest du nicht lieber mit Reichtümern überhäuft werden?« Bei dem schüchternen, aber verneinenden Schütteln ihres Kopfes zog er sie an sich. »Du wirst dir wünschen, die Reichtümer gewählt zu haben, wenn du um Gnade bittest und keine findest.«

37

»Haben Sie ihn am Palasttor aufgehängt?« fragte Derek Omar.

Nach einem Morgen im Audienzraum befanden sie sich auf dem Weg zu Jamils Appartement. Es war ein langer Morgen und Dereks zweiter Versuch gewesen, anstelle seines Bruders mit den ausländischen Würdenträgern zu verhandeln. Beim ersten Mal war er nervös gewesen und hatte befürchtet, die hohen Herren könnten zwischen seinem und Jamils Verhalten einen Unterschied entdecken. Doch diesmal hatte er sich in der Rolle, die er spielte, wohler gefühlt, und die Angelegenheiten bestens geregelt. Er hatte sogar mehr Bittsteller als vorgesehen angehört, aber natürlich keine Entscheidungen getroffen, ohne sich von Omars Rat leiten zu lassen.

Bei der Frage furchte der ältere Mann die Stirn und gab zu erkennen, daß er den Anschlag des vergangenen Abends noch nicht verwunden hatte. »Ja, dort soll er verwesen, wo ihn alle sehen können. Aber es hat sich noch niemand gemeldet, um die Belohnung für seine Identifizierung zu kassieren.«

»Dachten Sie wirklich, es würde sich jemand melden? Derjenige müßte ein Narr sein zuzugeben, daß er einen Attentäter kennt. Sicher hat sich die Geschichte herumgesprochen, daß schon wieder ein Angriff fehlgeschlagen ist. Seitdem ich hier bin, waren es zwei – und wie viele vorher?«

»Fünf Versuche, elf Tote«, erwiderte Omar grimmig.

»Na also! Sicher werden sie bald den Mut verlieren.«

»Oder ihre Verzweiflung und die Bereitschaft zum Selbstmord wachsen.« – »Hören Sie, das Geld, das hinter den Mordanschlägen steckt, muß einmal zu Ende gehen. Sie werden mir darin zustimmen, daß das Risiko für die Anstifter zu groß ist, um es billiger zu versuchen.«

»Selim verließ Barka verbittert, aber nicht arm. Doch Sie haben recht, das Risiko ist groß, wenn auch nicht größer als das, welches Sie eingegangen sind. Sie lieben wohl die Gefahr, oder?«

»Sehe ich wie ein Verrückter aus?«

»Sie sehen wie ein Mann aus, der sein Leben gründlich genießt«, entgegnete Omar angewidert.

Derek lachte leise. »Sie haben mich durchschaut. Aber ich brauche ein wenig Spannung, um die Eintönigkeit zu unterbrechen.«

»Ich dachte, die Frau böte alle Spannung, die Sie benötigen. Oder dient sie Ihnen nur als Ausrede, wenn Sie sich einer Gefahr aussetzen wollen?«

Derek grinste trotz Omars deutlichem Mißfallen. »Es war genauso, wie ich sagte. Shahar hätte sich nie in meiner Gesellschaft wohl gefühlt, wenn die beiden Nubier mir über die Schulter geschaut hätten. Und es ist ja nichts passiert.« Trotz Omars finsterer Miene lachte Derek erneut. »Lassen Sie nur, alter Freund. Ich verspreche, bei Jamils Rückkehr gesund und munter zu sein.«

»Inshallah«, gab Omar mürrisch zurück, ehe er sich entfernte.

Derek glaubte schon lange nicht mehr an ein vorbestimmtes Geschick, doch die Moslems glaubten daran. Deshalb zogen sie furchtlos in die Schlacht – war ihre Zeit zu sterben gekommen, würden sie sterben, war diese Zeit aber noch nicht reif, würde nichts ihnen etwas anhaben können. Doch Derek hielt sein Schicksal für etwas lenkbarer – daß er seinen Lauf mit eigener Geschicklichkeit und Entscheidungskraft verändern konnte.

An diesem Morgen hatte Derek darüber nachgedacht, daß er hier keine wichtigen Aufgaben zu erfüllen hatte, die für ihn fesselnd hätten sein können. Da war es doch kein Wunder, daß er sich auf eine Frau konzentriert hatte. Konnte das der einzige Grund für seine Besessenheit sein, und dafür, daß Shahar ihm so wichtig war? Jedenfalls lag es nahe und sorgte für eine Beruhigung seines Gemütes. Wenn die Zeit des Abschieds kommen würde, würde es ihm nicht schwerfallen, diese Episode seines Lebens hinter sich zu lassen. Er würde sich zärtlich an Shahar erinnern – nichts weiter.

In seinen Räumen befahl Derek seinem Ankleider, ihn von den Amtsgewändern zu befreien. Der Rest des Tages war nun frei von Pflichten, und Derek beschloß, sich einmal auszuschlafen. Doch das sollte nicht sein. Er wurde informiert, eine Haremsdienerin warte auf ihn.

Als das Mädchen schüchtern vor ihm in die Knie sank, seufzte er ungeduldig. »Letzte Nacht hatte ich sehr wenig Schlaf, und ich habe heute noch nicht gegessen. Kann die Angelegenheit nicht warten?«

Sein persönlicher Diener hörte das und schickte die junge Person sofort weg. Sie war anscheinend froh, ihre Botschaft nicht überbringen zu müssen, und rannte fast aus dem Raum. Darüber wunderte sich Derek.

»Wovor hatte sie Angst?«

Sein Ankleider zuckte die Schultern. »Vermutlich hatte sie schlechte Nachrichten zu übermitteln. Ihr Bruder Mahmud war berüchtigt, weil er die Überbringer schlimmer Kunde einkerkern und manchmal sogar umbringen ließ.«

Dereks Miene verfinsterte sich. »Forschen Sie nach, worum es geht.«

Der Mann kehrte fast augenblicklich zurück und zögerte nun selbst, die Mitteilung loszuwerden. »Das Mädchen wurde von dem Eunuchen Kadar zu Ihnen geschickt, mein Lord. Ihre Sklavin Shahar ist... vergiftet worden.«

»Gott, nein!« Alle Farbe wich aus Dereks Gesicht. »Sie kann nicht tot sein!«

»Sie ist es noch nicht, aber...«

Derek hörte sich den Satz nicht zu Ende an. Er rief über die Schulter, während er hinauslief: »Rufen Sie meine eigenen Ärzte sofort in den Harem!«

»Aber, mein Lord, Sie dürfen nicht eintreten...«

Derek rannte den Korridor entlang, den die Frauen benützten, um zum Herrscher zu gelangen. Er blieb stehen, als er Kadars Botschafterin traf, und wollte sie nach dem Weg fragen. Aus seiner Kindheit wußte er noch, wo der Rosa Hof lag, aber nicht, wo Shahar wohnte.

Die Dienerin fiel vor ihm auf die Knie nieder und jammerte laut um Gnade. Er mußte sie schütteln, um ihrem Geschrei ein Ende zu setzen.

»Ich will dir nichts antun, verdammt!« Sein Ton war nicht gerade beruhigend. »Führ mich zu Shahar!«

»Sie wollen den Harem betreten?«

»Auf der Stelle!« rief er scharf.

Sie zuckte zusammen und rannte voraus, doch Derek war sie nicht schnell genug. Im Harem erregte das Erscheinen des Herrschers ein unglaubliches Aufsehen. Überraschungslaute ertönten, Geschirr krachte auf die Erde, und die Leute warfen sich so rasch zu Boden, daß später von einem verstauchten Handgelenk, zwei gebrochenen Rippen und einem ausgerenkten Kiefer berichtet wurde.

Wenigstens war Shahars Appartement leicht zu finden. Es lag dort, wo sich alle Favoritinnen und Ehefrauen vor der Tür versammelt hatten, zusammen mit ihren Dienerinnen und Eunuchen, um neue Nachrichten, gute oder schlechte, zu hören. Auch hier verursachte Dereks Auftauchen Bewegung, und er mußte über verschiedene hingestreckte Leiber hinwegsteigen, um die Tür zu erreichen. Eine Sekunde lang blieb er stehen, als von innen ein gequälter Schrei erscholl.

Mein Gott, laß sie nicht sterben. Bitte, nicht sie. Er hielt vor dem Schlafraum inne. Die Vorhänge waren zurückgezogen, um ein ungehindertes Kommen und Gehen zu gewährleisten. Das Zimmer war voll von Frauen, hauptsächlich von den alten, die sich um geringfügige Krankheiten im Harem kümmerten. Auch Kadar war anwesend. Er kniete vor dem Bett, die Fäuste in seinem Haar, als wolle er es sich vor Verzweiflung ausreißen. Ein junges Mädchen kauerte auf der anderen Seite des Bettes. Tränen rannen ihm über die Wangen, und es legte kalte Kompressen auf Shahars Stirn.

Eisige Angst verzögerte Dereks Schritt. Er sah nur die bemitleidenswerte Gestalt auf dem Bett. Sie lag zusammengekrümmt auf der Seite und hatte die Arme über den Magen verschränkt. Blut perlte auf ihrer Unterlippe, wo sie die Zähne eingegraben hatte, ein rotes Mal in dem aschfarbenen Gesicht. Ihre Augen waren geschlossen, die Wimpern naß von Tränen. Sie wimmerte leise.

»Wie lange leidet sie schon an diesen Schmerzen?«

Beim Klang der ruhigen Stimme hob Kadar den Kopf. Auch seine Augen schwammen in Tränen, dennoch konnte er erkennen, welch quälende Angst das Gesicht des Herrschers unbewußt zeichnete.

»Ich dachte schon, Sie würden nicht kommen, mein Lord«, sagte Kadar. Diese Worte enthielten eine Anklage, die der Eunuche nicht zu verbergen suchte. Es war ihm egal, ob der Herrscher sie heraushörte oder nicht. »Ich habe Sie schon vor Stunden benachrichtigt.«

»Dieses idiotische Mädchen gab sich keine Mühe, mich zu finden. Es wartete, bis ich in meine Gemächer zurückkehrte. Wie, zum Teufel, konnte der Anschlag passieren?«

Es war eine dumme Frage, das wußte er, und deshalb rechnete er nicht mit einer Antwort. Gift war das übliche Mittel, eine lästige Rivalin aus dem Weg zu schaffen, und es wurde seit Hunderten von Jahren in Hunderten von Harems im ganzen türkischen Reich benutzt. Warum aber traf es gerade seine Shahar?

»Wir wissen nicht sicher, welches Gift verwendet wurde, aber es ist ein leichtes, unbefugt in der Küche mit dem Essen zu hantieren, da alle Bediensteten dort freien Zutritt haben.«

»Wo ist Haji Agha? Er hätte mich sofort persönlich informieren müssen.«

»In der Stadt, mein Lord. Heute ist der Tag, an dem er gewöhnlich die Basare besucht. Er ist noch nicht zurückgekehrt.«

»Und was hat man für Shahar getan?«

»Sie hat ein Abführmittel bekommen, aber weil wir das Gift und die verabreichte Menge nicht kennen, ist es unmöglich...«

»Geht es ihr schlechter... oder besser?«

Kadar zögerte lange, ehe er zugeben mußte: »Schlechter.«

Derek schloß die Augen. Bei aller Macht, die ihm zur Verfügung stand, fühlte er sich völlig hilflos.

»Mein Herr?« meldete sich jemand hinter ihm. »Die Ärzte sind am Tor eingetroffen, aber die Wächter verwehren ihnen den Eintritt.«

»Zur Hölle mit den Wächtern! Ich habe die Ärzte rufen lassen. Hat man das den Türhütern nicht gesagt?«

»Kein Mann hat je den Harem betreten, mein Lord«, war die zitternd hervorgebrachte Antwort. »Die Wächter werden es nicht glauben, daß Sie etwas Gegenteiliges befohlen haben.«

Derek wandte sich an den Eunuchen. »Kadar, ich setze Sie an Haji Aghas Stelle ein. Verbinden Sie den Ärzten die Augen, wenn nötig, aber bringen Sie sie schnellstens hier herein. Und ich möchte diesen Raum leer haben«, fügte er ärgerlich hinzu. »Auch die Frauen vor der Tür sollen gehen. Das ist kein Totenbett, um das man sich versammelt.«

Derek schüttelte den Kopf, als auch Adamma das Zimmer verlassen wollte. Sie trat jedoch zur Seite, als Derek sich auf die Bettkante setzte, und staunte, daß die Männerhand, die Shahars Wange berührte, zitterte.

»Kannst du mich hören, Shahar?«

»Jamil?« Sie öffnete die Augen nicht. Ihre Stimme war heiser, ihr Hals rauh vom wiederholten Erbrechen. Sie stöhnte und versuchte dann die Klagelaute zu ersticken, indem sie die Lippen zusammenpreßte. Als die Krämpfe sich verringerten, fragte sie: »Muß ich sterben?«

»Nein, Liebste, das werde ich nicht zulassen.«

Sie versuchte zu lächeln, doch es geriet ihr zur Grimasse. »Arrogant… wie immer.«

Er strich ihr die Silberlocken aus den Schläfen. Ihr Haar war feucht, ihr Gesicht von einem dünnen Film kalten Schweißes überzogen. Mit einem Finger tupfte er das Blut von ihren Lippen.

»Schau mich an, Shahar.«

»Chantelle«, flüsterte sie. »Nennen Sie mich wenigstens einmal Chantelle, ehe ich…«

»Verdammt, Mädchen, du wirst nicht sterben!«

Ihre Augen öffneten sich zu Schlitzen und fixierten ihn finster. »Schreien Sie mich nicht so an!«

»Dann schlag zurück! Wehr dich! Laß deine unendliche Sturheit einem guten Zweck dienen!«

»Was glauben Sie wohl, was ich tue, Sie Unmensch!«

Adamma lauschte atemlos und war entsetzt, daß der Herrscher eine Sterbende so quälte. Und dennoch war Farbe in Shahars Wangen zurückgekehrt, und ihre Stimme klang wieder kräftig. Seine provozierende Art hatte erreicht, was sie mit all ihrer liebevollen Fürsorge nicht geschafft hatten.

Rahine, die sich die ganze Zeit im Hintergrund des Raumes aufgehalten und ihn auch nicht mit den anderen verlassen hatte, war ebenfalls betroffen, aber aus einem anderen Grund. Sie hatte nie ein ähnliches Benehmen bei Jamil erlebt. Sie wußte, daß er dieses Mädchen gern hatte, aber es war nicht seine Art, vor allen Leuten seine Gefühle zu zeigen. Selbst als Sheelah bei der zweiten Niederkunft in Schwierigkeiten war, hatte er seine Besorgnis verborgen.

Er war verändert. Hatte Shahar das bewirkt, oder war der Streß all dieser gefährlichen Monate daran schuld? Was auch immer es war, sie hätte sich nicht so bemühen sollen, ihm aus dem Weg zu gehen, seit er wegen Jamilas Kauf mit ihr gestritten hatte. Es schien, als kenne sie ihren eigenen Sohn nicht mehr.

38

Derek bemerkte sie schließlich, als er sich wegen der Ankunft der Ärzte umdrehte, aber er erkannte sie nicht. Er wunderte sich nur, wer sie war, nachdem sie seinem Befehl an alle hinauszugehen nicht Folge geleistet hatte. Dann sah er ihr in die Augen, die so smaragdgrün wie die seinen waren, und wußte Bescheid. Und die Erkenntnis warf ihn fast um.

Er hatte sich das Gehirn zermartert, wie er sie sehen könnte, ohne daß sie es merkte, doch es war leicht, ihn zu beobachten, und ziemlich schwierig, einen heimlichen Blick auf die Haremsfrauen zu werfen. Er hatte vorgehabt, Rahine zu sich zu rufen, aber Omar hatte ihm abgeraten, mit dem Argument, sie als seine Mutter könnte den Rollentausch am ehesten durchschauen. Dabei hatte er mit Jamil ausgemacht, daß nicht einmal Rahine von dem Personenwechsel wissen durfte. Das bedeutete, daß Derek nicht mit seiner Mutter sprechen konnte, bis Jamil sicher zurückgekehrt war. Doch da stand sie nun, nur wenige Meter entfernt, natürlich verändert, älter, reserviert, nicht die ungestüme junge Frau, an die er sich erinnerte, aber, Gott, immer noch schön, noch königlich in ihrer Haltung, noch fähig, mit diesen Augen in die Seele zu sehen. Sicher prüfte sie seine jetzt, zweifellos erstaunt, weil er sie so anstarrte. Was hatte Jamil über sie gesagt? Nicht viel, weil nicht erwartet worden war, daß Derek sie treffen würde.

Er hätte sich abwenden und sie ignorieren sollen. Er konnte es nicht. Er ging zu ihr hin und sehnte sich danach, sie zu umarmen, doch er wußte genau, daß Jamil das keinesfalls tun würde. Dabei hatte er sie im Moment so nötig, die einzige Person, von der er Trost empfangen konnte. Wenn sie ihm sagte, Shahar würde wieder gesund werden, würde er ihr glauben. Sie war seine Mutter. Am liebsten hätte er geweint…

»Bist du dir sicher, daß du Shahar diesen Männern zeigen möchtest?«

Derek riß sich zusammen und sah die beiden Ärzte mit den Augenbinden dastehen. Plötzlich stießen ihn die Traditionen des Harems ab, die es keinem Mann, auch nicht einem verzweifelt benötigten Arzt, gestatteten, die Frauen eines anderen Mannes anzuschauen.

»Es ist mir verdammt egal, wer sie sieht, wenn sie nur gesund wird.«

»Das verstehen sie, Jamil«, sagte Rahine sanft. »Aber es wäre klug, wenn du in den Nebenraum gingst. In deiner Gegenwart sind sie zu nervös.«

Er nickte und folgte ihr, weil er wußte, daß sie recht hatte. Außerdem wollte er ihr Fragen stellen, die Shahar nicht hören sollte.

»Du kennst die Haremsfrauen noch besser als ich. Wer von ihnen könnte Shahar töten wollen?«

Rahine folgte ihm zögernd zu dem Fenster, das vor dem Marmorhof lag. Er war nun leer. Die Sonne verwandelte die Gischt des Springbrunnens in diamantene Tropfen. Jamil hatte sie, Rahine, schon so lange nicht mehr angesprochen. Sie freute sich, daß er es jetzt tat, und war zugleich traurig, weil sie ihm nicht helfen konnte. Und er war offensichtlich erschüttert über den Vorfall, sonst hätte er sich nicht so untypisch verhalten.

»Deine Frauen sind in ihrer Eifersucht nicht so bösartig, wie sie sein könnten, Jamil. Ich weiß es wirklich nicht, wer für den Anschlag in Frage kommen könnte. Noura ist die gehässigste, aber das weißt du ja. Wenn sie jemanden vergiften würde, wäre es Sheelah. Es gelüstet sie nach der Position der ersten *Kadine,* nicht nach deinem Bett.«

»Wer sonst noch?«

»Mara verlor ihre Position, als Shahar in den Rosa Hof kam, aber ich glaube nicht, daß sie töten würde, um zurückzukehren. Sie weiß, daß sie einem besonderen Zweck dient, den keine außer ihr erfüllen kann.«

»Wer sonst noch?« wiederholte er.

»Hast du an deine eigenen Feinde gedacht?«

Er sah sie kurz von der Seite an. »Ich vermute, du meinst meinen Hauptfeind?«

»Ja. Es ist außerhalb des Palastes kein Geheimnis, daß du von deiner neuen Konkubine sehr angetan bist. Man behauptet, du bliebst jetzt gern innerhalb der Palastmauern, weil diese neue Sklavin dich gut unterhalten würde. Also kann sich jeder denken, daß ihr Tod dich schwer treffen würde und du vielleicht sogar sorglos genug wärst, ihrem Begräbnis beizuwohnen.«

»In Ordnung«, sagte er kurz. »Du hast mir deinen Standpunkt klargemacht.«

»Haji Agha wird den Harem natürlich durchsuchen lassen. Wenn wir das Gift finden...« Sie machte eine Pause und fügte hinzu: »Es wird kaum jemand so dumm sein, den Rest nicht zu vernichten.«

Nach kurzem Schweigen sagte er: »Ich möchte, daß Shahar in meine Gemächer gebracht wird, sobald es geht.«

Rahine war so erstaunt, daß sie gedankenlos seinen Arm berührte. »Wenn das eine Schutzmaßnahme sein soll, können wir hier besser vorsorgen. Was denkst du nur, Jamil? Wie oft sind die Attentäter schon bis zu deiner Wohnung vorgedrungen! War Shahar nicht erst letzte Nacht in Gefahr?«

Er gab ihr recht und legte seine Hand auf ihre. »Ich weiß. Ich scheine nicht klar denken zu können, wenn es um sie geht. Kannst du mir versprechen, daß so etwas nicht noch einmal passieren wird?«

Rahine spürte, wie ihre Augen feucht wurden. Zum zweitenmal bat er sie um ihre Hilfe und traute ihr zu, seinen kostbarsten Besitz zu schützen. Sie konnte sich nicht erinnern, wann er zum letztenmal irgend etwas von ihr gewollt hatte. Und er hatte sie nicht mehr berührt, wirklich berührt, seit sie Kasim fortgeschickt hatte. »Ja, ich kann dir versprechen, daß Shahar kein vergiftetes Essen mehr bekommen wird. Von jetzt an stelle ich ihr meine eigene Köchin und meine Vorkoster zur Verfügung. Die Leute sind schon seit mehr als zwanzig Jahren bei mir und absolut treu.«

Er nickte und fühlte sich wenigstens von dieser Sorge befreit. Es war unvernünftig gewesen, Chantelle aus dem Harem holen zu wollen. Er hatte ihretwegen schon zu viele Regeln mißachtet. Er mußte aufhören, Dinge zu tun, die Jamil nicht tun würde, sonst lief er Gefahr, sich zu verraten. Doch er wollte nun einmal Shahar selbst beschützen und das nicht anderen überlassen.

Er blickte zum Fenster hinaus. Es gab nichts mehr zu sagen. Er hatte tausend Fragen, die er aber jetzt nicht stellen durfte. Doch es fiel ihm schwer, diesen seltenen Augenblick mit Rahine zu beenden.

»Sag mir, daß sie nicht sterben wird, Mutter.«

»O Gott!«

Sie schwankte, und er hielt sie am Arm fest. »Was ist?«

»Nichts, nichts«, versicherte sie. Aber sie wandte sich ab und sah ihn nicht mehr an. »Du brauchst keine Angst um sie zu haben. Du sagtest selbst, sie sei störrisch. Und sie erbrach alles, was sie gegessen hatte, demnach kann höchstens eine minimale Menge Gift zurückgeblieben sein.«

»Aber sie hat Schmerzen.«

»Die kommen von dem Abführmittel und von dem Gift. Deine Ärzte werden ihr etwas geben, um die Schmerzen zu lindern. Wahrscheinlich geht es ihr jetzt schon besser. Geh und überzeuge dich selbst.«

Er hatte keine Wahl, denn sie ging schnell hinaus. Doch er wußte, daß er sie aus der Fassung gebracht hatte. Nur den Grund ahnte er nicht: Er hatte sie Mutter genannt, und das hatte Jamil seit neunzehn Jahren nicht mehr getan.

39

»Fühlen Sie sich nun besser?«

Chantelle befahl Adamma, das Aufschütteln der Kissen zu beenden, und schickte sie hinaus. Rahine saß auf der Bettkante. Sie hatte die Frage gestellt.

»Ich würde es hassen, Ihnen zu beschreiben, wie ich mich wirklich fühle, Madame.«

Rahine lächelte über den säuerlichen Ton. »Viel besser, würde ich sagen.«

Chantelle wollte schon ein finsteres Gesicht machen, dann sparte sie sich die Mühe. Sie hatte die Empfindung, ihr Inneres sei ausgewrungen und zum Trocknen nach außen gestülpt worden. In ihrem Mund befand sich ein schrecklicher Geschmack, jeder Knochen schien zu schmerzen, und sie war schwach wie ein Rehkitz. Doch das war nichts im Vergleich zu ihrem vorherigen Befinden. Wenigstens sprach Rahine jetzt zur Abwechslung einmal Englisch, so daß Chantelle sich mit dem Übersetzen nicht abplagen mußte.

»Sind Sie gekommen, um mir die letzte Ehre zu erweisen?«

Rahine lachte laut. »Seien Sie nicht albern, Kind. In ein paar Tagen sind Sie so gut wie neu.«

Chantelle schloß die Augen vor soviel guter Laune. Niemand sollte sich in ihrer Gegenwart amüsieren, solange sie sich so elend fühlte.

»Darf ich annehmen, daß Sie froh sind, daß ich noch unter den Lebenden weile?«

»Sehr froh, Shahar. Ich weiß nicht, was Sie an sich haben, aber Jamil ist durch Sie völlig verändert, und dafür danke ich Ihnen. Es ist beinahe so, als hätte ich meinen Sohn zurückbekommen.«

»Ich habe nicht gemerkt, daß Sie ihn verloren hatten.«

»Das ist... eine lange Geschichte – nichts, was Sie interessieren dürfte.«

Dieses Ausweichen hätte Chantelle neugierig machen müssen, aber sie hatte anderes im Sinn. »Habe ich geträumt, oder war Jamil hier?«

»Er war fast den ganzen Nachmittag da.«

»Aber ich dachte, er würde den Harem nie betreten?«

»Sie müssen bedenken, daß die Umstände ungewöhnlich sind, meine Liebe. Es ist das erstemal, daß eine seiner Frauen vergiftet wurde.«

Dabei hatte Chantelle gedacht, er würde sich vielleicht mehr um sie als um seine anderen Damen sorgen! »Wie kam ich zu der Ehre?«

»Es ist zweifelhaft, ob wir je erfahren werden, wer Sie töten wollte, aber Sie brauchen nicht zu fürchten, daß es je wieder passieren wird. Von jetzt an wird Ihr Essen aus meiner eigenen Küche kommen, und Haji Agha hat Ihnen zwei seiner persönlichen Leibwächter zugewiesen. Sie werden nie mehr ganz allein sein.«

»Wunderbar«, meinte Chantelle bitter. »Dann bin ich mehr als je zuvor eine Gefangene.«

»So dürfen Sie es nicht sehen.«

»Nicht? Vermutlich sollte ich dankbar sein, daß jemand mir den Tod wünscht?«

Nun würde sie nie mehr fliehen können, doch, was noch schwerer wog: sie war nicht mehr sicher, ob sie das überhaupt noch wollte, nicht mehr nach der letzten Nacht. Aber Rahine durfte das nicht wissen, zumal sie es vorausgesagt hatte. Chantelle hatte keine Lust, ein selbstgefälliges »Das habe ich Ihnen gleich gesagt« zu hören.

Wie hatte Jamil das fertiggebracht? Wie hatte er ihren Ärger und ihr Verletztsein besiegt und sie dahingehend beeinflußt, ihn erneut zu begehren? Und so intensiv! Lieber Gott, sie hatten sich die ganze Nacht geliebt. Nachdem er beinahe den Tod gefunden hatte, war es so gewesen, als habe sie nicht genug von ihm bekommen können. Wenn jemand soweit gewesen war, um Gnade zu bitten, war es Jamil gewesen.

Sie sollte sich zutiefst schämen, aber sie tat es nicht. Irgendwann in dieser Nacht hatte sie ihm Jamila vergeben, und er hatte ihr versichert, das würde nicht noch einmal passieren. Sie glaubte ihm, weil sie es glauben wollte, weil sie *ihn* wollte. Es konnte gar nicht einfacher sein. Wie ein verliebtes Schaf war sie nun mit ihrem Sklavendasein zufrieden. Hatte sie sich verliebt? Guter Gott, das wäre lächerlich! Einen Mann zu lieben, der achtundvierzig Frauen besaß? Am besten war es, hier nicht zu tief zu schürfen!

»...meinen Sie nicht auch?«

»Verzeihung, was sagten Sie?«

»Ich sagte, daß Sie dankbar sein müßten, weil Sie noch am Leben sind.«

Chantelle schnitt eine Grimasse. »In Ordnung.«

»Hat man Ihnen schon verraten, daß Sie keine sehr geduldige Patientin sind?«

Chantelle lächelte grollend. »Bin ich besonders anstrengend, Rahine?«

»Ja, und frech.«

»Niemand ist in der Nähe, *Madame.«*

Diesmal unterdrückte Rahine ein Lachen. »Sie sind unverbesserlich. Gut, Sie können mich Rahine nennen, wenn niemand in der Nähe ist.«

»Und Sie nennen mich bitte Chantelle, wenn niemand in der Nähe ist.«

»Sie sollten Ihr früheres Leben vergessen«, meinte Rahine, doch sie wurde gleich unterbrochen.

»Haben Sie Ihres vergessen?«

»Ich... ich denke, Sie brauchen jetzt Ruhe.«

»Noch nicht.« Chantelle richtete sich in den Kissen auf. »Zuerst sagen Sie mir, wer der Mann war, der Jamil gestern nacht töten wollte.«

»Das werden wir wohl nie erfahren.«

»Dann wissen Sie auch nicht, warum er ihn angegriffen hat?«

Rahine sah sie einen Augenblick überrascht an. »Heißt das... Aber Sie müssen doch etwas von Jamils Schwierigkeiten gehört haben?«

»Ich weiß nicht, wovon Sie reden.«

»Aber ich habe es Ihnen gegenüber erwähnt – als Sie ihn dazu trieben, leichtsinnig den Palast zu verlassen. Ich sagte Ihnen, sein Leben sei in Gefahr.«

»Ja, das war alles, was Sie mir sagten. Und ich bitte Sie festzuhalten, daß ich ihn dazu *trieb«,* fügte Chantelle betont hinzu. »Ich bin nicht verantwortlich für sein unbeherrschtes Temperament.«

»Darüber wollen wir jetzt nicht streiten«, erklärte Rahine, und dann erzählte sie Chantelle von den Anschlägen auf Jamils Leben und den Verdacht, Selim stecke dahinter, da er in der Erbfolge der nächste sei.

»Aber Jamil hat Söhne«, wandte Chantelle ein, obwohl das nicht zu ihren Lieblingsthemen gehörte.

»Stimmt, sie sind jedoch alle viel zu jung. Wir sind hier nicht in England, Kind. Ein Bruder im Erwachsenenalter wird fast immer einem Sohn vorgezogen, der noch zu jung zum Herrschen ist. Natürlich hat es auch Fälle gegeben, in denen eine Mutter die Unterstützung der Armee kaufte, um ihren Sohn zu befördern, aber in Barka ist das noch nie geschehen.«

»Und Sheelah...«

»Niemals Sheelah!«

Chantelle wunderte sich über Rahines heftigen Einwurf und die Parteinahme für Jamils erste Frau. Dann weiteten sich ihre Augen.

»Noura besitzt den zweitältesten Sohn, nicht wahr?«

»Ja, aber... das ist lächerlich, Shahar...«

»Chantelle.«

Rahine schürzte die Lippen. »Gut – Chantelle. Spekulationen dieser Art sind fruchtlos. Und außerdem hat Jamil noch einen Halbbruder nach Selim. Ist Ihnen klar, wie viele sterben müßten, ehe Noura durch ihren Sohn an die Macht kommen könnte? Es wäre auch zu auffällig, selbst wenn die anderen Todesfälle keinen Verdacht erwecken würden – besonders, falls Jamil zuerst sterben sollte.«

Chantelle rann es kalt über den Rücken, als so unumwunden von Jamils Tod die Rede war. Sie hatte nicht geahnt, daß er in solcher Gefahr schwebte.

»Ich wünschte, Sie hätten mir nichts von alledem gesagt.«

Rahine zuckte die Schultern. »Sie haben mich gefragt, Kind.« Dann beugte sie sich vor und drückte Chantelles Hand. »Wir müssen Ihnen danken, daß Sie ihn von seinen Problemen abgelenkt haben, wenn Sie es auch auf eine unakzeptable Art taten.«

Chantelle war es klar, daß das eine Anspielung auf ihre Widerspenstigkeit bedeutete, aber wußte Rahine auch, daß es seit der letzten Nacht keine Widerspenstigkeit mehr gab? Natürlich wußte sie es. Sie wußte alles.

Chantelles Wangen glühten, und sie fand es an der Zeit, das

Thema zu wechseln. Rahine übernahm das für sie. »Ich hätte wirklich nicht so lange bleiben sollen. Es wurde Ihnen für eine Woche völlige Bettruhe verschrieben.«

»Eine Woche!«

Rahine mußte wider Willen lächeln. »Mindestens mehrere Tage ohne Unterbrechung.«

»Das wird Jamil nicht gefallen.«

»Wieso nicht?«

Chantelle blickte verlegen zur Seite, ehe sie antwortete: »Er hat mir versprochen, keine andere zu sich zu rufen.«

Rahine hob die Brauen, weil sie wußte, daß Jamil eben in diesem Moment mit Sheelah speiste. Wie konnte er nur so ein Versprechen geben? Aber um fair zu sein – er hatte es nicht direkt gebrochen. Er hatte Sheelah nicht gerufen, sondern war zu ihr gegangen. Hatte er gedacht, keiner würde es erfahren, weil er die Appartements seiner Ehefrauen erreichen konnte, ohne den Hauptharem zu betreten?

Als Rahine schwieg, sah Chantelle sie forschend an. »Hält er seine Versprechen, Rahine?«

»Wenn irgend möglich – ja.« Was hätte sie sonst sagen sollen?

40

Derek wiegte das Baby zärtlich in den Armen. Jetzt fiel ihm alles leichter. Er konnte nun sogar darüber lächeln, wie nervös er gewesen war, als er eines der Kleinkinder zum erstenmal im Arm gehalten hatte – und dabei waren es drei Säuglinge.

In den vergangenen Wochen hatte er sich Jamils Kinder in Zweier- und Dreiergruppen in sein Appartement bringen lassen. Das Kennenlernen seiner Nichten und Neffen hatte den endlosen Nachmittagen, an denen er seine Inaktivität besonders spürte, die Langeweile genommen. Nun war er selbst erstaunt, wieviel Spaß ihm die Zeit mit den Kindern bereitete.

Das kleine Mädchen in seinen Armen hatte flammend rotes Haar wie seine Mutter und große smaragdgrüne Augen. Die Kleine war entzückend wie alle Kinder von Jamil. Daß Derek in ihnen sich selbst sehen konnte, empfand er als besonders faszinierend. Seine eigenen Kinder würden genauso aussehen, vor allem wie diejenigen, die Jamil am meisten glichen. Und wenn er zuerst geboren worden wäre, anstatt ein paar Minuten nach Jamil, hätte er jetzt vermutlich ebenso viele Kinder.

Es war ironisch und beklagenswert, daß er zur Ehe gezwungen wurde, um Robert Sinclair nur einen Urenkel zu bescheren, obwohl Jamil mit sechzehn Urenkelkindern aufwarten konnte, wovon vier Söhne waren. Allerdings durfte der Marquis diese Nachkommen nicht offiziell anerkennen, sonst hätte der Skandal um Melanie Sinclairs Sklaverei seinen guten Namen ruiniert. Ganz England dachte, Melanie sei tot. Rahine nannte sich schon lange nicht mehr so.

Doch das alles stand nicht zur Debatte. Er selbst erlebte einen Moment junggesellenhafter Unentschlossenheit. Es wurde Zeit, daß er heiratete. »Beklagenswert« war ein viel zu hartes Wort, denn nur seine langen Jahre genußvoller Zügellosigkeit wagten einen letzten Protest. Und er war nicht wirklich gezwungen worden. Er hatte sich nicht einmal gesträubt, nachdem Caroline eine absolut angemessene Wahl bedeutete.

Mit seiner kupferhaarigen Caroline als Mutter könnten seine eigenen Töchter genauso aussehen wie das Püppchen in seinem Arm. In einem völligen Stimmungswandel fand er plötzlich, er könne nicht mehr warten.

Und dann überlegte er, wie seine und Shahars Kinder ausschauen würden, und er furchte die Stirn. Jamil besaß keine blonden Konkubinen, also konnte Derek keine entsprechenden Vergleiche anstellen. Und vor allem durfte er sich mit solchen Gedanken gar nicht erst beschäftigen.

»Bist du ihretwegen noch besorgt?«

Derek blickte auf und sah, daß Sheelah ihn beobachtete. Schnell machte er ein freundliches Gesicht. »Überhaupt nicht.« Er gab das Kind seiner Pflegerin zurück. »Man hat mir versichert, Shahar würde sich vollkommen erholen.«

»Das freut mich.«

Er erkannte, daß sie das ernst meinte. Was für ein erstaunlicher Unterschied zwischen ihr und seiner kleinen Engländerin, die, selbst wenn sie vor Eifersucht kochte, trotzig eine solche Regung abstritt. Sheelah akzeptierte ehrlich Jamils andere Frauen. Sie würde alles akzeptieren, was ihn glücklich machen könnte.

Verfluchte Situation! Er hätte nicht auf Omar hören dürfen, der ihm empfohlen hatte, Sheelah nicht zu vernachlässigen, damit kein Verdacht aufkäme. Nun würde sie erwarten, daß er bei ihr bliebe und sie in die Arme nähme. Er wollte ihr nicht zu nahe kommen, und er wollte nicht allein mit ihr sein, nicht einmal für einen Augenblick. Deshalb hatte er auch ihre drei Kinder und deren Pflegerinnen herbeordert. Er weigerte sich, sie gehen zu lassen. Er wollte Zeugen dafür haben, daß er nur mit Sheelah gegessen hatte. Jamil sollte nicht daran zweifeln können, daß seine Lieblingsfrau nur ihm gehörte.

Doch Sheelah würde das nicht begreifen. Sie wußte, daß Shahar in dieser Nacht nicht zur Verfügung stand. Er war da. In ihren Augen hatte er keinen Grund, sie allein zu lassen. Sie würde verletzt sein, wenn er einfach ging.

Er verfluchte Omar, der ihn in diese Lage gebracht hatte. »Sheelah, ich danke dir für das wunderbare Essen, aber ich… ich muß jetzt gehen.«

»Nein, warte!« Sie kam so schnell um den Tisch herum, daß sie auf seinem Schoß saß, ehe er sie aufhalten konnte. »Laß mich dir helfen, Jamil. Dein Kummer ist auch meiner.«

»Ich weiß das«, erwiderte er und zog ihre Hand sanft von seiner Wange. »Aber ich kann nicht…«

Sie preßte ihre Lippen auf seine. Er wich sofort zurück. Sein Erschrecken wirkte peinlich. Die Kinderschwestern kicherten im Hintergrund des Raumes. Sheelah sagte schnell: »Ich schicke sie weg.«

»Nein! Ich wollte sagen…« Er riß sich mühsam zusammen. »Ich möchte es nicht… nicht heute nacht, Sheelah.«

»Nicht heu…«

Sie hielt mitten im Wort inne, und ihre saphirblauen Augen weiteten sich. Ihr Mund stand offen. Was, zum Teufel, habe ich gesagt, daß es so eine Reaktion hervorruft? dachte Derek. Und es kam noch schlimmer.

»Du bist nicht Jamil«, flüsterte sie ungläubig. »Wer bist du?«

Verteufelt! »Bist du verrückt, Mädchen?«

Sheelah senkte zerknirscht den Kopf. »Es tut mir leid, mein Geliebter. Vergib…« Mit einem Ruck hob sie die Stirn. »Nein, du bist nicht Jamil. Ich kenne den Mann, den ich von ganzem Herzen liebe, zu gut. Er kommt zu mir, wenn er Trost braucht. Du weigerst dich…«

»Sei still«, zischte er. »Weißt du, was für schlimme Gerüchte du mit solchem Unsinn in die Welt setzen könntest? Schau mich an und sag mir, wer ich sonst sein könnte.«

»Ich weiß es nicht.« Ihre Augen füllten sich mit Tränen. »Sag mir nur… Sag mir, daß er nicht…«

Derek legte einen Finger auf ihre Lippen. Er blickte zu den Pflegerinnen hinüber, doch sie waren weit genug entfernt, um das Gespräch nicht belauschen zu können.

Dann sah er auf Sheelah nieder, und seine Züge wurden weich. Diese Frauen mit ihrer Intuition! Er konnte die Sache nicht auf sich beruhen lassen.

»Es gibt nichts, das dich bekümmern müßte. Nichts. Willst du mir das glauben, Sheelah?«

Sie nickte und erhob sich mit ihm. Dann geleitete sie ihn zur Tür. »Ich verstehe es nicht.«

»Du wirst es verstehen. Hab nur Geduld, und du wirst auf all deine Fragen eine Antwort bekommen.« Für einen Augenblick zog er sie an sich. Schließlich war sie seine Schwägerin. »Du weißt, daß du geliebt wirst, Sheelah. Vertraue darauf!«

Sie schenkte ihm zum Abschied ein zögerndes Lächeln, das ihm verriet, daß er ihr Gemüt beruhigen konnte, wenn auch ihr Argwohn nicht zerstreut war.

41

Chantelle bekam für ihren Besuch bei Jamil einen Rollstuhl geschickt. Sie fand das amüsant, aber auch ein wenig unangenehm. Sie fühlte sich wieder gut. Sie war keine Invalidin. Aber Jamil wollte offenbar nicht, daß sie ihre Kräfte auf dem weiten Weg zu seinem Appartement überbeanspruchte, und sie wußte, warum. Jeder im Harem würde es wissen, der sah, daß sie durch den Harem geschoben wurde. Natürlich erwartete man von jeder Frau, die gerufen wurde, daß sie das Bett mit Jamil teilte. Sie mußte lernen, diese jedesmal wiederkehrenden Gefühle des Unbehagens zu überwinden, vor allem, wenn Jamil sein Versprechen hielt und sie als einzige zu sich holte.

Als sie nach dem Abendgebet erschien, war Jamil nicht allein. Der alte Mann, den sie neulich gesehen hatte, war bei ihm. Die beiden diskutierten über irgendeine Angelegenheit. Sie hatte Adamma den alten Mann beschrieben, und erfahren, daß es sich vermutlich um den Großwesir des Herrschers handelte, um den zweitwichtigsten Mann in Barka.

Sie hoffte, daß er es nicht wäre, denn sie erinnerte sich daran, wie unfreundlich er sie betrachtet hatte. Auch diesmal sah er sie wieder böse an, offensichtlich verärgert, wei Jamil sie zum Bleiben aufgefordert hatte, obwohl das Gespräch der beiden noch nicht beendet war.

»Ich erkenne da keinen Unterschied, Omar«, sagte Jamil gerade. »Er war mein Bruder. Ich muß hingehen.«

»Das wird keiner erwarten, vor allem nicht nach dem letzten Anschlag auf Ihr Leben. Sie wußten nicht einmal...«

Jamil machte eine heftige Armbewegung, und Omar blickte erneut zu Chantelle hinüber. »Schicken Sie sie weg, bis wir fertig sind.«

»Nein. Wir sind fertig. Es ist meine Pflicht, dem Begräbnis beizuwohnen, die Pflicht des *Herrschers*«, betonte Jamil.

»Die Pflicht soll zum Teufel fahren. Der Divan hat einstimmig dagegen entschieden. Sie müssen auf Ihre Berater hören.«

»Ich muß?«

Omar hob die Hände. »Allah beschütze uns vor einem Mann, der die Gefahr liebt. Glauben Sie, diese fanatischen Mörder würden die Heiligkeit der Beerdigungsprozession achten? Nein, sie werden sich unter die Menge mischen und nur darauf warten, bis Sie auftauchen. Sie können es sich nicht leisten, so eine Gelegenheit ungenutzt verstreichen zu lassen. Nichts anderes konnte sie aus dem Palast locken.«

Chantelle furchte die Stirn. Das hatte sie schon einmal gehört – dieselben Worte, oder beinahe dieselben Worte.

»Jamil?«

Er sah sie nicht einmal an. »Hab Geduld, Shahar, wir sind gleich fertig.«

»Aber, Jamil, das habe ich schon einmal gehört.«

Nun drehte er sich um. »Was?«

»Was er gerade zu Ihnen gesagt hat: daß nichts anderes Sie aus dem Palast locken konnte. Nur hat sie ›ihn‹ gesagt, anstatt ›Sie‹.«

»Das klingt sehr verworren, Shahar. Komm her und erzähl uns, wovon du sprichst.«

Sie näherte sich nur zögernd. Nun sah Jamil sie finster an, nicht Omar. Sie hätte die beiden nicht unterbrechen dürfen. Anscheinend war einer von Jamils Brüdern gestorben. Das mußte ihn bekümmern.

»Nun?« fragte er.

»Ich bedaure den Tod Ihres Bruders«, begann sie, doch er machte eine ungeduldige Handbewegung, und sie erzählte, was sie in dem Dampfraum gehört hatte. Plötzlich rief sie: »Oh, mein Gott!« Ihre Augen flackerten in schlagartiger Erkenntnis.

»Was ist?«

»Bisher konnte ich dem Gespräch keinen Sinn entnehmen, deshalb vergaß ich es. Damals wußte ich auch noch nicht, daß man Ihnen nach dem Leben trachtet.«

»So? Dein Bericht beweist nichts, Shahar. Die Frau kann über irgend etwas geredet haben.«

»Ich weiß das, aber... War Ihr Bruder noch ein Kind?«

»Ja, aber was hat das damit…«

»Wie starb er?«

Chantelle sah, daß Jamil bald die Geduld verlieren würde, doch er antwortete ihr trotzdem. »Er ist wohl erstickt. Aber ob er einen Bissen in die Luftröhre bekam – er war anscheinend beim Essen – ober ob jemand nachgeholfen hat, wurde nicht festgestellt.«

»Glauben Sie, es war Mord?«

»Er war kein kräftiger Junge. Es hätte einen Mann nicht viel Mühe gekostet, ihm etwas auf das Gesicht zu drücken, bis er erstickte. Seine Diener wurden durch einen Notfall von ihm weggerufen. Als sie zurückkehrten, lag Murad tot auf dem Boden.«

»Falls es ein Mord war«, meinte Omar, »wurde er nur inszeniert, um Sie aus dem Palast zu locken. Es gibt keinen anderen Grund, den Jungen zu töten.«

»Omar…«

»Aber, Jamil, er hat recht«, stellte Chantelle fest.

»Niemand kann das sicher wissen…«

»Hören Sie mir jetzt einmal zu«, sagte sie erzürnt. »Die Frau fragte Ali: ›Was ist mit dem Jungen?‹, und als er antwortete, befahl sie: ›Geh und arrangiere es. Nichts sonst konnte ihn aus dem Palast locken, aber vielleicht bringt ihn das vor die Tür. Dann möchte ich aber Resultate sehen. Keine Stümperei mehr, oder ich nehme dir die Sache aus der Hand. Und wage nicht, mich zu hintergehen, Ali.‹ Die beiden entfernten sich dann, und ich konnte nichts mehr verstehen.«

Jamil wechselte einen langen Blick mit Omar. Der alte Mann lächelte nun. Jamils Gesicht zeigte einen halb amüsierten, halb bekümmerten Ausdruck, der Chantelle verwirrte.

»Es scheint, daß ›unser Freund‹ eine sinnlose Reise nach Istanbul unternommen hat«, bemerkte Omar.

»Es sieht tatsächlich so aus«, stimmte Jamil zu, ehe seine Smaragdaugen sich wieder auf Chantelle richteten. »Wer war die Frau, Shahar?«

Sie schnitt eine Grimasse. »Ich weiß es nicht.«

»Aber du hast sie gesehen?«

»Nein, die Tür war halb geschlossen.«

»Verdammt!«

»Aber ich denke, ich würde ihre Stimme erkennen, wenn ich sie wieder hören würde.«

»Das ist immerhin etwas. Und wie viele Eunuchen tragen den Namen Ali?«

»Dutzende, unglücklicherweise«, erwiderte Omar.

»Dann lege ich es in Ihre fähigen Hände, die Anzahl bis zu unserem Schuldigen zu dezimieren. Und ich glaube, damit ist dieses Thema für heute beendet.«

Omar nickte einvernehmlich, aber dann fragte er noch: »Sie gehen doch nicht zu dem Begräbnis?«

»Nein. Richten Sie es so ein, daß ich dem Verstorbenen hier die letzte Ehre erweisen kann.«

Da dies Omars ursprünglicher Vorschlag gewesen war, verließ er den Raum mit einem äußerst selbstgefälligen Gesicht. Jamil verschwendete keine weitere Zeit und zog Chantelle in die Arme.

»Danke«, sagte er ernst. »Ohne deine Hilfe würden wir weiterhin im dunkeln tappen und den falschen Mann verdächtigen. Willst du uns noch einmal helfen und wegen der Stimme aufpassen?«

»Natürlich. Aber, Jamil, warum könnte eine deiner Frauen dir den Tod wünschen?«

Er zuckte die Schultern. »Wer ahnt, was in einer weiblichen Seele vorgeht?«

Chantelle schnaubte. »Dasselbe könnte ich von einer Männerseele sagen.«

»Aber Frauen sind viel widersprüchlicher und undurchschaubarer... Da wir gerade von Frauen reden...« Er zog sie noch enger an sich und preßte seine Hüften an ihre. »Ich habe dich vermißt.«

Sie akzeptierte dankbar den Themenwechsel. »Es war nur eine Nacht...«

»Und zwei Tage. Das müssen wir nachholen.«

»Müssen wir das?«

»Wenn du nicht zu schwach bist.«

»Sehe ich schwach aus?«

Er lächelte ihr zu. »Nur um sicher zu sein, falls du den Boden unter den Füßen verlierst.«

Und sie verlor ihn unter den Füßen, denn Derek hob sie hoch und trug sie sofort in sein Bett.

42

Wochen vergingen, doch Chantelle hörte diese ärgerliche Stimme nicht wieder. Jamil hielt sie auf dem laufenden, was seine Fortschritte betraf, doch auch er war an einem toten Punkt angelangt. Die Anzahl der verdächtigen Männer, die Ali hießen, hatte sich auf fünf reduziert, und diese fünf wurden ständig beobachtet – bisher ohne Erfolg. Da Jamil eine Folterung verbot, entwickelte sich die Angelegenheit zu einem Wartespiel, bis einer einen Fehler begehen würde.

Auch die Frauen, denen diese Eunuchen gehörten, wurden bewacht. Das Geld für die Finanzierung der Angriffe wurde ebenfalls in Betracht gezogen, und welche Haremsdame genügend begehrt war, um ein beträchtliches Vermögen angehäuft zu haben. Das war natürlich kein entscheidender Faktor, denn die Diebstähle im Harem hatten zugenommen, und der entwendete Schmuck entsprach inzwischen einem unermeßlichen Schatz.

Nun lag es wirklich an Chantelle, und dieses Wissen machte sie nervös. Jamil fragte sie jede Nacht, wenn sie bei ihm war, und das allein frustrierte sie, daß sie ihm nichts berichten konnte.

Von den fünf verdächtigen Frauen kannte Chantelle nur zwei. Die eine war eine gegenwärtige Favoritin namens Sadira, die in einem knappen Monat ihre Niederkunft erwartete. Chantelle traute ihr keine anderen Pläne zu als die einer glücklichen Zukunft für ihr Kind. Wie hätte eine Frau den Tod befehlen können, während ihr Körper Leben nährte? Sadira kam nicht in Frage. Auch ihre Stimme war nicht die gesuchte.

Bei der zweiten Frau, die Chantelle kannte, lag der Fall anders. Es handelte sich um Noura. Das überraschte Chantelle nicht. Sie hatte schon früher an Noura gedacht. Aber deren Stimme war der strittige Punkt. Chantelle hatte Noura in vielen Tonlagen sprechen hören, verdrießlich bis zu haßerfüllt, aber schallender Ärger war nicht dabeigewesen.

Nun wurde Chantelle Nouras Schatten. Überall und immer lauschte sie. Sie versuchte sogar, die Wüstenschönheit zu provozieren, aber Noura nahm den Köder nicht an, beinahe, als ahnte sie, daß sie sich nicht verraten dürfe.

Chantelle war am Ende ihrer Weisheit angelangt. Schließlich bat sie Rahine um Rat. Doch Jamils Mutter war ihr keine Hilfe. »Sie verschwenden nur Ihre Zeit, Shahar.«

»Das können Sie nicht wissen.«

»Ich kenne Noura«, sagte Rahine ruhig und überzeugt. »Sie ist es nicht.«

»Da bin ich anderer Meinung. Einer von Jamils Brüdern ist nun tot. Der andere könnte auch bereits umgekommen sein, nachdem man von ihm nichts mehr gehört hat, seit die Attentate begannen. Dann würden nur mehr Jamil und sein ältester Junge Nouras Sohn im Wege stehen, oder?«

Rahine hob die Brauen. »Wir wissen nichts von Selim und ob er noch lebt. Es stimmt, daß er offenbar nicht hinter den Anschlägen steckt, aber… Noura steckt keinesfalls dahinter. Übrigens…« Nun lächelte Rahine. »Sie hat sich über Ihre kürzliche Bissigkeit beschwert und vorgeschlagen, Sie wieder in die Küche zu schikken.«

»Oh, das würde ihr so passen. Dann könnte sie wieder ein Fest veranstalten und mir noch einmal die Vorbereitungen aufhalsen.«

»Das tut mir leid«, sagte Rahine nun ernst. »Davon wußte ich nichts.«

Chantelle zuckte die Schultern. »Meine Tante sagte immer, ein wenig harte Arbeit könne niemandem schaden. Und es war keine Strafe, Rahine. Zu dieser Zeit war ich entzückt, in der Küche zu hausen.«

»Jetzt wären Sie nicht mehr entzückt.«

Chantelle schnaubte sehr unfein. Sie hatte ja gewußt, daß dieses »Ich habe es Ihnen doch gesagt« einmal kommen mußte.

43

Chantelle fand das Schwimmbad leer vor. Sie hatte Spaß an dem gepflegten Pool. Tatsächlich hatte sie gelernt, den ganzen *Hammam* zu genießen. Es war ein Ort der Lässigkeit. Hier gab es immer sanfte Hände, die müde Muskeln bis zu neuer Lebendigkeit massierten oder süß duftende Öle in bereits seidenweiche Haut rieben. Aber Chantelle räkelte sich nicht in dem Raum herum, in dem das klare Wasser sie an den Ozean erinnerte. Sie schwamm Runden vor und zurück und unter der Oberfläche, bis an die Grenze ihrer Kraft und allein zu ihrem eigenen Vergnügen. Nur wenige Haremsdamen konnten schwimmen, deshalb reichte ihnen das Wasser an der tiefsten Stelle nur bis zur Brust. Doch es war kühl und belebend, und Chantelle konnte sich beim Auftauchen beinahe die Klippen von Dover vorstellen.

Heute war besonders viel Wasser in ihre Ohren gelaufen. Sie stieg aus dem Becken und schüttelte den Kopf. Als das nichts nützte, schlüpfte sie schnell in ihre Robe, wickelte ihr Haar in ein Handtuch und beugte den Kopf seitlich nach vorn, während sie an ihrem Ohrläppchen zupfte.

In diesem Moment hörte sie die Stimme, klar und wütend. »Ich hätte wissen müssen, daß das Schwimmbad nicht leer sein würde – das ist es ja nie. Aber müßten Sie nicht längst vor dem Spiegel stehen? Oder hat Jamil endlich eine andere zu sich gerufen?«

Chantelle antwortete nicht. Sie war zu verblüfft. Sie saß auf einer Bank, starrte die Frau an, die im Eingang stand, und wußte nicht, was sie denken sollte. Wie konnte diese Person die gesuchte sein? Der Name ihres Eunuchen war Orji, nicht Ali. Und sie konnte durch Jamils Ermordung nichts gewinnen. Das ergab keinen Sinn. Doch die Stimme war dieselbe, noch unverkennbarer, als sie keifte: »Was glotzen Sie so, Engländerin?«

»Ich ›glotze‹ auf eine Mörderin«, erwiderte Chantelle kühn und erhob sich. »Ich war so sicher, es sei Noura gewesen. Aber Sie waren es, nicht wahr?«

»Sie sind verrückt. Ich habe niemanden getötet.«

»Vielleicht nicht mit Ihren eigenen Händen, aber da ist kein großer Unterschied, wenn Sie jemanden für die Schmutzarbeit bezahlen.«

»Ich weiß nicht, wovon Sie reden«, war die hochmütige Antwort.

»Doch, das wissen Sie. Ich hörte Sie und Ali vor dem Dampfraum miteinander reden – an dem Tag, als Sie den Tod des armen Murad befahlen. Haben Sie mich weggehen sehen? Haben Sie deshalb versucht, mich zu vergiften, Mara?«

Das war eine Vermutung, doch der Hieb saß. Die Frau gab es auf, die Unschuldige zu spielen, und fauchte: »Zu schade, daß es nicht klappte. Ich hätte die zusätzlichen Edelsteine, die mir des Herrschers Wut und Kummer eingebracht hätten, gut gebrauchen können.«

»Ja, es muß Ihnen immer schwerer fallen, sie zu stehlen, da nun jeder weiß, was für eine schlaue Diebin unter uns weilt.«

»Für mich bedeutete das eine Herausforderung. Ich fand es aufregend.«

Chantelle schüttelte erstaunt den Kopf. Die Frau prahlte nun. Sie schien überhaupt keine Angst zu haben, entlarvt zu werden.

»Das alles, um Jamil zu töten? Warum, Mara? Das Auspeitschen kann nicht schuld sein, weil man mir gesagt hat, daß Sie das mögen.«

Mara wurde plötzlich wütend. »Was wissen Sie denn davon, Sie blöde Hure? Ich hasse ihn. Ich hasse alle Männer, aber besonders Jamil, da er meine Schande entdeckt und gegen mich verwendet hat. Glauben Sie, ich bin stolz darauf, daß ich Lust nur durch Schmerzen empfinden kann? Wenn ich den Mann fände, der mich so gemacht hat, würde ich ihn in kleine Stücke hacken, langsam, so daß er bis zum Schluß am Leben bliebe. Aber zuerst würde ich seine Hoden rösten und seinen …«

»Es tut mir leid, daß Sie durch Ihr erstes Erlebnis so … bizarr beeinträchtigt wurden, aber Jamil hat Ihnen nichts angetan, das Sie ihm nicht erlaubt hätten. Sie hätten jederzeit die Behandlung stoppen können, indem Sie ganz einfach Ihre Gefühle enthüllt hätten.«

»Niemand verweigert dem Herrscher, was er sich wünscht.«

»Ich tat es.«

»Für wie lange?« höhnte Mara.

Obwohl Chantelles Wangen sich rosig färbten, blieb ihre Stimme fest. »Das war etwas anderes. Ich wurde verführt, nicht bedroht. Und es hätte nie geschehen können, wenn ich mich von dem Mann nicht angezogen fühlen würde.«

»Wie fabelhaft für Sie, aber mich ekelt er an«, rief Mara schneidend. »Und Orji sagte mir, ich hätte keine Wahl.«

Das waren wieder diese Worte, die Chantelle haßte. *Keine Wahl.* Dasselbe hatte man ihr auch eingeimpft. Sie konnte Maras Dilemma verstehen. Und dennoch – als es darauf ankam, war Chantelle nicht gezwungen worden. Es waren nur leere Drohungen, die die Frauen soweit bringen sollten, sich bereitwillig zu fügen. Warum sollte es in Maras Fall anders gewesen sein? Jamil war nicht der grausame Tyrann, für den Chantelle ihn anfangs gehalten hatte.

»Sie hätten versuchen müssen, die unwürdigenden Szenen zu stoppen, anstatt Ihren Haß bis zu diesem Ausmaß anwachsen zu lassen. Jamil ist im Grunde ein zärtlicher Mensch. Wie oft benutzte er Sie, ehe Sie beschlossen, ihn zu töten?«

»Einmal war schon zuviel.«

»Aber durch die Anschläge vermehrten Sie nur Ihr eigenes Leid. Oder ahnten Sie nicht, daß die Aufregungen ihn in schwierige Stimmungen versetzen würden?«

»Ihn tot zu sehen, war aller Mühe wert.«

»Wie dumm das ist!« erklärte Chantelle ärgerlich. »Wenn Jamil stirbt, werden wir alle Eigentum des neuen Herrschers, und das wird Selim sein. Wie ich hörte, gibt es keinen gnadenloseren oder brutaleren als ihn. Glauben Sie, er würde Sie nicht ebenso benützen? Manche Männer finden Freude daran, Schmerzen zuzufügen, und er scheint einer von diesen zu sein.«

Mara lachte. »So dumm bin ich nicht, Engländerin! Selim kann seine Gemeinheit nicht mehr austoben. Er ist schon seit Monaten tot. Er wurde in Istanbul von einem seiner eigenen Sklaven ermordet und verscharrt.«

Chantelle hielt bei dieser überraschenden Nachricht den Atem an. »Woher wissen Sie das?«

»Der schuldige Sklave war blöd genug, hierher zurückzukehren und sich im Suff einem alten Freund gegenüber mit seiner Tat zu brüsten. Der alte Freund war Ali, und der war so schlau, den Burschen umzubringen, ehe er die Information weitergeben konnte.« – »Aber Ihnen hat er es erzählt?«

»Natürlich. Er wußte, wie sehr ich Jamil hasse. Und er sah hier die perfekte Gelegenheit, ihn loszuwerden, da er wußte, daß man sofort Selim verdächtigen würde. Tote Männer können sich nicht verteidigen.«

»Aber warum kümmerte sich dieser Ali um Ihre Probleme? Er ist doch sicher ein Eunuche, und nicht einmal Ihr eigener?«

»So? Daß er Noura gehört, heißt noch nicht, daß er sie lieben muß, oder? Er liebt mich.« Mara machte ein selbstgefälliges Gesicht. »Er würde alles tun, was ich von ihm verlange.«

»Liebe? Er kann doch nicht...«, meinte Chantelle.

»Kann nicht?« unterbrach Mara sie. »Das zeigt, wie naiv Sie sind. Kastration schneidet das Herz nicht heraus, und Impotenz beendet nicht immer das Begehren. Ali kann so heftig wie ein richtiger Mann lieben. Er vermag nur nichts damit anzufangen.«

»Das sagen Sie, als sei es Ihnen egal.«

»Es ist mir auch egal. Seine Liebe bedroht mich zwar nicht, aber er ist trotzdem ein Mann und nur meiner Verachtung wert. Mein Haß auf alle Männer gestattet keine Ausnahmen.«

»Zu schlimm für ihn, daß er das nicht erkannte, ehe Sie ihn zum Verräter machten«, entgegnete Chantelle. »Aber daß er von Ihnen hereingelegt wurde, wird ihn nicht retten.«

»Er ist genausowenig in Gefahr, entdeckt zu werden, wie ich. Sie nehmen doch nicht im Ernst an, daß ich Sie gehen lasse, nachdem ich Ihnen das alles erzählt habe?«

Daß Mara die Tür blockierte, war nicht allzu alarmierend. Daß sie ihre Drohung aber so ruhig aussprach, eher.

»Sie können mich nicht aufhalten, Mara. Ich habe draußen meine Leibwächter.«

Mara lächelte, während sie einen kurzen Dolch aus ihrem Kaftan zog. »Vor diesem Raum stand niemand, sonst wäre ich auf Ihre Gegenwart gefaßt gewesen. Ihre Wächter scheinen heute nicht sehr eifrig zu sein.«

»Sie lügen!« rief Chantelle, als Mara mit dem Fuß die Tür hinter sich zustieß.

Die haßerfüllte Person zuckte gleichgültig die Schultern. »Schreien Sie doch, wenn Sie meine Worte bezweifeln. Ihre Wächter werden nicht erscheinen.« Sie ließ ein kurzes ironisches

Lachen hören. »Ich hätte mir für unsere kleine Diskussion keinen besseren Platz aussuchen können, wenn ich sie geplant hätte. Haben Sie einmal überlegt, warum das Schwimmbad von allen anderen Räumen so weit entfernt ist? Der Grund ist der, daß die Frauen beim Planschen soviel Getöse machen. Ein paar Schreie, die aus dieser Halle kommen, sind eine ganz normale Angelegenheit.«

»Vermutlich denken Sie, ich würde hier stehenbleiben und mich von Ihnen erstechen lassen?«

Chantelle wich zurück, als Mara sich ihr näherte. Zwischen ihnen lagen gute viereinhalb Meter, und wenn Chantelle die andere Seite des Beckens erreichen könnte, wäre sie gerettet. Falls Mara ihr um den Pool herum folgte, hatte Chantelle freie Bahn zur Tür. Doch anstatt davonzulaufen, starrte sie auf den Dolch.

Eine ähnliche Situation hatte sie nie zuvor erlebt. Es war nicht wie in jener Nacht, als sie den Degen über Jamils Kopf hatte schweben sehen. Da war sie nicht allein gewesen. Jetzt half ihr niemand, und sie besaß keine Fähigkeiten, sich gegen solch eine Bedrohung zu wehren. Daß der Angriff von einer Frau kam, war durchaus nicht beruhigend. Mara mochte nicht so groß sein wie sie, aber die Frau war viel stämmiger und stärker, und Chantelles Leben stand auf dem Spiel. Wenn Mara ihre Widersacherin nicht tötete, wußte sie, daß ihr Jamils Urteil bevorstand, und die Verzweiflung darüber würde ihr zusätzliche Kräfte verleihen. Die Ruhe, die sie ausstrahlte, wirkte besonders beängstigend.

Chantelle rieb die schwitzenden Hände an den Hüften. Mara hatte den Abstand schon auf nur mehr drei Meter verringert. »Sie...« Chantelle machte eine Pause, um sich zu räuspern, denn ihr Hals war wie zugeschnürt. »Sie müssen mich nicht töten. Sie könnten entkommen. Ali könnte Ihnen helfen, nicht wahr?«

»Nachdem Sie Alarm geschlagen haben? Hah!«

»Ich suche nur nach Möglichkeiten, die Ihnen bleiben«, rief Chantelle zornig.

Sie wunderte sich über ihre eigenen Worte, und Mara ging es ebenso, denn sie schüttelte den Kopf. »Sie reden zuviel, Engländerin!«

Chantelle versuchte eine andere Taktik. »Haben Sie schon einmal einen Menschen getötet – mit Ihren eigenen Händen? Es ist nicht so, wie wenn man das Töten nur befiehlt...«

»Halten Sie den Mund!« brüllte Mara, und Chantelles Herz pochte noch heftiger in ihrer Brust.

Warum hatte sie nicht schon längst geschrien? Sie fürchtete, daß Mara sich dann um so schneller auf sie stürzen würde. Sie würde tot sein, ehe jemand ihr zu Hilfe kommen konnte, falls überhaupt einer kam. Vielleicht konnte sie Mara ihr mörderisches Vorhaben ausreden…

Die Entfernung betrug nur mehr zweieinhalb Meter. »Ich habe Ihnen nie etwas angetan, Mara, das wissen Sie. Können Sie damit leben, mich auf dem Gewissen…«

Nun schrie Chantelle doch, als sie rückwärts gegen eine Bank stieß und ihr Gleichgewicht verlor. Sie hatte das verdammte Ding vergessen, das direkt neben dem Beckenrand aufgestellt war. Sie fiel mit dem Rücken darauf, und Mara stand über ihr, bevor sie sich erheben konnte. Nun war es zu spät, zu schreien oder irgend etwas zu tun. Chantelle war vor Entsetzen gelähmt und unfähig zu atmen oder sich zu rühren, während der hoch erhobene Dolch sich anschickte, auf ihren Hals niederzusausen. Es war eine Wiederholung jener anderen Nacht, nur hatte sich damals Jamils Körper zwischen ihr und dem Tod befunden. Jamil hätte gewußt, was zu tun sei. Er hätte…

In der letzten Sekunde fiel es Chantelle ein, was Jamil getan hatte, und sie rollte sich zur Seite, direkt in Maras Knie. Auch diesmal bedeutete das die Rettung. Die Angreiferin kippte nach vorn, und die Klinge verfehlte ihr Ziel. Als Chantelle auf dem Boden aufprallte, hörte sie einen dumpfen Schlag und auf der anderen Seite der Bank ein Klatschen des Wassers. Doch sie verzichtete darauf zu beobachten, wie schnell Mara aus dem Pool klettern konnte. Wie ein Pfeil schoß sie zur Tür und aus dem Schwimmbad. »Kadar!« rief sie, und er trat ihr sofort in den Weg, so daß sie mit ihm zusammenstieß. Er wollte sie stützen, doch sie riß sich los und fragte mit schriller Stimme: »Wo, zum Teufel, waren Sie?«

»Hier, *Lalla«*, erwiderte er in gekränktem Ton. »Wo sonst sollte ich sein?«

»Dann hat sie gelogen? Mein Gott, ich hätte… nein, es ist nicht mehr wichtig.« Chantelle packte seinen Arm, ihre Furcht war noch nicht verflogen. »Es war Mara, nicht Noura. Sie versuchte gerade, mich zu töten. Sie gab zu, mir Gift verabreicht zu haben, weil ich ihr Gespräch belauscht hatte.« Als Kadar sie nur sprachlos anstarrte, rief sie: »Tun Sie etwas! Sie ist noch im Schwimmbad, und sie hat einen Dolch!«

Er schob sie zur Seite und ging auf die Tür zu, die Chantelle weit offen gelassen hatte. Als er in die Schwimmhalle schlüpfte, hätte Chantelle in die entgegengesetzte Richtung fliehen sollen, doch sie folgte Kadar, teilweise aus Neugierde und teilweise, um Maras Festnahme zu sehen und den letzten Rest von Furcht loszuwerden.

Gleich bei der Tür blieb sie stehen. Kadar beugte sich über Mara, die am Rand des Beckens lag. Sie rührte sich nicht, und rosafarbenes Wasser rann ihr über die Stirn und das Gesicht und bildete eine Pfütze unter ihrem Kopf.

Kadar blickte auf und sagte mit ruhiger Stimme: »Sie ist tot, *Lalla.*«

Chantelle schaute auf das rosa Wasser, und schließlich mußte sie sich übergeben. Im nächsten Augenblick wurde sie hochgehoben, und ihr Kopf ruhte an Kadars Schulter.

»O Gott!« schrie sie außer sich. »Wenn ich nicht so feige gewesen wäre, hätte ich gesehen, daß sie aus dem Wasser nicht mehr auftauchte. Ich hätte sie herausziehen können, ehe sie…«

»Das hätte keinen Unterschied gemacht, *Lalla.* Sie krachte mit dem Kopf auf die Steinfliesen. Sie war schon tot, als sie ins Wasser fiel.«

»Das war meine Schuld. Ich brachte sie zu Fall…«

»Warum?«

»Warum?« Sie sah auf und erschrak. »Andernfalls hätte sie mich erstochen.«

»Warum machen Sie sich dann Vorwürfe, wenn es keinen Grund dafür gibt?«

»Es ist einfach nicht fair. Sie war ein Opfer, Kadar, von Anfang an. Sie wurde mißbraucht, verunglimpft und wieder mißbraucht. Sie hätte Hilfe benötigt, Fürsorge, Verständnis. Statt dessen…« Chantelle schwieg lange, ehe sie leise fortfuhr: »Ich versuchte ihr gegenüber zu rechtfertigen, wie Jamil sie behandelte, aber es kann nicht gerechtfertigt werden, nicht wahr? Er ist feinfühlig und scharfsichtig – jedenfalls dachte ich das. Warum konnte er nicht erkennen, daß sie ihre Schwäche haßte – und ihn, weil er sie ausbeutete?«

»Hat sie deshalb versucht, ihn zu töten?«

Chantelle vermochte nur zu nicken. Sie weinte jetzt rückhaltlos und merkte kaum, wie Kadar sie wegführte.

44

»Nun, da die Geldquelle versiegt ist, stehen die Informanten vor dem Tor Schlange«, sagte Jamil zu Derek. »Es wird nicht lange dauern, und wir haben auch noch den letzten Mann, der in die Sache verwickelt ist.«

Er war spät in der vorangegangenen Nacht in den Palast zurückgekehrt, hatte aber am Hafen schon gehört, daß seine Reise umsonst gewesen war. Seine Sehnsucht nach Sheelah hatte ihn heimgetrieben. Er hatte vorgehabt, nur eine Nacht zu bleiben und dann nach Tripolis aufzubrechen, wo sich Selim angeblich aufhielt, nachdem er Istanbul verlassen hatte. Nun wußte Jamil, wie falsch diese Information gewesen war.

Vorerst hatte er alles aufgeschoben, bis er seiner geliebten Sheelah reinen Wein eingeschenkt hatte, und darüber war die ganze Nacht vergangen. Es war ein Fehler gewesen, daß er Sheelah nicht gleich in seine Pläne eingeweiht hatte. Das begriff er nun, und seine einzige Entschuldigung bestand darin, daß er vor seiner Abreise nicht er selbst gewesen war.

An diesem Morgen hatte er eine lange Besprechung mit Omar gehabt, und danach hatte er sich mit Derek in dem geheimen Zimmer getroffen, in das er schon letzte Nacht geschlüpft war.

»Dann ist tatsächlich alles vorbei?« fragte Derek.

»Ja. Ali gab seinen gedungenen Mördern eine armselige Summe, für die sie ihren Hals riskierten. Die große Belohnung winkte nur demjenigen, der Erfolg haben würde. Natürlich wartete niemals ein Vermögen auf die Attentäter. Ich bezahlte Mara fürstlich für ihre Dienste, aber die Zeit der angeblichen Mordanschläge dauerte zu lange und verschlang alles, was die Frau besaß. Ständige Aufpasser vor dem Palast mußten bezahlt werden, dann die Männer, die meine Kuriere abfingen, was nur dazu diente, uns von der richtigen Spur abzulenken. Mara mußte schließlich zu dem letzten Mittel greifen, den Schmuck der anderen Haremsdamen zu stehlen. Falls es jemand tatsächlich geschafft hätte, mich zu töten, wäre er bei der Forderung der Belohnung von Ali umgebracht worden – das gehörte zum Plan der beiden Verschwörer.«

»Und nun, da bekanntgemacht wurde, daß die Anstifter tot sind und es kein Geld mehr gibt...«

»Niemand riskiert sein Leben ohne Belohnung. Ich bin außerhalb des Palastes so sicher wie drinnen«, erklärte Jamil.

»Und ich kann heimgehen.«

Jamil lachte über Dereks Seufzer. »Omar versicherte mir, deine Zeit hier sei wunderbar gewesen.«

Derek brummte. »Nur gewisse Stunden. Vor allem habe ich gelernt, wie Langeweile das persönliche Gleichgewicht stören kann.«

»Und wie geht es der mageren kleinen Blondine, die dich von dieser Langeweile befreite?«

»Sie spricht nicht mehr mit mir – seit ihrer Konfrontation mit Mara. Sie scheint zu denken, die ganze Geschichte sei mein... dein Fehler gewesen, weil – in ihren Augen: ich – sie nicht merkte, wie sehr Mara unter ihrer Abnormität litt.«

Jamil furchte die Stirn. »Ich vermute, daß ich es unter normalen Umständen gespürt hätte, aber die Tatsache bleibt bestehen, daß die Frau alles ihr Mögliche tat, um ihre Bestrafung zu provozieren. Sie beleidigte mich, gehorchte nicht, und wenn das nichts nützte, griff sie mich an. Sie wurde übrigens nie lange ausgepeitscht, und auch nicht sehr fest, doch wenn das vorbei war, entwickelte sie eine wilde Leidenschaft im Bett. Ich gewöhnte mich daran und rief sie jedesmal, wenn ich solche Gewalttätigkeit benötigte, und das war ziemlich oft, nachdem die Wochen selbstauferlegter Gefangenschaft sich in Monate verwandelten.«

»Deine Frustration begünstigte den dir zugedachten Meuchelmord. Ein bösartiger kleiner Kreis – ironisch, zum mindesten.«

»Es war raffiniert. Auf Mara wäre nie ein Verdacht gefallen, wenn deine Shahar das Gespräch nicht gehört hätte.«

»Ich freue mich, daß du das anerkennst«, entgegnete Derek. »Du schuldest ihr eine Menge.«

»Das leugne ich nicht, Kasim. Ich dachte auch, du würdest eine Belohnung für sie benennen, nachdem sie all diese Wochen ›unsere‹ exklusive Favoritin war.« Auf Dereks Grimasse hin lachte Jamil leise. »Unterwegs dachte ich immer, du würdest mir den nötigen Vorwand liefern, den ich brauchte, um meinen Harem zu dezimieren.«

»Sag das nicht, Bruder. In Wirklichkeit hattest du schreckliche Angst, ich würde mich deiner Frauen bedienen.«

»Ein wenig, vielleicht. Aber ich hörte, daß du dir eine meiner Favoritinnen ausgesucht hast. Seltsam, daß es nur die brünette Engländerin war, die dir gefiel – Jamila, um die der englische Konsul soviel Wirbel veranstaltet hat.«

Derek grinste. Jamil hatte das Spiel durchschaut, also gab es keinen Grund für Derek, seine Bitte aufzuschieben.

»Es würde dir also nichts ausmachen, sie mit mir nach England zurückkehren zu lassen, zumal du sie jetzt gewiß loswerden willst?«

»Deine Leute wären vermutlich erfreut darüber?«

»Sie würden es keinesfalls übelnehmen.«

»In Ordnung«, erklärte Jamil. »Und deine Shahar? Wirst du in ihrem Fall die gleiche Bitte an mich richten?«

»Ich weiß es tatsächlich nicht, was ich mir für sie wünsche.«

Jamil hob die Brauen, und Derek fuhr fort: »Ich dachte, wenn ich mit ihr schlafe, wird ihr das nach deiner Rückkehr einen Ehemann garantieren. Engländerinnen legen Wert darauf, einen Mann für sich allein zu haben.«

Jamil war erstaunt. »Das heißt, daß du nie in Erwägung gezogen hast, um ihre Freiheit zu bitten?«

»Ich habe absichtlich nicht darüber nachgedacht, weil ich eine Entschuldigung brauchte...«

Derek beendete den Satz nicht, und Jamil lächelte wissend. »Daß sie eine Jungfrau war, bedeutete ein Problem, nicht wahr?«

Derek seufzte. »Ein ungeheuerliches.«

»Ich fürchtete, daß ihre erste Begegnung mit mir die Situation für dich erschwerte.«

»Oh, so war es auch, aber ich kam zurecht. Es brauchte nur länger. Und... Oh, zum Teufel, warum soll ich schwindeln? Natürlich würde ich sie gern mit mir nehmen. Das würde sie sich auch wünschen, und sie hat es verdient, nachdem sie dein ›kleines Problem‹ löste.« Je mehr er darüber nachdachte, desto weniger wollte er, daß sie einen anderen Mann heiratete, aber das behielt er für sich.

»Soll ich es ihr sagen, oder willst du das tun? Vielleicht redet sie wieder mit dir, wenn du ihr die gute Nachricht bringst.«

Derek machte ein finsteres Gesicht, während er beobachtete, wie sein Bruder sich um Ernsthaftigkeit bemühte. »Es geht mir darum, ihr noch möglichst lange die Wahrheit vorzuenthalten. Sie soll denken, sie unternehme eine Schiffsreise mit dir, aber das Ziel soll sie nicht kennen.«

»Warum nicht?«

»Weil ich mir damit ein paar weitere Wochen Frieden erkaufe. Die Dame wird einen Mordskrach schlagen, wenn sie erfährt, daß ich so englisch bin wie sie, glaub mir das! Und es wird kein Vergnügen sein, mit ihr die Enge und Abgeschlossenheit eines Schiffes zu teilen, wenn sie erfährt, daß ich sie auch freibekommen hätte, ohne ihr die Unschuld zu rauben.«

»Du bist viel zu nachsichtig, was Frauen betrifft. Du solltest...«

»Ich sollte mehr wie du sein?«

Beide lachten, und Jamil gab zu: »Ich werde eine ganze Menge Damen besänftigen müssen, nachdem deine zielstrebige Verfolgung einer neuen Favoritin alle anderen verkommen ließ. Es wird mich mindestens einen Monat kosten, bis ich in meinem Harem wieder für Zufriedenheit gesorgt habe.«

»Ich höre, du hast letzte Nacht damit angefangen.«

»Sheelah ist und bleibt mein Hauptanliegen. Allah sei Dank, daß sie Verständnis für mich aufbrachte. Sie bittet dich auch um Verzeihung, wenn sie deine Lage erschwerte. Sie sagt, sie habe deine Schuldgefühle gespürt, als du ihr die Wahrheit nicht sagen konntest.«

Derek zuckte die Schultern. »Das ist vorbei, und alles geht wieder seinen normalen Lauf, mein Leben inbegriffen.«

»Ja, auf dich wartet eine Verlobte, nicht wahr? Und Shahar – wirst du sie ebenfalls behalten?«

Dereks Mundwinkel zuckten. »Nun, da du es erwähnst – das ist gar keine schlechte Idee.«

Jamil schnaubte. »Als ob du nicht selbst schon daran gedacht hättest! Aber wird sie einverstanden sein?«

»Ich habe ihre Abneigung gegen dich besiegt. Ich werde auch ihre Abneigung gegen ein Dasein als Mätresse besiegen. Schließlich wird sie sich nun als entehrt betrachten – und als ungeeignet für eine standesgemäße Ehe.«

»Entspricht das den Tatsachen?«

»Bei ihrer Schönheit? Du beliebst wohl zu scherzen?«

Jamil brummte. Wenn sie auch Zwillinge waren, so stimmte doch ihr Geschmack in bezug auf Frauen nicht überein. »Dann wünsche ich dir Glück. Aber wie du schon sagst – zuerst mußt du ihren Groll bezwingen.«

Derek verzog das Gesicht. »Ja, so ist es.«

45

»Shahar, Sie müssen packen. Heute abend gehen Sie mit Jamil aufs Schiff – Sie und Jamila.« Chantelle sah Rahine an, als habe sie den Verstand verloren. »Haben Sie gehört, Kind? Sie machen eine Reise.«

»Wohin?«

»Wohin?« wiederholte Rahine. »Was für eine Rolle spielt das? Es ist eine Ehre...«

»Wohin, Rahine?«

»Ich weiß es wirklich nicht. Nicht einmal Haji konnte es herausfinden. Aber das Ziel ist doch unwichtig. Jamil möchte, daß Sie ihn begleiten, also tun Sie es.«

»Ebenso wie Jamila. Wenn er sie mitnimmt, braucht er mich nicht.«

»Sind Sie eifersüchtig?«

»Natürlich nicht!«

»Dann schmollen Sie wahrscheinlich, weil Jamil letzte Nacht Sheelah besuchte.«

»Rahine...«, begann Chantelle warnend, doch die Mutter des Herrschers tadelte sie.

»Dann erwecken Sie nicht den Anschein. Er nimmt Sie mit, nicht Sheelah.«

»Und Jamila.«

»Sie sind eifersüchtig!«

»Nein... bin... ich... nicht! Sie kann ihn haben. Alle können ihn haben. Er ist genauso, wie ich ihn am Anfang eingeschätzt habe, und noch schlimmer. Ich hasse ihn!«

Rahine schürzte die Lippen. »Sie sind also noch bestürzt wegen Mara? Ich habe versucht, Ihnen zu erklären, daß mehr dahintersteckte, als sie Ihnen sagte.«

»Streiten Sie ab, was er ihr jedesmal antat, wenn er sie zu sich rief?«

»Nein.«

»Was können Sie mir dann sonst noch berichten? Er brauchte ein Ventil für seine schlechte Laune. Andere Männer schlagen mit der Faust an die Wände.«

Rahine verschluckte sich fast an einem unterdrückten Lachen. Chantelle sah es und machte ein böses Gesicht. »Lachen Sie doch! Es ist doch sehr komisch, daß diese Frau bis zum bitteren Ende gequält wurde.«

Rahine wurde ernst. »Nein, das ist nicht komisch. Es ist tragisch. Aber Jamil hat keine Schuld.«

»Er...« – »Shahar!« unterbrach Rahine sie scharf. »Sie hören mir diesmal zu, ob Sie wollen oder nicht. Jamil wurde provoziert. Mara zwang ihn, sie jedesmal zu strafen, wenn er sie rief. Hat sie Ihnen das erzählt?«

»Nein, aber ich sehe nicht ein, warum ihn das von aller Verantwortung befreit. Er hätte merken müssen, daß mit ihr etwas nicht stimmte, und sie in Ruhe lassen sollen. Statt dessen ließ er sie immer häufiger holen und benutzte sie als Schandpfahl. Wissen Sie, wie abstoßend das ist?«

»Ich merke, daß kein Argument Sie erreicht.« Rahine seufzte. »Macht es keinen Unterschied, daß Sie den Eindruck erweckte, sich das Auspeitschen zu wünschen? Es gibt Frauen, die so etwas genießen.«

»Hinterher haßte sie es.«

»Dann hätte sie es sagen müssen.«

Hier konnte Chantelle nicht widersprechen. Sie hatte Mara dasselbe gesagt. Aber sie wollte Jamils Standpunkt nicht einnehmen, vor allem jetzt nicht. Nach Maras Tod hatte er sie fünf Tage hintereinander zu sich gerufen, doch sie hatte sich immer abgewendet. *Er* hätte ihr erzählen können, was Rahine eben berichtet hatte, doch die Mühe hatte er sich nicht gemacht. Er war einfach nur ärgerlich geworden, als sie nicht mit ihm reden wollte. Und dann war er zu Sheelah gegangen. Gut, fein. Wunderbar. Sollte er doch weiterhin zu Sheelah gehen. Chantelle wollte nichts mehr mit ihm zu tun haben.

Sie drehte sich um und murmelte: »Warum nimmt er nicht Sheelah auf diese Reise mit?«

»Gewöhnlich nimmt er sie jedesmal mit, wenn er Barka verläßt.

Diesmal wünscht er Ihre Gesellschaft. Es ist Ihre Chance, sich mit ihm auszusöhnen, Shahar«, meinte Rahine zögernd.

»Und wenn ich nicht will?«

»Vermutlich kommt deshalb auch Jamila mit«, sagte Rahine mit Absicht.

Chantelle wirbelte herum. Ihre Augen verengten sich und schossen lila Blitze. »Er kann...«

»Genug jetzt, Shahar! Ich habe wirklich keine Zeit mehr, mit Ihnen zu streiten. Jamil hat nach mir geschickt, und ich bin spät dran. Packen Sie Ihre Sachen. Seien Sie heute abend für die Abreise fertig. Und wenn ich Sie vorher nicht mehr sehe...« Rahine trat vor und umarmte Chantelle. »Allah möge mit Ihnen gehen, und hoffentlich hilft er Ihnen, zur Vernunft zu kommen.«

Rahine mußte sich nun beeilen, Jamils Appartement zu erreichen, aber sie hatte Shahar persönlich über die Reise unterrichten wollen. Sie hatte gehofft, es würde die junge Engländerin erfreuen, doch das war offensichtlich nicht der Fall. Wenigstens hatte Shahar diesmal bei dem Thema Mara zugehört. Sie war intelligent. Sie würde Jamil die Schuld an Maras Krankheit nicht mehr zuschreiben. Aber sie war auch störrisch. Während einer zu langen Zeit war sie die eine und einzige Favoritin gewesen. Die Eifersucht, die sie hatte leugnen wollen, würde eine Weile schwelen.

Wenn Jamil ungeduldig wird und Jamila auf dem Schiff benützt, wird sich diese Eifersucht verstärken, dachte Rahine.

Sie sollte das Jamil gegenüber erwähnen. Sie dachte noch darüber nach, als sie eintraf und ihn allein im Zimmer fand. Das war ungewöhnlich. Normalerweise umgab ihn ein halbes Dutzend Diener. Er hatte Rahine seit Jahren nicht in seine Räume gerufen. Ein Grund dafür, daß er es jetzt tat, fiel ihr nicht ein.

Sie begann sofort mit der Nachricht, die ihn interessieren würde. »Ich komme gerade von Shahar. Ich habe sie über die Reise informiert.«

»Wie nahm sie die Nachricht auf?«

»Sie weiß, daß Jamila auch mitkommt.«

Derek lachte. »Dann hat sie die Neuigkeit nicht gut aufgenommen. Das macht nichts, Mutter. Auf dem Schiff wird es genug Dinge geben, die sie ablenken.«

Da war wieder dieses herzbewegende »Mutter«. Rahine war so betroffen, als sie es hörte, daß ihr die Tatsache beinahe entging, daß Jamil englisch sprach. Ihr zuliebe? Wohl kaum. Er benützte das Englische selten, höchstens im Umgang mit ausländischen Diplomaten, die keiner anderen Sprache mächtig waren. Er selbst sprach es auch nicht gut, doch offenbar hatte er Fortschritte gemacht, seit sie ihn in seinen Kindertagen Englisch gelehrt hatte.

»Wohin geht eure Reise?« fragte sie zögernd. »Man hat es mir nicht gesagt.«

»Nach England, und ich möchte, daß du mitkommst.«

»Ich möchte, daß du hierbliebst, Mutter«, erklang Jamils Stimme von der Gartentür her.

Rahine sah vom einen zum anderen und flüsterte nur: »O Gott«, ehe sie zusammenbrach.

Derek sprang vor und fing sie auf. »Verdammt, Jamil, ich dachte, du läßt mir ein paar Minuten Zeit, um es ihr sanft beizubringen.«

»Damit du sie mir vor der Nase wegschnappen kannst?« meinte Jamil anklagend.

Derek fragte ungläubig: »Wollen wir uns deshalb streiten?«

»Vielleicht«, erwiderte Jamil und half Derek, Rahine auf das Bett zu legen. »Du brauchst sie nicht, aber ich. Sie bewahrt den Frieden in meinem Leben.«

»Weiß sie das? Hast du es ihr je gesagt?«

Jamil konnte seinen Ärger nicht verbergen. »Du hättest mich informieren müssen, daß du sie bitten wolltest, mit dir zu kommen. Dann hätte ich diese Begegnung nie erlaubt.«

»Du hättest sie nicht verhindern können, Jamil. Ich wäre doch nicht nach England zurückgekehrt, ohne Mutter wiedergesehen zu haben. Das erstemal zählte nicht. Da hielt sie mich für dich.«

Als Derek vom Bett zurücktreten wollte, ergriff Rahine kraftvoll seinen Arm. Ihre smaragdgrünen Augen waren auf ihn gerichtet und schimmerten vor Tränen.

»Kasim... oh, Gott... Kasim? Ist es wahr...« Sie schaute zu Jamil auf der anderen Seite hinüber, dann zurück zu Derek. »Ja, es ist wahr.« Ihre Stimme klang brüchig. »O Gott, es ist wirklich wahr.«

Derek setzte sich neben sie und legte den Arm um sie. »Du solltest deshalb nicht weinen, Mutter.«

Nun weinte sie wirklich – laut und heftig. Sie verbarg das Gesicht in den Händen und schämte sich, doch als Derek sie liebevoll an sich zog, wurde ihr Weinen noch viel lauter.

»Mutter, bitte, hör auf! Ich dachte, du wärst glücklich, mich zu sehen.«

»Das bin ich ja!« wisperte sie schluchzend.

Die beiden Brüder tauschten einen hilflosen Blick. Typisch für ihr Geschlecht konnten sie mit beinahe jeder Situation fertig werden – nur nicht mit dieser.

»Können wir dir irgend etwas bestellen?« fragte Derek sanft. »Einen Brandy oder *Kanyak*?«

»Sie trinkt keinen Alkohol«, antwortete Jamil in ihrem Namen.

»Woher weißt du das?« meinte Derek ungeduldig. »Nur weil du nicht...«

»Ihr dürft nicht streiten«, unterbrach Rahine ihn und löste sich von Dereks Brust. »Brüder dürfen niemals streiten.«

»Haben wir gestritten?« fragte Derek grinsend.

»Überhaupt nicht«, erwiderte Jamil mit demselben Grinsen.

Rahine versuchte ein mißbilligendes Gesicht zu machen, doch es gelang ihr nicht. Sie zweifelte noch an ihren Sinnen, ihrem Sehen, ihrem Hören. Kasim war hier? Jamil zeigte sich besorgt und erklärte, er brauche sie? Erneut sah sie vom einen zum anderen. Sie waren so gleich! So geliebt! Ihr Herz wollte fast zerspringen vor lauter Empfindungen.

Ungeduldig wischte sie ihre Tränen weg und befeuchtete im nächsten Moment Dereks Wange mit den Fingerspitzen.

»Warum bist du hier? Seit wann?«

»Schon eine ganze Weile«, antwortete Derek, »damit Jamil in Ruhe nach Selim suchen konnte, ohne an jeder Ecke einem Meuchelmörder zu begegnen. Natürlich wußten wir nicht, daß das ein sinnloses Unterfangen war.«

»Nein, ihr konntet nicht wissen, daß Selim bereits tot... Dann warst du das, seit... seit...« Sie versuchte zurückzudenken, doch so vieles wirbelte ihr durch den Kopf, daß sie sich kaum zu konzentrieren vermochte. »Seit Shahar gekauft wurde... nein, seit du sie zum erstenmal holen ließest. Von da an war dein Verhalten verändert. Aber ich hatte keinen Verdacht.«

»Du solltest auch keinen haben«, sagte Jamil, beugte sich vor und nahm ihre andere Hand in seine. »Außer Omar wußte niemand Bescheid. Es war seine Idee, Kasim herzubitten, um meinen Platz einzunehmen.«

»Du hast es nicht einmal Sheelah gesagt?«

»Nein, sie erfuhr es erst letzte Nacht, als ich zurückkam. Ich dachte daran, es dir zu verraten...« – »Wir beide dachten daran«, warf Derek ein.

»Um die Täuschung perfekt zu machen, war es besser, wenn keiner sein Verhalten verräterisch änderte.«

»Du selbst ausgenommen.« Sie lächelte und drückte verständnisvoll seine Hand.

»Ja, gut, mein Verhalten war bereits seit Monaten unvorhersehbar, deshalb konnten eventuelle Fehler von Kasim dieser Unberechenbarkeit zugeschrieben werden. Doch auch jetzt soll niemand wissen, daß er hier war. Er möchte nicht ›wiederbelebt‹ und auch nicht als mein eventueller Nachfolger angesehen werden, falls mir etwas passieren sollte, ehe meine Söhne zu Männern herangewachsen sind.«

Das war ein Wink, der an Rahines Seele nagte. Sie wandte sich Kasim zu, und ihre Augen schwammen wieder in Tränen.

»Dannn ist dein Leben also... erträglich?«

»Mehr als erträglich, Mutter.« Er lächelte ihr zu. »Es ist mir wunderbar angenehm.«

Ihr Hals schnürte sich zusammen; sie wußte nicht, ob sie Derek glauben sollte oder nicht. »Es... es tut mir so leid, Kasim«, flüsterte sie gebrochen. »Schon gleich, als du weg warst, bereute ich, dich fortgeschickt zu haben. Ich betete und betete, du mögest es wissen, es irgendwie spüren. Ich hätte nie geglaubt, daß ich dich wiedersehen dürfte, um es dir sagen zu können.«

»Ich wußte es immer«, versicherte er. »Und als ich deinem Vater begegnete, verstand ich es sofort. Ich liebe ihn inzwischen so sehr, wie du ihn geliebt hast. Natürlich ist er in seinen alten Tagen recht diktatorisch geworden.«

Sie lächelte über die Heiterkeit in den Augen ihres Sohnes. »Wirklich?«

»Ich soll heiraten, weißt du! Er hat sogar ein Schiff hierher geschickt, das mich heimholen soll. Er traute mir nicht, den Weg allein zu finden.« Sie lachte – und das hatte er beabsichtigt. Dann meinte er zärtlich: »Ich bedaure nichts, Mutter, deshalb darfst du auch nichts bedauern.«

»Ich verdiene es nicht, daß du mir verzeihst. Jamil hat mir nie...«

Derek unterbrach sie: »Jamil ist ein dickköpfiger Narr.«

»Nein, das darfst du nicht sagen...«

Diesmal unterbrach Jamil sie: »Er hat recht, Mutter.«

Rahines Brust wollte vor Schmerz fast bersten, als er plötzlich den Kopf in ihrem Schoß vergrub und mit gequälter Stimme bat: »Kannst du mir vergeben?«

»Bitte, Jamil... bitte nicht.« Sie war unfähig, die Tränen zurückzuhalten, die ihr erneut über die Wangen liefen. Sanft hob sie seinen Kopf an die Brust. »Ich habe deinen Kummer und Ärger immer verstanden. Ihr beiden wart ein Herz und eine Seele, und ich durchtrennte das Band. Ich hatte kein Recht dazu, und ich machte es dir nie zum Vorwurf, daß du mich haßtest.«

»Aber ich haßte dich nicht – ich konnte nicht. Und als ich das schließlich begriff, nahm ich *dir* die Barriere übel, die *ich* zwischen uns aufgerichtet hatte. Das war verkehrt...«

»Aber jetzt ist alles gut, Jamil – ehrlich.«

Hier mischte sich Derek ein. Er meinte mürrisch: »Das bedeutet vermutlich, daß du nicht mit mir nach Hause kommst.«

Rahine mußte über seinen Ton lachen. »Ach, Kasim, du hast doch nicht angenommen, daß ich mitkommen würde! Für die Menschen in England existiere ich nicht mehr, wie du für die hiesige Welt nicht mehr existierst. Bestimmt hält man mich nach all den Jahren für tot.«

»Wegen deiner langen Abwesenheit wurde so etwas erwähnt«, gab Derek zu.

»Na, also. Wir beide haben unser Leben verschieden eingerichtet und wollen es dabei belassen.«

»Du könntest noch einmal neu beginnen, eine neue Identität annehmen, deinen Vater wiedersehen.«

»Das ist unfair«, tadelte sie sanft. »Er hat jetzt dich. Er braucht mich nicht. Aber Jamil braucht mich.«

»Hör auf, mit ihr zu diskutieren, Kasim«, befahl Jamil reizbar. »Sie bleibt hier.«

Derek gab bereitwillig nach, da er überstimmt war. »Sieh aber zu, Bruder, daß sie in Zukunft merkt, wie sehr sie geschätzt wird, sonst nehme ich mir ein Beispiel an dem Marquis und schicke ihr ein Schiff für die Heimkehr.«

Jamil brummte etwas, doch später mußte er Derek versprechen, daß es Rahine nie wieder an irgend etwas mangeln würde – weder seelisch noch sonst.

46

Chantelle brauchte mehrere Wochen, bis sie von Langeweile gepackt wurde. Sie hatte gedacht, diese Seereise würde sich von ihrer ersten, die in die Gefangenschaft führte, wesentlich unterscheiden, doch das war nicht der Fall.

Chantelle wurde in ihrer Kabine eingesperrt, die Ausblicke und Aktivitäten an Bord wurden ihr verwehrt, die das langsame Dahinfließen der Zeit erträglicher gemacht hätten. Der kleine Mann, der ihr das Essen brachte, war Engländer, vermutlich ein Sklave, und widerwärtigerweise auch noch vergnügt dabei. Der einzige andere Mensch, den sie zu Gesicht bekam, war Jamil, und es fiel ihr immer schwerer, ihn wegzuschicken, nachdem sie fast umkam vor Sehnsucht nach Gesellschaft.

Auf ihrer ersten Reise hatte sie wenigstens Hakeem zur Verfügung gehabt, der ihr fast ständig Informationen eingepaukt hatte. Das und ihre Angst vor der Zukunft hatten keine Langeweile aufkommen lassen. Jetzt wäre ihr sogar Jamilas Gegenwart angenehm gewesen.

Doch sie waren auf dem Schiff getrennt und in verschiedenen Kabinen untergebracht worden – zweifellos, damit Jamil die eine nicht kränkte, wenn er die andere besuchte. Chantelle wollte ihn nicht bitten, sich mit Jamila treffen zu dürfen, zumal sie kaum ein Wort mit ihm redete.

Zweifellos besuchte er Jamila. Oh, er kam jeden Abend vorbei, um Chantelle zu sehen, aber das war nur mehr reine Höflichkeit, denn er hatte es aufgegeben, sie aus ihrer Reserviertheit locken zu wollen. Was er nach dem Besuch tat, wußte sie nicht.

Seit dieser Reise hatte er sich verändert. Nicht nur seine äußere Erscheinung, sondern auch sein Wesen waren verwandelt. Die Roben und Tuniken, an die Chantelle sich gewöhnt hatte, waren verschwunden, ebenso wie die türkischen Hosen. Er trug Batisthemden, um die ihn jeder Engländer beneidet hätte, und enge Büffellederhosen mit kniehohen Stiefeln. Was noch fehlte, war ein Cutaway, aber daran war vielleicht nur das warme Wetter schuld.

Chantelle konnte sich nicht vorstellen, warum er sich nun wie ein Europäer kleidete, und sie war zu trotzig, ihn zu fragen. Die Veränderung seiner Stimmung erschien ihr noch seltsamer, aber auch hierüber gab sie keinen Kommentar ab. Er ärgerte sich nicht mehr über ihre abweisende Art und zeigte sich nicht mehr frustriert. Er schien in ihrer Nähe auf Samtpfötchen zu gehen, froh darüber, daß sie ihm so wenig zu sagen hatte.

Ihr Essen traf pünktlich wie immer ein, und der kleine Matrose, der sich Peaches nannte, strahlte an diesem Abend über das ganze Gesicht. »Morgen laufen wir einen Hafen an, um neuen Proviant zu holen, Miß. Keinen Seezwieback morgen abend, und kein Eintopfgericht ›Tu alles hinein‹ aus Gundys Hexenküche!«

Das sagte er, während er das Tablett absetzte. Chantelle kam näher und stellte fest, daß es diesmal eine Flasche Wein gab, um die bescheidene Verpflegung schmackhafter zu machen. Gundy hatte seit einer Woche keine Abwechslung mehr ins Essen gebracht.

»Wie heißt der Hafen, in den wir einlaufen werden, Peaches?«

»Er hat einen ausländischen Namen, den ich nicht aussprechen kann, Miß. Er liegt an der Küste von Portugal – ein kleiner, unwichtiger Hafen.«

Chantelle sah den Mann ungläubig an. »Wollen Sie damit sagen, daß wir das Mittelmeer schon hinter uns gelassen haben?«

»Ja, Miß. Haben Sie mit Mister Sinclair nie über die zurückgelegte Strecke geredet?«

»Sinclair?«

»Der Herr, mit dem Sie...«

»Wenn Sie nicht genug zu tun haben, Peaches«, sagte Derek von der Tür her, »sollte ich mich mit dem Kapitän darüber unterhalten, damit dem abgeholfen wird.«

»Das ist nicht nötig, Mylord. Ich hatte nur einen kleinen Schwatz mit der Dame.«

»Das hörte ich.«

»Richtig.«

Derek schloß die Tür, als Peaches hinausgeeilt war. Er lehnte sich an den Pfosten und kreuzte die Arme über der Brust. Chantelle verengte die Augen.

»Haben mich meine Ohren getäuscht, oder sprachen Sie eben in perfektem Englisch mit dem Mann, Jamil?«

»Mein Französisch hätte er gewiß nicht verstanden.«

»Dann haben Sie mich angelogen. Sie sprechen Englisch.«

»Natürlich«, erwiderte er und zuckte sorglos die Schultern. »Es ist Jamil, der es nicht spricht, wenigstens nicht sehr gut.«

»Jamil, der es nicht... oh, ich verstehe. Ich vermute, Sie haben mit der Kleidung auch Ihre Identität gewechselt.«

»So etwas Ähnliches.«

»Das hätten Sie auch etwas früher sagen können«, meinte sie unfreundlich. »Wenn Sie geheim reisen...«

»Wie kommst du auf so eine Idee?«

Sie zog die Brauen argwöhnisch zusammen. »Haben Sie getrunken?«

»Keine Spur.« Er grinste.

»Nun, was Sie reden, ergibt keinen Sinn. Wenn Sie nicht wollen, daß man Sie erkennt, dann muß diese Reise geheim sein.«

»Aber das ist sie nicht, Shahar, und jeder an Bord weiß, wer ich bin. Derek Sinclair, gegenwärtiger Graf von Mulbury, zu deinen Diensten.«

»Derek?« Der Name schlug eine Saite in ihrer Erinnerung an. »Haben Sie mich nicht einmal gebeten, Sie so zu nennen? Einen Moment... Ich kenne den Namen Sinclair. Es ist der Familienname des Marquis von Huntstable, der keine vier Meilen von meinem Zuhause entfernt wohnt.«

»Mein Großvater.«

»Zum Teufel mit dem Quatsch«, fauchte sie. »Ich bin keine Närrin, Jamil.«

»Natürlich bist du das nicht. Ich glaube, dein Problem liegt darin, eine einfache Tatsache zu erfassen: Ich bin nicht Jamil Reshid. Ich nahm für eine Zeitlang seinen Platz ein, weil er meine Hilfe brauchte.«

»Sie lügen schon wieder. Wie konnten Sie jemanden personifizieren, den jeder kannte? Sie hätten sein Zwillingsbruder sein müssen.«

»Das machte es leichter.«

Sie hätte an diesem Punkt wie eine Schlange zischen mögen, so wütend war sie. »Wenn Sie nicht ernst sein können, verschwinden Sie! Ich liebe es nicht, wenn man mich verspottet.«

Derek kam näher und zog sich einen Stuhl an den kleinen Tisch, mit dem die Kabine ausgestattet war. »Setz dich, dann will ich dir alles erklären, Shahar. Es wird Zeit, daß ich dir reinen Wein einschenke.«

Sie nahm Platz, und als er seine Geschichte beendet hatte, konnte sie ihn für einen Moment nur sprachlos ansehen, ehe sie hervorstieß: »Dann sind Sie wirklich nicht der Herrscher von Barka? Sie wurden in England erzogen... Sie sind ein verfluchter Engländer?«

»Ja, wenn du es so ausdrücken mußt.« Er fühlte sich so erleichtert, daß sie nur erstaunt war – da war es ihm egal, wie sie ihn nannte. »Macht es dir nichts aus?«

»Ich weiß es nicht«, erwiderte sie ehrlich. »Ich... Wenn Sie nicht Jamil sind, dann besitzen Sie mich auch nicht, oder? Sie haben mich nie besessen.«

»Du wurdest für mich gekauft, Shahar. Als ich Jamils Platz einnahm, stand mir sein Harem zur Verfügung. Und da nach seiner Rückkehr jede Frau, die ich mir genommen hätte, mit irgendeinem Mann verheiratet werden mußte, hoffte er natürlich, daß mich eine eigene Konkubine davon abhalten würde, mit zu vielen seiner Haremsdamen zu schlafen. Ich habe mit keiner geschlafen.«

»Jamila?«

»Von ihr wußte ich bereits, ehe ich eintraf. Man hatte mich gebeten, sie aus Barka herauszuschaffen, wenn es mir möglich wäre. Doch weil sie zu Jamils Favoritinnen zählte, hätte es sein können, daß er sie nicht einmal auf meine Bitte hin fortgelassen hätte.«

»Also haben Sie sie in Ihr Bett geholt.«

»Tatsächlich habe ich sie nicht angerührt, aber das konnte ich dir zu der Zeit nicht erzählen. Um sie freizubekommen, mußte jeder, vor allem Jamil, glauben, ich hätte sie besessen.«

»Dann haben Sie ihr gesagt, wer Sie sind?«

»Nein. Sie war gekränkt, weil sie mich nicht verführen konnte. Sie ist eine frühreife junge Person. Aber ich rechnete mit ihrer Eitelkeit, die sie davon abhalten würde, irgend jemandem zu verraten, daß ich nur Schach mit ihr spielen wollte. Und sie schwieg tatsächlich.«

Chantelle furchte die Stirn, als ihr ein neuer Gedanke kam. »Wann haben Sie mit Ihrem Bruder den Platz getauscht?«

Derek grinste, da er hinter ihrer Stirn lesen konnte. »Am Tag, als ich dich zum erstenmal zu mir rief.«

»Dann... war es Jamil, der mich kaufte, nicht Sie?«

Er nickte. »Das war das einzige Mal, daß du ihn gesehen hast.«

»Dann haben Sie nicht... Es war Jamil, der... und Mara! Sie waren das gar nicht!« Sie flog zu ihm hin und warf die Arme um seinen Hals. »Ich bin so froh! Ich konnte mich nie mit der Grausamkeit abfinden, die Sie... die er an den Tag legte. Ich konnte auch nicht begreifen, daß ich...«

Als sie innehielt und den Blick senkte, drängte er: »Sprich weiter! ...daß du...?«

»Es ist nicht wichtig«, meinte sie ausweichend. »Was war mit Sheelah? Ich habe nicht vergessen, daß Sie...«

»Nicht ich, Sahar. Das war der Tag, an dem Jamil zurückkehrte. Er suchte sofort seine Ehefrau auf. Er liebt sie, das weißt du.«

»Dann haben Sie... dann hast du dein Versprechen gehalten?«

»Ja. Es war die Wahrheit, daß ich an keine andere mehr denken konnte, seit ich dich gesehen hatte. Es gab keine andere Frau mehr, Shahar – nur dich.«

Sie blickte mit leuchtenden Augen zu ihm auf, und dann küßte sie ihn. Er konnte es beim Küssen nicht belassen. Es war Wochen her, seit sie ihm solche Nähe gestattet hatte, Wochen, in denen er gebangt hatte, wie sie die Wahrheit aufnehmen würde. Auf diese Reaktion hatte er nicht zu hoffen gewagt.

Er riß sie hoch und trug sie zu ihrer schmalen Koje. Sie half ihm, ihre und seine Kleidungsstücke auszuziehen. Gleich lag er neben ihr und tat all das, wovon er in der letzten Zeit nur hatte träumen können.

Chantelle schwelgte in der süßen Verheißung seiner Berührung. Er kannte ihren Körper so gut, jede sensible Stelle, die vor Lust auf ihn brannte. Wie hatte sie das vermißt, und welche Wonne bedeutete das Wissen, daß sie sich nie wieder selbst verleugnen mußte! Er war ehrlich zu ihr gewesen. Er mußte sie lieben! Diese Erkenntnis schenkte ihr mehr Freude, als sie je für möglich gehalten hatte.

»Ich hätte dir alles früher sagen sollen«, flüsterte Derek und knabberte an ihrem Hals und an ihren Brüsten.

»Warum… hast… du… es… nicht… getan?« fragte sie atemlos.

»Ich hatte Angst vor deinem Zorn.«

Sie bedeckte sein Gesicht mit Küssen. »Daß du nicht Jamil bist? Daß du dein Versprechen gehalten hast? Daß du mich nach Hause bringst? Du bringst mich doch nach Hause, nicht wahr?«

»Ja.« Er lächelte. »Nach Hause mit mir. Du glaubst doch nicht, daß ich dich den weiten Weg mitnehme, um dich wieder gehen zu lassen?«

Während er das sagte, drückte er sie auf das Bett und kehrte heim in die Wärme, nach der er sich verzehrte. Chantelle war bereit für ihn. Sie hieß ihn innerlich mit einer Leidenschaft willkommen, die sich durch ihre Liebe vertausendfachte. Gott, welche Lust, endlich akzeptieren zu können, keine Zweifel an seinem Wert zu hegen, das eigene Herz in seine Obhut zu legen! Es machte allen Unterschied der Welt, den sie entdeckte, als ihre Körper sich in der Steigerung trafen, um einen Höhepunkt vibrierender Verzückung wie nie zuvor zu erleben.

47

Die Morgendämmerung kroch langsam durch das Bullauge, als Derek sich von der Koje erhob. Er hatte in der Nacht keinen Schlaf gefunden. Chantelle räkelte sich genüßlich, während sie ihm beim Anziehen zusah und beobachtete, wie er sich kaltes Wasser ins Gesicht spritzte. Er war müde, sie nicht – jedenfalls jetzt noch nicht –, was sie selbstgefällig feststellte.

»Bist du sicher, daß du nicht noch ein bißchen bleiben möchtest?«

Derek blickte über die Schulter. Chantelle lag mit nach hinten aufgestützten Ellenbogen auf dem Rücken. Ihr nackter Busen reckte sich provozierend. Er stöhnte und sah zur Seite.

»Ein Mann hat seine Grenzen, Shahar«, sagte er in bekümmertem Ton.

»Bittest du um Gnade, mein Herr?«

»Ja.« Aber er fügte schnell hinzu: »Bis heute abend.« Er kam zu ihr und setzte sich auf die Kante der Koje. Die süß zur Schau gestellten Brüste brachten ihn aus der Fassung. »Dann darfst du so gnadenlos sein, wie du magst. Ich werde sogar darauf bestehen.«

Sie lachte kehlig. »Du bist selbst schuld, weil du mich so lange ignoriert hast.«

»Ich?« Er gab seiner Stimme einen entrüsteten Klang. »Du hast mich praktisch in die Knie gezwungen.«

Sie drehte sich auf die Seite, so daß sich ihr Becken gegen seine Hüfte preßte. Ihr Finger tanzte spielerisch langsam seinen Arm hinauf.

»Du würdest niemals am Boden kriechen, mein Herr. Du bist zu sehr gewöhnt, deinen Willen zu bekommen und dich auf deine Verführungskunst zu verlassen.«

»Die mir kürzlich nicht viel half.«

»Oh, ich weiß es nicht. Es war nicht leicht, dich zu übergehen, zumal ich deinen herrlichen, straffen Körper anbete.«

»Du Racker«, sagte er, als ihre Hände in sein offenes Hemd glitten.

»Gib mir einen Kuß, dann werde ich dich ohne weiteren Protest ziehen lassen.«

Er gehorchte, doch als ihre Zunge sich in seinen Mund drängte und ihre Hand langsam abwärts über seine Brust strich, wurde er zum Angreifer. »Ich hätte nicht geglaubt, daß das möglich wäre – aber ich gehe jetzt nicht weg.«

»Welche Schande! Du hast mich die ganze Nacht nicht schlafen lassen, und ich fühle mich plötzlich...« Als er brummte, kicherte sie. »Gut, wenn du es so sagst, kann ich sicher noch ein Stündchen wach bleiben.«

Nahezu eine Stunde später beobachtete Chantelle Derek erneut beim Anziehen, doch diesmal gähnte sie. In ihrer schläfrigen Zufriedenheit erhob sie keinen Einspruch. Derek beugte sich zärtlich über sie, um ihr einen letzten Kuß zu geben.

»Ich sehe dich diesen Abend, kleiner Mond.«

»Du siehst mich schon früher«, widersprach sie verträumt. »Oder meinst du nicht, es sei Zeit für mich, ein wenig frische Luft zu schnappen und an Deck spazierenzugehen?« Als er nicht antwortete, öffnete sie die Augen und stellte fest, daß sein Gesicht betreten wirkte. »Nun, was sagst du dazu?«

»Eigentlich«, meinte er zögernd, »wäre es mir lieber, es bliebe so wie bisher.«

Nun war sie hellwach. »Daß man mich einsperrt? Das soll wohl ein Scherz sein!« Da seine Miene sich deutlich verdüsterte, rief sie: »Es ist kein Scherz! Sag mir den Grund!«

»Es wäre einfach besser...«

»Für wen? Nicht für mich, also muß es für dich besser sein.« Jetzt machte *sie* ein finsteres Gesicht. »Gibt es etwas, das du mir nicht erzählt hast?«

Er wand sich sichtlich. »Wie kommst du darauf?«

»Weil du zweifellos nicht willst, daß ich auf dem Schiff mit jemandem spreche. Letzte Nacht erwähntest du, daß du von mir eine ärgerliche Reaktion erwartet hättest. Worüber – präzise – hätte ich ärgerlich sein sollen?«

»Nun gut«, meinte er gepreßt. »Der Kapitän und die Hälfte der

Mannschaft wissen, daß meine Verlobte mich in England erwartet. Sie war bei meinem Großvater, als er den Auftrag erteilte, daß dieses Schiff mich in Barka abholen sollte.«

»Ich verstehe«, sagte Chantelle mit bewundernswerter Ruhe. »Eine Verlobte. Nun erkläre mir, daß du die Verlobung lösen wirst.«

»Lösen? Man kann die Verlobung mit der Tochter eines Herzogs nicht einfach lösen.«

»Doch, du kannst«, stellte sie zornig fest.

»Ich kann nicht«, gab er heftig zurück.

»Warum nicht? Nein, gib mir keine Antwort. Du liebst die Frau, nicht wahr?«

»Natürlich liebe ich sie. Ich kenne sie schon fast mein ganzes Leben.«

»Was hat die Zeit des Sich-Kennens mit Liebe zu tun?«

»Was ...«, begann er zu brüllen, doch dann besann er sich eines Besseren und senkte die Stimme zu einem beschwörenden Tonfall. »Tatsache ist, daß diese Verlobung mit uns beiden nichts zu tun hat, Shahar.«

»Nenne mich nicht so! Dein Bruder gab mir den Namen, und ich habe ihn immer gehaßt. Und es gibt kein ›uns beide‹, mein Herr, wenn du deine Herzogstochter heiratest.«

»Du hast erwartet, daß ich dich heirate?«

»Nachdem du sagtest, du würdest mich nach Hause mitnehmen – ja. Ich vermute, daß mir der Gedanke durch den Kopf ging.«

Er betrachtete sie lange. »Es tut mir leid, aber das war nicht von mir beabsichtigt.«

Chantelles Augen öffneten sich weit, als ihr dämmerte, was er vorgehabt hatte. »Du wolltest mich als deine Mätresse haben?«

»Das mußt du nicht so sagen. Heutzutage ist eine Mätresse eine respektable Person.«

»Und das ist das Beste, worauf ich noch hoffen kann, oder? Du nimmst mir die Chance für eine anständige Heirat und stellst dir dann vor, davon zu profitieren...« Plötzlich erkannte sie die Bedeutung ihrer eigenen Worte, und ihre Augen wurden noch größer. »Mein Gott, du... du hättest meine Freiheit erwirken können ohne... du verfluchter Bastard! Du hättest mich nicht verführen müssen. Du hättest mich unberührt lassen können wie Jamila.«

»Das hätte dir deine Freiheit nicht wiedergegeben, Shahar.«

»Nenn... mich... nicht... so! Und lüg mich nicht an!«

»Ich lüge nicht. Jamil besaß dich. Du hast deine Freiheit bekommen als Belohnung für deine Hilfe. Andernfalls wäre es sein gutes Recht gewesen, dich zu behalten.«

»Er wollte mich nie haben. Er hat mich für dich gekauft. Er hätte mich gehen lassen, wenn du ihn darum gebeten hättest. Du hättest ihn nur fragen müssen. Er war dein Bruder, in Gottes Namen! Wage nicht zu behaupten, er hätte dir etwas abgeschlagen, nachdem du seinetwegen so weit gereist warst und dein Leben für ihn riskiert hattest!«

»Vielleicht nicht, aber ich konnte mich nicht darauf verlassen. Ich wollte dich nicht für immer in diesem Harem begraben sehen, zumal Jamil seine Liebe schon verschenkt hatte. Zuerst kam mir die Idee, dich mit einem Mann zu verheiraten, der keine anderen Frauen besaß. Ich fand, du verdientest zumindest, eine erste *Kadine* zu sein. Aber das war erst möglich, wenn ich dich in Besitz genommen hatte.«

»Wenn du mir einzureden versuchst, du hättest es für mich getan, dann werde ich... werde ich...«

»Schon gut«, unterbrach er schroff ihr Stottern. »Das war nur eine Entschuldigung, um mein Gewissen zu beruhigen. Die reine Wahrheit ist, daß ich auf dich nicht verzichten konnte. Ich begehrte dich zu sehr und begehre dich jetzt noch genauso. Und, bei Gott, du kommst mit mir nach Hause. Ich behalte dich, so oder so. Wenn ich mit diesem Schiff zurückfahren und den Rest meines Lebens in Barka verbringen muß, um dich, in einem Harem eingesperrt, für mich behalten zu können, dann tue ich es.«

»Ich werde nicht deine Mätresse!« schrie sie, als er zur Tür hinausging. Die einzige Antwort war ein Umdrehen des Schlüssels im Schloß. »Ich werde nicht deine Mätresse«, sagte sie noch einmal leise zu sich selbst. Dann begann sie zu weinen.

48

Am Ende ließ sich Chantelle doch von Derek zu dem Landsitz der Huntstables bringen, aber nur, weil ihr eingefallen war, welches Dilemma in ihrer Familie auf sie wartete. Sie hatte nicht eingewilligt, seine Mätresse zu werden, obwohl er ständig auf dieses Ziel hinarbeitete. Für sie war wichtig, daß er ihr helfen konnte, Tante Ellen zu finden, und daß es für ihn leichter war als für sie, sich nach ihrer amerikanischen Verwandtschaft zu erkundigen. Soviel schuldete er ihr allenfalls.

Er war nicht begeistert zu hören, wer ihr Vater gewesen war, zumal dieser und Dereks Großvater sich gekannt hatten. Und es regte ihn auf, wie übel man Chantelle mitgespielt hatte. Er bot ihr von sich aus an, sich um ihre Belange zu kümmern, worüber sie sich sehr wunderte.

Noch am Tage ihrer Ankunft begegnete sie Caroline. Es war in jeder Hinsicht eine schwere Prüfung. Selbst die neuen Kleider, die Derek in Dover für Chantelle gekauft hatte, schenkten ihr nicht das Selbstvertrauen, sich mit dieser schönen, elegant aufgemachten Frau zu messen. Chantelle trug einfaches blaues Leinen, Caroline hatte sich in rote chinesische Seide gehüllt.

Im ersten Stock wartete eine Näherin, um Chantelles neue Garderobe mit wenigen Stichen figurgerecht anzupassen, doch das half Chantelle nicht, ihr seelisches Tief zu überwinden.

Caroline und Derek zusammen zu sehen, war, wie wenn man die Vereinigung lang getrennter Freunde beobachtete. Sie schienen überhaupt nicht verliebt zu sein, doch es schmerzte Chantelle, daß Derek offensichtlich wahre Gefühle für diese Frau hegte.

Was er Caroline nach ihrem kurzen Zusammentreffen über sie sagte, wußte sie nicht. Sie hatte keine Lust, dieser Wiedervereinigung länger als nötig beizuwohnen, und entfernte sich unbemerkt – jedenfalls dachte sie das.

Derek beobachtete ihr Weggehen, doch er hielt sie nicht zurück. Es hatte ihn total verwirrt, die beiden Frauen nebeneinander zu sehen. Überhaupt befanden sich seine Gefühle in Aufruhr, seit er auf dem Schiff den erwarteten Streit mit Chantelle gehabt hatte.

Er freute sich riesig über das Wiedersehen mit Caroline, denn er hatte ihrer beider enges Vertrauensverhältnis vermißt. Beinahe hätte er ihr seine Probleme mit Chantelle geschildert, um ihren Rat zu hören, wie er es vor seiner Verlobung immer getan hatte. Doch in diesem Augenblick wurden ihm die Unterschiede seiner Gefühle für die beiden Frauen klar. Er liebte Caroline. Er verehrte sie. Sie würde in jeder Hinsicht eine ideale Ehefrau abgeben – ausgenommen einen Faktor, den er früher nie beachtet hatte: Er wünschte sich nicht ernsthaft, mit ihr ins Bett zu gehen. Er konnte wohl mit ihr schlafen, wenn es sein mußte, aber lieber täte er es nicht.

Gott, wie hatte er das früher nur übersehen können? Sie waren sich zu nahe, wie Geschwister. Tatsächlich erkannte er nun, daß seine Gefühle für Caroline rein brüderlicher Natur waren.

Was er jedoch für Chantelle empfand, war das absolute Gegenteil. Er konnte die Hände nicht von ihr lassen. Sie brachte ihn in Rage, frustrierte ihn, machte ihn verrückt. Sie entfachte seine Begierde mit einem einzigen Blick oder einer Berührung. Er wünschte sich, sie immerzu in seinem Bett zu haben.

Verflucht! Was lehrte ihn das? Daß er sich zu lange selbst betrogen hatte! Er heiratete die falsche Frau und konnte nichts dagegen tun, wenn nicht Caroline von sich aus die Hochzeit absagte. Er konnte wirklich nicht. Er hatte Caro fast ein Jahr lang mit der Verlobung hingehalten. Und mit fünfundzwanzig Jahren hielt man ein Mädchen für an der Grenze sitzenzubleiben. Er konnte sie nicht so verletzen, nicht einmal um den Preis seines zukünftigen Glücks.

Vier Tage später traf Tante Ellen ein, dank der Bemühungen vieler Diener, die ausgesendet worden waren, sie zu suchen. Chantelle war so glücklich, sie wiederzusehen, daß sie zwanzig Minuten lang weinte, ohne ein Wort hervorzubringen. Ellen erwies sich als halb so gefühlvoll. Sie brachte es fertig, ihre Neuigkeiten zuerst zu erzählen, nämlich, daß Cousin Charles tot war. Man hatte ihn beim Kartenspiel als Betrüger entlarvt und zum Duell gefordert, wobei er erschossen worden war. Die schlechte Nachricht bestand darin, daß sein Sohn Aaron nun als Chantelles Vormund fungierte.

»Wenn du dich schon vor Charles verstecken mußtest, ist es noch wichtiger, dich nicht in Aarons Nähe zu wagen. Er würde dich zwar nicht verheiraten, meine Liebe, sondern dich zur alten Jungfer verdammen – natürlich unter seinem Schutz, wenn du verstehst, was ich meine.«

Chantelle verstand es, und es brachte sie wieder in dieselbe mißliche Lage. Sie tauschte einen verfaulten Apfel gegen einen anderen ein.

Doch im Moment dachte sie nicht darüber nach. Derek hatte versprochen, ihr zu helfen, und sie wollte abwarten, was er über die Machenschaften der amerikanischen Burkes in Erfahrung bringen konnte.

Nun berichtete Chantelle ihre eigene Story. Natürlich ließ sie einiges aus, was sie ihrer Tante nicht verraten mochte. Unglücklicherweise ließ ihre gekürzte Geschichte Derek wie eine Rose duften. Ellen sah in ihm einen strahlenden Helden, und nachdem sie ihm begegnet war, konnte sie sein Lob nicht laut genug singen. Das machte Chantelle krank.

An diesem Abend lernte sie Dereks guten Freund, Marshall Fielding, kennen. Doch als auch Caroline zum Essen erschien, gelang es Chantelle, Ellen kurz nach der Mahlzeit unter dem Vorwand fortzulocken, sie hätten sich noch viel über die Ereignisse des Sommers zu erzählen. Ellen kannte Chantelle gut genug, um sofort zu merken, daß etwas nicht in Ordnung war. Als die beiden Frauen die Treppe hinaufgingen und Chantelle plötzlich über Müdigkeit klagte, fand sie ihren Verdacht bestätigt. Sie stellte aber keine Fragen, denn sie wußte, daß Chantelle erst reden würde, wenn sie bereit dazu war.

Unten im Salon forderte Marshall kurz angebunden ein Gespräch unter vier Augen mit Derek. Sie ließen Caroline in der Gesellschaft des Marquis zurück. Daß die beiden Freunde noch keine Zeit gehabt hatten, miteinander zu reden, war nicht der einzige Grund, warum Derek sich sofort erhoben hatte. Er fühlte sich nun in Carolines Gegenwart unbehaglich. Es war absurd, aber trotzdem die Wahrheit.

Derek füllte zwei Kognakschwenker mit Brandy, ehe er sich in der kleinen Bibliothek Marshall gegenübersetzte. »Ist Miß Woods wohlbehalten bei ihren Leuten angekommen?«

»Ja, und sie erzählt irgendeine lächerliche Geschichte, sie sei den Piraten entkommen und habe bei Christen Unterschlupf gefunden, bis du sie retten konntest.«

Derek lachte leise. »Wenn sie das behauptet...«

»Was ist mit deinem Gast? Wo kommt sie her?«

»Aus der gleichen Ecke wie Miß Woods.« Derek grinste. »Jedenfalls habe ich sie zusammen gefunden.«

»Ein bildschönes Mädchen«, meinte Marshall. »Wirklich überwältigend.«

»Ja«, stimmte Derek knapp zu. Er fand das auch, aber es paßte ihm nicht, daß Marshall es erwähnte.

»Bist du den ganzen Weg mit ihr gereist?«

»Seit sie wußte, daß sie ihre Freiheit wiedergewonnen hat, war sie recht unfreundlich«, gab Derek ausweichend zurück.

»Wirklich? Das ist aber eine seltsame Reaktion. Doch du hast deine Aufgabe erfüllt, und mehr als das. Ich werde dich von der Kleinen befreien, wenn du das willst.«

Derek rückte seinen Stuhl. Sein Humor war verflogen. »Chantelle Burke geht dich nichts an, Marshall, also kümmere dich nicht um sie.«

»Du bist aber reizbar.«

»Es ist ja auch nicht deine Angelegenheit.«

»Da bin ich anderer Meinung. Caroline kann nicht allzu glücklich darüber sein, daß du eine andere Frau nach Hause mitgebracht hast.«

»Caroline versteht das völlig, und was, zum Teufel, hat das mit dir zu tun?«

Marshall gab klein bei. Er hatte nicht erwartet, mit Derek in Streit zu geraten. Er dachte, sein Angebot der Hilfe könnte eine heikle Situation beenden. Warum war Derek nur so empfindlich in dieser Sache?

Und dann ging ihm ein Licht auf. »Ist etwas zwischen dir und diesem Mädchen?« Bei dem Sturm, der sich in Dereks Gesicht zusammenbraute, zog sich Marshall erneut zurück. »Vergiß es. Ich möchte nur nicht, daß du Caroline weh tust – das ist alles.«

»Ich werde ihr nicht weh tun«, erklärte Derek schroff.

»Gut, gut, ich bin entzückt, das zu hören.« Ein Themawechsel war eindeutig angebracht. »Nun zu deinen Aktivitäten in Barka…«

»Hast du meinen Bericht nicht gelesen?«

»Also, Derek, nennst du diese zwei flüchtigen Seiten, die du mir geschickt hast, einen Bericht?«

»Ich dachte, ich hätte die Geschichte hübsch auf den Punkt gebracht. Das Problem war intern und wurde gelöst. England kann Jamil Reshids Regentschaft weiterhin ungestört genießen.«

»Das ist mild ausgedrückt. Einem Bericht von Sir John zufolge, der heute morgen eintraf, hat uns Reshid sechs Zugeständnisse gemacht, von denen zwei ursprünglich den Franzosen exklusiv zugesichert worden waren.«

»Dann war er ein wenig dankbar…«

»Sei nicht so verteufelt bescheiden. Ein wenig dankbar? Du mußt noch nichts von dem Schiff aus Barka gehört haben, das eine Woche vor dir ankam. Es war bis zum Rand mit exotischen Geschenken für Seine Majestät angefüllt, mit Edelsteinen, die die Kronjuwelen in den Schatten stellen, mit Seiden, Brokaten, Papageien, Straußen, zwei lebenden Panthern…«

»Ein Tropfen auf einen heißen Stein, Marsh. Reshid ist nicht gerade ein armer Herrscher, wie du weißt.«

»Das ist noch nicht die Hälfte seiner Gaben! Er sandte uns zusätzlich zwanzig Sklavinnen…« Derek brach in lautes Gelächter aus, und Marshall betrachtete ihn empört. »Würdest du so freundlich sein, mir zu erklären, was du daran so lustig findest? Für uns war das eine verflucht peinliche Angelegenheit.«

»Daran zweifle ich nicht. Dann hat er doch noch einen Weg gefunden, seinen Harem zu entrümpeln.«

»Seinen Harem? Sie sagten, sie stammten aus seinem Haushalt – aber aus seinem Harem? Kein Wunder, daß jede von ihnen ein persönliches Vermögen besaß, um das ein Herzog sie hätte beneiden können. Aber weiß Reshid denn nicht…«

»Natürlich weiß er, daß es bei uns keine Sklavinnen gibt und daß sie alle freigelassen werden würden.«

»Warum hat er sie dann nicht selbst freigelassen?«

»Ach, Marsh, im Orient herrschen andere Sitten. Sklaven werden häufig und aus verschiedenen Gründen hergegeben, aber selten bekommen sie ihre Freiheit, ohne etwas einzubringen. Sie sind eine viel zu wertvolle Handelsware.«

»In Wirklichkeit hat er sie also befreit.«

»Ja, aber unter dem Deckmantel der Dankbarkeit. Das macht einen Unterschied.« Nun grinste Derek. »Nebenbei dachte er wahrscheinlich, ich würde die Geste zu schätzen wissen.« *Weil ich es nicht fertigbrachte, seinen Harem für ihn zu dezimieren.*

»Was uns auf deine Bescheidenheit zurückführt. Du mußt mehr getan haben, als ihm den richtigen Weg zu weisen.«

»Durchaus nicht. Selim zu verdächtigen brachte keinen Erfolg. Ich hätte vielleicht eine andere Spur aufzeigen können, doch es war eine von des Herrschers Konkubinen, die den wahren Anstifter des Komplotts entdeckte.«

»Könnte das vielleicht Chantelle Burke gewesen sein?«

»Ich erinnere mich nicht, in meinem Bericht Namen genannt zu haben.«

»Unkooperativ wie immer.« Marshall seufzte. »Du willst mir die ganze Geschichte nicht erzählen?«

»Es gibt nichts mehr zu erzählen. England ist glücklich. Barka ist glücklich. Was willst du noch mehr?«

»Ein wenig Ehrlichkeit zwischen Freunden«, meinte Marshall brummig.

Derek sah ihn lange und nachdenklich an, dann sagte er schließlich: »Reshid ist mein Bruder.«

»Guter Gott! Das erklärt... kein Wunder...« Marshall räusperte sich. In seiner Verlegenheit sah er fast komisch aus. »Es tut mir leid, mein Alter, daß ich so furchtbar hartnäckig war. Wie du sagst – es gibt nichts mehr zu erzählen. Sollen wir wieder zu Caroline und deinem Großvater gehen?«

Derek unterdrückte ein Grinsen. »Unbedingt.«

Aber sein Unbehagen kehrte zurück, als er Caroline allein im Salon vorfand. Offenbar hatte der Marquis sie ebenfalls verlassen. Sie beendete gerade ein Klavierstück, eine schwermütige Melodie, die überhaupt nicht zu ihr paßte.

Zu seiner Stimmung paßte sie jedoch, wenn er an Chantelle dachte. Er hatte sie unter seinem Dach untergebracht, wo er sie haben wollte, und er würde alles tun, um sie hierzubehalten.

Doch Caroline betrachtete dieses Haus als ihr zweites Heim, und sie würde öfter und öfter hier aufkreuzen, je näher die Hochzeit rückte. Es würde sich nicht vermeiden lassen, daß die beiden Frauen sich begegneten.

Nach dem Verhallen der letzten Töne brach Marshalls Stimme das Schweigen mit einem erstaunlichen Satz. »Ziemlich neben der Tonart – war das nicht so, Lady Caroline?«

Sie erhob sich und lächelte gezwungen. »Ich wußte nicht, daß Sie stockunmusikalisch sind, Lord Fielding.«

»Und ich wußte nicht, daß Sie so eine unbegabte Klavierspielerin sind.«

Carolines schweres Atmen war im ganzen Raum zu vernehmen. »Was fällt Ihnen ein?«

Marshall zuckte ungerührt die Schultern. »Ich weise nur auf etwas hin, was sonst keiner auszusprechen wagt. Vermutlich hätten Sie Ihrem Musiklehrer eine Menge Kummer erspart, wenn Sie Ihrem Vater gesagt hätten, Ihnen fehle das Interesse am Klavierspiel. Aber dazu wären Sie nicht fähig gewesen. Sie haben in Ihrem ganzen Leben noch keine einzige eigene Entscheidung getroffen.«

Derek traute seinen Ohren nicht. Die beiden machten nicht halt. Caroline wurde immer zorniger, Marshall immer beleidigender, und sie schienen vergessen zu haben, daß Derek zuhörte. Die Funken flogen so heiß zwischen ihnen, daß sie den Teppich hätten verbrennen können. Derek überlegte, daß er und Chantelle sich ähnlich benahmen, wenn sie ihre Gefühle nicht bewältigen konnten, und plötzlich brach er in Gelächter aus.

Zwei wütende Augenpaare musterten ihn so tödlich, daß ihm der Humor verging. Er entschuldigte sich sehr förmlich und fragte: »Würde dieser Kampf enden, wenn ich euch allein ließe?«

Caroline antwortete mit immer noch scharfer Stimme. »Ich weiß nicht, was du meinst.«

»Ich glaube aber, du weißt es. Vielleicht hätte ich statt dessen fragen sollen, ob eine gelöste Verlobung die Situation verbessern könnte.«

Sie errötete, doch Marshall ergriff das Wort. »Du kannst nicht erwarten, daß sie sich hierzu äußert. Die Frau weiß nicht, was sie will.«

»Selbstverständlich weiß ich das«, fauchte Caroline.

Derek durchquerte den Raum und legte den Arm um ihre Schultern. »Vielleicht hast du meinen Antrag ein wenig zu hastig akzeptiert, Caro.«

In einer lächerlichen Gefühls-Kehrtwendung sah sie lammfromm zu ihm auf. »Meinst du, Derek?«

Er nickte. »Ich bin ein Prolet und ein Schurke, aber ich bitte dich, mich freizugeben.«

»Bist du dir sicher, daß du das willst?«

»Disputiere nicht mit ihm, Caroline«, sagte Marshall ungeduldig.

Sie bedachte ihn mit einem weiteren finsteren Blick, ehe sie Derek zulächelte. »Sehr gut.«

Er grinste und beugte sich herab, um zu flüstern: »Laß ihn nicht entkommen, Liebes. Ich glaube, er ist der eine, auf den du gewartet hast.«

»Aber woher wußtest du das?« flüsterte sie zurück.

»Intuition – und das gleiche Problem.«

»Chantelle?«

»Du hast es erraten.«

»Ich mag sie, aber ich denke nicht, daß sie mich mag.«

»Sie wird dir zugetan sein, wenn sie hört, daß du einen anderen heiratest, und nicht mich. Und wenn es dir nichts ausmacht, würde ich es ihr gern jetzt sagen.«

»Natürlich. Und, Derek – danke.«

»Keine Ursache.« Er wandte sich an Marshall. »Du hättest dich äußern müssen, mein Alter.«

»Ich… ah… ich dachte, ich hätte mich geäußert«, entgegnete Marshall plötzlich verlegen.

»Aber nicht deutlich genug. Und nun steh nicht da wie ein Tölpel, sonst läufst du Gefahr, sie wieder zu verlieren. Und *du* redest von Unentschlossenheit!«

»Ich hätte das nicht besser ausdrücken können«, stimmte Caroline mit einem Lächeln zu.

49

Chantelle war gerade dabei, die letzte Lampe in ihrem Zimmer zu löschen, als die Tür aufgerissen wurde. »Sie liebt Marshall!«

Chantelle zuckte erschrocken zusammen. Sie hatte vorgehabt, schon so früh zu Bett zu gehen, damit sie nicht mehr an *ihn* denken mußte. Da stand er nun mit strahlendem Lächeln und wartete darauf, daß sie etwas sagen sollte.

Entgegen ihrem Vorsatz fragte sie: »Wer?«

»Caroline.«

Sie erstarrte. »Nun, das ist ja gut für sie.«

Er ignorierte ihren verdrießlichen Ton und kam näher, um sie in den Arm zu nehmen. »Du verstehst nicht richtig, Liebes. Wir können jetzt heiraten.«

»Das denkst du.«

»Chantelle, ich meine es ernst.« – »Ich auch«, entgegnete sie scharf und wich vor ihm zurück. Es machte sie wütend, daß er sie nun fragte. »Ich habe die Story gehört, Derek. Dein Großvater möchte, daß du heiratest, und dir ist es egal, wen – Hauptsache, du bist ihm zu Gefallen. Also, nein, danke. Ich lege keinen Wert darauf, als zweite Wahl angenommen zu werden, wenn deine erste Wahl dich im Stich läßt.«

Er hatte erwartet, sie sei so entzückt wie er. Es erzürnte ihn, wie sie reagierte. »Verdammt, du warst nie die zweite Wahl, und das weißt du auch! Ist es meine Schuld, daß ich schon verlobt war, als ich dir begegnete? Caro gehört zu meinen besten Freunden – schon immer. Wie konnte ich mit ihr brechen, da ich annehmen mußte, es würde sie verletzen?«

»Aber mich zu verletzen war in Ordnung? Es war in Ordnung, mir das Herz herauszureißen und darauf herumzutrampeln – mit deinem elenden Vorschlag, ich sollte deine Mätresse werden!«

»Glaubst du, ich hätte dich in dieser Position weniger geliebt?« brüllte er zurück.

»Was?« fragte sie, wie betäubt.

»Du hast meine Worte gehört. Wie sonst hätte ich es abwenden können, dich zu verlieren?«

Ihre Augen blitzten, als sie erkannte, daß sie ihn offenbar mißverstanden hatte. Seine einzige Sorge war, er könnte auf den Gebrauch ihres Körpers verzichten müssen. Wie hatte sie nur an Liebe denken können – wenn auch nur für einen kurzen Augenblick?

»Warum argumentiere ich überhaupt mit dir? Meine Antwort hast du. Würdest du jetzt freundlichst aus meinem Zimmer verschwinden?«

Er schickte sich an zu gehen, so verärgert war er über sie. Er gelangte bis zur Tür, dann hielt er inne. Er hatte sie vorher offengelassen – nun schloß er sie und drehte sich noch einmal um. Wenn Gefühle nicht zählten, würde er vielleicht mit Logik weiterkommen.

»Du brauchst einen Ehemann, Chantelle.«

»Den Teufel brauche ich.«

»Hast du deinen Vormund vergessen?«

Ihre Augen verengten sich. »Was ist mit ihm?«

»Die einzige Möglichkeit, seiner Fuchtel zu entfliehen, ist eine Heirat.« Das entsprach nicht ganz der Wahrheit, wie Derek von seinem Rechtsanwalt erfahren hatte, aber das würde er Chantelle nun nicht auf die Nase binden. »Oder hattest du die Absicht, dich bis zu deiner Volljährigkeit vor ihm zu verstecken?«

»Warum nicht? Das hatte ich geplant, bis mich ein Urlaub in Barka anderweitig beeinflußte.«

Er haßte es, wenn sie sarkastisch wurde. »Wünschst du dir nicht das Vergnügen, ihn aus deinem Haus zu werfen?«

»Nicht genug, um dafür den Rest meines Lebens mit dir zu verbringen.«

Derek knirschte mit den Zähnen. »Warum, bei allen guten Geistern, bist du so störrisch? Du liebst mich, ich liebe dich. Es gibt nichts mehr, das unserer Heirat im Wege stehen würde. Normalerweise...«

»In Ordnung.«

»Was?«

»In Ordnung, du hast mich überzeugt.«

Er brauchte einen Moment, um zu kapieren, daß sie ihm zulächelte. Er näherte sich ihr, aber sehr langsam diesmal.

»War es meine Bemerkung, du müßtest dich verstecken?«

»Nein.«

»Oder die Aussicht, deine Verwandtschaft rauszuschmeißen?«

»Das war eine schöne Idee – aber: nein.«

Sie lachte leise. Als er keine Anstalten machte, sie zu umarmen, ergriff sie die Initiative und fiel ihm um den Hals. Jetzt war er derjenige, der widerstrebte. – »Warte eine Minute...«

»Shh.« Sie begann an seinem Kinn zu knabbern. »Hast du so schnell vergessen, wie leicht die Leidenschaft zwischen uns entflammt?«

»Dann ist es das? Du willst nur meinen...«

»Dummer Mensch! Ich wollte nur deine Liebe. Du hättest sie mir nur gestehen müssen.«

Er drehte den Spieß um, packte ihre Hüften und preßte sie gegen seine. »Ich dachte, ich sei in dieser Gegend sehr beweiskräftig gewesen.«

»Das meine ich doch gar nicht!«

»Nicht?« fragte er neckend. »Wie wär es hiermit?« Und er eroberte ihre Lippen, bis Chantelles Knie weich wurden.

»Das war immer schön«, flüsterte sie atemlos. »Aber ich wollte Liebesworte hören.«

»Mein Dummerchen. Ich wußte, daß du mich liebst. Warum konntest du dasselbe nicht auch bei mir spüren? Wenn ich dich nicht lieben würde – wie hätte ich dann deine Eigenwilligkeit, deinen Zorn, deine Eifersucht erdulden können?«

»Ich war nie eifersüchtig!« rief sie empört.

»Natürlich nicht.« Sein Lachen war warm und zärtlich. »Möchtest du wirklich die Worte hören, Liebes? Du wirst sie so oft vernehmen, daß du um Gnade bittest.«

»Das denkst du. Wir wissen doch, wer am Ende immer um Gnade bittet, nicht wahr?« Sie seufzte und drückte ihn an sich. Ihr Glück war so groß, daß sie es kaum zu ertragen vermochte. »O Derek, ich liebe dich so sehr. Wie bald können wir heiraten?«

Er lächelte über ihre Ungeduld. »Zumindest nicht vor morgen. Für diese Nacht habe ich andere Pläne.«

»Tatsächlich, mein Herr? Ich ebenfalls – da Sie es schon erwähnen.« Und sie forderte seine Lippen zu einem wilden Kuß.